장면의 소설

황도경 黃桃慶, Hwang Do-kyung

이화여자대학교 영어영문학과를 졸업하고, 동대학원에서 국문학 박사학위를 받았다. 1990년『문학사상』에 평론이 당선되어 등단했다. 평론집으로『우리 시대의 여성 작가』, 『욕망의 그늘』, 『환각』, 『유랑자의 달』을, 문체에 관한 책으로『문체로 읽는 소설』, 『문체, 소설의 몸』을, 영화에 관한 책으로『극장의 시간』 등을 썼다. 소천비평문학상, 고석규비평문학상을 수상했다.

장면의 소설 황도경 평론집

초판 인쇄 2020년 10월 15일 **초판 발행** 2020년 10월 30일
지은이 황도경 **펴낸이** 박성모 **펴낸곳** 소명출판
출판등록 제13-522호 **주소** 서울시 서초구 서초중앙로6길 15, 2층
전화 02-585-7840 **팩스** 02-585-7848
전자우편 somyungbooks@daum.net **홈페이지** www.somyong.co.kr

값 23,000원
ISBN 979-11-5905-545-4 03810
ⓒ 황도경, 2020

장면의 소설

황도경 평론집

Reading novles through the scenes

소명출판

1

이 책 속의 글들은 소설의 어느 한 장면으로부터 시작된다. 우리를 매혹시킨 어느 한 장면, 우리를 감동시킨 어느 한 장면, 이상하고 수상해서 수수께끼처럼 남은 한 장면, 어쨌든 우리를 흔들어놓은 한 장면, 그래서 책을 덮은 뒤에도 내내 우리 마음을 떠나지 않는 한 장면이 이 글의 시작이다. 우리는 그 장면에 이끌려 소설을 읽기도 하고, 그 장면을 이해하면서 소설을 덮기도 한다. 그 장면은 소설의 입구가 되기도 하고 출구가 되기도 한다. 이 책은 바로 그 장면을 읽기 위한 작업이다. 아니, 다시 말하자. 이 책은 그 장면을 통해 소설을 읽고 이해하려는 시도다.

한 장면을 이해한다는 것은 단지 그 장면에 국한된 일이 아니다. 한 사람의 어떤 말이나 행동도 그 사람의 경험이나 환경에 대한 고려 없이는 온전히 이해될 수 없듯이, 소설의 한 장면도 소설 전체의 맥락에 대한 고려 없이는 온전히 이해될 수 없다. 소설 속 장면들은 서로 긴밀하게 연결되어 있고, 상호 연관 속에서 온전한 의미를 획득한다. 한 장면을 이해한다는 것은 어떤 점에서 소설 전체를 이해하는 것이 전제되는 작업이다. 소설은 그 장면들이 쌓여서 이루어진 의미체이기 때문이다. 소설의 어느 한 장면으로 시작된 글이 그 장면을 통해 소설 전체를 이해하는 것으로 끝나는 이유이다.

소설 속 장면은 단지 이야기를 이어가는 과정이 아니다. 거기에는 때로 소설 전체가 던지는 질문이 내재되어 있다. 문체에 대한 책을 내면서 소설이란 단순히 이야기가 아니며 이야기를 이야기하는 것이라고 그러니 소설을 읽는다는 것은 이야기를 이야기하고 있는 방식을 읽는 다는 것을 의미한다고 강조한 바 있거니와, 각각의 장면들은 이야기를 이야기하고 있는 작은 단위들이자 이야기를 완성하는 마지막 퍼즐이기도 하다. 하나의 장면이 소설 전체의 그림을 완성하기도 하고, 소설 전체의 그림이 한 장면의 의미를 완성시키기도 한다. 소설 전체의 질문과 의미로부터 자유로운 장면은 없다.

가령 「유년의 뜰」의 첫 장면은 단지 오빠는 영어책을 읽고 있고 엄마는 외출 준비를 하고 있는 어느 날 밤의 풍경을 묘사하고 있는 것이 아니다. 거기에는 엄마와 오빠 사이의 팽팽한 긴장, 부재하는 아버지와 그 자리를 대신하려는 오빠의 고집, 욕망과 금기의 팽팽한 드라마, 그속에서 알 수 없는 불안과 조바심과 슬픔을 느끼는 어린 '나'의 시선이 담겨 있다. 그 장면은 부네의 죽음과, 오빠의 좌절과, 엄마와 언니의 욕망과, 할머니의 여전히 하얀 속살과, 나의 식탐과, 식구들의 늘어가는 거짓말을 이해할 때, 그 의미가 온전히 드러나는 풍경이다. 유년을 떠올릴 때 드러난 첫 장면은 그렇게 어둡고 복잡하고 슬프다. 그때 소설 속 어린 주인공은 삶의 어둠을 어렴풋이 깨우쳤을지도 모를 일이다.

광주의 상처를 담아낸 한강의 소설 첫 장면도 소설 전체에 그려진 광주의 어두운 기억 전체를 이해하지 않고서는 온전하게 설명될 수 없는 대목이다. 소설은 왜 광주의 슬픔을 이야기하는 것이 아니라 눈에 대해서, 흐려진 시야에 대해서 이야기하는가? 곧 그곳에서 죽게 될 주인공의 절망과 비탄에 대해서가 아니라, 왜 그의 나빠진 시력에 대해서 이야기하는가? 왜 소설은 "너는 눈을 가늘게 뜨고 도청 앞 은행나무들을 지켜본다"고 '너'를 호명하며 이야기를 시작하는가? 이때 '너'는 누구인가? 이후 전개되는 이야기 속에서 '본다'는 것이 얼마나 중요한 행위인지 알게 될 때, 그리고 그때 그곳에서 스러져간 수많은 '너'들을 만나게 될 때, 소설의 첫 장면은 의미심장한 울림을 갖게 된다.

　미아리 셋집에 보일러 수리비를 전달하러 간 주인공이 수리비 전달은커녕 셋집엔 들르지도 않고 폐허가 된 집터에 놓인 빈 항아리에 똥을 누고 올 뿐인 김소진의 이야기는 어떤가. 구린내가 진동하는 깨진 항아리 속에서 똥을 누면서 그는 왜 울고 싶어졌을까? 곧 포크레인의 삽질에 깎여 사라질 산동네의 풍경과 '나'의 미아리 셋집 가기와 똥 누기는 무슨 상관이란 말인가? 셋집으로 가면서 그는 왜 '그날 새벽'을 떠올리는가? '그날 새벽'에 무슨 일이 있었던 것일까? 빈 항아리에 똥을 누는 마지막 장면에 대한 이해는 소설 전체를 관통하는 이런 질문들을 통과해서 얻어진다. 한 장면에 대한 이해는 한 장면 읽기로 이루어지는 일이 아니다.

2

　도무지 알 수 없는 세상의 풍경들이 그러하듯, 소설 속 장면들은 온통 기이함과 모호함으로 가득하다. 세상을 살아간다는 것은 세상일의 기이함과 이해할 수 없음과 알 수 없음과 마주하는 일이며 결국에는 그것들을 받아들이는 것이라고 할 때, 소설 속 장면들이 이해할 수 없는 일들로 가득하다는 것은 어쩌면 당연한 일일 것이다. 소설을 읽는다는 것은 어쩌면 그 이해할 수 없는 일들 앞에 마주 서고자 하는 시도이며, 이해할 수 없다고 항의하는 일이며, 이해할 수 없으나 납득하고자 하는 안간힘 같은 일이다. 소설은 세상에 질문을 던지고 그 질문을 우리 안에서 다시 곱씹게 하는 항의문이자 반성문이다. 좋은 소설일수록 질문으로 가득 차 있고 따라서 혼란스럽다. 그 소설 앞에서 나도 질문이 많아진다.

나는 "나는 편의점에 간다. 많게는 하루에 몇 번, 적게는 일주일에 한번 정도 나는 편의점에 간다. 그러므로 그사이, 내겐 반드시 무언가 필요해진다"라는 문장이 이상하다. "나는 부엌의 어둠 속에서 태어났다"는 고백과 "너는 그때 도마 위에 누워 있었어"라는 증언이 이상하다. 똥이 나오지 않는다는 사람에게 지금 우리는 후기산업사회를 살고 있는 거라고 응수하는 의사의 모습은 황당하고, 낙원 같았던 유년시절의 안마당을 묘사하면서 등장하는 '뱀 같은' 이라는 비유가 의심쩍고, 흔들리는 기차에서 "별 하찮은 인간이 다 나를 귀찮게 한다"고 생각하면서도 "아무것이나 손에 닿는 것을 꽉 붙잡는다"고 할 때 '아무것이나'가 마음에 걸린다.

사라진 애인을 이해하기 위해 낭가파르바트를 오르기로 한 남자가 그 산을 바라보다 축대 위에 있던 '나'의 집을 떠올리는 장면은 흥미롭다. 소설은 왜 '그'의 시점이 아니라 '나'의 시점으로 이야기를 하고 있는 것인지, 그러면서도 '나'의 시선으로 '그'를 바라보고 기술하는 것이 아니라 '그'의 시선으로 대상을 보고 기술하는지 궁금하다. "살인 사건은 왜 일요일에 자주 발생하는 것일까"라는 질문이 심상치 않아 보이고, 바람이 불면 요란해지는 뒤꼍의 대숲도 수상하며, 살인자가 무언가를 열심히 읽고 쓰고 문화센터를 다니고 시를 짓고 있다는 점은 더욱더 수상하다.

이런 사소하고 은밀한 수상함과 심상찮음이, 거기에서 떠오른 질문들이 이 책의 시작이다. 사소해 보인다고 사소한 것은 아니며, 우스꽝스러워 보인다고 우스운 것은 아니다. 이 책은 그 사소한 질문들을 이해하기 위해서, 그 질문들을 통해 소설을 읽기 위해서, 나 자신과 세상을 이해해보기 위해서 시작되었다. 의도했다고 해서 성취에 다다르는 것은 아닐 것이다. 하지만 소설 읽기와 세상 읽기가 이 질문들로 시작되어야 한다는 것은 분명하다. 거듭 말하거니와, 한 장면에 대한 이해 없이 소설 전체를 이해한다는 건 불가능하고, 소설 전체의 맥락 없이 한 장면을 이해하는 것도 가능하지 않다. 소설이나 사람 살아가는 일이나 사소해 보이는 한 장면도 결코 사소하지 않고, 그 사소함에 대한 이해 없이는 한 발자국도 이해에 다가갈 수 없다. 다이아몬드보다 이빨 하나가 중요하다고 역설하는[1] 돈키호테가 소설의 문을 연 인물임은 의미심장하다.

3

그리스 미케네 문명의 유적지인 필로스 궁전 벽화에는 수금을 타고 있는 시인과 커다란 새의 모습이 그려져 있었다고 한다.[2] 수채화로 복원된 그 벽화 속 풍경에서 특히 주목되는 것은 노래하는 시인의 형상을 뒤로한 채 울퉁불퉁하게 하늘과 맞닿은 풍경을 향해 날아가고 있는 새였다. 수금을 켜고 있는 시인 보다 훨씬 더 크고 강하게 보이도록 그려

---

1 양 떼를 군대로 알고 덤벼들어 목동들이 던진 돌멩이에 맞아 이빨이 부서진 돈키호테가 산초에게 하는 말이다. 미겔 데 세르반떼스, 민용태 역, 『돈 끼호떼』 1, 창비, 2012, 243쪽.
2 이에 대해서는 애덤 니컬슨, 정혜윤 역, 『지금 호메로스를 읽어야 하는 이유』, 세종서적, 2017, 15~17쪽 참조.

져 있는 그 새는 말하자면 시/노래였다. 시인의 노래는 시인을 떠나 더 큰 새가 되어 세상 속으로 날아간다. 날개 달린 새처럼 세상을 향해 날아가는 것이 시/노래라면, 말에는 날개가 달려 있음에 분명하다. '날개를 단 말틈', 이것이 3500년의 시간을 넘어 이어져 온 우리의 오랜 꿈이라는 것은 놀랍고도 반갑다.

일찍감치 그 꿈을 꾸었던 호메로스가 전쟁을 노래하면서 세상으로 퍼져가길 바란 것은 무엇이었을까? 잔혹한 전쟁 장면을 눈감는다면 『일리아스』는 의외로 코믹한 면이 있기까지 하다. 가령 테티스가 아들인 아킬레우스를 위해 그리스의 승리를 유예해달라고 부탁을 하고 간 뒤 부부싸움을 하는 제우스와 헤라의 모습은 그대로 우리들 세속의 부부싸움과 다름이 없고, 지독한 전쟁 중에도 사랑이 그치는 법이 없었으니 메넬라오스와 싸우던 파리스는 아프로디테 여신에 의해 순간이동을 해서 헬레네의 방으로 옮겨져 그녀와 사랑을 나눈다. 전쟁의 한복판에서도 사랑은 멈추어지지 않는다는 것인가? 영웅들의 기개로 강조되고 미화된 전쟁보다 파리스의 부끄럽고 비겁한 사랑의 도피가 낫다는 것인가?

죽음을 향해 달려가는 이야기로 보이는 『일리아스』는 의외로 곳곳에서 사랑하는 일과 살아가는 일의 중요성을 강조한다. 예컨대 먹는 일과 자는 일 같은 것. 주인공 아킬레우스만 하더라도, 밥 먹고 싸우자는 오뒷세우스의 권유를 뿌리치며 살의에 충만해 있던 그는 아들 헥토르의 시신을 돌려받기 위해 찾아온 프리아모스를 맞아 오히려 그에게 저녁을 권한다. 그렇게 적이었던 두 사람은 함께 저녁을 먹고 잠을 잔다. 아킬레우스에게는 인간 세계로의 완전한 귀환을, 프리아모스에겐 고통스런 슬픔에서 벗어나는 극복을 의미하는 시간은 그렇게 온다. 먹고 자는 것은 그만큼 중요하다. 호메로스는 인간 삶에 대한 무한한 긍정을 이야기하고 있는 것이 분명하다.

갈수록 전쟁은 오래전의 이야기가 아닌 것 같이 여겨진다. 나라와 나라가, 이념과 이념이, 사람과 사람이 맞붙어 으르렁대는 이야기는 언제 어디에나 널려 있다. 내 마음도 항시 전쟁 중이다. 분노와 살의로 씩 씩대는 게, 체념과 포기로 너 죽고 나 죽자 으르렁대는 게, 이러지도 저러지도 못하고 우왕좌왕하는 게, 다 내 일이다. 시인이 수금을 켜며 들려주는 노래에 귀 기울이던 수천 년 전의 마음이나 지금의 내 마음이나, 크게 다를 바가 없다. 나는 전쟁 속에서도 사랑을 이야기하고 밥 먹기의 중요성을 설파하던 오래전 시인의 이야기에 귀 기울이듯 소설을 읽는다. 세상 어느 이야기도, 어느 한 장면도 흘려들을 수가 없다.

페스트로 폐쇄된 오랑시가 우리의 현실이 된 지금, 창궐하는 바이러스 속에서 세상은 더 혼란스럽다. 이미 오래전 우리 안에 들어와 번성하고 있는 탐욕과 허위와 폭력이라는 이름의 바이러스는 또 어떠한가. '귀가 순해질耳順' 법도 하건만, 속악한 세상 속에서 나는 여전히 부글부글 소란스럽다. 나이가 먹어도 세상은 알 길이 없고 사람은 멀기만 하니, 내가 읽고 쓰는 이유일 것이다.

2020년 10월

황도경

차례

1부
현대의 얼굴

나는 물건이다, 라는 자각

최인호, 「타인의 방」

―――

그때였다. 그는 서서히 다리 부분이 경직되어 오는 것을 느꼈다. 그것은 우연히 느낀 것이었다. 처음에 그는 이 방에서 도망가리라 생각했었기 때문에, 될 수 있는 한 소리를 내지 않고 살금살금 움직이리라고 마음먹고 천천히 몸을 움직이려 했을 때였다. 그러나 그는 다리를 움직일 수가 없었다. 이상한 일이었다. 그래서 그는 손을 내려 다리를 만져보았는데 다리는 이미 굳어 석고처럼 딱딱하고 감촉이 없었으므로 별수 없이 손에 힘을 주어 기어서라도 스위치 있는 쪽으로 가리라고 결심했다. 그는 손을 뻗쳐 무거워진 다리, 그리고 더욱더 굳어져 오는 다리를 끌고 스위치 있는 곳까지 가려고 안간힘을 썼다. 그러나 그는 채 못 미쳐 이미 온몸이 굳어오는 것을 발견하였다. 그래서 그는 숫제 체념해버렸다. 참 이상한 일이라고 생각하면서 그는 조용히 다리를 모으고 직립하였다. 그는 마치 부활하는 것처럼 보였다.[*]

―――

―――――――――

[*] 최인호, 「타인의 방」, 『타인의 방』, 문학동네, 2002, 198쪽.

다리가 아프다는 것, 혹은 거세의 징후

최인호 소설을 이야기하면서 나는 그의 이야기 어딘가에는 구멍이 뚫려 있다고 말한 바 있다.[1] 어린 시절 뛰어놀던 산골에 뚫려 있던 터널이나, 마을 한가운데 자리하고 있는 우물, 혹은 하늘과 땅 사이에 놓여 있는 사다리, 심지어 이빨 빠진 노인의 입이나 늙은 어머니의 '밑구멍', 여자애의 성기 같은 구멍들이 그의 소설 곳곳에는 자리하고 있다. 그 구멍들은 우리를 원시적이고 본능적인 욕망의 세계로 이끄는 통로이자 존재의 근원적인 어둠과 만나게 하는 수렁이다. 책임과 노동의 무게를 벗어던지고 하늘을 향해 날아오르고 싶은 꿈, 현실에 의해 억눌린 욕망을 마음껏 발산하고 싶은 욕구, 평온하고 무료한 일상의 표면을 벗겨내어 그 밑의 얼룩진 바닥을 드러내고 싶은 충동, 구멍은 우리 안에 꿈틀거리고 있는 이런 욕망을 자극하며 우리를 향해 입을 벌리고 있다.

최인호 소설은 많은 경우 이 구멍 이야기로 시작한다. 삶으로 난 통로이자 죽음으로 이어진 통로이기도 하고, 흥분과 설렘 속에 다가가는 낙원으로의 입구이자 치욕과 환멸을 안고 통과하는 지옥문이기도 한 구멍이 그의 소설 입구에 떡 하니 자리하고 있다. 그러니 최인호 소설을 읽는다는 것은 그의 인물들과 함께 그 구멍 속으로 들어간다는 것을, 그 구멍 속 지옥의 상황을 함께 겪는다는 것을 의미한다. 거기에는 온갖 욕망과 흥분과 두려움을 안고 삶과 죽음, 더러움과 죄의식, 환상과 환멸 사이를 넘나드는 이야기가 있다.

「타인의 방」에도 그런 구멍이 있다. 주인공이 우여곡절 끝에 집으로

1 　황도경, 「구멍의 늪, 혹은 구원의 노래」, 최인호, 『돌의 초상』, 문학동네, 2002.

들어가는 장면에서 소설은 "그는 화가 나서 투덜거리면서 열쇠 구멍에 열쇠를 들이밀었다"고 적고 있다. 말하자면 집 혹은 방으로 들어간다는 것은 그 구멍을 통과한다는 것을 전제로 한다. "그는 방금 거리에서 돌아왔다"는 소설의 첫 문장이 강조하듯, 그는 그 구멍을 통과해서 '거리'에서 '자기 방'으로, 밖에서 안으로, 타인들로부터 벗어나 가족(아내)에게로 돌아온다. 책임과 의무에 눌려 있는 일상의 세계로부터 벗어나 억눌린 욕망을 자유롭게 발산하리라는 기대, 그런 기대로 그는 구멍을 통과하는 것이다.

그러니 소설에서 집은 욕망의 충족 공간이다. 적어도 그렇게 기대된다. 집 안에는 아내가 발가벗은 채 곯아떨어져 있을 거라는 생각은 그에게 집이 욕망의 충족이라는 기대 속에 존재한다는 것을 보여준다. 아내는 견고하고 질이 좋은 자크가 달려 있는 성기로 특화되고 있듯이 성적 환상과 연결되어 있는 존재이고, 집은 그런 아내가 자신을 기다리고 있는 공간으로 전제된다. 집으로 들어온 주인공이 감각적으로 예민해지고 욕망에 들떠 있는 것은 이 때문이다.

실제로 집은 지극히 육체적이고 감각적인 공간으로 그려진다. "위생적인 정육점" 같아 보였다는 욕실에서[2] 주인공은 더러운 구정물이나 머리카락, 더러운 때 같은 것을 통해 아내의 흔적을 발견하기도 하고, 샤워를 하면서는 "더운 물이 피로한 얼굴을 핥고 춤의 신발을 신어버린 소녀처럼 매끈거리면서 몸을 타고 흘러내리는 감촉을" 즐기고, 비누를 풀어 온몸을 매만지다 자신의 성기가 발기하는 것을 보고, 뜨거운 물이

---

2   지극히 육체적인 공간으로 보이는 정육점이 사실은 죽은 몸들이 전시되어 있는 곳이라는 점을 생각할 때, 이 육체적 공간은 오히려 죽음을 환기시키기도 한다.

"싱싱한 정육 냄새"가 나는 근육을 적시는 것을 느낀다. 이 감각적이고 성적인 묘사가 시사하듯, 집은 '거리'에서 억압되었던 욕망의 자유로운 분출이 가능해지는 공간인 것이다.

하지만 감미로운 성적 판타지 속에 떠올렸던 아내는 외출중이고, 아내와의 육체적, 성적 접촉은 겨우 아내가 씹다 거울에 붙여놓은 껌을 떼어 씹는 것으로 대신된다. 그리고 무엇보다 그는 다리가 아프다. 피로로 "퉁퉁 부은 다리"는 "거의 경직이 되어 뻣뻣한 다리"가 되고, 그는 아픈 다리를 질질 끌며 거실로, 부엌으로, 욕실로 이동한다. 이때 아픈 다리는 아내의 부재와 함께 성적 불능을 환기시키는 거세의 징후다. 그 다리는 곧 딱딱하게 굳어져 '새로운 물건'이 될 참이다. 뿐만 아니라 손톱을 갓 깎은 후라 죽은 시계 바늘을 돌리는 일도 어려웠다든지, 욕실에서 수염을 깎다가 얼굴을 베여 피가 났다는 것 등도 거세의 이미지를 환기시키는 장면들이다. 집은 기대와 달리 죽은 몸과 죽은 성性의 공간으로 그 실체를 드러내기 시작한다.

'내' 안의 타자, 혹은 타자화된 '나'

소설은 주인공이 '거리'에서 돌아와 '자기 방'까지 왔다는 서술로 시작한다. 하지만 그가 자기의 것이라고 주장할 만한 것은, 그리고 그 근거는 아무것도 없다. 그는 자기 집 앞에서 이상한 사람으로 오해를 받았고, 자기를 기다리고 있을 거라 기대했던 아내는 외출 중이다. 방 안에 들어선 그는 잠시 '낯선 곳'에 들어선 사람처럼 서 있기도 한다. 그는 '자기 방'에 도달하지 못한다. 겨우 집으로 돌아왔지만, 거기에선 그가 공간의 주인도 욕망의 주체도 되지 못하고 주체의 자리에서 객체의 자리로 내몰리는 부조리한 삶의 양태가 더 극적으로 펼쳐질 뿐이다. 소설 제목인 '타인의 방'은 그런 아이러니를 담고 있다.

이제 집은 냉철한 자기 확인과 환멸을 경험하게 하는 공간이 된다. 소설에서 '거울'이 반복해서 등장하는 이유이기도 하거니와, 거울을 통해 주인공은 자신의 진짜 얼굴 혹은 자기 안의 다른 '나'를 대면한다. 가령 집으로 들어온 주인공이 거울 속에서 주름살투성이의 늙수그레한 남자를 보고 욕을 퍼붓는 장면은 '내' 안의 타자를 발견하는 장면이라 할 만하다. 실제로 소설은 이때 주인공이 거울 속에서 늙수그레한 남자를 '발견'했다고 적고 있거니와, 소설은 '발견'의 이야기라 할 만큼 새로운 자아와 새로운 세계의 발견으로 가득하다. 그는 아내가 씹던 껌이 거울에 붙어 있는 것을 '발견'하는가 하면, 욕실 거울 앞에 확대경이 놓여 있는 것을 '발견'하고 그 확대경으로 자신의 얼굴을 비춰보기도 하고, 조금 전까지 요동치던 스푼이 얌전하게 손에 쥐어 있는 것을 '발견'하는가 하면, 소설 끝에서는 자기의 온몸이 굳어오는 것을 '발견'하고, 그렇게 물건이 된 그를 다시 아내가 '발견'한다.

이 '발견'은 결국 타자화된 '나'의 확인 혹은 자기 분열의 예감으로 이어진다. 수염을 깎다 얼굴을 베어 피를 닦기 위해 붙인 휴지가 "침 바른 우표처럼" 붙어 자기 얼굴이 "우송되는 소포처럼" 떠오르는 것을 욕실 거울을 통해 보는 장면에서, 그의 얼굴은 이미 하나의 사물 혹은 타자가 되어 있다. 자신의 의지와는 상관없이 어딘가로 보내지고 우송되는 물건이라는 자각이 이 '발견'에 뒤따른다. 집이란 즐겁고 아늑한 곳이라고 중얼거리다가 그 소리가 '타인의 소리'처럼 느껴진다거나, 확대경으로 자기의 얼굴을 비추자 뚜렷한 형상을 갖지 않은 사내가 이상하게 부풀어 확대되어 있는 것을 보는 것도 낯선 '나'의 발견 혹은 자기 분열의 징후라는 점에서 주목되는 장면이다. 이와 관련해서 이후 등장하는 다음과 같은 문장들은 흥미롭다.

- 지난 여름은 행복하였다고 그는 생각하였다.(191쪽)
- 이것은 어제의 더운물이 아니다라고 그는 의식한다.(191쪽)
- 그 차가운 물은 이제 예사의 찬물이 아니다라고 그는 의식한다.(191쪽)
- 나는 안다라고 그는 생각한다.(193쪽)
- 무생물에 놀란다는 것은 부끄러운 일이다라고 그는 생각했다.(197쪽)

주인공의 판단이나 느낌을 기술하는 문장 뒤로 '~라고 생각했다'라는 구절이 뒤따르는 이 이상한 문장들에서 '나'는 느끼고 판단하는 '나'와 그것을 의식하는 '나'로 분리되어 있다. 느끼고 판단하는 '나'가 있고, 그런 판단과 느낌을 의식하고 생각하는 '나'가 따로 있다. 행동과 판단이 직접적으로 표출되는 것이 아니라 의식과 생각을 통과해서 표출된다. 가령 '지난 여름은 행복했다'는 느낌 혹은 '나는 안다'라는 판단은 '~라고 생각했다'라는 술어에 종속된다. 느끼고 판단하는 행위의 주체로서의 '나'가 아니라 생각하고 의식하는 인식의 주체로서의 '나'가 우선한다. '나'는 감각과 행위의 세계에서 사유와 인식의 세계로 후퇴한다. 주인공의 사물화는 이 타자화된 '나' 혹은 자기 분열에서 이미 진행되기 시작했다.

사물의 반란, 혹은 '나는 물건이다'라는 자각

이제 방은 더 이상 안락한 휴식의 공간도, 자유로운 욕망의 발산이 이루어지는 공간도 아니다. 그는 심지어 그 공간의 주인도, 욕망의 주체도 아니다. 집에는 신문도 없고 시계는 죽어 있었다는 사실이 환기하듯, 그 공간은 '시계 밖의 세계' 말하자면 일상의 세계와는 전혀 다른 세계다. 그는 없는 손톱으로 시계 바늘을 돌리며 '시간의 회복'을 시도하지만 실패한다. 그는 이미 다른 세계로 편입되었고, 거기에서 그는 손톱과 이빨이 제거된 채 '철책에 갇힌 짐승' 같았다가 '가구 같은 정물'처럼 누워 있고 마침내 '물건'이 된다.

살아나는 것은 오히려 사물들이다. 그리고 이때 그는 사람(아내) 대신 사물과 접촉을 시도한다. 귀를 소켓에 밀착해서 소켓의 좁은 '구멍'에 '접촉'하자 그의 온 몸이 달아오르기 시작한다. 사물들의 반란, '쿠데타'는 그렇게 시작된다. 휴지조각과 크레용들이 허공을 날고, 서랍 속에서 내의가 펄펄 뛰고, 혁대가 물뱀처럼 꿈틀거리고, 성냥갑 속의 성냥개비가 중얼거리고, 꽃병에 꽂힌 마른 꽃송이가 다리를 들어 올리면서 춤을 추고, 벽이 다가왔다 물러서는가 하면, 재떨이가 박수를 치기 시작한다. 사물들은 동작술어를 거느리며 펄펄 살아 움직이는 하나의 주체가 된다. 마치 새로운 세계에 눈을 뜨듯 주인공은 이 광경을 어린 시절 경험했던 황홀한 우주에 비유하고, 심지어 그 세계 속의 공범자가 되고 싶다고 고백한다.

하지만 이렇듯 사물들이 주체가 되어 움직일 때 주인공은 거꾸로 움직임을 멈추고 사물이 된다. 글의 앞에 인용한 대목이 그런 사물화의 순간을 기술하고 있는 장면인데, 주목되는 것은 그 사물화가 다리를 통해 완성된다는 사실이다. 아프고 부어 있던 다리는 더 경직되어 석고처럼 딱딱해지고, 결국 그는 온몸이 굳은 채 다리를 모으고 '직립'한다. 이제 그는 완전하게 하나의 '물건'이 된다. '물건'이 사물을 뜻하는 동시에 남성 성기를 지칭하기도 하듯, 이 상황은 사물화된 성을 은유하기도 할 것이다. 성의 사물화, 존재의 사물화, 생명의 소멸은 그렇게 함께 진행된다. 흥미로운 건 이 사물화를 '부활'로 비유하고 있다는 점이니, 그는 그렇게 사물들의 세계에 완벽하게 편입된다. 물신의 세계로의 완벽한 귀환이자 투항이라 할 만하다.

이후 소설은 '새로운 물건'이 된 주인공이 다시 다락 잡동사니 속에 처넣어지는 과정과 아내가 다시 메모를 남기고 방을 떠나는 이야기를 후일담처럼 전한다. 주인공이 처음 집에 돌아왔을 때와 비슷한 상황이 반복되면서 끝나는 이런 결말은, 아내는 항상 부재했었고 그는 원래 있으나 마나 한 잡동사니 같은 '물건'이었을 뿐이라고, 기만과 위선 속에서 우리의 삶이 반복되고 있을 뿐이라고 말하는 듯하다. 그러니 생각하면 이 기이한 이야기가 그리 낯선 것도 아니다. 어쩌면 처음부터 방의 주인은 사물들이 아니었을까. 현대를 살고 있는 우리들은 이미 사물의 우주에서 객체가 되어 살아가고 있는 것은 아닐까. 사물들이 소리를 내며 펄펄 살아 움직이고 있을 때, 정작 사물이 되어가고 있는 건 우리들이 아니었을까. 사물들이 반란을 일으키는 우화적 풍경은 어쩌면 '나는 물건이다'라는 쓸쓸한 자각을 드러내고 있는 것은 아니었을까. 그것은 '나는 벌레다'라는 카프카의 인식보다 어쩌면 더 비극적인 것은 아닐까.

기름진 시대의 행복, 혹은 삼켜진 비명

박완서, 「지렁이 울음소리」

　일요일 아침의 남편은 한층 행복하다. 마치 그 '몸뚱이가 좋은 여자'의 몸뚱이를 구석구석 싫도록 주물러댄 경험이라도 있는 것처럼 그 방면에 도통한 듯한 음탕하고 권태롭고 느글느글한 웃음을 흘리면서 기지개를 늘어지게 켠다. 나에게 아무 일도 안 일어나고 만 것이다. 다만 먼로라도 간음하고 난 척하는 남편이 아니꼬우면 나도 그동안 서방질이라도 한 척 능글스러울 수도 있을 것이다.

　침실에 일요일 아침시간이 늪처럼 고이고, 음습하고 권태로운 욕망이 수초처럼 흐늘흐늘 흐느적대며 몸에 감긴다. 나는 남편에게 익숙하게 붙잡힌다. 나에게 그의 먼로가 돼달라는 눈치다. 나는 그의 먼로가 된 채 내가 짜낸 이태우 선생의 비명을, 신음을 생각한다.

　"날 놔줘" "제발 날 살려줘" 그건 어떤 소리 빛깔을 하고 있었을까. 지렁이 울음소리 같았을까 몰라. 그 신음을 육성으로 들어두지 못한 건 참 분하다.[*]

---

[*]　박완서, 「지렁이 울음소리」, 『부끄러움을 가르칩니다』, 문학동네, 2017, 146쪽.

불모적 현실과 소리의 죽음

전쟁과 분단을 거치면서 일그러진 개개인의 삶을 아프게 그려내며 출발한 박완서의 소설은 현대 도시 사회의 불모적 현실과 그 안에서의 허위적이고 물신적인 삶의 양태, 권태롭고 무기력한 소시민의 일상을 생생하게 그려내는 데에도 노련함을 발휘한다. 흥미로운 것은 많은 경우 그것들이 말에 대한 인식을 통해서 드러난다는 점이다. 가령 박완서의 마지막 작품인 「석양을 등에 지고 그림자를 밟다」에는 아주 흥미로운 대목이 등장한다. 주인공은 외국 여행 중 감기에 걸려 몸살과 오한에 시달리게 되었고 외국 의사에게 자신의 상태를 이야기해야 하는 처지에 놓이게 된다. 그런데 정작 문제는 그것을 외국어로 말하기 어렵다는 데 있는 것이 아니다. 그녀는 "나는 오슬오슬 춥다가 오싹오싹 떨린다고 말하고 싶다"고 이야기한다. 그녀는 그저 춥고 떨린다고 얘기하고 싶은 게 아니라 '오슬오슬 춥고' '오싹오싹 떨린다고' 말하고 싶은 것이니, 그녀는 몸이 아픈 게 아니라 말이 고픈 것인지 모른다. 박완서 문학은 이 말에 대한 열망, 갇힌 말을 꺼내놓고 싶다는 열망에서 시작한다. 그녀에게 있어 말이란 막힌 것을 풀어내는 생명의 힘이다. 하지만 박완서 인물들은 대개 말이 막혀 있거나 말을 삼킨다.

풍요롭고 기름진 시대의 실상을 풍자하는 작품들에서도 불모적 삶은 항상 소리의 죽음과 함께 온다. 예컨대 「닮은 방들」에서 집을 마련하는 동안 친정에 얹혀사는 주인공은 귀가하는 남편의 "가냘픈 '딩' 소리를 가려내야 하는" 것이 괴롭다. 그녀는 울음이 나올 것 같은 슬픈 얼굴로 대문을 열러 나가지만 그녀의 울음은 터져 나오지 않는다. 그녀의 삶에는 소리가 없다. 그래서 내 집을 갖고 싶다는 꿈은 소리를 부활시키는 꿈으로 변주된다. 말하자면 남편이나 아들이 직장이나 학교에서 돌아와 집 문을 쾅쾅 두드리게 하고 싶다는 것. 하지만 정작 작은 아파트를 얻어 이사를 했을 때 그녀의 삶에 생명의 소리가 충만해지는 것도 아니다. 옆집 철이 엄마와 함께 오이 팩을 하면서 주름 없는 탱탱한 피부를 얻기 위해서는 그동안 웃어서도 말을 해서도 안 된다고 얘기하는 장면은, 우아한 현대적 삶이 생명의 움직임으로서의 소리를 유예시킴으로써 가능하다는 것을 흥미롭게 환기시킨다.

「재수굿」에서도 주인공이 가정교사로 가게 된 성북동 고급 주택가는 '조용하다.' 심지어 '묘지처럼' 고요했다고 묘사되기도 하는 그 동네는 점원에게 고래고래 악을 쓰는 아버지가 있는 그래서 웃음과 소리가 살아 있는 그의 공간과 대비가 되는 죽은 공간이다. 고급 주택의 부유함과 고상함에 길들여진다는 것은 웃음과 소리를 죽이는 것이 전제된다. 재수굿을 하는 부부의 우스꽝스러운 모습을 보면서 웃음이 터져 나오려 할 때도 그는 웃음을 참기 위해 "전신을 강직시키고 어금니를 고통스럽게 악"물어야만 한다. 그 동네를 빠져나오면서 마지막으로 한번 웃고 싶었지만 그는 끝내 웃지 못한다. 영영 받을 수 없게 된 이만 원이 아까웠기 때문이다. 월급 이만 원이 앗아간 웃음, 이것은 현대 도시 사회 속에서 잃어버린 생명의 기운을 환기시키는 우울한 풍경이다.

박완서의 소설은 어떤 점에서 부끄러움조차 잃어버린 시대, 그래서 부끄러움도 가르쳐야만 할 것 같은 시대의(「부끄러움을 가르칩니다」), 돈보다 먼저 가난을 도둑맞은 사람들의(「도둑맞은 가난」) 이야기다. 속화된 세상은 염치를 모르고 뻔뻔해져 있고, 그 안에서 어떤 이는 그 기름진 시대의 풍요를 구가하고, 어떤 이는 터져 나오려는 분노와 눈물과 웃음을 삼킨다. 이들도 결국 그 물신의 풍경과 허위적 삶 속에 갇히게 될 것이니, 이들은 그 풍요의 대가로 소리를 죽이고 생명의 움직임을 죽인다. 「지렁이 울음소리」에서도 우리는 풍요로운 현대의 삶 속에서 잃어버린 비명에 대한 이야기를 만난다.

기름진 시대의 행복

「지렁이 울음소리」 속 주인공은 그야말로 부러울 것 없는 안정된 생활을 누리고 있는 인물이다. 은행 지점장인 남편은 안정된 직장에서 순조로운 승진을 하고 있는 중이고, 부동산도 가지고 있어서 매달 수익이 나고 있고, 아이들도 건강하다. 그런데 막상 그녀는 행복하지 않다. 행복은 오로지 남편의 것이다. 남편은 현대 도시의 삶이 요구하는 가치에 전폭적으로 편승해서 현대의 즐거움과 편리함을 만끽하고 있는 중이다. "현대란 얼마나 살기 좋은 시댄가?" 아마도 이것이 그가 내걸만한 캐치프레이즈다. 그는 TV 채널 돌리는 데 독특한 기술을 가지고 있어서, '매혹적인 홀수'에서 홀수로 옮아가는 길에 아무리 바빠도 거쳐야 하는 '공허한 짝수'를 용케도 냉큼 건너뛰며 전광석화처럼 채널을 돌린다. 남편이 드라마에 빠져 있는 모습을 묘사하고 있는 다음 대목은 그야말로 현대의 매혹을 온 감각을 동원해서 실감나게 묘사한다.

이를테면 어떤 연속극은, 거피한 다디단 흰 팥이 노르께하게 구워진 겉꺼풀에 살짝 싸인 구리만주 같은가 자못 우물우물 맛있어하는가 하면, 어떤 연속극은 찐득하니 꿀 같은 팥을 얇은 찹쌀꺼풀로 싼 찹쌀떡 맛인가 까닥까

닥 맛있어하고, 어떤 연속극은 백항아리에 담긴 눅진한 수수조청을 여자처럼 토실한 집게손가락에 듬뿍 감아올려 빨아먹는 맛인가 쭉쭉 맛있어하고, 이 정도의 차이를 바보와 벙어리 사이에, 벙어리와 폭군 사이에 보였을 뿐 결코 어떤 감동은커녕 안타까움이라든가 동정 흥분을 나타내는 일이 없었다.(122쪽)

박완서의 능수능란한 글 솜씨가 매혹적으로 발휘되고 있는 대목 중의 하나인데, 이 대목을 읽고 있자면 드라마가 얼마나 우리의 온 감각을 자극하는 달콤한 유혹인지 그리고 얼마나 매혹적이고 달달해서 끊기 어려운 것이지를 실감하게 된다. 소설 속 표현대로 두뇌와 심장이 전혀 가담하지 않은 오로지 감각적 자극만의 유혹으로 현대는 와 있는 것 같다. 그 유혹은 치명적이게 달콤하다. 남편은 이 기름진 시대의 행복을 만끽하면서 항시 편안하고 행복하다.

문제는 이런 남편을 바라보는 '나'의 시선이다. 그녀는 경제적인 가치를 최우선으로 삼는 남편의 속물적인 말과 행동에 거부반응을 일으키고 그가 신봉하는 현대적 가치들에 불편해하는 인물이다. 그녀는 드라마를 좋아하지도 않고 단 것을 좋아하지도 않는다. 차에 매달린 가짜 귤이 너무 진짜 같아서 먹을 뻔 했다며 '경제적'이니 얼마나 좋으냐는 남편과 달리, 그녀는 향기를 가진 그리고 썩어가면서 퇴폐적인 냄새를 내는 생화를 그리워한다. "현대란 얼마나 살기 좋은 시댄가?"를 외치는 남편과 달리, 그녀는 "현대란 얼마나 살기 힘든 끔찍한 시댄가"를 외치는 입장이다. 그녀가 남편의 속물스런 모습을 보며 '그럴 수는 없다'고 혼자 도리질을 하며 중얼거릴 때가 많아지는 것은 그 불편함과 거부감이 일으킨 그녀 내부의 반란의 징후다.

문제는 그녀가 그것을 잘 참고 넘긴다는 것이니, 삼킨 소리들이 가져온 죽음과도 같은 현실이라는 박완서 소설의 한 풍경이 여기에서 다시 재현된다. 분별없는 딸꾹질을 한 번도 토해내는 일이 없이 잘 '삼켰기' 때문에, 그녀 삶에는 '아무 일도 일어나지 않는다.' 아들이 미술대학을 가겠다고 했을 때도 남편은 '안정된 생활'을 찬양하며 상대를 가라고 종용했고 아들은 아버지의 말에 복종했다. 끝내 둘 사이에는 '아무 일도 일어나지 않았다.' 그 이후 그녀는 따뜻한 아랫목에 누워서 조청에 떡을 찍어 먹으며 연속극을 보고 있는 게 남편인 건 어쩔 수 없다 치더라도 그게 미래의 아들의 모습인 것은 도저히 참을 수 없는 일이라며 도리질과 중얼거림이 잦아진다. TV 연속극의 소박맞은 여편네의 통곡 소리에도 함께 떨었고, "격렬한 외침이 심한 딸꾹질처럼, 오장육부에 경련을 일으키며 치솟았다"고 고백한다. 하지만 결국 그녀는 그 모든 반란의 징후를 토해내지 않고 잘 삼킨다. 소리의 죽음, 삼켜진 비명, 이것은 현대의 풍요와 행복 앞에서 그 대가로 치러진 것이다.

비명 혹은 지렁이 울음소리

그러던 어느 날 그녀는 20년 전 여학교 시절의 국어 선생 이태우를 만나게 된다. 그때 그는 '욕쟁이'라는 별명에 어울리듯 탐욕스러운 친일파나 모리배들을 향해 욕을 하고 금전만능의 풍조를 악을 쓰며 개탄하며 세상사에 참견을 하고 비분강개를 터뜨렸었고, 고려 가요를 읊조리고 윤동주 시를 낭송해주고 어디선가 일본말이 들리면 가차 없이 노예근성 운운하며 화를 냈던 인물이었다. 그런 이태우 선생을 만나게 되자 그녀는 그를 통해 삼킨 비명과 외침을 밖으로 토해내고자 한다. 속물화된 세상과 탐욕스러운 인간들을 향한 가차 없는 분노와 탄식의 대리분출을 할 수 있게 되기를, 그리하여 다시 한번 정신이 말개지고 고상해지는 기분이 들게 되기를 기대하며.

> 그의 욕이 내 생활을 꿰뚫고 내 행복을 간섭하고, 그의 욕이 이 기름진 시대를 동강내어 그 싱싱한 단면을 보여주며 이것은 허파, 이것은 염통, 이것은 똥집, 이것은 암종, 이것은 기생충하고 고래고래 소리지르게 하고 싶다.(139쪽)

하지만 그는 더 이상 '욕쟁이' 선생이 아니었다. 그 역시 이 기름진 시대의 일원이 되기 위해 노력중인 모양이었다. 누군가와 손잡고 사업을 구상중이라고 하는가 하면, 그토록 성을 내며 금지하던 일본말을 섞어가며 이야기를 하고, 누추한 색정의 찌꺼기 같은 웃음을 '길길길' 웃는다. 결국 그를 다시 욕쟁이로 만들겠다는 '나'의 소망과 달리, 이태우 선생은 유서를 남기고 사라진다. "나를 내버려뒤줘" "제발 날 살려줘"라는 말을 남기고.

너무 일찍 동생을 봐서 돌도 되기 전에 엄마의 젖이 말라붙었는데도 엄마의 빈 젖만 빨았던 '내'가 엄마의 비명에만 젖꼭지를 놓아주었다는 일화에서 드러나듯, 그녀는 자기를 배반하고 젖줄의 방향을 어린 동생에게로 바꾼 잔인한 모성 앞에서도 당당하게 분노했던 인물이다. 참을 수 없는 것은 엄마의 빈 젖이 아니라 빈 젖을 내밀면서도 아무렇지도 않은 엄마의 뻔뻔함이었을 것이다. 적어도 아무렇지도 않아서는 안 되는 것이었다. 엄마는 배반의 대가를 치러야 했고, '나'는 배반을 응징해야 했다. 하지만 그랬던 그녀도 이제는 분노를 삼킨다.

글의 처음에 인용한 대목은 그렇게 맞이한 어느 일요일 아침 풍경에 대한 묘사다. 평소와 달리 오래 신문을 보고 있던 남편이 정작 관심을 갖고 보고 있던 것은 마릴린 먼로가 시인이었다는 해외 토픽 기사였다. 그에게 마릴린 먼로는 '몸뚱이가 기막히게 좋은' 여자일 뿐이고, 마릴린 먼로 기사는 권태로운 일요일 아침에 느글거리는 욕망을 발동시켰을 뿐이다. 그리하여 일요일 아침의 남편은 다시 '행복하다.' 이태우 선생의 색정의 찌꺼기 같던 웃음처럼 남편도 권태롭고 음흉스럽고 느글느글한 웃음을 흘리고, 그녀는 그런 남편에게 잡혀 먼로를 대신해야 할 처지가 된다. 그때 그녀가 떠올리는 "날 놔줘" "제발 날 살려줘"라는 이태우 선생의 비명은 결국 그녀 자신의 비명이기도 할 것이니, 그녀도 욕쟁이 선생도 모두 탐욕스런 현대의 손아귀에서 빠져나오기는 힘들어 보인다. 이들은 분노의 비명 대신, 그럴 수는 없다는 격렬한 외침 대신, 다시 한번 그것들을 삼킨다. '아무 일도 일어나지 않는' 권태롭고 무료한 또 하나의 하루가 이렇게 시작되고 있으니, 지렁이 울음소리 같았다는 이들의 비명은 과연 어디에서 들을 수 있을 것인가? 소리와 비명을 삼킨 이들은 결국 그렇게 허위적이고 탐욕적인 현대 사회에 항복한다.[1]

---

1 이들의 삼켜진 말들이 토해져 나올 때 우리는 어떤 상처와 고통 속에서도 씩씩하게 살아 있는 박완서 인물들을 만날 수 있게 된다. 가령 대식가이고 목소리가 큰 성남댁이 엉덩이를 신나게 흔들며 걸쭉한 욕을 내뱉을 때(「지 알고 내 알고 하늘이 알 건만」), 양키와의 사이에서 난 자식과 함께 미국으로 떠나면서 무대소 아줌마가 "쌍노메 베치"라는 욕설조차 "샹놈의 새끼"로 바꾸어 내뱉을 때(「공항에서 만난 사람」), 수십 년 간 양공주들의 낙태 수술을 해오던 산부인과 의사가 죽어가는 아이를 안고 큰 병원으로 달려가면서 통

곡할 때(「그 가을의 사흘 동안」), 빨갱이 오빠의 죽음을 비명도 없이 삼켜버린 후 조용히 살아온 인물이 어머니의 장례식 날 처음으로 서럽게 호곡할 때(『나목』), 혹은 그 오빠의 죽음 이후 울음을 참아온 엄마와 딸이 결혼식 날 함께 통곡할 때(『그 산이 정말 거기에 있었을까?』), 그리고 참척의 고통을 겪은 어머니가 긴 수다를 늘어놓을 때(「나의 가장 나종 지니인 것」), 이들은 죽음의 현실을 뚫고 생생하게 살아 있게 된다.

'무언가 필요해진다', 혹은 빼앗긴 주어의 자리

김애란, 「나는 편의점에 간다」

나는 편의점에 간다. 많게는 하루에 몇 번, 적게는 일주일에 한번 정도 나는 편의점에 간다. 그러므로 그사이, 내겐 반드시 무언가 필요해진다.[*]

'무언가 필요해진다'와 '무언가 필요하다'의 차이

김애란의 「나는 편의점에 간다」는 무엇보다 특이한 문장에 주목해야 하는 작품이다. "나는 편의점에 간다. 그러므로 그사이, 내겐 반드시 무언가 필요해진다." 소설의 서두인 이 문장은 이상하다. "나는 편의점에 간다"와 "내겐 반드시 무언가 필요해진다"라는 두 문장을 잇는 '그러므로'라는 접속사 때문인데, 그것에 의해 두 문장의 인과 관계는 전도되어 있다. 무언가가 필요해서 편의점에 가는 것이 일반적이고 상식적이건만, 위 문장에서는 '무언가가 필요해서 편의점에 간다'고 하는게 아니라 '편의점에 가면 무언가 필요해진다'고 말한다. 말하자면 필

---

[*] 김애란, 「나는 편의점에 간다」, 『달려라, 아비』, 창비, 2006, 32쪽.

요와 욕망이 소비를 낳는 게 아니라, 소비가 필요와 욕망을 자극한다. 그러므로 이때 욕망의 주체는 '내'가 아니라 편의점이다. 편의점이 '나'를 움직이는 주체가 되고, '나'는 주어의 자리에서 밀려난다. '나'를 객체로 밀어내고 '무언가'가 주어가 되는 세계, 인간적인 것의 소거를 통해 이룩된 세계, 그것이 편의점이다.

> 나는 집에 화장지가 있지만 화장지가 언제 떨어질지 모르므로 화장지를 산다. 나는 집에 밥이 없지만 밥은 언제나 해먹어야 되는 것이므로 참치캔을 산다. 나는 참치캔을 샀으니 밥을 해먹을 것이고, 밥을 해먹으면 입가심을 하고 싶을 것이므로 요쿠르트를 산다. (34~35쪽)

여기에서도 욕망-소비의 전도된 관계가 문장을 통해 그대로 드러난다. 각각의 문장에 자리하고 있는 '~(으)므로'라는 어미에 주목해보자. 그 어미는 앞뒤 문장을 인과 관계에 의해 연결시킨다. 하지만 그 인과 관계는 이상하다. 화장지가 떨어졌으므로 화장지를 사거나 참치캔이 필요해서 참치캔을 사는 것이 아니다. 화장지를 사면 화장지를 쓰게 될 것이고, 참치캔을 사면 밥을 해먹게 될 것이므로 '나'는 화장지와 참치캔을 산다. 참치캔을 '사는' 행위가 밥을 먹는 '욕망'을 일으키고, 또 요구르트를 마실 '욕망'을 일으킨다. 말하자면 '사는' 행위가 먼저 있고, 그 후에 '필요'와 '욕망'이 온다. 필요해서 사는 게 아니라 사면 필요해지고, 욕망이 있어서 상품을 사는 게 아니라 상품이 있어서 욕망이 생긴다. 필요와 욕망은 '언젠가는', '언제든' 등의 막연한 미래를 가정하며 발생한다.[1]

그러므로 편의점에서 그리고 편의점으로 상징되는 현대사회에서 우리는 욕망의 주체가 아니다. 욕망은 상품에 의해 발생한다. 그러므로 "나는 편의점에 간다"는 문장에서 '나'의 주어로서의 의미는 사라진다. 편의점에서 '나'는 개별성을 갖지 않는다. 편의점을 오가는 많은 사람들은 저마다의 사연을 갖고 있을 것이다. 하지만 편의점이라는 공간에서 우리는 어떤 사연을 갖고 있는가가 아니라 어떤 상품을 구매하는가에 의해 의미를 가질 뿐이다. 세븐일레븐의 사장은 '내'가 어느 대학에 다니고 전공이 무엇인지도 알지만 정작 '내'가 지갑을 놓고 오는 바람에 삼각 김밥 살 칠백 원이 없다는 걸 알게 되자 '나'를 모르는 사람처럼 대하고, '나'에 대해 많은 것을 알고 있으리라 생각한 큐마트의 청년은 '나'를 기억조차 하지 못한다. 그곳에 구매와 연결되지 않는 '나'는 없는 것이나 마찬가지다.

> 비디오방에서 서로를 안았던 어린 연인을 퇴학시킨 선생은 컵라면을 사 먹고, 아이를 지우게 한 남자는 목이 말라 맥주를 사 왔고, 아직도 아버지께 꾸중 듣는 백수 청년은 오늘도 담배가 떨어졌을 것이다. 그리하여 아무 일도 일어나지 않은 것에 대한 이 기록은 마침내 시시해진다.(57쪽)

여기에서도 문장 구조에 주목하자. 주어에 해당하는 인물들에는 "비디오방에서 서로를 안았던 어린 연인을 퇴학시킨 선생", "아이를 지우게 한 남자", "아직도 아버지께 꾸중 듣는 백수 청년" 등과 같이 긴 관형절을 수반한 설명이 붙어 있다. 그 긴 관형절에서 드러나는 사연들은 그

---

1 가령 "언제 떨어질지 모르므로", " 언제나 해먹어야 되는 것이므로", "입가심을 하고 싶을 것이므로"와 같은 구절들.

들 각자를 다른 이들과 구별되는 독특하고 유일한 개체로 만든다. 하지만 편의점은 그것에 관심이 없다. 편의점에서 중요한 건 그들이 무언가를 '산다'는 사실이다. 인물들을 수식하는 긴 관형절이 그들의 고유한 사정과 상처를 설명하고 있음에도 불구하고, 이들 인물들을 주어로 한 문장은 결국에는 모두 '사다'라는 동일한 술어에 연결된다. 인물들이 어떤 사연을 가졌든 어떤 슬픔과 절망 혹은 다급함을 가졌든 그들은 무언가를 '사는' 인물이라는 점에서 동일해진다. 이제 그들이 '누구'인지는 중요하지 않다. 중요한 건 그들이 편의점에서 무언가를 '샀다'는 것이다. 그들은 구별되지 않는다. 그러므로 편의점에선 결국 어떤 사건도, 어떤 일도 일어나지 않는다. 그저 누군가가 무언가를 샀을 뿐이다. 이것이 편의점에 대한 이 기록이 시시해지는 이유다.

나는 쇼핑한다, 그래도 존재하지 않는다

개체, 고유성, 특별함을 인정하지 않는, 모든 것을 소비/소비자로 귀결시키고 마는 편의점이라는 공간에서 주인공이 자신을 알아봐주기를 기대했다가 좌절하는 것은 그러므로 당연하다. 그녀는 무언가를 구매한 인물이라는 점에서 다른 사람들과 동일한 얼굴을 하고 있다. 단골이었던 큐마트의 아르바이트 청년이 그녀를 몰라보는 것은 당연하다. 편의점 안에서 그녀가 누구인가는 중요하지 않으며, 관심이 되지도 않는다. 그녀는 자신이 구매한 물건에 의해서 정체성이 부여된다. 패밀리마트에서는 '콘돔 샀던 여자'로 규정되듯, 그녀는 큐마트의 청년에게 자신을 "항상 제주 삼다수랑, 디스플러스랑 사갔"던 혹은 "깨끗한나라 화장지랑, 쓰레기봉투는 꼭 10리터짜리만 사가고, 햇반은 흑미밥만"사갔던 인물로 설명한다.[2] 하지만 그것은 아무 정보가 되지 못한다. 무언가를 사는 인물은 너무나 많았으며, 그들은 서로 구별되지 않기 때문이다. 편의점은 우리를 모른다.

> 큐마트, 세븐일레븐, 패밀리마트는 모른다. 편의점의 관심은 내가 아니라 물이다, 휴지다, 면도날이다. 그리하여 나는 편의점에 간다. 많게는 하루에 몇 번, 적게는 일주일에 한 번 정도 나는 편의점에 간다. 그리고 이상하게도 그사이, 내겐 반드시 무언가 필요해진다.(57쪽)

여기에 오면 이제 주체는 완벽하게 편의점이 된다. 편의점은 '내'가 인식하고 이해하는 대상이 아니다. 이해하고 인식하는 주체는 편의점이다. 문장의 주어 자리에 편의점이 온다. 그리고 '나'는 객체가 되어 있다. '내'가 편의점에 관심을 갖는 것이 아니라, 편의점이 '내'게(심지어 '내'가 아니라 물에, 휴지에, 면도날에) 관심을 가지며, '내'가 편의점을 알거나 모르는 것이 아니라 편의점이 '나'를 알거나 모른다. 그러므로 이어지는 문장에서 '나는 편의점에 간다'고 할 때, '나'는 '이상하게도' 사실상 주체가 되지 못한다. '내'가 무언가 '필요한' 것이 아니라, 편의점이 '무언가' '내'게 '필요해지게' 만든다. '내'가 상품을 욕망하는 것이 아니라, 편의점이나 상품이 '내'게 욕망을 불러일으킨다. 그건 정말 '이상한' 일이다. 실제로 소설에서는 '편의점'이 주어가 되어 있는 문장들

---

2 주인공이 큐마트 청년에게 부탁을 하기 전에 "저……아시죠?"라고 물으면서 자신을 설명하는 대목에서 나오는 설명이다.

이, 따라서 인물들이 객체가 되어 있는 문장들이 자주 등장한다.

- 편의점은 기원을 알 수 없는 전설처럼 그렇게 왔다. 시치미를 떼고 앉은 남편의 애첩처럼. 혹은 통조림 속 봉인된 시간처럼.(32쪽)
- 그러나 편의점은 묻지 않는다. 참으로 거대한 관대다.(33쪽)
- 편의점은 언제부턴가 그것들 틈에 말쑥한 차림의 전입생처럼 앉아 있었다.(34쪽)
- 나는 세븐일레븐을 지나며 '설마 저렇게 많은 물건 중 내게 필요한 게 한 가지도 없을까' 의심하게 된다. 그러면 세븐일레븐은 틀린 답을 고쳐주며 학생의 머리를 쓰다듬는 선생님처럼, 내 손에 무언가를 들려보낸다.(34쪽)

형식적으로 의인법을 취하고 있는[3] 이런 문장들에서 편의점은 주어의 자리에 위치하면서 생각하고 행동하는 주체로 묘사된다. 편의점은 앉고, 오고, 묻는 주체이며, 이때 인간은 오히려 그 대상이 된다. 뿐만 아니라 편의점 안의 기계나 상품들도 행동력을 갖는 주체처럼 기술되곤 한다.

- 그의 손에 들린 리더기가 잽싸게 컵라면의 바코드를 읽어낸다.(35쪽)
- 전자레인지가 삐—소리를 내지 않았고, 잘 익은 햇반이 내게 무사히 건네지지 않았다면(36쪽)
- 큐마트의 자동문은 코가 예민한 짐승처럼 잔뜩 웅크리고 있다가 조금

---

3 '편의점'이 사람처럼 동작술어를 거느리고 있을 뿐 아니라, "애첩처럼", "전입생처럼", "선생님처럼"과 같이 직접적으로 사람에 비유되고 있기도 하다.

이라도 기웃거리는 손님이 있으면 컹, 하고 짖듯 문을 활짝 열어주었다. 자동문은 항상 구원처럼 열렸다.(40쪽)

리더기, 전자레인지, 햇반, 큐마트의 자동문 등이 문장의 주어가 되고 있고, 심지어 스스로 움직이고 소리를 내는 능동력을 갖는 것처럼 묘사된다. 편의점이 사람에 비유되었던 것처럼 편의점의 자동문은 한 마리의 짐승에 비유된다. 더 주목되는 것은 위 상황들에서 인간이 배제되어 있다는 것이다. 가령 위의 문장들은 "그가 손에 든 리더기로 잽싸게 바코드를 읽어낸다", "전자레인지가 삐-소리를 내는 것을 듣고 청년이 내게 햇반을 건네지 않았다면"과 같이 사람을 주어로 했을 때 더 자연스럽고 일반적인 문장이 된다. 이때 우리는 행위의 주체로서의 인간을 분명히 떠올릴 수 있다. 그러나 소설 속 문장들에서 주어의 자리에는 사람 대신 기계나 상품과 같은 사물이 온다.[4] 스스로 작동하는 자동문이 바쁘게 움직이고 소리를 내고 있을 때, 실제로 리더기로 바코드를 읽어내고 전자레인지에서 햇반을 꺼내주었을 '그'와 그것을 건네받았을 '나'는 정작 정물처럼 조용히 자리한다. 그렇게 사물과 기계가 사람의 자리를 대신한다. 편의점에 '나'는 없다.

주어의 회복

그렇다면 인물은 어떻게 기술되는가? '내'가 혼자 사는 가난한 대학

---

4   따라서 사람은 "내게 필요한 게", "내 손에 무언가를 들려보낸다", "내게 무사히 건네지지 않았다면"과 같이 피동형으로 서술된다.

생이든 혹은 실연을 당했든 그저 제주 삼다수랑 디스플러스랑 흑미 햇반을 사는 사람으로 설명되듯이, 세븐일레븐 사장은 "초록색 조끼를 입은" 사장으로, 큐마트의 청년은 "큐마트의 로고가 새겨진 푸른 조끼를 입은" 청년으로, 교통사고가 났을 때 함께 큐마트 안에 있던 남자는 "파란색 야구 모자를 눌러 쓴 이십대 후반의 남자"로 불린다. 삼다수와 디스플러스를 사는 '내' 안에 진짜 '내'가 없듯이, 그 지칭 안에 고유한 그들은 없다. '푸른 조끼를 입은 청년'이나 '파란색 야구 모자를 쓴 사내'는 대체 가능하다. 사람이 바뀌어도, 그들은 다 '푸른 조끼를 입은 청년'이거나 '파란색 야구 모자를 쓴 사내'가 된다. 그들을 그렇게 부르는 한 우리는 그들이 '누구인지' 알 수가 없다.[5]

"파란색 야구 모자를 눌러 쓴 이십대 후반의 남자"는 교통사고가 난 틈을 타서 복권을 훔치지만,[6] 그 행위 뒤에는 어쩌면 말 못할 이유나 사연이 있을지 모를 일이다. 그 사연에 귀 기울일 때, 복권을 훔쳐 나가는 사내는 단순히 파렴치한 도둑이 아니라 "가슴 안에 묵직한 절망을 쟁여 안은 사내"로 이해될 수 있다. 더욱이 그 사내는 아무도 가까이 가지 않는, 교통사고로 머리가 박살나고 팬티가 드러난 채로 누워 있는 여고생에게 다가가 치마를 내려준다. 그는 단순히 '파란색 야구 모자를 쓴 청년'으로 규정될 수 있는 존재가 아닌 것이다. 그러니 이제 우리에게는 '파란색 야구 모자 청년'이나 '푸른 조끼의 청년' 등의 기술에 가려진

---

5   주인공은 자신이 교통사고가 났을 때 세 편의점 주인들이 처음에는 자신을 '안다'고 했다가 결국에는 '모른다'고 부정하는 상상을 하기도 한다. 매일 보는 얼굴들이지만 우리는 서로를 모른다.
6   이 상황은 교통사고로 죽은 여학생이 다른 편의점에서 콜라 한 박스를 갖다 달라고 하고서는 그 사이에 담배를 훔쳐 달아나려 했다는 것과 유사하다.

사연을 되살리는 것이 필요한 것이 아닐까. 다음과 같은 주인공의 충고는 바로 그것을 요청하고 있다.

> 당신이 만약 편의점에 간다면 주위를 잘 살펴라. 당신 옆의 한 여자가 편의점에서 물을 살 때, 그것은 약을 먹기 위함이며, 당신 뒤의 남자가 편의점에서 면도날을 살 때, 그것은 손을 긋기 위함이며, 당신 앞의 소년이 휴지를 살 때, 그것은 병든 노모의 밑을 닦기 위함일지도 모른다는 것을.(57쪽)

여기에서 문장의 인과 관계는 이전과는 완전히 다르다. 어떤 사연을 가졌든지 모든 인물들이 무언가를 '사는' 것으로 귀결되었던 것과는 달리, 여기에선 무언가를 '사는' 행위가 먼저 오고 이어서 그 이유를 추정한다. 말하자면 '사는' 행위에 대한 기술이 인물들 각각의 사연과 사건에 대한 관심으로 이어진다. 이때 문장은 '누가 무언가를 살 때, 그것은 ~을 하기 위함이다'와 같이 기술된다. 인물의 고유한 개별성을 드러내던 내용이 문장의 술어에 위치함으로써 그것이 문장의 초점이 되는 것이다.

무엇을 '산다'는 행위에 의해 지워졌던 다양한 사연들은 우리가 그것에 주목할 때 되살아난다. '산다'는 행위가 우리의 관심의 끝이 아니라 시작이 될 때, 그래서 물을 산다는 것 자체가 아니라 물을 왜 사는지가 관심이 될 때, 물을 사는 사람이나 우리가 개별적이고 주체적인 존재로 자리할 수 있다. 물을 사는 행위 뒤에는 약으로 견뎌야 하는 아픈 몸과 시간과 사연이 있을 수 있고, 면도날을 사는 행위 뒤에는 스스로 손을 그으려는 절박하고도 처절한 사연이 있을 수 있으며, 휴지를 사는 행위 뒤에도 병든 노모를 돌봐야 하는 처절함과 쓸쓸함이 있을 수 있다. 무심하고 사무적이던 큐마트 청년도 누군가에게 열심히 문자 메시지를 보내고 답장을 기다린다. 어쩌면 그 모습 속에 '푸른 조끼를 입은 청년'이 아닌 진짜 그의 얼굴이 있는 건 아닐까. 사람을 그리워하고 사랑을 기다리는 연약하고 다정한 얼굴을 가진 진짜 사람이.

하지만 편의점은 이들이 누구인지 관심이 없다. 매번 같은 모습으로 편의점을 오가는 '나' 역시도 그 사이 이별을 하고 누군가를 죽일 수도 있다는 걸 깨달을 만큼 미움과 증오에 시달리고 있었다. 하지만 편의점에서 '나'는 그런 사연들을 술어로 거느리지 못한다. 편의점에서 '나'는 없다. 우리 모두는 그저 무언가를 '사는' 사람일 뿐이다. '~을 산다'는 술어만을 거느릴 수 있을 뿐인, 그런 점에서 모두 동일해지는 우리들 안에서, 무수한 '나'들의 사연들은 지워지고 무시된다. 게다가 그렇다고 '우리'가 문장의 진짜 주인이 되는 것도 아니다. 우리는 무언가가 필요해서 편의점에 가는 것이 아니라, 편의점에 가면 이상하게도 '우리에겐 반드시 무언가 필요해진다.' 그렇게 우리는 주어의 자리를 빼앗긴다. 이 빼앗긴 주어의 자리를 어떻게 회복할 것인가.

2부
도시의 기억

무진과 서울 사이, 오뒷세우스의 귀환

김승옥, 「무진기행」

———

무진에 명산물이 없는 게 아니다. 나는 그것이 무엇인지 알고 있다. 그것은 안개다. 아침에 잠자리에서 일어나서 밖으로 나오면, 밤사이에 진주해온 적군들처럼 안개가 무진을 뺑 둘러싸고 있는 것이었다. 무진을 둘러싸고 있던 산들도 안개에 의하여 보이지 않는 먼 곳으로 유배당해버리고 없었다. 안개는 마치 이승에 한이 있어서 매일 밤 찾아오는 여귀(女鬼)가 뿜어내놓은 입김과 같았다. 해가 떠오르고, 바람이 바다 쪽에서 방향을 바꾸어 불어오기 전에는 사람들의 힘으로써는 그것을 헤쳐버릴 수가 없었다. 손으로 잡을 수 없으면서도 그것은 뚜렷이 존재했고 사람들을 둘러쌌고 먼 곳에 있는 것으로부터 사람들을 떼어놓았다. 안개, 무진의 안개, 무진의 아침에 사람들이 만나는 안개, 사람들로 하여금 해를, 바람을, 간절히 부르게 하는 무진의 안개, 그것이 무진의 명산물이 아닐 수 있을까![*]

———

———

[*] 김승옥, 「무진기행」, 『무진기행』, 문학동네, 2018, 159~160쪽.

무진, 안개와 여귀女鬼의 공간

「무진기행」의 배경이 되고 있는 '무진'이라는 곳은 어떤 공간일까? 무진이라는 공간을 이해하기 위해 먼저 소설 속에서 무진을 어떻게 만나고 있는지, 무진이 어떻게 묘사되고 있는지 살펴보자. 주인공 윤희중은 무진으로 가는 버스에서 '무진 10km'라는 이정비를 본다. 그것은 "옛날과 똑같은 모습으로 길가의 잡초 속에서 튀어나와" 있었고, 버스 안에서 그는 사람들이 이야기하는 것을 "반수면상태 속에서" 듣고 있었는가 하면, 무진에는 명산물이 없다는 그들의 말에 무진에 명산물이 없는 게 아니라고, 그것은 안개라고 얘기한다. 글의 앞에 인용한 대목에서 드러나듯이 안개는 "밤사이에 진주해온 적군들"이나 "이승에 한이 있어서 매일 밤 찾아오는 여귀가 뿜어내놓은 입김"에 비유되고 있고, 손으로 잡을 수 없으면서도 뚜렷이 존재하면서 사람들을 둘러싼 그 무엇으로 설명된다.

그는 바람에 묻어 있는 햇살과 공기의 저온과 해풍에 섞여 있는 소금기를 합성해서 수면제를 만드는 상상을 하면서, 그 수면제가 자신을 세상에서 가장 돈 잘 버는 제약회사의 전무님으로 만들어 줄 거라는 상상을 한다. 그는 무진에 오기만 하면 생각들이 항상 그렇게 "엉뚱한 공상들이었고 뒤죽박죽"이 된다고, 다른 어느 곳에서도 하지 않았던 엉뚱한 생각들을 아무 부끄럼 없이, 거침없이 해내게 되고, 내가 무엇을 생각하는 것이 아니라 "생각들이 나의 밖에서 제멋대로 이루어진 뒤 나의 머릿속으로 밀고 들어오는 듯"하다고 고백한다.

말하자면 무진으로 간다는 것은 수면제 같은 기운으로 그를 잠 속으로, 엉뚱한 상상 속으로 이끄는 '안개'를 만나는 일이다. 무진에 오면 그는 뒤죽박죽 엉뚱해지고, 그 자신의 고백처럼 항상 자신을 상실하게 된다. 그러니 무진으로 간다는 것은 잠의 세계 속으로, 현실에서 억눌려 있던 무의식적 욕망의 세계로, 이성에 밀려 잊혀있던 꿈의 세계로 들어간다는 것을 의미한다. 실제로 무진으로 가면서 그는 '반수면상태'가 되었다고 하지 않는가. 그러니 무진에서 그는 어두운 욕망의 기운에 휘둘리고, 무거운 죽음의 충동에 휩싸이며,[1] 혼란스러운 광기와 대면한다. 무진행은 광주 역에서 미친 여자를 보는 것으로 시작해서 자살한 술집 여자의 시체와 마주하고 미칠 것 같다는 하인숙과 만나는 것으로 이어지니,[2] 실로 "여귀가 뿜어내놓은 입김"에 휩싸이는 것과 같은 경험이라 할 만하다.

윤희중에게 무진은 골방에서의 공상과 불면과 악몽, 수음과 담배꽁초와 우편배달부를 기다리던 초조함 같은 것으로 떠오르는 "어둡던 나의 청년"이 속해 있던 세계이고, 하인숙의 노래에 스며들어 있던 "머리를 풀어헤친 광녀의 냉소"와 "시체가 썩어가는 듯한" 냄새로 특징 지어지는 여귀의 세계다. 그러니 무진으로 간다는 것은 이 미친 여자들을 '내' 안에서 불러내 마주한다는 것을 의미한다. 무진에 가까이 왔음을 알려주는 이정비가 "잡초 속에서 튀어나와 있었다"고 할 때, 그것은 잊혀 있던 혹은 억눌려 있던 무의식의 세계로의 진입을 알리는 표식이기도 할 것이다. 어둡던 세월이 지나가 버린 지금은 거의 잊고 지내는 곳, 하지만 언제든 우리를 유혹하는 무겁고 어두운 여귀의 노래 소리를 만나게 하는 곳, 그곳이 무진이다.

---

1 윤희중이 어머니 산소에 가서 묘 속으로 들어가고 싶어 하거나, 자살한 작부의 시체를 보면서 정욕을 느끼는 것 등은 이런 죽음 충동으로 이해될 수 있을 것이다.
2 하인숙은 윤희중에게 서울로 데려가 달라면서 "미칠 것 같아요. 금방 미칠 것 같아요"라고 이야기한다. 하인숙이 '미친 여자'의 범주에 있음을 보여주는 대사다.

부재하는 아버지, 혹은 가짜 아버지의 현실 원리

「무진기행」에서 주목되는 것 중의 하나는 윤희중에게 아버지가 없다는 사실이다. 소설은 윤희중의 아버지에 대해서 전쟁에 나가 죽었다거나 월북을 했다거나 하는 식의 어떤 설명도 하고 있지 않을 뿐더러, 아예 아버지의 존재 자체를 언급하지 않는다. 아버지는 소설 안에서조차 부재한다. 대개의 김승옥 소설이 존재의 근거나 세상의 방패로서의 아버지가 없다는 전제 위에서 출발하고 있거니와,[3] 여기에서도 아버지는 그야말로 애초부터 부재하는 존재다. 대신 그에게는 장인이 있다. 장인은 현실원리로 자리한 가짜 아버지다. 윤희중은 서울에서 아버지나 어머니의 아들로서가 아니라 장인의 사위로 살아간다. 그 가짜 아버지의 세계를 지배하는 현실원리는 무엇일까?

전쟁으로 대학 강의가 중단되는 바람에 무진으로 내려와 있을 때의 상황을 묘사하고 있는 다음 대목은 이런 점에서 주목된다.

6·25사변으로 대학의 강의가 중단되었기 때문에 서울을 떠나는 마지막 기차를 놓친 나는 서울에서 무진까지의 천여 리 길을 발가락이 몇 번이고 불어터지도록 걸어서 내려왔고 어머니에 의해서 골방에 처박혀졌고 의용군의 징발도 그 후의 국군의 징병도 모두 기피해버리고 있었다. 내가 졸업한 무진의 중학교의 상급반 학생들이 무명지에 붕대를 감고 '이 몸이 죽어서 나라가 산다면……'을 부르며 읍 광장에 서 있는 트럭들로 행진해 가

3　가령 「생명연습」에서도 아버지는 부재하며, 그 아버지의 부재가 어머니와 형의 불화, '나'와 누나의 동맹적 관계, 형의 자살 등 기이하고 음울한 이야기의 근원으로 자리하고 있다. 그런가 하면 「염소는 힘이 세다」에서도 아버지를 비롯한 '어른-남자'는 모두 전쟁 통에 죽은 것으로 되어 있다.

서 그 트럭들에 올라타고 일선으로 떠날 때도 나는 골방 속에 쭈그리고 앉아서 그들의 행진이 집 앞을 지나가는 소리를 듣고만 있었다.(164쪽)

여기에는 '광장'과 '골방'의 대비되는 두 세계가 있다. '광장'은 의용군 징발, 국군 징병, 전선, 행진, 그리고 '이 몸이 죽어서 나라가 산다면'이라는 충의 원리로 강조되는 전쟁과 투쟁의 세계다. 여기에는 손가락을 자르는 행위로 상징되는 거세와 금욕의 원리가 전제된다. 이에 반해 '골방'은 어머니의 힘이 작용하는 여성적 공간이며 본능적 욕망이 움직이는 곳이다. 윤희중은 '어머니에 의해서' 골방에 처박혀지고, 전선이 북쪽으로 올라가 대학이 강의를 시작했다는 소식이 들려왔을 때도 '어머니 때문에' 골방 속에 숨어 있었고, 모두가 전쟁터로 몰려갈 때는 '어머니에게 몰려서' 골방 속에 숨어서 수음을 하고 있었다.

무진-어머니가 무엇보다 생명의 원리를 앞세우는 세계라면, 서울-장인의 세계는 공격과 투쟁, 정복의 원리가 강조되는 세계다. 윤희중이 무진의 세계에 머물렀던 것은 '어머니에 의해' 억지로 이루어진 일이었다. 그때 그는 아직 '어머니의 아들'이었다. 그런데 '장인의 사위'로 살고 있는 지금, 그는 '아내와 장인에 의해' 무진으로 내려온다. 그를 제약회사의 전무가 되도록 상황을 만드는 동안 어머니 산소가 있는 곳에 다녀오라는 아내의 충고에 못이기는 척 내려온 것이니, 그때나 지금이나 윤희중의 무진 행은 타의에 의해(그것을 변명삼아) 도피적으로 이루어진다.

윤희중은 그때나 지금이나 무진과 서울 사이에서 갈등한다. 그의 내면에는 어둡고 혼란스러운 욕망의 세계로서의 무진이 자리하고 있지만, 다른 한 편으로는 무진에 와서 처음 한 일이 신문지국에 가서 신문을 구독하고 온 것이라는 데서도 드러나듯, 그는 이미 신문이 생활의 일부가 된 '도회인'이기도 하다. 청년 시절 골방보다 전선을 선택하고 싶어 했지만 어머니에 의해 강제로 골방에 처박혔던 그는, 어른이 된 지금 다시 선택의 자리에 놓여 있다. 골방과 전선, 무진과 서울, 하인숙과 아내 사이에서의 선택의 자리에.

무진이 죽은 어머니와 하인숙의 세계라면, 서울은 아내와 장인의 세계다. 아내는 생존의 현실원리를 환기시키는 존재이고, 하인숙은 그 현실원리에 의해 억눌리고 묻힌 욕망의 세계를 환기시키는 존재다. 하인숙은 이름('河')에서도 드러나듯 윤희중을 물로, 물의 어둠으로, 광기의 세계로 이끄는 존재다. 그녀는 냇물을 따라서 난 길 쪽으로 그를 유혹하고, 바다로 뻗어나 있는 방죽에서 다시 만났을 때는 노래를 불러줄 테니 바닷가로 나가자고 하는, 그래서 그를 물로, 죽음으로, 혼란스럽고 어두운 세계로 이끄는 세이렌이다. 윤희중에게 처음 봤을 때부터 '서울 냄새'가 났다면서 자기를 서울로 데려가 달라고 하지만, 그녀는 사실 '어떤 개인 날'보다 '목포의 눈물'의 세계에 가까워 보인다.

어른이 된다는 것은 어쩌면 욕망을 죽이고 현실 원리를 받아들이는 것을 의미한다고 할 때, 근대란 어두운 욕망의 세계로부터 빛과 이성의 세계로 나아가는 것이라고 할 때, 따라서 욕망의 극기와 억압을 전제로 시작되는 세계라고 할 때, '도회인' 윤희중의 선택은 이미 예견된 것이나 다름없다. 그는 결국 하인숙을 버리고 아내가 있는 현실로 귀환하고, 한바탕 꿈과도 같은 무진으로의 여행은 끝난다.[4] 결국 그는 서

---

4 소설은 윤희중이 무진으로 가는 버스 안에서 "반수면 상태 속에서" 사람들의 이야기를 듣고 있는 것으로 시작하는데, 무진을 떠나는 소설의 끝에 오면 이모가 그를 깨워서 눈을

울에 투항한다. 그는 그렇게 완벽한 '도회인'이 되고, 냉혹한 세계에 걸맞은 '남자-어른'이 된다.

오뒷세우스의 귀환, 환멸의 근대

윤희중에게 서울로의 귀환을 재촉한 것은 아내에게서 온 전보다. 아내의 전보는 무진에서 있었던 모든 일들이 여행의 자유로운 분위기 속에서 일어난 일시적인 일탈이라고 말하고 있었고, 그는 그것을 부정하려고 애쓴다. 그리고 전보와의 타협안을 만든다. 마지막으로 한 번만 "무진을, 안개를, 외롭게 미쳐가는 것을, 유행가를, 술집 여자의 자살을, 배반을, 무책임을 긍정하기로 하자"고, 그리고는 "주어진 한정된 책임 속에서만 살기로 약속한다"고. 그는 전보의 눈을 피해 훗날 하인숙을 서울로 데리고 가겠다고 편지를 쓴다. '전보'와 '편지' 사이의 다툼은[5] 그렇게 시작된다. '전보'가 빠른 정보의 전달이라는 기능에 충실한 도회의 통신 수단이라면, '편지'는 쓸쓸하고 외로운 사람들이 마음을 건네는[6] 속절없는 신호였을 것이다. 윤희중은 결국 편지를 찢어버린다.

뜨는 것으로 되어 있다. 말하자면 무진으로 가면서 잠이 들고 무진을 떠나면서 잠에서 깨어나는 셈이니, 무진으로의 여행이 한바탕 꿈속으로의 여행으로 이해될 수 있는 근거이기도 하다. 이렇게 본다면 무진에서 만난 조나 박, 하인숙은 그 여행에서 마주한 자기 안의 얼굴들일 것이다.

5 사실 이때 '전보'를 주어로 한 문장들('전보가~보여주었다', '전보는~얘기하고 있었다', '전보는~말하고 있었다' 등), 혹은 '전보'를 하나의 주체로 의인화하고 대상화한 문장들('우리는 다투었다', '전보여, 새끼손가락을 내밀어라', '전보와 나는 약속했다', '전보의 눈을 피하여 편지를 썼다' 등) 자체가 만들어내는 힘과 매력은 주목할 필요가 있다. 무진과 서울의 대립, 갈등을 문장을 통해 흥미롭게 보여주고 있거니와, 「무진기행」이 성취한 1960년대의 감각적 묘사라는 것이 이런 문장들 속에서 잘 드러나고 있기 때문이다.

6 청년 윤희중은 '쓸쓸하다'라는 단어를 적은 편지를 곳곳에 보낸 바 있고, 하인숙은 세상

'전보'는 힘이 세다.

윤희중의 귀환은 이런 점에서 '전보'에 투항한 쓸쓸하고 초라한 귀향이 된다. 동시에 그것은 투쟁과 정복의 논리로 움직이는 가짜 아버지의 세계, 근대 도시의 세계로의 귀환이 된다. 그 귀환을 위해 그는 하인숙과 자신의 욕망과 광기의 세계를 버린다. 그는 이 욕망의 거세를 통해 서울이라는 근대 문명사회로 완벽하게 편입된다. 이런 점에서 윤희중은 욕망의 거세를 통해 살아남은 오뒷세우스의 후예라 할 만하다. 사이렌의 노래에 굴복하지 않음으로써 고향으로 돌아와 서구 문명의 시초가 된 오뒷세우스처럼,[7] 윤희중 역시 자신의 욕망과 여성을 버리고 근대에 편입한 주체가 된다. 그가 무진에서 서울로 되돌아갈 때, 그 길은 바로 우리가 선택한 근대, 문명의 길이었다.

김승옥은 산업화, 도시화, 근대화가 본격적으로 가동되기 시작한 1960년대의 풍경을 문학적으로 재현하고, 그 안에서의 개인적, 사회적, 국가적 실존의 문제를 욕망의 억압이라는 차원에서 비판적으로 조명한 작가다. 그에게 근대, 문명이란 근원적으로 불모의 성에 비유되는 병든 세계다. 우리에게 근대는 이념과 전쟁과 일상의 논리 아래 강조되는 투쟁과 정복의 세계로 다가왔고, 그것은 근대화의 이름 아래 우리가 만들어낸 불모의 현실이다. 제약회사에 다닌다고 하자 "평생 병 걸릴 염려는 없겠"다는 말을 듣지만, 폐병 환자였던 윤희중이 지금은 제약회사의 전무가

에서 제일 먼저 편지를 쓴 사람은 아마 외로운 사람일 거라고 이야기한 바 있다.

7 페미니스트 학자인 리타 펠스키는 사이렌의 노래에 굴복하지 않음으로써 귀향에 성공한 오뒷세우스를 육체와 여성적인 것에 대한 억압을 예견하는 훈육된 부르주아 개인의 화신으로 해석한 바 있다. 리타 펠스키, 김영한·심진경 역, 『근대성과 페미니즘』, 거름, 1998, 27쪽.

될 예정이지만, 그럼에도 불구하고 서울에서의 삶은 거세를 전제로 한 불모의 병든 세계다. 결혼한 지 몇 년이 지났지만 그에게 자식이 없다는 사실도 이를 암시한다. 윤희중은 그 도시 문명의 길을 선택했고, 그에게는 부끄러움이 남는다. 그것은 환멸의 근대를 살아가는 우리 모두의 부끄러움이기도 할 것이다.

국기게양대의 또 다른 용법

이기호, 「국기게양대 로망스—당신이 잠든 밤에 2」

———

셋은 그 이후 또다시 한동안 말이 없었다. 넥타이 사내도 쉽게 국기게양대에서 내려가지 않았다. 시봉도 마찬가지였다. 왼편 남자는 자주 눈을 감고 국기게양대에 뺨을 비벼댔다. 날은 좀처럼 밝아지지 않았다. 국기게양대 위 국기도 젖은 수건처럼 아래로 축 늘어져 있었다. 펄럭이지 않을 때 국기는, 국기처럼 보이지 않았다. 국기처럼 보이지 않는 천을 매달고 있는 국기게양대는, 어색하고 초라한 기둥에 지나지 않았다. 그 기둥에 세 명의 남자들이 매달려 있었다. 나뭇가지에서 잠든 원숭이들처럼, 남자들은 미동도 하지 않고, 달빛 아래 조용히 매달려 있었다.[*]

———

———

[*] 이기호, 「국기게양대 로망스—당신이 잠든 밤에 2」, 『갈팡질팡하다가 내 이럴 줄 알았지』, 문학동네, 2006, 185쪽.

서울 1964년 겨울, 그 후

쓸쓸한 서울의 풍경이라면 마땅히 김승옥의 「서울 1964년 겨울」로 부터 이야기를 시작해야 하리라. 근대 도시의 질서가 폭풍처럼 퍼져나 가고 있을 때, 거기에서 소외된 인물들이 하릴없이 밤거리를 쏘다니고 우연히 만나 허망한 잡담을 주고받고 또 다시 쓸쓸하게 헤어져 돌아오 는 이야기를. 소설에는 구청 병사계에서 일하는 '나'와 대학원생 '안' (이들은 스물다섯 살이다), 그리고 죽은 아내의 시체를 팔아서 생긴 돈을 처분하려 하는 '서른 대여섯 살짜리 사내'가 등장한다. 추운 겨울, 서 울의 한 선술집에서 우연히 만난 이들은 모두 '욕망의 집결지'인 서울 에서 그 욕망의 허위와 탐욕과 냉혹한 힘에 밀려나 절망과 권태, 상실 감을 안고 살아가는 인물들이다. 하지만 이들에게는 서로에 대해 어떤 관심도, 배려도, 연민도, 이해의 노력도, 함께한다는 연대의식도 '없 다'. 어떤 점에서 소설은 이 냉정하고 냉혹한 '없음'의 세계에 대한 이 야기이다.

'나'와 '안'은 자기소개가 끝난 후 곧 할 말이 없어지고, 서로 거짓말 을 하고 있는 것 같다고 느끼며, 평화시장 앞에 줄지어 선 가로등들 중 에서 동쪽으로부터 여덟 번째 등이 불이 켜 있지 않다든지, 화신백화점 육층의 창들 중에서는 세 개에서만 불빛이 나온다든지, 단성사 옆 골목 의 첫 번째 쓰레기통에는 초콜릿 포장지가 두 장 있다든지 하는 실없는 이야기만 주고받는다. 그것들은 어느 누구에게도 알려지지 않은 완전 한 자기 소유의 이야기들이라며 신나 하는 이들의 우스꽝스러움은, 어 쩌면 이들이 거대하고 강력한 힘으로 휩쓸려가는 도시 속에서 자신들 의 주체성과 개별성을 그런 유희를 통해서 겨우 확인하고자 한다는 것을 보여준다. 그들은 불구경을 하면서도 그 사건이 어느 누구의 고유한 것이 되지 못한다는 사실에 허탈해한다.

그들은 타인과 구별되는 주체로서의 자기 확인에 몰두하느라 타인에게는 관심이 없다. 죽은 아내의 시체를 돈을 받고 넘겼다는 사내를 소개하면서 '나'는 "가난뱅이라는 것만은 분명하여 그의 정체를 알고 싶다는 생각은 조금도 나지 않는" 사내라고 하고, 아내가 불길 속에서 머리가 아프다고 머리를 흔들고 있다고 울부짖는 사내를 보면서 '안'은 "이 양반, 우릴 웃기는데요" 할 뿐이고, 그가 혼자 있기가 무섭다고 하룻밤만 '함께' 있어 달라고 호소할 때에도 이들은 무심무감하다. 사내의 죽음은 예견된 것이었지만, 이들은 아무것도 하지 않는다. "그렇지만 어떻게 합니까", "할 수 없지요"라는 무력하고 도피적인 변명을 늘어놓을 뿐이다. 자기 쪽으로 다가오는 개미를 보면서도 그 개미가 자기 발을 붙잡으려 하는 것 같다며 자리를 옮기는 인물들이니, 사람에 대해서야 오죽할까. 자신들이 스물다섯 살이 맞느냐고, 너무 늙어버린 것 같지 않느냐고, 하는 이들의 고백에는 삶과 세상에 대한 이른 권태와 무력감이 배어 있다.

그로부터 40여 년이 흐른 후, 한밤중 서울 변두리 어디쯤에선가 우연히 만난 세 사람의 이야기가 다시 등장한다. 이기호의 「국기게양대 로망스—당신이 잠든 밤에 2」에는 열대야가 계속되는 어느 여름 날, 모두가 잠들어 있는 새벽 세 시에 국기게양대를 오르는 남자들이 등장한다. 편의점 뒤 고시원에서 사는 시봉이, 그 고시원 뒤의 탑 고시원에 사는 남자, 집 나간 아내를 찾는 삼십대 중반의 넥타이 사내가 그들이다. 시봉이는 국기를 떼다 파는 아르바이트를 위해 국기게양대 위를 오르고, 탑 고시원에 산다는 남자는 국기게양대와 사랑하는 사이라고 하고, 다세대주택 반지하에서 사는 넥타이 사내는 빚보증을 선 아내가 말을 잃어버린 후 매일 국기게양대하고만 대화를 나눴다며 아내를 찾아 국기게양대를 오른다. 이들은 가난과 상실과 결핍을 제 몸처럼 안고 살아가는 도시의 아웃사이더들이다.

　서울의 속도에 밀려나고 혹은 현기증을 느끼는 이들의 우연한 만남이라는 점에서 김승옥의 「서울 1964년 겨울」과 비슷한 구도 속에서 이야기가 전개되지만, 김승옥의 소설이 시종일관 어둡고 우울한데 반해 이기호의 소설에서 이들의 만남은 제법 밝고 유쾌하고 명랑하다. 한밤중에 국기게양대에 올라가서 우연히 마주친 이들이 "안녕하세요", "와 그래도 여긴 바람이 꽤 시원하네요", "대단한 여름이에요, 그렇죠?"라며 안부를 묻고, "여긴 어쩐 일로……?", "저기요, 말씀 좀 묻겠습니다", "여기에 이러고 계신지 얼마나 되셨나요?"라며 질문을 주고받을 때, 마치 약수터에서 동네 사람을 만난 듯 서로 인사를 나누는 이 우스꽝스러운 풍경에서는 제법 사람의 온기가 느껴진다.

　김승옥의 인물들이 서울이라는 도시의 차가운 겨울바람을 따로따로 견디며 홀로 서 있다면, 이기호의 인물들은 그 초라하고 쓸쓸한 삶의 내력에도 불구하고 따뜻하고 훈훈한 온기 속에 '함께' 있는 듯 보인다. 한밤중에 국기게양대를 오르는 사람들에게는 모두 각각의 이유가 있고, 그들의 가슴에는 각각의 이야기와 눈물이 있다. 아내의 시체를 팔고 나서 울부짖는 사내의 절망을 외면했던 김승옥의 인물들과 달리, 이기호의 인물들에게는 그 이야기와 눈물에 귀 기울이는 타인들이 있다. 서울이라는 도시의 무감한 얼굴 앞에서 김승옥이 그 얼굴을 냉혹하게 직시하며 부끄러움을 느끼고 있었다면, 이기호는 도시를 살아가는 얼굴들을 따뜻하게 바라보며 함께 운다고나 할까. 2000년 서울의 차가움을 견디는[1] 이기호의 방식을 더 자세히 들여다 보자.

눈을 감으세요

이기호의 세계로 들어가기 위해서는 우선 눈을 감는 게 필요하다. 그는 소설을 읽기 위해서는 우선 눈을 감아야 한다고 조언하는가 하면 (「나쁜 소설―누군가 누군가에게 소리 내어 읽어주는 이야기」), '야채볶음흙' 요리를 알려준 후에도 "두 눈을 질끈 감고" 입 안에 넣으라고 얘기한다 (「누구나 손쉽게 만들어 먹을 수 있는 가정식 야채볶음흙」). "눈으로만 보지 말고" 제발 자기 말을 믿으라고, 그러면 그때 세상은 전혀 다르게 다가온다고, "당신은 더 이상 당신이 아닌 당신으로 존재하게" 된다고. 말하자면 상상의 세계는 눈이 아닌 귀로, 소리로 다가오는 법이고, 그러므로 그 세계에 다가가기 위해서는 먼저 눈을 감는 것이 필요하다고.

「국기게양대 로망스―당신이 잠든 밤에 2」에서도 국기게양대를 사랑한다는 남자는 국기게양대의 새로운 세계로 들어가기 위해서는 눈을 감아야 한다고 강조한다. "말도 하지 말고, 눈도 뜨지 않는 게" 중요하다고, 그 상태에서 가만히 국기게양대에 뺨을 갖다 대면 체온이 올라가면서 저 밑에서 어떤 소리가 들려올 거라고, 그렇게 각자의 사랑을 시작할 수 있다고. 세상을 다르게 보기 위해서는, 그리고 다른 존재로의

---

1   소설의 배경은 2000년 초반의 어느 뜨거운 여름밤이지만, 인물들이 감당해야 하는 것은 결국 도시의 차가움일 것이다.

변신을 경험하기 위해서는 그렇게 눈 감기가 우선된다.

이기호에게 '눈'이란 "무언가를 미리 분간"하게 하는,[2] 그리하여 다른 세계나 대상의 실체를 볼 수 없게 하는 벽과도 같다. '눈'으로 본다는 것은 세상을 관습과 편견과 이성적 논리에 의해 바라본다는 것을 의미하고, 따라서 우연히, 갑작스럽게, 기습적으로, 느닷없이 다가오는 이 세계를 잘 볼 수 없다는 것이다. 그러니 그 '갈팡질팡'의 세계를 똑바로 바라보기 위해서는, 그리고 이기호의 엉뚱한 상상의 세계로 들어가기 위해서는 먼저 눈을 감아야 하는 것이다.

어떤 점에서 이기호의 소설은 우리를 어둠 속으로 이끌어가는 '나쁜 소설'이다. 그의 소설은 대개 어둠과 밤과 지하의 세계에서 벌어지는 이야기이거니와, 그것은 눈을 감아야 드러나는 세계, 머리로 이성으로 이해되는 세계가 아니라 몸으로 감각으로 느껴지는 세계이며, 눈 뜬 장님인 우리가 잊고 있던 세계다. 그의 인물들은 어두운 터널로 걸어 들어가고, 지하 벙커 어둠 속에 갇히고, 어둠과 먼지만 남은 굴속에 홀로 남겨지고, 깜깜한 밤중에 국기게양대를 오른다. 그리고 그 어둠 속에서 그들의 로망스가 시작된다.

국기게양대의 또 다른 용법

눈 감기로 시작된 상상력의 세계 속에서 세상은 전혀 새로운 모습으

---

2 「누구나 손쉽게 만들어 먹을 수 있는 가정식 야채볶음흙」에서 화자는 선천성 시각장애인으로 나오는 명희를 언급하면서 그녀가 두 눈이 보이지 않는다는 것을 "무언가를 미리 분간할 수 없는" 것으로, 따라서 어떤 편견과 오해와 전제 없이 세상을 바라보는 상태로 설명한다.

로 다가오고, 우리는 전혀 다른 우리를 '발견'하게 된다. 그것은 한밤중 국기게양대를 오르는 남자들이 경험하게 되는 것이기도 하다. 국기게양대는 원래 국기를 거는 곳이고, 따라서 국가의 권위나 힘을 상징하고, 우리로 하여금 충성의 의무를 다짐하게 하는 대상이다. 국기게양대에 걸린 국기는 그 권위와 억압의 힘을 상징하며 펄럭인다. 거기에선 늘 '비릿한 냄새'가 난다. 시봉은 그 국기를 노려본다. 일한만큼 대가를 주는 것도 아니고 사람들을 안전하고 자유롭게 살게 해주는 것도 아니면서 의무와 통제로 다가오기 일쑤인 국가라는 이름의 힘, 그것이 국기게양대에서 펄럭이는 국기가 환기시키고 있기 때문이다.

넥타이 사내가 국기게양대에 뺨을 갖다 대면서도 "이거 불법 아닌가요?", "자꾸 국가와 뭘 하는 거 같아서……"라며 걱정을 하는 데서도 드러나듯, 국기게양대는 국가와 법의 강력한 상징이다. 하지만 글의 앞에 인용한 대목에서 드러나듯 "펄럭이지 않을 때 국기는, 국기처럼 보이지 않"는다. 국기게양대는 그저 젖은 수건처럼 축 늘어진 천을 매달고 있는 초라한 기둥에 지나지 않는다. 게다가 눈을 감으면 거기에선 전혀 다른 세계가 펼쳐진다. 탑 고시원에 사는 남자가 "그러니까 눈을 뜨지 마시라는 거예요. 눈 감으면 국가도 싹, 사라진다니깐요"라고 강조하는 것도 이 때문이다.

새로운 상상력이 발휘되면 국기게양대는 새로운 용법으로 다가온다. 그것은 무섭고 위압적인 국가의 상징물이 아니라 떼다 팔면 돈이 되는 국기가 걸려 있는 돈벌이 대상이 되기도 하고, 혹은 그 위에서 사람을 만나고 대화하고 사랑을 나누는 훈훈한 공간이 되기도 한다. 국기게양대에 매달리는 게 아니라 '업히는 것처럼' 하고 있으라는 남자의 충고는 또 다른 용법을 제시한다. 엄마 등에 업혀 있다 생각하라며 자세를 교정해주는 그에게 국기게양대는 매일 업히는 기분이 되기 위해 올라가는 곳, 말하자면 위로와 평안함을 주는 공간이 된다.

남자는 국기게양대만 아니라 십자가 첨탑에도, 가로등에도, 가로수에도, 건물 물탱크에도, 신호등에도 올라간다고 하면서, 매일 업히는 기분이라고, 올라가보면 "모두 다 십자가 이상이 되고, 가로수 이상이 되고, 국기게양대 이상이" 된다고 이야기한다. 이것은 국기게양대나 십자가나 가로수를 전혀 '다르게' 경험하는 것이고, 차갑고 무섭게 변해버린 사물/세상의 따뜻한 기능을 회복하는 일이기도 하다. 인물들은 국기게양대의 '같은 높이에 도달'해서, 서로 인사를 나누고 서로의 사연을 듣는다. 이들에게 국기게양대에 오른다는 것은 힘들고 고단한 세상으로부터 벗어나 누군가의 등에 업힌다는 것, 그래서 평등하고 평화로운 세상과 만난다는 것을 의미한다.

이들에 의해 국기게양대의 새로운 기능이 '발견'된다. 국가의 무서운 권위를 드러내기 위해서가 아니라 "외로운 사람들 껴안아주려고" 서 있다는 것이 그것이다. 그보다 더 높은 권위를 자랑하는 십자가 첨탑도 마찬가지다. 사랑과 용서와 화해의 힘을 전파해야 할 십자가가 자본과 권력과 손잡고 또 다른 권위가 되어 있을 뿐일 때, 이들은 그곳을 올라 '십자가 이상'의 가치를 경험한다. 고무장갑을 끼고 있으면(지문이 남지 않을 뿐 아니라 국기게양대에서 잘 미끄러지지 않는다는 실질적인 효과 이외에도) "로케트 팔 발사"하며 놀았던 옛날 생각도 나고 "내 팔이 내 팔이 아닌 것" 같아진다거나, 심심하면 고무장갑을 얼굴에 쓰기도 하고 신발을 손에 끼기도 하고 양말을 성기에 씌우기도 한다는 것도 사물을 '다르게' 사용하는 새로운 발견이라 할 만하다.

이렇게 차가운 국기게양대는 따뜻한 온기를 확인하고 이해와 사랑이 가능해지는 공간으로 변모한다. 국기게양대하고 사랑을 나누는 사이라는 남자가 아내가 집을 나갔다는 남자에게 강조하는 것도 대화와 사랑이다. 그는 넥타이 사내에게 아내와의 사이에서 서로 대화가 부족한 게 아니었느냐고, 자신은 국기게양대하고만 대화를 나누었다는 그의 아내도 '이해'할 수 있고 넥타이 사내도 충분히 '이해'할 수 있다고 이야기한다. 그런가 하면 시봉도 "왠지 모르게 넥타이 사내가 이해되었다"고 고백하고, 넥타이 사내도 아내를 '이해'하려고 노력하고 있다고 얘기한다. 이들은 서로의 사정과 외로움을 깊이 공감한다.

이렇듯 한밤중 국기게양대에 오른 이들의 이야기를 통해 이기호가 강조하는 것은 이해와 사랑의 가치 그리고 '함께'의 윤리다. 어쨌든 "여기 함께 매달려" 있다는 것, '함께' 상상하고, 아파하고, 이해한다는 것. 어쩌면 이 '함께'의 윤리 감각이 이기호의 소설이 주는 웃음과 온기의 기반일 것이다. 이 연대감은 "우리는 헤어졌다"로 끝나는 「서울 1964년 겨울」의 차가운 고독감과 얼마나 대조적인가. 국기게양대를 사랑한다는 이들은 실은 서로를 사랑하고자 한 것이 아닐까. 그 이해와 사랑이 차가운 국기게양대의 스테인리스 기둥을 따뜻하게 만드는 것은 아닐까.

물론 그렇다고 이들 사이의 온기가 그들이 서 있는 세상 전체를 따뜻하게 만들 수 있는 것은 아닐 것이다. 시봉은 자꾸 울적해지기만 하고, 그에게 국기게양대는 여전히 일거리가 내걸린 일터일 뿐이며, 넥타이 사내는 소리 내어 울기 시작한다. 더군다나 소설은 "새벽이었지만, 사람들은 좀처럼 잠에서 깨어나지 않고 있었다"는 문장으로 끝을 맺는다. 세상 사람들은 여전히 무심하고, 어두운 밤은 오로지 이들의 몫이다. 여름이지만, 이들에게 세상은 여전히 시린 겨울일 것이다. 1964년의 겨울이나 2000년의 여름이나, 서울은 춥다.

'그렇게 컸다'의 회고와 '가자'의 당위

김소진, 「눈사람 속의 검은 항아리」

그런데 나는 왜 구린내가 진동하는 깨진 항아리 속에서 똥을 누는데 울고 싶어졌을까? 늙은 어머니와 아내 그리고 이제 막 초콜릿 맛을 안 네 살배기 아이, 이렇게 세 사람의 식솔을 거느린 가장이 비록 속눈썹이나마 이렇게 주책없이 적셔서야 되겠는가, 아아. 하지만 여태껏 나를 지탱해왔던 기억, 그 기억을 지탱해온 육체인 이 산동네가 사라진다는 것이 아니겠는가, 나를 이렇게 감상적으로 만드는 게. 이 동네가 포크레인의 날카로운 삽질에 깎여가면 내 허약한 기억도 송두리째 퍼내어질 것이다. 그런데 나는 기껏 똥을 눌 뿐인데…… 그것밖에 할 일이 없는데……*

미아리 산동네를 배경으로 가난한 서민들의 삶을 따뜻한 시선으로 그려낸 김소진의 소설은 의외로 읽어내기가 쉽지 않다. 단지 따뜻한 리얼리즘 소설로 요약하는 것으로는 충분하지 않게 그의 소설은 복잡하

---

* 김소진, 「눈사람 속의 검은 항아리」, 『눈사람 속의 검은 항아리』, 강, 1997, 33쪽.

고 다양한 결과 깊이와 두께를 갖고 있다. 「눈사람 속의 검은 항아리」를 읽고 나서도 먼저 떠오르는 것은 명쾌한 답과 선명한 주제가 아니라 모호하고 아리송한 대목들, 의문스러운 장면들이다. 소설을 읽으면서 떠오르는 몇 가지 질문들을 중심으로 소설에 다가가 보자.

질문 1

소설은 주인공 민홍이 보일러 수리비를 전달하러 재개발이 진행 중인 미아리 셋집에 다녀오는 이야기로 시작한다. 민홍은 미아리로 가면서 유년시절의 기억을 떠올리게 되는데, 특히 그곳에 가까워지면서 '그날 새벽'의 모습이 점점 더 선명하게 어른거리기 시작하고 그 기억이 자신을 그렇게 사라져가려는 동네로 밀고 가는 것이 아닐까 생각하기도 한다. 어떤 점에서 미아리로 가는 것이 '그날 새벽'의 기억 속으로 들어가는 것을 의미하는 것처럼 보이기도 하는데, '그날 새벽'에 과연 무슨 일이 있었던 것일까?

뿐만 아니라 '그날 새벽'의 기억은 성적인 상징이나 이미지, 일화들과 깊은 관련이 있는 것으로 서술되는데, 가령 '그날 새벽'에 일어난 사건을 설명하면서 등장하는 "어른 엄지보다도 더 굵은 그 기다란 쇠뭉치" 빠루와 "조그마한 짠지 단지" 등의 묘사라든지, 순심이 아저씨와 그가 뒤늦게 불러들인 사팔뜨기 여자에 대한 이야기나, 한밤중에 현정이 아빠와 젊은 여자가 내는 소리의 정체를 알고 있었다는 '나'의 고백, 그리고 '꽃뱀'으로 찍힌 국회와 남자들('나'를 포함) 사이의 일화 같은 것들이다. 이런 묘사나 일화들이 '그날 새벽'의 기억을 찾아가는 '나'의 여정과 어떤 관련이 있는 것일까?

미아리 셋집에 다녀오기 위해 길을 나선 민홍은 익숙한 풍경이 눈에 들어오면서 '그날 새벽'의 기억을 떠올린다. '그날 새벽'의 기억이란 한 지붕 아래에서 아홉 가구가 살았던 장석조네 집에서의 어느 날의 기억으로, 한밤중 소변을 보러 나갔다 오다가 작은 단지 하나를 깨게 되었고 그 단지를 눈사람을 만들어 덮어두었던 일을 말한다. 하지만 사건은 그렇게 단순하지가 않아 보인다. '그날 새벽'의 일을 기술하는 '나'의 서술은 아주 조심스럽고 모호하고, 불필요하다 싶을 정도로 길고 장황한 묘사로 이어진다. 우선 '그날 새벽'의 일을 떠올리면서 나오는 첫 장면에서는 생뚱맞게 소쿠리에 대한 장황한 묘사가 등장한다. 소쿠리가 '그날 새벽'의 일과 무슨 상관이라는 것일까?

> 내가 태어나자 큰외숙모가 엄마의 산후 조리를 봐주기 위해 마른 미역을 담아갖고 올 때 쓴 것이라고 하니, 이미 십 년은 지난 그 소쿠리는 낡을 대로 낡아 테두리가 반쯤은 빠져나갔고 군데군데 풀어진 댓개비들이 날카롭게 비어져나와 자칫 맘이 급해 서둘다간 손톱 밑을 파고들거나 손등에 생채기를 내기 일쑤였다.(11쪽)

긴 수식어와 관형절을 수반한 한 문장으로 되어 있는 이 긴 문장이 강조하고 있는 것은 소쿠리가 갖는 여성(모성)성이다. 큰외숙모가 엄마의 산후 조리를 위해 미역을 담아온 소쿠리라는 장황한 정보는 '그날 새벽'의 기억이 그 여성적 세계로부터 시작되는 것임을 암시한다. 그런데 소쿠리가 낡아서 댓개비들이 비어져 나와 있었고 소쿠리를 더듬다가 손톱 밑을 찔린 기억이 있었다는 고백이 이어지는 것을 보면, 그 여성적 세계는 그저 따뜻하고 부드러운 것이 아니라 위험과 금기가 잠재되어 있는 세계로 보인다. 더군다나 이때 아버지는 뇌졸중으로 쓰러져 있었다고 하니, '그날 새벽'의 사건은 아버지의 힘이 쇠약해진 이 충만한 여성적 세계 속에서 그리고 '금기'와 그에 따른 위험이 상존하는 세계 속에서 발생한 것이 분명하다.

본격적인 사건은 그날 김칫국물을 마셔댄 탓에 한밤중 소변이 마려웠다는 데에서 시작한다. 설부터 정월 대보름까지는 "어머니가 금했기 때문"에 요강을 쓸 수 없어 어머니를 깨울 것인가 혼자 변소에 갈 것인가 선택의 기로에 서게 되었고, '나'는 용감하게 혼자 변소로 가기로 한다. 더 이상 아이가 아니라고, 생각했기 때문이었을 것이다. 그런데 시원하게 오줌을 누고 돌아오는 길에 무언가를 건드리게 되었고 그게 단지를 건드려 깨는 일이 발생한다. 주목되는 건 이 상황에 대한 묘사다. 발끝으로 뭔가를 밟았는데 '그 기다란 물체'가 고개를 발딱 젖히는가 싶더니 옆으로 풀썩 쓰러졌고, "어른 엄지보다도 굵은 그 기다란 쇠뭉치"가 넘어지면서 하필이면 옆에 있던 "조그마한 짠지 단지"를 스쳐 뚜껑은 두 동강이 나 떨어졌고 몸통에는 금이 났다는 것이다.

'기다란 쇠뭉치'와 '둥근 단지' 등의 묘사에서 암시되듯 이때의 기억이란 말하자면 성적인 눈뜸과 연관된다. 더군다나 그때는 '금기'의 시간이었다. 그런데 '나'는 시원하게 배설을 하고는 얼떨결에 그 금기의 단지를 건드린 셈이 되었다. 이 장면 이후에 "나는 어린애답지 않게 몹시 피로하다는 생각이 들었던 듯하다. 그것은 내가 그 순간 헐떡이고 있었던 이유를 적절하게 해명해줄 수 있었다"는 고백이 나오는 것도 이런 맥락에서 이해될 수 있다. '나'는 빠루를 밟고 나서 갑자기 피로감을 느꼈다고, 그 피로감은 세상에 대한 것이 분명하고, "어른에게나 해당하는 피로였다"고 고백한다. 그리고 이어서 그 피로감은 다시 앞으로 오랫동안 떨쳐낼 수 없으리라는 불길함과 절망감으로 이어졌다고 고백한다.

말하자면 '그날' '나'는 "어른에게나 해당하는 피로"를 처음 느꼈던 것이고, 남자-어른이 된다는 것은 그런 피로감을 감당하며 살아가는 것임을 예감했다는 것이니, '그날' '나'는 그렇게 어른이 되었던 것이다. 순심이 아버지의 짓물러져 있는 눈자위도 피로해서일까? 그런데 왜 뒤늦게 사팔뜨기 여자를 불러들여 순심이를 공장으로 보내고 아들은 전처 집으로 떠맡겨 세상살이의 피로감을 가중시켰을까? 순심이 아버지에게서 거금 칠백 원을 주고 산 석유곤로는 왜 보름이 지나지 않아 고장이 난 것일까? 어머니의 말처럼 순심이 아버지가 구멍을 임시방편으로 때운 후 팔아넘긴 것일까, 아니면 어머니의 공연한 트집일까? 이렇게 이어지는 질문들 속에서 떠오른 어른들의 세계는 온통 알 수 없는 오리무중의 세계였고, 세상은 더 이상 동화 속이 아니라 서로 뜯고 뜯기는 탐욕과 위선의 세계였다.

깨진 단지를 눈사람 속에 집어넣고 아무 일도 없었던 것처럼 행동했던 그때, '나'는 거짓과 위선과 욕망에 눈뜨고, 그런 것들로 이루어진 어른의 세계에 진입한다. 그 하루 동안 "주로 더러운 곳만 골라서 돌아다녔"던 것도 그 어른의 세계로의 진입을 확인하는 스스로의 일탈이었을 것이다. 만화가게에서 성인 만화를 보고 길음천변의 텍사스 거리를 걸어다니면서, 더러움과 거짓과 탐욕과 욕망의 세계로서의 어른의 세계에 들어가는 첫 어른-남자의 모습을 모방한 셈이다. 하지만 집으로 돌아왔을 때 눈사람은 치워져 있었고, 세상은 아무 일도 없었던 듯 평소와 다름이 없었다. '내'게는 커다란 죄책감과 부끄러움으로 자리하고 있던 눈사람 속 깨진 단지가 사실은 별 것이 아니었다는 것, '내'가 짐작하는 세계와 실제 세계 사이에는 거리가 있었다는 것, '내'가 세상의 중심이 아니라는 것, 그런 깨달음으로 '나'는 울음을 그치고 '어른처럼' 골목을 달려 나간다. '나'는 '그렇게 컸다.'

> ### 질문 2
>
> 창이 형은 흥미로운 인물이다. 미아리 셋집을 다녀오겠다는 민홍의 계획은 창이 형을 만나 그의 집에 가서 국희를 만나는 걸로 변경되고, 그와 헤어지면서 사실상 민홍의 여정은 끝난다. 게다가 창이 형 집에 갔다 나오면서 국희와의 신혼 재미가 어떤지를 묻자 창이 형은 사람이나 짐승이나 크게 다르지 않다고, 그런데 사람에게는 미운 정 고운 정이 있다고 대답한다. 그런데 이 대답을 듣고 민홍은 갑자기 눈앞이 캄캄해졌다고, 그리고는 그 캄캄함 속에서 오래전에 자기가 깬 단지가 두둥실 떠올랐다고 고백한다. 그리고는 전봇대에 이마를 대며 "가자……!"라고 중얼거린다. 창이 형의 대답을 들은 후 갑작스럽게 등장하는 이 '가자!'라는 문장은 과연 어떻게 이해해야 할까? 어디로 가자는 것일까?

창이 형은 미아리가 재개발이 결정되면서 재개발조합 간사 자리를 맡고 있는 인물이다. 그런데 원래 그는 몸이 골골했고 직장도 없이 아버지 가게에서 가끔씩 석유나 연탄 배달을 하던 터라 마흔이 되도록 장가도 못간 위인이었다. 그런 창이 형이 지금은 예전과 여러 면에서 많이 달라져 있다. 동네 재개발과 관련해서 이러저런 정보에도 빠삭한 모양이고, 교회 위 허름한 방에서 살다가 상가들이 모여 있는 거리 쪽 연립주택의 반지하방으로 이사를 했는가 하면, 국희와 결혼까지 해서 살고 있었다. 원래 "네발 달린 고기를 잘 안 먹는 등 푸른 생선파"였던 그는 이제는 근력이 달려서 고기를 많이 먹는다며, 집에 가는 길에 정육점에 들러 돼지고기를 산다. "식성이란 변하게 마련 아냐"라면서. 그는 '변화'의 당위를 설파하는 인물이다.

비실비실 물색없던 위인이던 창이 형이 동물성의 강한 남성성을 자랑하는 인물이 되어 있다는 것은 그가 국희와 살고 있다는 사실에서 더 분명해진다. 국희는 형부와 붙어먹었다는 소문이 났던 꽃뱀 같은 여자였고, '내'가 방위 생활을 할 때 '나'를 유혹하기도 했던 여자였다. 취기 때문인지 그날따라 심하게 받은 피티 체조 때문인지 오르막을 오르며 "호흡이 거칠었"던 때 '나'는 국희가 건넨 코카콜라 병을 받아 마셨다. 그 상황을 소설은 "갑자기 목젖을 우그러뜨린 갈증이 나도 모르게 그 병의 잘록한 허리를 덥석 잡게 만들었던 것 같다"고 적고 있으니, 그때 '내'가 정작 잡고자 했던 것은 콜라병이 아니라 그녀의 허리였을 것이다.

그런데 그 모든 것을 다 알고 있(다고 생각되)는 창이 형에게 신혼재미가 어떠냐고 물었을 때, 창이 형은 엉뚱하게도 사람과 짐승이 다르지 않다고, 야만이면 야만인대로 사는 거라고, 그런데 사람에게는 정이 있다는 게 다르다고 대답한다. 창이 형은 '나'의 짐작대로 국희에 관한 소문들을 익히 알고 있었던 모양이고, 그럼에도 불구하고 그는 짐승과 다름없는 사람들의 야만성과 함께 사람 사이에 있는 정의 가치를 언급한다. 사람 사이의 관계라는 것이 마냥 좋고 따뜻한 단순한 것이 아니라는 것, 그럼에도 불구하고 사람을 잇고 있는 가치를 인정한다는 것, 이 진짜 남자-어른의 대답 앞에서 '나'는 어지러움을 느낀다. 그는 세상의 얼룩과 상처를 잘 알고 있으면서 동시에 세상의 밝은 얼굴을 잊지 않는 어른이었던 것이다.

그러므로 창이 형의 대답을 들은 후 느닷없이 나온 '가자'라는 문장은, 꽃뱀 같은 국희가 동네 사내들과 염문을 뿌리고 다니고 '나'에게도 유혹의 눈길을 던졌다는 걸 알면서도 이제는 서로가 깍듯하게 예의를 갖추어 아내로, 형수님으로 대우하는 세계를 수용하겠다는 다짐과 같다. 이 이야기 이후 동화 속 같던 세상이 한 순간에 절망의 구렁텅이로 변했던 '그날', 눈사람 속에 숨겨둔 깨진 단지가 실은 별것이 아니라고 말해주던 '그날 새벽'의 기억이 다시 소환되는 것도 같은 맥락에서 이해된다. 그날 처음 확인했듯이 세상은 마냥 동화 같은 세계도, 잿빛 절망의 구렁텅이 같은 곳도 아니다. 탐욕과 위선이 어른거리는 세상일망정 그 안에는 그 모든 것을 끌어안고 이어지는 어른의 세계가 있다. 그러니 이제 그 속으로 발을 내딛어 걸어가야 한다는 당위, 그것이 '가자'라는 문장 속에 있다.

사실 창이 형의 변모는 재개발을 앞둔 미아리라는 동네의 변화와 밀접하게 연관되어 있다. 가난한 소시민들이 모여 살던 초라하고 보잘것없던 미아리라는 동네는 이제 재개발의 붐이 불면서 예전과는 다른 활력이 흘러넘친다. 철거가 끝나서 폐허가 되어 있는 동네에서 모닥불을 피우고 개를 잡아먹고 있는 풍경은[1] '나'에게 "폐허와 술!"을 연상시키

---

1 소설에서 개들은 재개발로 인해 사라져가는 세계의 한 부분처럼 그려진다. 소설 끝에서는 냄새를 맡은 누렁이가 똥 냄새를 맡고 항아리 쪽으로 들어가지만, 그 누렁이도 머지않

지만, 그것은 허무적인 정조가 아니라 오히려 '묘한 활력'으로 다가온다. 이제 사람들에게는 궁기 대신 기름기가 돈다. "기름기가 자글자글 흐르는 육질 안주"를 두고 술을 먹는 사람들의 얼굴에는 궁기라고는 찾아볼 수가 없고, 이제는 "세멘또 덩어리 짐만" 되는 벼루들을 두고 이사를 간 벼루 공장 사내도 "자를 대고 그은 듯 곧바르게 가르마를 탄 머리에 기름기가 번들거리"고, 창이 형 집에서 돼지고기를 배불리 먹은 '나'도 돼지기름 때문에 더부룩한 배를 쓰다듬는다. 재개발 경기의 훈풍은 앞으로 이들의 얼굴에 기름기가 더 번들거리게 만들 것이다.

이 변화가 올바른 것이건 잘못된 것이건 그 변화를 거스를 수 없다는 것은 분명하다. 동화 속 같던 유년시절이 다시 올 수 없는 시간이듯, 탐욕과 위선의 세계일망정 어른의 세계로 나아가야 하듯, 국희를 받아들인 창이 형처럼 사람과 세상의 다면적 모습을 이해하고 수용해야 한다는 것, 개발의 분위기 속에서 달라지는 것들, 사라지는 것들을 그대로 인정해야 한다는 것, 그리하여 변화하는 세상 속으로 나아가야 한다는 것, '가자'라는 독백은 그런 어쩔 수 없는 당위를 쓸쓸하게 담고 있다.

아 고기로 구워지는 신세가 될 것이다. 종자 개였던 창이 형의 개도 이제는 늙어서 눈독 들이는 사람도 없다고 얘기되는데, 아마도 그 개도 곧 비슷한 신세가 될 것이다. 그리고 아버지는 이 개들의 신세와 별로 달라 보이지 않는다.

질문 3

민홍은 처음 의도와 달리 미아리 셋집에 보일러 수리비 삼만 원도 전달하지 않고, 아버지 영정 사진도 가져오지 않고 그냥 돌아온다. 그가 한 일이라곤 창이 형을 만나고 돌아오는 길에 폐허가 된 집터에 놓인 빈 항아리에 똥을 눈 것뿐이다. 결국 소설은 단지 민홍이가 옛 동네에 가서 똥을 누고 온 이야기를 하고 있는 셈인데, 그렇다면 '하려고 했던 것들을 하지 않은 이야기'가 된 이 소설에서 '하지 않은 일들'의 의미는 무엇일까? 그는 왜 하려고 했던 일들을 하지 않고 돌아오는 것일까? 게다가 마지막 장면에 등장하는 배설의 의미는 무엇일까?

앞에서 살펴보았듯이 민홍은 창이 형을 통해 유년의 기억, 유년의 세계가 사라지는 것을 받아들여야 한다는 것을 새삼 확인한다. 창이 형의 변화는 미아리라는 공간의 변화이자 개발의 논리로 소란스러웠던 70~80년대 서울의 변화이기도 하다. 임자 잃은 개가 많아지자 "먼저 보고 때려잡는 놈이 장땡"이 되었다는 논리는 그대로 사회 전반에 적용되는 논리가 되었고, 모든 것의 가치 기준은 돈이 되었다. 모두가 "돈타령"이다. 한겨울에 셋집 보일러가 고장이 나면 세입자들이 추위에 어떻게 지내는지 걱정이 되는 것이 아니라 애먼 돈이 들어가게 된 것에 성이 나는 세상인심에서 애당초 서로 얼굴을 맞대고 사정 얘기를 주고받을 필요는 없었을지도 모른다. 어머니 말마따나 수리비야 온라인으로 부쳐주면 그만인 것이다.

뿐만 아니라 '그날 새벽'의 기억 속에서도 뇌졸중으로 쓰러져 있던 아버지는 이미 오래전 과거로 밀려난 존재였다.[2] 작은방에서 아버지 영정 사진을 가져오겠다고 하자 "그 생각은 잊고 꿈에도 하지 마라. 그 뱀의 허물 뒤집어쓴 것처럼 아물아물한 사진은 가져다 어디다 두려고?" 했던 어머니의 만류에서 암시되듯, 아버지는 이제는 꿈에도 생각조차 말아야 할 존재다. 아버지는 이미 지나가 버린 과거에 속한 존재이고, 어디에도 그가(영정조차) 자리할 곳은 없다. 대신 그 아버지의 자리에 들어서는 것이 창이 형이다. 그는 도시 개발이 진행되는 분위기 속에서 새로운 가치와 윤리를 상징하는 존재다.

민홍은 창이 형을 만난 것으로 미아리로의 여정을 끝낸다. 그리고 돌아오는 길에 빈집에 놓인 깨진 항아리에 똥을 눈다. 그것은 유년의 기억을 간직한 그곳을 떠나면서 마지막으로 치르는 유년 시절 혹은 사라진 세계와의 작별의식이다. 깨진 항아리라는 모성 공간에서 마지막으로 맘껏 배설을 함으로써 '나'는 금기 이전의 자유로운 욕망의 세계, 유년의 세계 속에서의 충만감을 마지막으로 누린다. 하지만 그것은 그 세계와의 작별인사이기도 하니, 미아리를 찾아가는 것으로 시작한 일은 그렇게 그 세계와 결별하는 것으로 끝난다. 단지는 이미 '그날 새벽'에 깨졌고, 더 이상 둥근 모성의 세계는 없다. 그에게 남은 것은 창이 형으로 대변되는 어른의 세계 그리고 식솔을 거느린 가장의 자리로 돌아가야 한다는 당위다.

미아리로 상징되는 세계가 사라져가는 쓸쓸한 현실의 풍경을 소년에서 어른으로 성장하는 개인의 성장담과 연결시켜 보여주고 있는 「눈사람 속의 검은 항아리」는 이 쓸쓸한 당위로 마무리된다. 세 사람의 식

---

2   하지만 '그날 새벽' 오줌을 누러 나간 '나'의 밤 외출은 아버지의 아들로서의 그것이었다. '나'는 "뒤꿈치가 헤진 아버지의 낡은 털신을 끌고" 부엌문을 열며 나갔던 것이다.

솥을 거느린 가장인 '나'는 깨진 항아리 안에 똥을 누는 걸로 미아리와 쓸쓸한 작별을 고한다. '나'는 안다. 더 이상 유년의 시절로 돌아갈 수 없다는 것을, 이제는 책임을 짊어진 가장의 세계, 어른의 세계로 돌아가야 한다는 것을, 폐허 속일망정 그 속으로 걸어 들어가야 한다는 것을, 재개발의 움직임이 거스를 수 없는 시대의 변화라는 것을, 기름기로 번들거리는 얼굴이 우리들 모두의 민낯이라는 것을. 하지만 때로 '나'는 떠올릴 것이다. '내'가 깬 눈사람 속 검은 항아리 안에는 황금빛 똥이 추억처럼 담겨 있다는 것을.

3부
역사를 기억하는 방식

당신들을 잃은 뒤, 우리들의 시간은 저녁이 되었습니다 | 한강, 『소년이 온다』

칼로 길을 열 것인가, 글로 길을 열 것인가 | 김훈, 『남한산성』

부드러운 곡선으로 남는 역사의 시간을 생각하다 | 양귀자, 『천마총 가는 길』

당신들을 잃은 뒤,
우리들의 시간은 저녁이 되었습니다

한강, 『소년이 온다』

———

너는 눈을 가늘게 뜨고 도청 앞 은행나무들을 지켜본다. 흔들리는 가지 사이로 불쑥 바람의 형상이 드러나기라도 할 것처럼. 공기 틈에 숨어 있던 빗방울들이 일제히 튕겨져나와, 투명한 보석들같이 허공에 떠서 반짝이기라도 할 것처럼.

너는 눈을 크게 떠본다. 좀 전에 가늘게 떴을 때보다 나무들의 윤곽이 흐릿해 보인다. 언젠가 안경을 맞춰야 하려나. 네모난 밤색 뿔테 안경을 쓴 작은형의 부루퉁한 얼굴이 떠올랐다가, 분수대 쪽에서 들려오는 함성과 박수 소리에 묻혀 희미해진다. 여름이면 콧잔등을 타고 자꾸 안경이 흘러내린다고, 겨울엔 실내에 들어갈 때마다 안경알에 김이 서려 아무것도 안 보인다고 작은형이 그랬는데. 더이상 눈이 안 나빠져서 안경을 안 쓸 순 없을까.[*]

———

*   한강, 『소년이 온다』, 창비, 2016, 7~8쪽.

80년 5월, 나는 갓 대학에 들어온 신입생이었다. 광주에서 일어나고 있다는 험악하고 흉흉한 일들이 소문으로 전해져 왔고, 누군가는 광주로 가야 한다고 했고, 누군가는 가서는 안 된다고 했다. 학교는 휴교를 했고, 그해 5월은 그렇게 잿빛이 되었다. 한강의 『소년이 온다』는 그 시절 소문으로 들려오던 흉흉한 일들을, 잔혹한 열흘의 시간을, 학살의 현장을 새롭게 불러온다. 작가는 그 열흘간의 시간을 지키고 있던 이들의 찢어진 몸과 혼에 목소리를 넣어 그들을 되살림으로써 그들을 위무한다. 그리하여 소설에서는 산 자와 죽은 자의 말이 섞이고, 산 자의 자책과 죽은 자의 회한이 얽히고, 그날 그들의 울음과 지금 우리들의 한숨이 만난다. 아, 그날에 대해 우리는 무엇을, 어떻게 기억해야 할까?

'너'에 대하여

소설은 2인칭('너')으로 호명된 동호의 목소리로 시작한다. "비가 올 거 같아." 도청 앞 은행나무를 바라보면서 동호가 내뱉은 말이다. 그리고 그 후에 이어지는 것이 앞에서 인용한 대목이다. 죽은 친구 정대를 찾아 도청을 찾아간 후 그곳에 머물게 된 동호는 상무관으로 들어오는 시체들을 수습하고 관리하는 일을 맡고 있는 중인데, 분수대 앞에서는 합동 추도식이 거행 중이다. 공기 틈에 숨어 있던 빗방울들은 추도식 도중에 비가 되어 퍼붓는다. 비는 소설 속 표현에 의하면 "먼저 가신 혼들이 흘리는 눈물"이다. 비가 올 것 같다는 동호의 독백처럼 소설은 이제 이 혼들의 눈물로 가득해진다. 그리고 동호도 그날 그곳에서 죽는다.

동호는 화자에게도, 죽은 정태의 혼에게도, 은숙에게도, 선주에게도 모두 '너'로 불리는 존재다. '너'가 장판 바닥에 누워 잠을 잤을 부엌머리 방은 우연하게도 작가가 여름이면 방바닥에 엎드려 숙제를 하곤 했던 같은 방이었다. 그 시간 속 그 자리에 '나'는 없었고 '너'는 있었을 뿐이건만, '내'가 건너왔던 여름을 '너'는 건너오지 못했다. 생각하면 그 여름을 건너오지 못한 것이 비단 동호뿐일까. 흉포한 야만과 폭력에 갇혀 사라진 존재, 하지만 그 어둠의 세계 속에서도 "자기파괴를 각오할 때만 도달할 수 있는 인간 존엄"[1]을 증명해 보였던 존재, 그게 바로 '너'다. 작가는 부채감과 안타까움으로 이 수많은 '너'들을 소환한다.

동호네 사랑채에 세 들어 살았던 정대와 정미 누나는 죽었고, 여자애처럼 예쁘장한 대학생이었던 김진수는 고문을 받고 풀려나와 끝내 자살했고, 미싱사였던 임선주는 여전히 고문의 기억으로부터 벗어나지 못하고 있고, 곧잘 "우리는 고귀해"라고 말하던 성희 언니는 병에 걸려 죽음을 앞두고 있고, 여고생이었던 김은숙은 출판사에서 일하고 있지만 여전히 검열과 취조에 시달리고 있고, 고등학생이던 김영재는 몇 차례 자살 시도 끝에 정신병원에 가 있다. 이들은 모두 우리가 잊지 말아야 할 무수한 '너'들이다. 이들은 망가진 삶 속에서도 "양심이라는 눈부시게 깨끗한 보석이" "이마에 들어와 박힌 것 같은 순간의 광휘를" 경험한 사람들이며, 어떤 순간에도 짐승이 되지 않기 위해 고투했던 이들이다. 이들은 부서진 몸과 영혼으로 그날을 증언하고 있다.

---

1 『소년이 온다』 뒤표지에 적힌 신형철의 표현이다.

'눈'에 대하여

앞에 인용한 대목에서 주목되는 또 다른 점은 '눈'에 대한 이야기가 많다는 점이다. 합동 추도식이 거행되고 있는 우울하고 심각한 상황이 지만, 이 대목에는 온통 '눈' 이야기뿐이다. '너'는 '눈'을 가늘게 혹은 크 게 뜨고 은행나무들과 흔들리는 가지 사이로 부는 바람을 본다. 그리고 는 작은형을 떠올리고, 뜬금없이 작은형의 안경에 대해 이야기를 하고, 자기도 눈이 안 좋아지고 있는 것 같은데 안경을 맞춰야 하나 고민한다. 추도식을 마주하고 있는 상황에서 나온 생각이라기엔 참 뜬금없기만 하 다. 도대체 소설 서두에 나오는 이 '눈' 이야기는 무얼 말하는 걸까?

동호는 추도식이 보이는 곳으로 가지도 않고 오히려 그 장면이 보이 지 않는 상무관 출입 계단에 앉아 스피커로 들려오는 소리에만 귀를 기 울인다. 아마도 그는 보이는 것에 적응이 안 되고, 보는 것에 자신이 없 는 모양이다. 강당 안에는 시취를 풍기고 있는 시신들이 늘어서 있고, 그 시신들은 끔찍하게 훼손된 형상을 하고 있다. 아들과 손녀를 찾으러 온 노인을 안내하면서 동호는 "눈이 더 나빠져 가까운 것도 흐릿하게 보이면 좋겠다고" 생각하지만, 그에게는 "아무것도 흐릿하게 보이지 않 는다." 그는 끝내 눈을 감을 수가 없다. 결국 무명천으로 덮인 시신들 앞에서 그는 "눈을 감지 않는다." 손녀딸의 시신을 확인하는 노인의 두 눈을 "마주 본다." 그리고 다짐한다. "아무것도 용서하지 않을 거다. 나 자신까지도"라고.

'눈'은 끊임없이 흉포한 폭력의 현장을 마주하게 하는 몸이다. 어느 증언자의 고백처럼 그날의 장면들, 얼굴들은 "도려낼 수도 없는" "눈꺼 풀 안쪽에 박혀서" 지워지질 않는다. 소설 속 인물들은 모두 눈을 감고 싶어 하고, 그럼에도 불구하고 눈을 감을 수 없어서 괴로워한다. 정대의 혼도 "눈을 감을 수 있다면", "우리들의 몸을 더 이상 들여다보지 않을 수 있다면", "깜박 잠들 수 있다면" 하고 바라고, 은숙이 도청을 빠져나올 때 마지막으로 봤던 것도 "살고 싶어서, 무서워서" 떨리고 있던 동호의 "눈꺼풀"이었다. 죽음으로 건너간 동호의 마지막은 그렇게 '눈'의 모습으로 남았다. 그런가 하면 교대 복학생이었던 인물도 김진수의 부고 소식을 듣고 제일 먼저 떠올린 것이 함께 감옥에 있을 때 그가 멀건 콩나물국에서 콩나물을 다 집어 먹어 버릴까봐 긴장하던 자신을 바라보던 "나와 똑같은 짐승이었던 그의 차갑고 공허한 두 눈"이라고 고백한다. 말하자면 이들은 모두 그 '눈'들로부터 자유롭지 않다.

그런가 하면 살아남은 자들에게 '눈'은 그날의 참혹한 현장을 기억하고 증언할 최후의 보루다. '그날' 앞에서 우리는 눈을 감아서는 안 된다. 눈이 나빠져서 모든 게 흐릿하게 보이면, 여름이면 콧잔등을 타고 안경이 흘러내리고 겨울이면 실내에 들어갈 때마다 안경알에 김이 서리더라도 안경을 써야만 한다. 부서진 몸과 영혼으로 그날을 증언하고 있는 이들 앞에서 우리가 할 수 있는 것은 그렇게 두 눈 크게 뜨고 그들을 바라보는 것이다. 서 선생의 희곡이[2] 연극으로 공연될 때 은숙이 "뜨거운 고름 같은 눈물을 닦지 않은 채" 눈을 부릅뜨고 "소리 없이 입술을 움직이는 소년의 얼굴을 뚫어지게 응시"하는 것도 그 때문일 것이다.

『소년이 온다』는 그 자체로 '그날'을 응시하고 기억하려는 한 시도다. 작가는 에필로그에서 '그날'의 기억이란 결국 "죽음에 가까운 린치

---

2 이 글의 제목인 "당신들을 잃은 뒤, 우리들의 시간은 저녁이 되었습니다"는 서 선생의 희곡에 등장하는 문장이다.(79쪽)

를 당하던 사람이 힘을 다해 눈을 뜨는 순간", "입안에 가득 찬 피와 이빨 조각들을 뱉으며, 떠지지 않는 눈꺼풀을 밀어올려 상대를 마주 보는 순간", "자신의 얼굴과 목소리를, 전생의 것 같은 존엄을 기억해내는 순간"에 대한 기억이라고 적고 있다. 바로 그 순간을 짓부수며 학살과 고문과 강제진압이 왔다. 하지만 작가는 "지금, 눈을 뜨고 있는 한, 응시하고 있는 한 끝끝내 우리는……"이라고 말을 잇는다. 패배할지언정 무력하게 희생당하는 것은 아니라는 것, 그러니 우리가 끝내 멈추지 말아야 할 것은 그렇게 눈 부릅뜨고 지켜보는 일이라는 것. 말줄임표 속에는 이런 믿음이 담겨 있을 것이다. 짐승 같은 시간 속에서도 사력을 다해 눈꺼풀을 밀어올림으로써 인간의 존엄을 증명했던 이들이 있었다고,[3] 그들을 기억하라고.

'분수대'에 대하여

끝으로, 인용한 대목에 등장하는 분수대에 대해 생각해보자. 분수대 앞에는 상무관에서 날라다 놓은 스물여덟 개의 관들이 놓여 있고, 그 앞에서 유족들과 시민들이 모여 추도식을 거행하고 있다. 거기에선 시민들의 함성과 박수소리, 애국가 부르는 소리들이 들려온다. 소설이 시작되면 동호가 그 소리들에 귀를 기울이고 있다. 분수대 광장은 곧 사

---

[3] 짐승 같은 시간들은 대개 몸의 기억을 통해 온다. 예컨대 "내 몸이 내 것이 아니라는 걸 분명히 하는 고문"(105쪽), "내가 살덩어리였던 순간들의 기억"(121쪽), "피고름과 땀으로 얼룩진 몸뚱이가 삶"(122쪽)이었던 시절, "우리들의 몸속에 그 여름의 조사실이 있었습니다. 검정색 모나미 볼펜이 있었습니다. 하얗게 드러난 손가락뼈가 있었습니다"(126쪽) 등의 구절에서 드러나듯이. '눈'은 그 참혹함에 굴복하지 않는 우리 최후의 무기다.

람들이 인산인해를 이뤄 모여들 곳이고, 또 무수한 이들이 총을 맞고 스러질 공간이다. 거기에는 어떤 위력과 폭력에도 내어줄 수 없었던 자유의지와 인간 존엄에 대한 믿음, 그리고 눈물과 피의 기억이 자리하고 있다. 피고름과 땀으로 얼룩진 몸, 하얗게 드러난 손가락뼈, 치욕적인 허기, 심장이 터질 것 같았던 고통과 분노 속에서도 끝내 포기할 수 없었던 것, 그것이 분수대 앞에 있다.

그날 그곳에 있었던 김은숙은 5년 후 출판사에서 일을 하던 중 수배 중인 사람의 행방을 추궁하는 사내에게서 뺨을 맞고 분수대를 떠올린다.

거친 동작으로 탁자 위에 교정지 묶음을 던져놓는 사내의 눈을 피해 그녀는 먼지 낀 백열등을 올려다봤다. 다시 때리겠구나, 생각하며 두 눈을 깜박였다.

그 순간 왜 분수대가 떠올랐는지 모른다. 짧게 감은 눈꺼풀 속에서 유월의 분수대가 눈부신 물줄기를 뿜었다. 버스를 타고 그 앞을 지나가던 열아홉살의 그녀는 눈을 질끈 감았었다. 하나하나의 물방울들이 내쏘는 햇빛의 예리한 파편들이, 달궈진 눈꺼풀 안쪽까지 파고들어 눈동자를 찔렀다. 집 앞 정류장에서 내리자마자 그녀는 공중전화 부스로 들어갔다. 책가방을 바닥에 내려놓고, 이마에 흐르는 땀을 주먹으로 훔치며 전화기에 동전을 넣었다. 114 버튼을 누르고 기다렸다. 도청 민원실 부탁합니다. 안내받은 전화번호를 누르고 다시 기다렸다. 분수대에서 물이 나오고 있는 걸 봤는데요, 그래서는 안된다고 생각합니다. 떨리던 그녀의 목소리가 점점 또렷해졌다. 어떻게 벌써 분수대에서 물이 나옵니까. 무슨 축제라고 물이 나옵니까. 얼마나 됐다고, 어떻게 벌써 그럴 수 있습니까.(69쪽)

5월의 상황이 종료된 후 유월의 분수대에서는 예전과 다름없이 분수가 뿜어져 나오고 있었다. 마치 아무 일도 없었다는 듯이, 지금은 아주 평화로운 나날이라는 듯이, 그때 이곳에서 있었던 죽음과 울부짖음과 사무침은 이제 모두 잊으라는 듯이. 김은숙이 참을 수 없었던 것은, 그래서 날마다 114에 전화를 걸어 "무슨 축제라고 물이 나옵니까" 항의를 했던 것은 그 뻔뻔함을 참을 수 없었기 때문일 것이다. 5년이 지난 지금도 그녀는 불순분자를 대라는 취조를 받으며 따귀를 맞고 있다. 분수대 앞에서의 '그날'은 지나간 과거가 아니다.

그러니 그날 분수대 앞에 있었던 그리고 분수대를 바라보았던 수많은 '너'를 눈 부릅뜨고 기억하는 것, 감쪽같이 죽음과 상처를 덮고 축제의 일상으로 귀환하라는 망각의 요구에 저항하는 것, 이것이 우리에게 남겨진 과제가 아닐까. 그것이 여전히 끝없는 어둠 속에 서 있을 '그날'의 인물들을 비로소 "밝은 쪽으로, 빛이 비치는 쪽으로, 꽃이 핀 쪽으로" 이끌어가는 것이 되지 않을까. 그럴 때 비로소 어린 동호가 엄마를 햇빛 쪽으로 이끌면서 하던 말들을 우리가 그들에게 해줄 수 있는 게 아닐까. "저쪽으로 가아, 기왕이면 햇빛 있는 데로." "저기 밝은 데는 꽃도 많이 폈네. 왜 캄캄한 데로 가아, 저쪽으로 가, 꽃 핀 쪽으로."

칼로 길을 열 것인가, 글로 길을 열 것인가

김훈, 『남한산성』

　그해 겨울은 일찍 와서 오래 머물렀다. 강들은 먼 하류까지 옥빛으로 얼어붙었고, 언 강이 터지면서 골짜기가 울렸다. 그해 눈은 메말라서 버스럭거렸다. 겨우내 가루눈이 내렸고, 눈이 걷힌 날 하늘은 찢어질 듯 팽팽했다. 그해 바람은 빠르고 날카로웠다. 습기가 빠져서 가벼운 바람은 결마다 날이 서 있었고 토막 없이 길게 이어졌다. 칼바람이 능선을 타고 올라가면 눈 덮인 봉우리에서 회오리가 일었다. 긴 바람 속에서 마른 나무들이 길게 울었다. 주린 노루들이 마을로 내려오다가 눈구덩이에 빠져서 얼어 죽었다. 새들은 돌멩이처럼 나무에서 떨어졌고, 물고기들은 강바닥의 뻘 속으로 파고들었다. 사람 피와 말 피가 눈에 스며 얼었고, 그 위에 또 눈이 내렸다. 임금은 남한산성에 있었다.*

---

*　김훈, 『남한산성』, 학고재, 2007, 31~32쪽.

그해 겨울은 일찍 와서 오래 머물렀다.

1636년 12월, 청나라가 조선으로 쳐들어왔다. 청의 군대가 순식간에 한양 근처까지 내려오자, 미처 강화도로 피신하지 못한 인조는 남한산성으로 피신을 했다. 유난히 눈이 많고 추웠던 그 겨울, 그 안에서는 소란과 싸움이 그치지 않았다. 밖으로는 남한산성을 포위하고 있는 청과의 싸움이 있었고, 안에서는 청과 결사항쟁해야 한다는 척사파의 주장과 죽음 대신 삶의 길을 모색해야 한다는 주화파의 주장이, 명분과 원칙을 강조하는 소리와 현실과 실리를 강조하는 소리가 부딪쳤다. 그리고 그 칼과 말들의 싸움 속에서도 백성들은 추위와 배고픔을 견디며 삶을 이어가고 있었다.

김훈의 『남한산성』은 이때의 막막하고 치열했던 이야기를 "그해 겨울은 일찍 와서 오래 머물렀다"고 요약한다. 김훈 소설이 언제나 그렇듯이 『남한산성』은 이야기에 앞서 문장만으로도 우리를 압도한다. 무심한 듯 건조하게 이어지는 문장들은 그해 겨울의 칼바람을 긴장감 있게 기술하고, 문장의 수려함은 그 얼어붙은 자연의 풍경을 장엄하고 비장하게 전달한다. 노루와 새들이 죽어가고 사람 피와 말 피가 눈에 스며 얼어가는 풍경 안에 인간의 감정이 끼어들 틈은 없어 보인다. 그것은 연민의 대상도, 분노의 대상도 아니라는 듯, 그저 원래 그런 것이라는 듯. 그해 겨울, 세상의 주인은 하늘과 바람과 눈이었다고. 하늘과 눈과 바람이 날이 선 추위를 만들었고, 마른 나무와 노루와 새들과 물고기들이 그 추위에 스러지고 있었다고. 그리고 그 풍경 속에 임금이 있었다고.

추위의 혹독함을 묘사하는 긴 대목의 끝에 등장하는 "임금은 남한산성에 있었다"는 짧은 문장은 그렇게 추운 겨울로 상징되는 고난의 한 가운데에 임금을 위치시킨다. 말하자면 이제 임금 또한 추위에 시달릴 것이고 무력하고 참혹할 것이라는 것. 그리고 그것은 노루들이 눈구덩 이에 빠져서 죽고 새들이 나무에서 떨어져 죽는 것처럼 어쩔 수 없는 것이라고, 그 모든 것은 그해 겨울의 주인이었던 하늘과 바람과 눈이 결정할 것이라고 말하려는 듯 보인다. 일찍 와서 오래 머문 게 겨울 뿐 이었을까. 성 안에서의 추위와 절망과 논쟁은 또 얼마나 독했을 것인 가. 성 안에는 말들 먼지가 가득했고, 성 밖에도 말馬 먼지가 자욱했다. 임금은 사납고 혹독한 몇 겹의 추위에 갇힌다. 오래전 남한산성의 이야 기는 이렇게 시작한다.

칼로 길을 열 것인가, 글로 길을 열 것인가.

성 밖에서 청과의 싸움은 부진했지만 안에서의 논쟁은 치열했다. 저 물고 있는 명나라와 떠오르는 청나라 사이에서, 명분과 실리 사이에서, 삶과 죽음 사이에서 무엇을 선택할 것인가. 죽어서 살 것인가, 살아서 죽을 것인가. 죽음으로 아름다움을 얻을 것인가, 치욕으로 삶을 얻을 것인가. 과연 글로 길을 열겠다는 최명길이 옳은가, 칼로 길을 열어야 한다는 김상헌의 말이 옳은가. 죽음이 가볍지 삶은 가볍지 않다는 김상 헌의 말이 옳은가, 죽음은 가볍지 않으며 죽음으로 삶을 지탱할 수 없 다는 최명길의 말이 옳은가. 안에서 문을 열고 나가는 것이 고통스러운 가, 밖에서 문을 열고 들어오는 것이 더 고통스러운가.

소설은 이 양쪽의 선택지를 동등하고도 객관적으로 기술하는 데 전력을 다한다. 소설에서 주목해야 하는 것은 이야기 자체라기보다 이 같은 작가의 시선과 말이다. 무력했고 무참했던 순간들을 바라보는 그의 시선은 무심하고, 그것을 전하는 그의 말은 건조하다. 그는 판단을 내리는 적이 없다. 그는 그저 각각의 입장과 주장을 객관적으로 충실히 전달하고자 애쓴다. 작가는 우리에게 묻는다. 모두가 각자의 방식으로 옳을 때, 각자 나름의 방식으로 옳은 것들이 충돌할 때, 그럼에도 하나의 선택을 해야만 할 때, 우리는 어떻게 할 것인가? 우리 삶에서 선과 악, 삶과 죽음, 치욕과 자존, 어둠과 빛은 뚜렷하게 구별되지 않는다. 작가 김훈의 시선은 언제나 그 사이를 혹은 그 뒤섞임을 응시한다.

가령 김상헌과 최명길의 경우를 보자. 소설에서 김상헌과 최명길은 각각 척화파와 주화파를 대변하는 갈등의 대립축이다. 하지만 그 대립에도 불구하고 그들의 말은 서로 닮아 있다. 그들의 말은 유사한 문장 구조를 갖고 있거나, 상대의 말을 되받아 반박하는 식으로 이어진다. 서로 대립적인 입장에 서 있음에도 불구하고 그들의 목소리는 비슷하다. 김상헌의 목소리에 울음기가 섞여 들면 최명길의 목소리에도 울음기가 섞여 든다. 말하자면 김상헌과 최명길은 서로 대립적인 위치에 놓여 있음에도 불구하고, '다름'이 아니라 '닮음'이 강조된다. 다음은 두 사람을 바라보는 작가의 시선이 얼마나 공평무사한지를 상징적으로 보여주는 장면이다.

저물어서 돌아오는 김상헌은 마당을 쓸거나 아궁이를 청소하는 최명길과 마주쳤다. 둘은 멀리서도 서로의 기척을 알아차리는 듯싶었다. 김상헌이 질청 문을 들어서면 인기척을 내지 않아도 최명길은 일손을 멈추고 김상헌을 맞았다. 이조판서와 예조판서는 질청 마당에서 서로 허리를 굽혀 예를 갖추었다. 김상헌이 마루 위로 올라서 방으로 들어가면 최명길은 다시 아궁이의 재를 긁어냈다.(212쪽)

김상헌과 최명길이 마주친다. 두 사람은 '~했으나', '~했지만'과 같은 역접 접속사로 이어지는 법이 없다. 두 사람은 이조판서'와' 예조판서라는 순접 관계로 기술된다. 김상헌이 '~을 하면' 최명길은 '~을 했다'는 식으로 대칭적으로 기술되는 문장에서 두 사람은 등가의 관계에 놓인다. 김상헌은 예조판서'이고' 최명길은 이조판서이며, 김상헌은 칼로 길을 열자고 '하고' 최명길은 글로 길을 열자고 할 뿐이다. 요컨대 둘은 각자의 일을 하고 있을 뿐이고, 각자의 방식으로 예를 다하는 선비라는 것이다.

당하들은 밤새도록 행궁 마당에서 물러가지 않았다. 행궁 담 밖에서, 성첩에서 내려온 군병들도 돌아가지 않았다. 군병들의 고함과 당하관들의 울음이 뒤섞였다. 군병들은 나가자고 고함치고, 당하관들은 나가지 말자고 울었다. 임금은 당하와 군병들을 내몰지 않았다. 임금은 내다보지 않았다.(341쪽)

여기에서도 당하들과 군병들은 서로 대립적인 위치에 있음에도 불구하고 갈등적 관계로 기술되지 않는다. 군병들의 고함'과' 당하관들의 울음은 다르지 않다. 군병들은 나가자고 고함치'고' 당하관들은 나가지 말자고 운다. 그리고 임금은 당하'와' 군병들을 내몰지 않는다. 이들은 모두 '와', '과', '~하고' 등 순접 연결어로 이어진다. 나가자는 것이나

나가지 말자는 것이나, 고함치는 것이나 우는 것이나, 군병들이나 당하
관들이나 모두 본질적으로 같다. 소설 속 문장은 이렇게 삶의 아이러니
를 환기시킨다.

역사와 개인 사이, 낭만적 시선의 불편함

아이러니는 역사와 개인 사이에서도 발생한다. 소설에서 아주 인상
적인 대목 중의 하나일 다음 장면을 보자.

> 사공은 돌아서서 얼음 위로 나아갔다. 김상헌은 환도를 뽑아들고 선착장
> 에서 뛰어내렸다. 인기척을 느낀 사공이 뒤를 돌아보았다. 김상헌의 칼이 사
> 공의 목을 베고 지나갔다. 사공은 얼음 위에 쓰러졌다. 쓰러질 때 사공의 몸
> 은 가볍고 온순했다. 사공은 풀이 시들 듯 천천히 쓰러졌다. 사공의 피가 김
> 상헌의 얼굴에 튀었고, 눈물이 흘러내려 피에 섞였다. 김상헌은 소매로 눈물
> 을 닦았다. 강 건너 마을은 어둠에 잠겨 보이지 않았다. 보이지 않는 마을에
> 서 버려진 말이 길게 울었다. 말 울음소리가 빈 강을 건너왔다. (46~47쪽)

강을 건너온 김상헌이 청나라가 사공을 앞세워 강 건널 것을 염려
해 그를 죽이는 장면을 기술하고 있는 대목이다. 어린 딸을 둔 사공을
죽여야만 하는 김상헌의 비통함이 얼마나 컸을지 짐작되는 대목이지
만, 서술자는 그런 감정이나 태도를 전혀 드러내지 않는다. 그저 인물
의 행동을 무심하게 기술하고 있을 뿐이다. 짧은 문장들은 어떤 연결어
미나 접속사도 없이 마치 독립된 장면처럼 이어진다.[1] 더군다나 사공을

죽이는 장면을 묘사할 때의 문장은 주목할 필요가 있다. 김상헌이 사공을 죽이는 행위에서 김상헌은 의도적으로 주어의 자리에서 배제된다. 대신 주어의 자리에 오는 것은 '김상헌의 칼'이다. '김상헌의 칼'을 문장의 주어로 삼음으로써 사공의 목을 베는 행위에서 김상헌의 책임을 지우는 것이다. 말하자면 사공을 죽이는 것은 김상헌이 아니라 그의 칼이다. 김상헌은 흐르는 눈물을 닦을 뿐이다. 그는 죽이는 자가 아니라, 우는 자이다. 게다가 "눈물이 흘러내려 피에 섞였다"는 진술에선 사공의 피와 김상헌의 눈물이 본질적으로 같은 것임이 강조된다. 그리고 그의 눈물조차 직접적으로 서술되지 않는다. 그 대신 버려진 말이 운다.[2]

어떤 행위에서 인물의 의지나 책임을 없애려는 듯 보이는 이런 태도는 다음 대목에 오면 완전히 달라진다.

김상헌이 방문을 닫았다. 김상헌이 들보에 목을 매었다. 버선발이 공중에 떴다. 매달려서 버둥거리는 그림자가 창호지에 비쳤다. 마당에서 조카들이 일어섰다. 조카들은 두 손을 앞으로 모으고 절했다. 느리고 긴 절이었다. (343쪽)

---

1   접속사나 연결어미 등을 사용하지 않는 것은 김훈 문장의 특징 중의 하나다. 그는 문장과 문장 혹은 장면과 장면이 서로 어떤 연관성을 가지고 이어진다는 느낌이 생기는 것을 의도적으로 피하는 것처럼 보인다.

2   2017년 개봉된 영화 〈남한산성〉에서는 김상헌이 사공을 베는 장면을 얼어붙은 산과 강을 배경으로 멀리 인물의 실루엣만 보이는 거리에서 보여준다. 소설이 김상헌 대신 칼을 주어의 자리에 놓음으로써 사공의 죽음에서 인물의 책임을 지웠듯이, 영화에서도 이렇듯 먼 거리에서 얼어붙은 산과 강을 부각시킴으로써 사공의 죽음이 얼어붙은 조선의 역사 속에서 일어난 어쩔 수 없는 사건이었음을 효과적으로 드러내고 있다. 다만 그 의도나 그에 걸맞은 적절한 영화적 장치와는 별개로, 그것이 그렇듯 낭만적으로 처리되는 것에 대해서는 불편함이 있었다는 점을 고백하자. 이 장면의 비장한 서술이나 연출에 감탄했지만, 동시에 역사적 명분을 내세운 개인의 죽음이나 그것을 다루는 낭만적 시선이 어딘지 조금은 불편했다는 것을.

김상헌이 조카 둘을 마당에 불러 놓고 방안에서 자결을 하는 장면이다. 단문의 문장들이 아무 접속사도 거느리지 않은 채 그야말로 간결하고 단호하게 김상헌이 자결하는 모습을 보여주는데, 앞선 대목에서와는 달리 여기에선 김상헌이 주어의 자리에 반복적으로 등장한다. 같은 인물이 계속해서 언급될 때는 그것을 대명사로 바꾸거나 생략하는 것이 일반적인 용례임에도 불구하고, 여기에서는 오히려 '김상헌'을 그대로 반복해서 사용하는 것이다. 뿐만 아니라 주격 조사도 '은', '는'이 아니라 '이'를 사용해서 행위의 주체로서의 김상헌을 더욱 강조한다.[3] 사공을 죽이는 장면에서는 주어의 자리에서 사라져 있던 김상헌이 여기에서는 목을 매는 행위의 주체로 강조된다. 사공을 죽인 것은 그가 아니라 그의 칼이었지만, 자신을 죽이는 것은 김상헌 자신이다. 그 행위는 단호하고 고결하다. 게다가 그의 죽음 앞에서 조카들이 보이는 행동과 이를 기술하는 단문의 묘사 역시 이 장면을 숭고한 선비의 세계로 강조하기에 충분하다.

사실 소설 속에서 모든 인물들은 저마다의 방식으로 외롭고 사려 깊으며 진중하다. 김상헌과 최명길, 당하와 군병들은 모두 '와', '과', '고'로 연결되는 순접의 관계에 있다. 옳고 그름이 단순하게 구별되지 않는다는 점에서, 모두 저마다의 방식으로 옳을 때에도 우리는 선택을 해야 한다는 점에서, 순접 병치된 이 관계들은 우리 삶과 세계를 바라보는 작가의 성찰의 깊이를 보여준다. 아마도 김훈에게 삼전도 굴욕이란 우

---

3 "김상헌이 방문을 닫았다. 김상헌이 들보에 목을 매었다"의 문장을 "김상헌은 방문을 닫았다. 그는 들보에 목을 매었다", "김상헌은 방문을 닫았다. 그리고 들보에 목을 매었다"와 같은 표현과 대조해보라.

리가 매순간 마주하게 되는 그와 같은 딜레마를 환기시키는 사건일 것이다. 소설에서 임금은 이 딜레마에 처한 실질적 당사자다. 그는 김상헌과 최명길, 당하와 군병들 모두가 나름대로 옳다는 것을 안다. 그는 어느 누구도 내몰지 않으며 그들을 이해하고 배려한다.

문제는 이런 태도가 인물들에게서 책임을 지워주고 은연중에 그들을 이상화한다는 점이다. 소설 속에서 왕은 자애롭고[4] 신하는 충성스럽다. 그 광경은 유교의 이상적 정치와 도덕을 실현해 보이고 있는 조선의 한 모습으로 보이며, 이런 점에서 소설은 조선 사회에 대한 이상적이고 낭만적인 시선에서 출발하고 있는 듯 보인다. 나로서는 작가가 전제하고 있는 왕과 신하에 대한 이런 전폭적인 신뢰에 선뜻 동의하기가 어렵다. 작가는 모든 인물들의 선택과 행동이 어쩔 수 없는 것이었다는 운명론을 통해 결과적으로는 그들 모두를 옹호한다. '각자 나름대로 옳다'는 전제가 선택의 딜레마를 효과적으로 전달하는 데는 성공하고 있지만, 작가의 낭만적 시선 속에 책임은 지워지고 비장한 아우라만 남는다.

---

4   가령 "임금은 혼자 있을 때도 보료에 몸을 기대지 않고 등을 곧추세웠다"(11쪽), "걱정은 너의 소관이 아니다. 아껴서 오래 먹이되, 너무 아껴서 근력을 상하게 하지는 말아라……"(37쪽), "마루가 추우니 앞으로는 들어올 때만 절하고 나갈 때는 절하지 마라"(89쪽), "마루가 차니 경들이 춥겠구나"(147쪽)와 같은 구절들은 임금을 사려 깊고 자애로운 인물로 이상화하기에 충분하다. 역사 속의 인조가 이런 묘사와 얼마나 어울리지 않는 인물인가 생각하면 이런 묘사가 전제하는 '어진 임금'이 더욱 무색해진다.

흙냄새 혹은 똥물의 힘

어쩌면 작가가 가장 강조하고자 한 인물은 서날쇠로 대변되는[5] 민초들이었을지 모른다. 겨울 추위가 아무리 혹독했다 하더라도 봄이 오는 걸 막을 수는 없는 법. 소설 끝에 오면 흙은 다시 부드러워져서 냉이며 민들레를 밀어 올리고, 사람들은 다시 성첩에 올라가 봄나물을 캐고, 빈 내행전 마루에는 다람쥐가 뛰어다니고, 성 안에는 봄빛이 가득하다. 김상헌은 자신이 목을 매었을 때 죽지 않은 것을 잘했다고 생각하고, 최명길에게 안부를 전한다. 대장간으로 돌아온 서날쇠는 대장간 화덕에 불을 붙이고 밭에 똥물을 뿌리며 봄 농사를 준비한다. 나루는 초경을 하고, 서날쇠는 나루를 아들과 결혼시킬 생각에 웃는다. 실로 생명 예찬이라 할 만한 결말이다.

이들은 삼전도 이전에도 그리고 이후에도 땅을 일구며 살아갈 이 땅의 진짜 주인공들이다. 임금은 성을 나와 치욕스런 삼배를 올렸지만, 이마를 땅에 댄 임금은 그때 비로소 흙냄새를 맡는다. 그 흙냄새는 단지 치욕을 잊지 말라는 기억이 될 뿐이었을까? 그 흙이 추위를 밀어내며 봄을 준비하고 있다는 걸 짐작하고 있었을까? 그 흙에 뿌려진 똥물이 나무를 키우는 힘이라는 걸 어쩌면 그때 깨우쳤을까? "똥물 위에서 땅이 열리고 꽃잎이 날리는 봄의 환영"을 짐작했을까?[6] 왕이 그러했건 아니건, 여느 때처럼 강과 산과 바람은 다시 제 일을 할 것이다. 그 땅에 이들이 있을 것이다.

---

5 영화 속 서날쇠는 멋진 외모에 시종일관 심각하고 진중하고 심지어 영웅적인 면모를 보이기까지 한다. 글의 세계가 아니라 몸의 세계에 속한, 생동감 넘치는 인물로서의 소설 속 서날쇠와는 너무나 다른 이미지였다.

6 소설에는 똥과 관련한 일화들이 여러 곳에서 등장한다. 가령 서날쇠는 집 뒤 장독에 똥을 넣어 약을 만들고, 정육품 수찬은 칸에게 보낼 국서를 짓지 않으려고 "분뇨와 액즙의 일을 차자로 올렸다가"(360쪽) 매를 맞고 죽는다.

부드러운 곡선으로 남는
역사의 시간을 생각하다

양귀자, 「천마총 가는 길」

―――――

팻말 뒤로는 숲이 있었다. 렌즈를 통해 바라보는 숲은 어둡고 칙칙했지만 햇살 아래의 나무 팻말과 한별이는 눈부시게 밝았다. 그 어둠과 밝음을, 칙칙함과 눈부심을, 그는 주의 깊게 바라보았다. 그는 온전한 사진을 찍고 싶었다. 팻말을 받치는 말뚝도, 아이의 다리도 자르지 않은 사진을 찍을 참이었다. 어느 것도 다치지 않게, 어느 쪽으로도 치우치지도 않게, 그렇게 온전하게.*

―――――

여행, 혹은 새로운 출발

80년대를 떠올린다는 것은 내게 엄혹했던 시대를 기억하는 일이며, 그 속에서 시작되었던 나의 대학 시절을 떠올리는 일이고, 시끄러웠던 우리 집 난장을 다시 마주하는 일이다. 노동 운동을 하던 동생이 수배

* 양귀자, 「천마총 가는 길」, 『슬픔도 힘이 된다』, 문학과지성사, 1993, 90쪽.

가 되고 구속이 되고 다시 풀려나는 동안, 경찰이었던 아버지는 그 일로 경찰 일에서 밀려나게 되었고, 그보다도 전에 우리는 서로를 향해 내뱉은 분노로 상처투성이가 되었다. 수배중인 동생을 찾기 위해 도청이 된 전화는 내내 웅웅거렸고, 학교 가는 길에는 줄곧 사복 경찰들이 나를 따라오고 있었고, 동생은 오래 제 이름으로 불리지 못했다. 그 시절 구두를 신은 채 거실로 방으로 쳐들어오던 경찰들의 거침없음과, 동료이자 상사였던 아버지를 감시하고 겁박하는 비정함과, 그들 앞에서의 우리의 비굴함을 나는 잊지 못한다.

양귀자의 「천마총 가는 길」은 그 80년대의 기억을 다시 소환한다. 어느 날 갑자기 영문도 모른 채 끌려가 고문을 받았던 이야기를 구체적이고도 상세하게 그리고 있는 이 소설은, 그 시절 일상과도 같았던 느닷없는 폭력과 그 앞에서의 어쩔 수 없음과 인간의 무심한 잔인함과 비굴함을 새삼스럽게 맞닥뜨리게 만든다. 돌아보면 소설 속 주인공의 말처럼 고문자들의 시대, 폭력이 정당화되는 시대, 그리고 우리를 깊고 아득한 허무의 동굴로 밀어 넣는 시대였으니, 그 폭력의 기억도, 신은 용서할지라도 나는 절대 용서하지 않을 거라는 주인공의 부르짖음도 낯선 것이 아니다. 그 절망의 시간들을 우리는 어떻게 건너온 것일까.

소설은 그 80년 6월로부터 7년이 지난 87년 봄에서 시작한다.[1] 주인공은 직장에 사표를 내고 가족 여행을 떠난다. 그는 7년 전 갑자기 끌려가 고문을 받은 이후 바깥세상에는 눈 감고 여성 잡지 기자에 충실

---

1   80년 6월과 87년 봄이라는 두 시간 축은 오랜 시간의 좌절과 체제에의 순종으로부터 벗어나려는 주인공의 시도를 시대적, 역사적 의미로 읽어낼 것을 요구한다. 그와 같은 개인 개인의 시도들이 모여서 87년 6월을 만들었을 것이기 때문이다.

하게 썩은 대중문화를 실어 나르며 살아온 터였다. 그런 그에게 이 여행은 폭력과 부패에 항복하고 순종해온 '체제에의 봉사'를, 그 굴욕과 모멸의 시간을 끝내겠다는 시도이자, 마음 깊은 곳에 울혈로 남아 있는 압박감과 부채를 떨치고 새롭게 살아보겠다는 의지의 첫 걸음이다. 표면적으로는 아버지의 묘 이장 보상비를 받기 위한 여정이지만, 그는 내내 '여행'임을 강조한다. 그는 '다른 곳'으로 옮겨 가고 있는 것이다.

이 여행이 서울에서 대구를 거쳐 경주로 이어진다는 점은 흥미롭다. 대구는 아버지가, 정확히 말해 아버지의 무덤이 있는 곳이다. 그 자체로 가족들에게는 폭력이었던 아버지의 무위의 삶을 떠올리게 하는 도시라는 점에서, 대구는 돌아보고 싶지 않은 과거의 공간이다. 실제로 아버지가 죽은 후 가족들은 서울로 이사를 왔고, 그 후 아버지 무덤을 돌아보지 않았다. 묘 이장 보상비를 받는다는 명목으로 온 것이긴 하지만, 대구로 온다는 것은 아버지를 그리고 아버지의 무위의 삶을 다시 대면한다는 것을 의미한다. 그리고 그는 이 여행에서 아버지의 '어쩔 수 없었음'을 이해하게 된다. 빈농의 아들로 태어나 일본에 건너가 힘들게 번 돈으로 고향 땅을 사 모았지만, 귀국해서는 민족반역자로 몰려 땅을 몰수당하고, 월남한 후 전쟁 때 다시 고향에 올라갔다가 귀와 다리를 다치고 돌아온 아버지의 삶은, 그 자신의 어긋난 삶처럼 '어쩔 수 없었던' 것이었다.

대구는 그 무위의 삶을 만들었던 권력의 중심지이다.[2] 묘 이장 보상

---

2   대구는 서울과 함께 권력의 중심지에 있어 온 이른바 '공범의 도시'로 기술된다. 실제로 주인공이 대구에 도착했을 때 강조되는 것은 여러 가지로 "서울과 다를 바 없었다"는 점이다.

금 16만 원을 받기 위해 그곳에서 겪는 온갖 번거롭고 짜증나는 과정들은 권력이 개인에게 얼마나 부당하게 억압적인가를 새삼 경험하게 하는 과정이기도 하다. 주인공도 구청에서 자신이 권력의 끄트머리에 붙어 있다는 신호를 보낸 후 번거로운 문제를 해결하게 되니, 작은 권력 앞에서도 우리는 쉽게 고개를 숙인다. 그가 뜨거운 햇볕 속에서 무거운 가방을 끌고 '패잔병처럼' 도시 이곳저곳을 떠밀려간다고 할 때, '패잔병'이라는 비유는 비유 이상의 의미가 있다. 그는 권위적인 억압과 폭력이 난무한 전쟁터 속에서 속수무책의 싸움을 하고 있는 중인 것이다.

경주는 부곡 대신 선택된 곳이다. 부곡이 탐욕의 찌꺼기가 떠 있는 부패한 물의 공간이라면,[3] 그래서 그 자신이 이제껏 속해 있던 썩은 대중문화의 세계와 같은 곳이라면, 경주는 둥근 봉분들이 있는 무덤으로 떠오르는 도시다. 권력의 중심지인 대구를 벗어나면서 그는 호흡이 자유로워졌다고, 이제부터 비로소 여행이 시작되었다고 생각하지만, 그는 곧 깨닫게 된다. 경주 역시 파괴와 폭력과 정복의 역사를 담고 있는 도시라는 것을. 그것도 천년이라는 시간을 그렇게 이어 온 도시라는 것을. 실제로 대구로 가는 버스 안에서 본 영화 속 피 뽑는 장면들은 경주로 가는 길에서는 자동차 사고 현장 속의 진짜 현실이 되어 나타난다. 그는 더 큰 폭력의 현장 속으로, 무덤 속으로 들어가고 있는 셈이다. 무덤을, 동굴을, 죽음을 다시 통과하는 일이 그에게 남아 있는 것이다.

---

3   소설에서 물은 중요한 의미를 갖는다. 아버지 고향의 연못이나 대구의 감샘못, 경주의 삼룡변어정 등 인물의 여정은 늘 물과 함께한다. 하지만 아버지가 내내 그리워한 고향의 물맛을 끝내 맛볼 수 없었듯이, 물은 잃어버린 무엇이거나 변질된 어떤 것이기 일쑤다. 부패한 현실의 은유로서의 부곡 온천이나 물고문에 사용된 물, 아버지 무덤에 차 있는 물 등은 변질된 물의 예이다. 다행히도 아버지의 묘는 맑은 물이 있을 것 같은 '포천군 창수면'으로 이장된다.

폭력의 기억, 짐승의 시간

그러므로 경주로 향하면서 주인공은 어김없이 1980년 6월 어느 날을 떠올린다. 이유도 알 수 없이 끌려가 고문을 받았던 그 시간은 그에게 '죽음의 골짜기'로 다가가는 느낌으로 절망하고 차라리 죽어버리고 싶다고 울부짖었던 죽음과도 같았던 시간이자, 그야말로 '푸줏간의 고깃덩이'에 불과한 존재로 추락했던 짐승의 시간이었다. 그때의 장면들을 기술하는 대목에서는 짐승의 시간임을 증명하듯 짐승의 비유가 넘쳐난다.

그는 옷을 모두 벗고 막대기에 매달린 당나귀 같은 자세가 되어 발바닥을 맞았고, 그 '짐승 같은 대우'는 잠시의 휴식을 가지면서 계속되었다. 방의 출입문이 열리면 어딘가에서 '짐승 같은 울부짖음'이 들려 왔고, 물고문을 받으면서는 물줄기를 거두어주기만 한다면 그를 위해 평생 '개처럼' 충성을 바칠 수 있다고 생각했고, 물고문이 끝나면 '물에 빠진 생쥐'의 모습으로 책상에서 기어 내려와 '말 잘 듣는 개처럼' 굴었다.

'독거미처럼' 스적스적 발을 끌며 다가오는 사내들이 '돼지를 몰듯이' 각목을 휘두르고 나이 삼십의 남자는 각목을 피하기 위해 팬티만 입고 도망을 다니면서 '짐승끼리의 혈투'를 치르던 그때, 그는 분명 한 마리 돼지이거나 생쥐이거나 개일 뿐이었다. 폭력이 정당화되고 고문이 일상이었던 시절, 우리는 그렇게 모두 인간이기를 포기하고 짐승이 되었다. 게다가 신은 용서해도 자기는 결코 용서하지 않을 거라고 했건만, 그는 그 후 그들을 위해 그들 쪽에서 일을 하며 살아오고 있었다. 경주의 초라한 여관방 구석에서 발견한,[4] 병풍 밑으로 재빨리 몸을 숨기는 바퀴벌레는 결국 그 자신의 비루한 모습이었을 것이다.

그런데 고문의 장면보다 더 끔찍한 것은 고문하는 이들이 보여주는 철저하게 이중적인 두 얼굴이다. 끔찍한 고문을 눈 깜짝 않고 자행하는 이들은 고문이 끝나면 '친절하고' '정다운' 목소리로 격려(?)의 말을 건네고, 뜨거운 커피를 내주며 '정중한 어투로' 추위를 걱정해주고, '상냥한 얼굴로' 백반을 갖다 주며 많이 먹어야 한다고 조언하고, 경찰서에서 나올 때는 몸조리 잘하라고 '다정하게' 위로까지 했다.[5] 무참한 고문자의 얼굴과 다정한 이웃의 얼굴 사이의 간극 혹은 공존은 우리로 하여금 인간에 대한 섣부른 이해를 자제하게 한다. 한나 아렌트의 말처럼 악은 지극히 평범한 곳에 있다.

돌아보면 폭력과 억압은 고문실에만 있는 게 아니라 그의 여정 곳곳에 자리하고 있었다. 대구로 가는 버스 안에서 음식을 먹으며 시종일관 잔인하고 기괴한 무술이 펼쳐지는 중국영화를 보며 즐거워하는 승객들의 무심함이나, 아이가 택시에서 내리기도 전에 차를 움직여 가버리는 운전수의 무례함이나, 기계적으로 이것저것을 요구하는 구청과 동사무

---

4   경주의 여관방과 7년 전의 취조실은 여러 가지로 닮아 있다. 둘은 모두 3층에 위치한 넓은 공간으로, 여관 지배인이 택시를 대절해주고 상냥하게 일정을 알려주듯이 고문기술자도 간혹 상냥했었고, 여관방에서 세 식구가 백반으로 식사를 하듯 고문실에서도 백반으로 요기를 했었는가 하면, 택시 운전수가 교대하듯 고문자들도 교대를 했었고, 주인공은 그 안에서 그때나 지금이나 용을 쓰며 아픔을 참는다. 이 같은 두 공간의 유사성은 경주로의 여행이 7년 전의 사건과 다시 대면하는 과정임을 보여주는 장치다.

5   경찰서에서 나와 우연히 고문자를 갈비집에서 만났을 때의 난감한 상황과 주인공의 무력한 대응을 소설은 "그는 반장이 내민 손에 자신의 손을 포개었다"고 적고 있다. 신이 그들을 용서하더라도 자신은 용서하지 않겠다는 다짐이 무색하게, 신보다 먼저 그들을 용서한 것은 아닌지 자책하지 않을 수 없는 상황이다.

소 직원들의 신경질과 짜증은 얼마나 낯익은 풍경들인가. 데스크가 원하는 내용으로 기사를 쓰고 그 기사가 갖은 양념으로 버무려져도 아무렇지 않은 기자는 또 어떤가. 이 평범하고 일상적인 얼굴들 속에 폭력은 은밀하게 자리 잡는다.

소설에서 이 폭력의 공포는 위협적인 구둣발 소리로 상징된다. 주인공은 여행 내내 넓은 방에 옷을 벗은 채 서 있고 어딘가에서 시멘트 바닥을 울리는 구둣발 소리가 들려오는 꿈에 시달린다. 80년 6월 어딘가로 갑자기 끌려갈 때 눈에 들어온 것이 바로 그 사내들의 구둣발이었다. 그 구둣발 소리는 그 시절 폭력의 시간을 환기시키는 신호이자, 동시에 개처럼 바닥을 기어야 할 짐승의 시간이 아직 끝나지 않았다고, 언제 어디에서 다시 부닥치게 될지 모른다고 경고하는 신호이다.

그리고 또 하나의 구두가 있다. 경주로 가는 버스 안에서 바라보게 된 자신의 먼지투성이 구두. 사무실에서 월부로 맞추어 신은 그 구두는 월급쟁이의 시간표에 맞춰 살아온 일상의 길을 상기시킨다. 그는 습관적이고 성실하게 그 길을 걸어 왔을 것이다. 그리고 어느 날, 그의 구두는 고문자들의 구두에 채이고 밟혔을 것이고, 그의 발길은 그들의 발길에 꺾이고 무너졌을 것이다. 하지만 주인공 자신의 고백처럼, 어쩌면 그는 다 내지 못한 월부금 처리 같은 사소한 것들을 정면에 내세움으로써 실제 했어야 하는 것들에는 정작 침묵했던 것은 아니었을까. 고문 기술자들 역시 성실하게 습관적으로 자기 길을 걷고 있었던 것은 아닐까. 그렇다면 그의 구두는 고문실에 있던 사내들의 구두와 얼마나 다른 것일까. 어쩌면 폭력은 우리의 발길 안에서도 자라나고 있었던 것은 아닐까.

다시, 무덤을 통과하기

여행의 마지막 행선지가 경주라는 점에 다시 주목하자. 경주는 무엇보다 고분이 있는 곳이니, 말하자면 경주로의 여행은 다시 한번 무덤 속으로 들어가는 것을 의미한다. 천마총은 7년 전 고문실로 끌려갈 때 탔던 검은 차처럼 검은 입구를 드러내고 있고, 이제 그는 그 검은 구멍 속으로 스스로 들어간다. 새 출발을 위해서는 대구에서의 지긋지긋한 돈 찾기만이 아니라, 동굴 속에서의 죽음을 통과하는 일이 선행되어야 하는 것이다. 거세지는 두통은 그 과정에서 다시 대면하게 될 어두운 기억을 예견하는 몸의 반응일 것이다.

그런데 안으로 들어갔을 때 천마총 안은 그렇게 어둡지만은 않았다. 무덤 내부는 의외로 밝았고 거짓말처럼 많은 사람들이 있었고 하늘색 모자를 쓴 젊은 여자가 안내를 하고 있었다는 설명에서 드러나듯, 다시 들어간 무덤 속은 의외로 생기가 넘쳐 있었다. 천마총은 고요한 죽음이 자리한 곳이 아니라 삶의 욕망과 꿈이 모여 있는 곳이었다. 그는 그곳에서 하늘을 나는 백마가 그려진 천마도를 본다. 하지만 하늘을 나는 말보다 더 그의 눈길을 끌었던 것은 유해를 받친 채 긴 세월을 견디었을 흙이었다. 고문을 당하면서는 훨훨 하늘로 날아가 버릴 수 있기를 꿈꿨지만, 이제 그는 하늘을 나는 백마의 비상이 아니라 이 땅 위에서 새롭게 시작할 삶을 꿈꾼다. 시간을 지탱해 온 흙의 묵묵한 인내의 힘을 보았기 때문이다.

'천마총 가는 길'이라는 팻말 앞에 아이를 세우고 사진을 찍는 소설의 마지막 장면이 감동적인 것은 그런 깨우침 때문일 것이다. 주인공은 어두운 숲과 햇살 아래 빛나는 한별이를, 그 어둠과 밝음, 칙칙함과 눈부심을, 어느 것 하나 다치지 않게, 어느 쪽으로도 치우치지 않게, 온전하게 사진을 찍고자 한다. 그것은 역사와 개인, 어둠과 밝음, 평화와 혼란, 그 모든 것을 아우르는 온전한 이해의 힘을 갖고자 하는 노력일 것이다. 짐승의 시간을 통과해온 그는 이제야 비로소 짐승 같은 삶을 인간답게 만드는 힘, 폭력과 피의 역사에 대응하는 부드러운 힘을 믿게 된 모양이다.

소설은 아이 이야기로 시작해서 아이 이야기로 끝난다.[6] 첨성대나 포석정보다 다람쥐가, 죽은 유물보다 자연이 더 흥미로운 아이가, 그리고 아이의 낭랑한 웃음소리가, 주인공의 두통과 한기와 공포의 환영 속에서도 그의 여정 내내 함께한다는 점은 중요하다. 지옥도 같은 고문의 풍경을 한복판에 그려내고 있음에도 불구하고 소설은 의외로 희망을 이야기하고 있다. '한빛'을 잃었지만 그래도 지금 그에게는 '한별'이, 어둠 속에서 더욱 빛날 별이 곁에 있지 않은가.

아버지의 무위의 어쩔 수 없음을 이해하게 되었다는 점에서, 역사의 회오리 속에서 상처 입은 개인의 역사 또한 천마총에 깃든 도도한 역사의 한 흐름임을 깨닫게 되었다는 점에서, 칼과 피의 역사라도 종국에는 부드러운 곡선으로 남는다는 것을 환기하게 되었다는 점에서, 빛이 사라진 자리에도 별이 여전히 환하게 세상을 비추고 있다는 것을 떠올리게 되었다는 점에서, 이 여행은 새 출발이 되기에 충분한 듯 보인다. 이 여행이 한별이를 위해 할아버지가 마련한 선물이라는 동화 같은 이야

---

6   소설은 "아이는 곤한 잠에 떨어져 있어서 깨우기가 안쓰러웠다"는 문장으로 시작해서 "아이는 햇빛에 눈을 찡그리면서도 약간 웃어주었다. 그는 아주 진지하게, 정성을 다하여서, 셔터를 눌렀다"는 문장으로 끝난다.

기는 어쩌면 주인공 자신에게 들려주어야 할 이야기일지 모른다. 아버지는 그에게 이렇게 멋진 선물을 남기신 것이다.

4부
질병의 사회학

'평형감각'이 잃어버린 것

박완서, 「유실」

———

버스가 낙타 등의 한 봉우리 같은 수진이 고개를 넘었다. 앞으론 무엇으로 소일을 할 것인가? 그는 가끔 성남시를 찾는 게 비밀스럽고 화려한 일탈이었던 것처럼 그거 없는 앞으로의 나날이 한없이 지루하고 무의미하게 느껴졌다.

"어서 오십시오." 두 마리의 해태가 맞아주는 서울의 관문을 버스가 지나갔다.

비로소 그는 성남시 어디멘가에 잃어버린 게 무엇인지 알 것 같았다. 그것은 녀석이었다. 녀석은 어쩌면 자신이었다.

그의 유실은 엄청났고 돌이킬 수 없었다. 그는 성남시 쪽을 돌아다보았다. 해태의 글씨는 "안녕히 가십시오"로 바뀌어져 있었다.

안녕, 앞으로 다시는 성남시를 찾는 일은 없을지도 모른다. 그러나 녀석을 탐색하는 일로부터 놓여날 수 있을 것 같진 않았다.

그는 자신의 존재가 작은 시험관 속의 현상처럼 빤하지 않다는 게 갑자기 무서워졌다.*

———

---

* 박완서, 「유실」, 『엄마의 말뚝』, 세계사, 2018, 240~241쪽.

'녀석'은 누구인가?

주인공 김경태는 중증 당뇨를 앓고 있는 환자다. 합병증으로 폐결핵까지 앓고 있지만, 아무 데도 아프지는 않다. 문제는 엄격한 식이요법으로 조절을 해야 한다는 것. 평온하고 안정된 노후의 삶을 만끽하며 살아가고 있는 그에게 당뇨는 더 이상 자기의 몸이 자기의 것이 아니라는 것을 일깨우고, 자기의 몸을 자신으로부터 떼어내 바라보고 조절할 것을 요구한다. 당뇨에 걸린 후 5년 동안을 그는 자신의 몸뚱이를 "남처럼 원수처럼 염탐하고 휘어잡고 길들이는 데" 보냈다. 밥 한 숟갈만 더 먹어도 시험테이프가 암자색으로 변하는 그의 한심한 몸을 천팔백 칼로리의 음식에 길들이기 위해 비상한 극기를 해야만 했고, 매일 아침 "전류처럼 전해지는 자기 살의 거부"를 감내하며 스스로 인슐린 주사를 맞고, 하루 세 번 결핵약을 챙겨 먹었다. 성기능에도 문제가 생겼고, 그 앞에선 아내 역시 자신의 욕망도 "죽은 척해야 한다고" 믿고 있다. 욕망을 '죽인' 이들은 모두 '죽은' 것이나 마찬가지인 삶을 살아가고 있는 중이다.

그런데 이런 그가 성남의 어느 낯선 방에서 깨어나게 되면서 소설은 시작한다. '죽은 듯이' 고요하게 살아가고 있던 그의 이전의 생활과는 다르게 이때 방 밖에서는 온갖 소리들이 들려온다. 문을 여닫는 소리, 아내의 목소리와는 다른 거침없고 걸걸한 여자의 목소리, 아이가 칭얼대는 소리, 성냥 긋는 소리, 그릇 부딪는 소리, 수돗물 소리 등이 들려오고, 그 소리는 점점 더 소란스러워진다. 이때를 소설은 "밖에서 조금씩 새벽의 소음이 살아나고 있었다"고 묘사하고 있는데, 이 '살아나는 소리들'은 '죽은' 것이나 다름없는 그의 삶을 '살릴' 소리들이기도 하다. 그는 실로 오랜만에 갈증을 느끼며 새벽에 깨어난다. "갈증 때문에 깨어났다." 이것이 소설의 첫 문장이거니와, 5년 동안 철저하게 음식 조절을 해 온 그가 전날 과식 과음을 한 탓으로 새벽에 갈증을 느끼는 것은 그에게 있어 하나의 '사건'이라고 할 수 있다. 새벽에 갈증이 올 정도로 과식을 하는 자유를 자신의 몸에 주지 않았던 그였기 때문이다. 갈증으로 깨어난 새벽, 갑자기 '되살아난' 새벽의 물맛을 느끼게 된 이 때 그 안에선 무언가 함께 '깨어났다.' 아마도 그것이 '녀석'이었을 것이다.

여관 주인에게서 그가 전날 밤 여자와 함께 여관방에 들어왔었다는 얘기를 들은 이후, 그는 자기로 하여금 금지된 술을 마시게 하고 여자를 주무르게 한 '그 녀석'을 찾기 위한 탐색을 시작한다. '그 녀석'은 "독특한 평형감각"으로 욕망을 조절하고 절제하며 살아온 그의 몸 안에 여전히 살아 꿈틀거리고 있는 욕망과 생명의 기운이다. 중용과 평형감각으로 세상을 살아온 그래서 언제나 점잖고 도덕적이며 진중한 행동을 하는 그의 안에는 열정적인 욕망의 기운으로서의 '그 녀석'이 살아 있었다. 한밤중 문득 몸이 야릇하게 스멀대면서 '살아나려는' 욕망의 낌새에 깨어나는가 하면(이때 그 욕망의 정체는 성욕이 아니라 식욕이었지만), 그 앞에서 자신의 욕망이 '죽은 척'하던 아내도 자기가 목석인 거 몰랐느냐고, 목석이니까 이제껏 그와 소리 없이 살았다고 항의 섞인 말을 하지 않았던가.

어릴 적 점잖은 이웃집에서 어느 날 악다구니 소리, 곡성, 깨부수는 소리가 들렸는데 알고 보니 미친 아들을 가두어 두고 기르고 있었던 것이었다는 이야기는, 가두어질 수 없는 욕망의 기운을 암시하는 흥미로운 일화다. 단조롭고 고요한 김경태의 내부에도 "갇혀 사는 미친 분신" 같은 것이 있어, 그의 감시가 소홀한 틈을 타 기억나지 않는 시간에 그로 하여금 조미숙과 함께 밤새 방아를 찧게 만들었을 것이다. 그는 조미숙을 찾아 이 같은 '녀석'의 존재를 다시 확인하고자 한다. 고약한 말버릇과 욕설과 삿대질과 악쓰기 그리고 풍만한 가슴과 발기해 있는 유두, 겨드랑이의 숲, 요염한 웃음 등으로 다가온 그녀는 음식량까지 정확하게 조절해야 하는 그의 삶이 잃어버린 욕망의 실체와도 같다.

실제로 성남의 여관방에서 깨어난 후 그는 조금 달라지기 시작한다. 여관방을 나와 허름하고 좁은 골목과 을씨년스러운 유흥가를 지나 활기 있어 보이는 시장으로 들어가서는 그 자신조차 시장의 노파에게 무슨 말이든 시키고 싶어 하고, 망신을 당하고도 불쾌해하지 않으며 히죽히죽 웃는다. 이후에도 그는 혼자 빙글거리고 있을 때가 많아졌다. 시장 노파가 그를 향해 "이 양반이 미쳤나?"라고 하는 말이나, 조미숙이 아무것도 기억을 못하는 그에게 "영감님, 혹시 정신이 돈 사람 아녜요?"라고 하는 말은 예사롭지 않다. 통제와 감시의 눈길을 피해 내면 깊숙이 숨어들었던, "숨어 있는 간부"와도 같았던 욕망, '그 녀석'이 꿈틀대기 시작하는 것이다. 이후 그가 성남을 반복해서 찾아가는 것은 바로 자기 안의 그 '미친 분신', 언제 짐승처럼 날뛰었나 싶은 자기 안의 생명력을 찾기 위한 시도다.

'왼쪽으로 꼬부라진 제비초리'에 무너진 '평형감각'

사실 이 모든 일은 초등학교 동창인 서병식을 만나면서 시작되었다. 책 외판원을 하고 있는 그는 김경태보다도 훨씬 나이가 들어 보이는 데다 초라하고 천박해 보이기까지 하는 인물이다. 김경태는 왼쪽으로 살짝 꼬부라져 있는 그의 제비초리로 그를 알아본다. 그는 무언가 흐트러져 있고 한쪽으로 경도되어 있다. 게다가 노후대책도 없이 무방비 상태로 늙어가는 사람이다. 그의 초라함은 김경태로 하여금 연민을 불러일으키고, 그의 통속한 관심사와[1] 비굴한 태도는 무시와 모멸감을 불러일으킨다.

그는 여러 가지로 김경태와 대비되는 인물이다. 그가 허술하고 대책 없이 살아온 것과는 대조적으로, 김경태는 언제나 합리적이고 분명한 계획에 따라 철저하게 삶을 관리하며 살아온 인물이다. 그는 당뇨병을 조절하듯 어느 한 쪽으로 쏠리지 않고 평형상태를 유지하는 것을 삶의 지혜로 삼고 살아왔다. 부동산 투기를 할 때도 전 재산을 투입하는 게 아니라 안전한 곳으로 몇 군데에 나누어 투자하고 사람들이 몰리면 손을 뗐고, 증권을 할 때도, 친구와 동업을 할 때도 적절한 순간에 손을 뗐다. 그의 친구들도 그와 비슷한 삶을 살아왔다. 그들은 노후대책에 철저하다. 그들은 "죽기 전에는 자식들한테 돈을 물려주지 말기, 죽기 전에 분재하지 않기, 퇴직금 안 끄르기" 등 '금기 사항'에 충

---

1   김경태는 서병식의 고정관념과 천한 관심을 못마땅해 하지만, 정작 자신도 친구이자 동업자였던 박규상이 돈을 번 것이 순전히 자기 판매 솜씨 덕분이었다고 자랑하는가 하면 서병식이 초등학교만 나온 것에 대해서도 은근히 우월감과 멸시를 드러낸다. 게다가 초등학교 동창들 중에 인물이 없어 흉작이라는 김경태의 말에, 서병식은 동창들이 일제 치하와 전쟁 등을 거치면서도 목숨 보전하고 살아남았으니 흉작은 가당치도 않다고 대답한다. 정작 천하고 통속적인 것은 서병식이 아니라 김경태처럼 보이지 않는가.

실하다. 그들의 안정과 풍요는 그런 금기의 성실한 이행 때문에 가능했을 것이다.

그런데 사무실 안에서의 김경태와 서병식의 관계는 밖으로 나오자 역전된다. 술을 먹자고 한 김경태가 막상 갈 곳을 몰라 망설이는 데 반해, 서병식은 생기가 넘치고 호기가 있고 심지어 "기죽을 펴고 되바라져 보이기까지" 한다. 김경태의 걱정과 달리 그에게는 돈이 없어도 얼마든지 긋고 먹을 수 있는 단골들이 많았고, 생기와 기쁨이 넘쳤다. 무방비 상태의 노후에도 살맛이 넘치고 있었다. 김경태의 친구들이 애지중지 받드는 '금기 사항'은 그에게 적용되지 않는다. 그는 하루하루 자신의 현실에 충실하고 자신의 욕망을 기쁘고 감사하게 즐긴다. 결국 김경태는 그를 따라 당뇨의 공포로부터 완전히 해방되어서 술을 마시고 성남까지 따라가게 된 것이니, 금기 위반 혹은 갇혀 있던 미친 분신의 분출은 이렇게 시작된다.

서병식은 김경태로 하여금 처음으로 자기 통제를 잃고 기억의 단절을 경험하게 한다. 그는 "왼쪽으로 꼬부라진 제비초리"로 기억된 인물답게 평형감각으로 유지해 온 김경태의 삶에 균열을 일으킨다. 누구보다 확실하게 자신의 고삐를 움켜쥐고 살아왔다고 믿어왔던 김경태의 반듯한 삶의 균형이 흔들리기 시작했고, 투명한 시험관처럼 빤하던 그의 삶이 갑자기 미로처럼 복잡해졌다. 앞에 인용한 대목은 이 미로 앞에 서게 된 혼란을 고백하고 있는 소설의 마지막 장면이다. 결국 그를 성남의 조미숙에게로 이끌었던 서병식도 사라지고, 조미숙도 사라졌다. 끊긴 시간 속의 '녀석'을 다시 확인할 길도 없이, 단지 그가 무언가를 잃어버렸다는 것만 분명한 채로 그의 성남으로의 일탈은 끝이 난다.

이제까지 그를 지켜온 삶의 원칙인 평형감각은 이렇게 "왼쪽으로 꼬부라진 제비초리"에 무너지고 말았다.

현대의 유실물

주목할 점은 이 이야기가 단지 개인의 거세된 욕망 혹은 노년의 문제를 다루는 데 그치지 않는다는 점이다. 김경태가 겪고 있는 몸의 문제는 표면적으로 노년이라는 생물학적 현상과 연관되어 있지만, 보다 깊이는 우리 사회에 만연한 도시화나 물신주의적 가치에 연결되어 있다. 주인공이 친구와의 동업에서 손을 뗀 후 부동산 투기와 증권 투자 등을 통해 돈을 벌었다는 사실 그리고 신중한 평형감각으로 극단으로 가는 걸 피해 오면서 장삿속과 허영심을 함께 만족시키면서 살아왔다는 사실은 그가 얼마나 물신주의적 현실에 탁월하게 적응해 온 인물인가를 보여준다. 그의 사무실이 결혼상담소와 직업소개소와 출판사와 나란히 위치해 있듯이, 그리고 "아담하고 정갈했으나 정체를 알 수 없었"듯이, 그는 도시 한복판에서 도시적 삶의 가치에 충실하게, 정체를 알 수 없는 돈 장사를 하며 살아가고 있다.

성남으로 가면서 보게 되는 서울 변두리의 풍경이 온통 죽음의 이미지로 다가오는 것 또한 그의 유실遺失을 개발과 성장 위주의 근대화가 낳은 사회적 차원에서의 그것으로 해석하게 하는 근거가 된다. 소설 속 배경이 되고 있는 성남은 다소 낙후되고 후줄근한 서울의 변방으로, 반듯하고 화려한 서울과는 대비되는 곳이다. 하지만 동시에 그곳은 서울을 좇아 개발이 시작된 곳이기도 하니, 들판과 비닐하우스가 이어지는

가 하면 황량한 허허벌판 곳곳에 고층 아파트가 지어지고 있고, 골조만 세워진 아파트는 '묘지 아파트'를 연상시킨다. 아마도 성남은 곧 서울을 닮아 있게 될 것이다. 해태조차 서울 편이 아니던가. 조미숙과 질펀한 정사를 했던 '녀석'을 더 이상 그곳에서 찾을 수 없는 것은 당연하다.

김경태가 앓고 있는 병이 당뇨라는 점도 주목된다. 당뇨는 아프지만 아무 데도 아프지 않고, 병들어 있지만 병이 들어 있는지조차 모르는 병이다. 김경태가 의사에게 "그럼 전 지금 병입니까? 아닙니까?" 묻고 있듯이, 병인지 병이 아닌지 애매한, 요즘 시대에 병축에나 끼일까 싶은, 그저 엄격한 식이요법을 지키면서 조절만 하면 되는, 현대의 욕망이 만들어낸 병, 그것이 당뇨다. 김경태가 당뇨의 합병증으로 폐결핵을 함께 앓고 있다는 점도 그가 앓고 있는 병이 현대의 도시적 삶에 기인한 것임을 시사한다. 소설에서 김경태가 고백하고 있듯이, 도시에 산다는 것은 답답하고 가슴이 죄는 것을 감수하는 일이다.

하지만 현대인이라면 크게 걱정할 일이 없다. 그것들은 모두 현대 의학의 힘으로 조절 가능한 것이 되었기 때문이다. 현대 의학은 우리 몸을 투명한 시험관처럼 쉽게 들여다 볼 수 있는 만만하고 통제 가능한 대상으로 간주한다. 현대 의학은 몸과의 싸움을 시작했다. 인슐린 주사를 놓는 장면도 "창을 높이 쳐들고 적의 심장을 향해 돌진하는 야만인처럼 무자비하고 일사분란"하게 주사기를 살에 꽂는 것으로 표현되는가 하면, 당뇨나 결핵도 '정복'의 대상으로 표현된다. 당뇨와 결핵 각각에 두 사람의 전문가가 딸리듯 병원은 전문화되고 세분화되었고, 우리 자신과 우리의 병이, 우리의 몸과 우리의 의식이 분리되었다.

하지만 현대가 정복했다고 착각하는 우리의 몸은 그렇게 호락호락

하지 않았다. 소설의 끝에서 김경태는 자신의 몸이 더 이상 빤하지 않다는 것을 자각한다. 철저한 자기 조절과 통제로 이룩한 평온과 풍요의 삶 저변에는 끝내 잠들지 않는 '녀석'이 자리하고 있었고 '그 녀석'을 밀어내고 유지해온 자신의 삶이 오히려 불모, 불능의 삶이었다는 것을, 결국 자신이 자기 삶의 주인이 아니었다는 것을, 투명한 시험관처럼 빤하던 그의 삶이 갑자기 미로처럼 복잡해졌다는 것을, 깨닫는다. 욕망을 저당 잡혀 얻어낸 성공 끝에 마주한 그의 죽은 몸은 현대 도시 문명이 만들어낸 기괴스럽고 우울한 우리 모두의 현실이다. 시계도, 만년필도, 어음도 모두 찾았지만 끝내 찾을 수 없던 것, 그 유실물을 과연 어디에서 되찾아 올 수 있을 것인가? '어서 오십시오'라는 해태의 인사를 받으며[2] 서울로 돌아가는 길이니, 아무래도 그 일은 요원하기만 하다.

---

2   서울과 성남 경계에 놓인 해태는 성남 편에 서서 "어서 오십시오"를 하는 적이 없다. 성남에서 바라본 해태는 항상 "안녕히 가십시오"라고 인사를 한다. 해태조차도 공평무사한 경계의 표시가 아니라 서울 편에 서 있다. 우리의 길은 그렇게 항상 서울 쪽을 향해 있다.

'각자'의 코끼리, '함께'하는 산책

김연수, 「산책하는 이들의 다섯 가지 즐거움」

———

혼자서 걷기 시작할 때, 사람들은 저마다 다른 곳에서부터 걷기 시작한다. 저처럼 한낮과 다름없이 환하고도 파란 하늘에서, 혹은 스핀이 걸린 빗방울이 떨어지는 골목에서, 분당보다도 더 멀리, 아마도 우주 저편에서부터. 그렇게 저마다 다른 곳에서 혼자서 걷기 시작해서 사람들은 결국 함께 걷는 법을 익혀나간다. 그들의 산책은 마치 이 세상에 존재하는 모든 동물들과 함께하는 산책과 같았다. 그들의 산책은 마치 이 세상에 존재하는 모든 동물들과 함께하는 산책과 같을 것이다. 앞으로도. 영원히.[*]

———

코끼리, 혹은 고통의 무게

석 달가량 불면의 밤을 보내고 있는 인물이 있다. 그 불면의 이유가 무엇인지 소설은 분명하게 이야기하고 있지 않다. 이유는 중요하지 않거나, 어차피 불면의 이유란 분명하지 않기 때문일지 모른다. 물론 이야

———

[*] 김연수, 「산책하는 이들의 다섯 가지 즐거움」, 『사월의 미, 칠월의 솔』, 문학동네, 2013, 319쪽.

기를 통해 추정해보자면 불면의 이유로 짐작되는 일들이 있기는 하다. 교통사고가 있었고, '그녀'가 죽었고(교통사고와 연관된 것인지조차 불분명하다), '그녀'와의 엇갈림과 다툼이 있었다. 주인공인 '그'는 '그 사건' 이후로 코끼리가 나타났다는 요령부득의 고백을 하고 있는데, 이때 '그 사건'이란 교통사고를 말하는 것인지, '그녀'의 죽음을 말하는 것인지, 아니면 '그녀'와의 다툼을 말하는 것인지조차 분명하지 않다. 중요한 건 어쨌든 불면이 계속되고 있다는 것이고, 그 고통이 왔다는 것이고, 그 고통을 어떻게 다스리며 살아갈 것인가 하는 문제가 남았다는 것이다. 고통은 곤충들은 갖지 못한 지극히 인간적인 조건이기도 하다. 그러니 어떻게 고통을 이겨낼 것인가, 가 인간됨을 증명하기도 할 것이다.

'그 사건'이 무엇이든, 코끼리로 비유된 고통이 상실이나 죽음과 연관되어 있는 것은 분명해 보인다. 그런데 그것은 단지 교통사고나 '그녀'의 죽음이라는 사실에 국한된 것은 아니다. 여동생과 함께 검게 탄 얼굴로 운동장을 뛰어다니던 그 자유롭고 행복했던 시절들은 어디로 갔을까, 땀을 뻘뻘 흘리며 친구와 한없이 듀스를 이어가며 탁구를 치던 시절은 다 어디로 갔을까, 고백하고 있기도 하거니와, 그렇게 지나간 '그 시절'의 자리에 대신 들어선 것이 코끼리다. 시간은 흐르고, 사람은 떠나고, 인연은 상처가 되어 몸에 새겨진다. 그렇게 지나간 '그 시절'의 자리에 대신 들어선 것이 코끼리다. 주인공의 고백처럼 생로병사는 몸으로 인연 따라 모였다가 인연 따라 흩어지는 괴로움의 궤적이니, 몸을 가진 우리 누구에게나 나타나게 되는 것이 또한 코끼리일 것이다.

이제 여동생은 그가 아프다는 것도 끔찍한 사고를 겪었다는 것도 지독한 불면증에 시달린다는 것도 알지 못하고, 초등학교 시절 함께 탁구를 쳤던 친구는 그가 찍은 영화가 "서민들이 보기에는 너무 예술적"이라는 말을 건조한 영화 리뷰처럼 남기고 택시를 타고 떠난다. 이 과정에서 처음에 "두 아이의 아버지로 분당에 사는 건축사"로 소개된 그 친구는 얼마 지나지 않아 '친구' 대신 '건축사'로 지칭된다. "건축사는 자기 얘기는 거의 하지 않고~", "건축사의 핸드폰이 울렸을 때~", "건축사는 미안하다는 듯한 표정을 지었다", "건축사가 탄 택시가 멀어지자마자~" 등과 같은 대목들이 그것인데, 그가 택시를 타고 멀어지자 코끼리가 나타나 그의 심장 위에 발을 올려놓으며 힘을 줄까 말까 했다고 하니, 코끼리가 나타나는 것이 '친구'가 '건축사'로 멀어지는 것과 연관이 있음이 분명하다. 함께 탁구를 치던 시간들이 분당보다도 멀리 우주 저편으로 가버린 마당에, '친구'가 '건축사'가 되어 멀어지는 것이야 놀랄 일도 아니다. 이래저래 코끼리를 피할 도리가 없다.

코끼리를 고통의 비유로 쓸 때 초점은 그것이 무겁다는 사실에 있을 것이다. 고통은 오른쪽 앞발을 들어 우리의 심장을 살짝 밟은 채 힘을 줄 것인가 말 것인가 고뇌하고 있는 코끼리의 무게로 다가온다. 참아야 할 무엇이자 짊어져야 할 무거움으로서의 슬픔 혹은 고통. 김연수의 다른 작품 「동욱」에서도 언급된 바 있는 『슬픔의 위안』을 참고하자면, 이 고통의 무게에 대해서라면 「리어왕」의 마지막 장면이 상징적이다. 책에 따르면 숨진 코딜리아를 안고 걷는 리어왕의 모습은 비극적 상실의 상징적 이미지이자 슬픔의 무게에 대한 은유다. 죽은 코델리아를 향해 "개도, 말도, 쥐새끼도 목숨이 있는데, 그런데 너는 숨이 전혀 없다? 넌 더 이상 오지 않겠지. 결코, 결코, 결코, 결코, 결코!"[1]라고 울부짖으면서 리어왕이 '결코Never'라는 단어를 다섯 번이나 말하는 것은, '결코'

가 그토록 받아들이기 힘든 것이기 때문이다. 슬픔은 '결코'의 무게이며, 슬퍼한다는 것은 저마다 '결코'를 말하는 과정이다.[2]

사실 이 '결코'는 '어째서'나 '왜'와 같은 단어로 바뀔 수도 있을 것이다. 닥친 슬픔 혹은 고통에 승복할 수 없는 하지만 무력한 항의로서의 '왜'로. Y씨는 암 선고를 받으면 '질문의 연속'이 된다고 하지만, 암이 아니더라도 세상일은 모든 게 질문투성이고 더군다나 거기에 답은 없는 법이다. '그녀'의 마음은 무엇이었는지, '그'와 '그녀'는 어디에서 무엇 때문에 어긋난 것인지, 코끼리는 어디에서 나타난 것인지, 어떻게 하면 사라질 수 있는 것인지, 아무것도 알 수가 없다. 아무리 노력해도, 한 달을 가서 설산을 넘어도, 타인은 영영 도달할 수 없는 세계다. 어떤 영화를 찍었느냐는 질문에 영화를 찍었다기보다 어떤 여자를 찍은 거라고 대답하는 주인공의 말은 이 점에서 인상적이다. '그녀'를 이해하기 위한 노력이 곧 그에게는 세상을 이해하려는 노력이기도 했을 것이고, 그것은 결국 실패할 수밖에 없었을 것이다. 다시는 돌아올 수 없는 '그녀' 앞에서 그는 그저 "넌 더 이상 오지 않겠지. 결코, 결코, 결코, 결코, 결코!" 울부짖을 수밖에 없는 것이다.

---

1   윌리엄 셰익스피어, 김정환 역, 『리어 왕』, 아침이슬, 2008, 186쪽.
2   론 마라스코·브라이언 셔프, 김명숙 역, 『슬픔의 위안』, 현암사, 2010, 26쪽.

'각자'의 코끼리, '함께' 하는 산책

주인공의 불면증은 지극히 개인적인 통증이지만, 소설은 개인의 통증, 고통이 사회 공동체의 그것으로 확대되는 지점을 다룬다. 소설에는 삼풍백화점 사고 때 살아남은 사람들이 겪는 외상후증후군이 언급되고 있기도 하거니와, 이때 고통은 개인의 차원을 넘어 사회의 통증과 연결된 지점이기도 하고 타인과 연결되는 지점이 되기도 한다. 주인공이 산책을 하러 나간 거리에서 만나는 것도 저마다의 사연을 갖고 걸어가는 사람들의 얼굴들이다. 그때 그는 그들에게서 그들이 감당해야 할 '각자의 공'에 대해 생각한다. '각자'의 방식으로 감당해야 하는 고통에 대해, 그리고 결국 우리 모두가 '나름'의 고통을 감당하며 걸어가고 있다는 '공통'의 사실에 대해. 말하자면 '각자'의 운명과 '함께'의 윤리가 만나는 지점에 대해.

사실 고통 혹은 코끼리는 전적으로 '혼자' 감당하는 것이다. 소설이 줄곧 강조하는 것도, 주인공이 거리를 지나가는 사람들을 보며 확인하는 것도, '혼자'의 운명이다. '그녀'의 고독했을 밤에 대한 생각이나, 자기 역시 결국 '그녀'처럼 '혼자서' 죽게 될 것이라는 고백, 그리고 어깨를 부딪쳐가며 요란스러운 길을 걸어가는 사람들이 결국에는 '각자'의 집으로 돌아갈 것이고 저마다 '혼자서' 잠들 것이라고 그러니 그가 지구를 던진다고 해도 사람들이 받는 건 '각자'의 공일 것이라는 생각이 그러하다. 타인을 온전히 이해한다는 것은 불가능하다. 이해한다고 생각하지만 그것은 이해가 아니라 오해이기 쉽다. 그 역시 '그녀'와 서로 완벽하게 이해한다고 생각했던 어리석음과 오만을 뒤늦게 깨우치며 운다.

하지만 '각자'의 운명을 받아들이는 것과는 별개로 그것을 이겨내는 방법은 '함께'일 수 있다. 주인공이 산책을 하는 이유이기도 하거니와, 누군가와 '함께' 산책을 하면 집안일도 "짧은 시간에 척척" 해치울 수 있고, 코끼리도 잠재울 수 있으며, 혼자서 길을 걷다가 거리에서 친구를 사귈 수도 있다. 처음 여동생과 함께하는 것으로 시작된 산책은 핸드폰에 저장된 사람들 모두와의 산책으로 확장된다. 의외로 많은 사람들이 산책에 굶주려 있었다. 주인공처럼 모두가 각자의 고통을 다스릴 방법을 찾고 있었을 것이고, 주인공처럼 산책하기에 도달했을 것이다.

글 앞에 인용한 대목은 이와 같은 '각자'의 고통과 '함께'하는 치유를 동시에 보여준다는 점에서 인상적이다. 거기에는 '혼자' 감당해야 하는 고통과 '함께'하는 산책이 내내 대비를 이룬다. '혼자서' 걷기 시작할 때 사람들은 '저마다' 다른 곳에서부터 걷기 시작한다. 친구가 사는 곳이 어디든 이제는 멀어진 친구는 하늘보다도 더 멀리 우주 저편에서 걸어와 다시 그리로 떠나간 것이 분명하다. 하지만 파란 하늘 아래에서 걷기 시작했든, 빗방울을 맞으며 골목을 걸어왔든, 아니면 분당에서든 우주에서든 그렇게 '저마다' 다른 곳에서 '혼자서' 걷기 시작하지만, 사람들은 결국 '함께' 걷는 법을 익혀나간다. 그 산책에는 코끼리든 지네든 베짱이든 사마귀든 크고 작은 동물들의 무게로 다가온 고통이 함께하고, 또 함께할 것이다.

소설에 등장하는 '거울 기법으로 대화하기'는 이 '함께'의 방법 중의 하나다. '거울 기법'이란 주인공이 불면에서 벗어나기 위해 꺼내 읽은 『암환자를 위한 생존전략』이라는 책에 나오는 암 환자와 의사 사이의 대화 테크닉을 말하는 것으로, 소설 속 많은 대화가 이 '거울 기법'에 의해 이루어진다. 가령 주인공이 그의 불면증에 대해 무감하게 질문하는 냉정한 친구에게 외상후증후군을 설명하면서 "실제로 다시 콘크리트에 깔리는 건 아니지만, 실제로 몸이 아파. 그래서 외상후증후군이라고 하는 거지"라고 말하자 친구가 "그래서 외상후증후군이라고 말하는구나. 몰랐어"라고 대답할 때, 친구는 '그'에게 한 걸음 더 가까이 다가온다.

친구는 이후 이 '거울 기법'을 제법 잘 활용하게 되고, 둘은 줄곧 서로의 말을 따라하는 것으로 대화를 이어간다. "그러니까 나의 코끼리처럼 말이구나"라는 '그'의 말에 친구는 "그렇지 너의 코끼리처럼"이라고 대답하고, 코끼리가 나쁜 것만은 아니라는 소리를 듣게 돼서 희망적이라는 '그'의 말에 마지막까지 이해하려는 사람보다 아예 처음부터 오해한 사람들이 되려 잘된다는 소리인데 "그게 희망적일까?" 친구가 물으면, '그'는 "그게 희망적일까? 그게 희망적이야"라고 대답한다. 글 앞의 인용문 마지막 두 문장도 시제를 달리하고 있을 뿐 같은 문장이 반복되고 있는데, 어쩌면 스스로를 향한 거울 기법의 말하기라고 할 수도 있을 것이다.

타인이란 기본적으로 이해불가의 세계이고 인연이란 고통을 수반하기 마련인 숙명이라고 하더라도, 그래서 코끼리의 무게를 피할 도리는 없다고 하더라도, 서로의 넘을 수 없는 거리에도 불구하고 서로의 자리에서 세상을 보려고 할 때, 아무것도 섣불리 해석하거나 판단하지 않고 그대로 받아들이려고 할 때, 우리는 마침내 고통과 함께, 타인과 함께 '그것'을 바라볼 수 있다. X 자로 앞을 가로막는 온갖 금기와 억압 앞에서도 '함께'가 되어 있는 자리를. 『리어왕』에서 배다른 동생 에드몬드의 모함으로 죽음에 처해 거지차림으로 도망 다니던 에드가가 딸들에게 쫓겨난 리어왕의 신세를 보고난 후 하는 고백처럼, "슬픔이 짝을, 고통이 우정을 만날 때" 아픔은 훨씬 감당하기 쉬워지고 가벼워진다.[3] 고통의 코끼리는 '각자' 감당하는 것이지만, 산책은 '함께' 하는 것이다. 그러니 "조금 더 걸어볼까요?" 누가 물어오면, "조금 더 걸어보자는 말이지요? 그래요" 대답하면 된다.

---

3   "홀로 고통받는 자가 마음에 가장 큰 고통을 받지. 걱정 없던 일들과 행복한 장면들을 뒤에 남기며. 하지만 그렇담 마음은 많은 괴로움을 정말 건너뛰게 된다. 슬픔이 짝을, 고통이 우정을 만날 때. 이제 나의 아픔은 얼마나 가볍고 휴대하기 편해 보이는가." 윌리엄 셰익스피어, 김정환 역, 앞의 책, 113쪽.

변비 혹은 배설의 사회학

양귀자, 「지하생활자」 · 박민규, 「야쿠르트 아줌마」

묘한 것이, 아무리 애를 써도 뜻대로 되지 않는 게 그 일이었다. 결국은 새벽에 잠이 깨어 낑낑거리며 똥눌 데를 찾아다녀야 했다. 낑낑거리며, 라는 스스로의 표현 앞에서 그는 문득 기가 막혔다. 개처럼 낑낑거리고 싶지는 않았다. 그는 새삼스럽게 붉은 입술의 주인 여자를 원망하였다.*

그러니까 지금 한 달째 변이 없는 겁니다, 그렇지요? 네, 맞습니다. 특이 체질도 아니시고, 평소 변을 참는 습관이 있는 것도 아니고…… 습관성 변비란 것도 대개 대장의 상태에 따라 긴장감퇴성과 긴장항진성으로 나뉘기도 합니다만, 그것도 아니고…… 만성대장염이나 대장암 쪽도 확실히 아닙니다. 제가 말씀 드릴 수 있는 건…… 이건 어떤 특수한 징후로 볼 수 있는데, 실은 근간에 이런 징후가 꽤 발견되는 추셉니다. 의사의 입장에선 난감하기도 합니다만…… 그럼, 저는 어떻게 되는 겁니까? 마음을 단단히 잡수셔야 합니다. 내 손을 힘주어 쥐며 의사가 얘기했다. 누가 뭐래도, 지금 우리는 후기산업사회를 살고 있는 거니까요.**

---

* 양귀자, 「지하생활자」, 『원미동 사람들』 문학과지성사, 1997, 202쪽.
** 박민규, 「야쿠르트 아줌마」, 『카스테라』, 문학동네, 2005, 170쪽.

먹고사는 문제 앞에서는 경건해진다. 살아가기 위한 가장 기본적인 조건이기 때문이다. 먹어야 살고, 먹지 않으면 죽는다. 그런데 누구에게는 먹을 게 넘쳐나고, 누구에게는 먹을 게 없어서 살기가 어렵다. 오랫동안 소설은 이 밥의 문제를 이야기해 왔다. 그런데 이번에는 똥 누는 게 문제다. 소설 속 인물들은 똥을 누면 죽는다거나 똥을 눌 곳이 마땅치가 않다고 혹은 똥이 나오질 않는다고 고민을 토로한다. 똥의 문제는 밥의 문제보다 더 절실하고 절박하고 치욕스럽다. 똥은 때로 밥보다 더 억눌려 있고, 은밀하게 불평등하며, 공공연하게 불공정하다. 이제 읽을 두 소설에서 변비나 배설은 단순히 개인의 문제가 아니라 사회적인 문제를 함축하고 있는 현상으로 등장한다. 밥의 문제가 그러하듯 똥의 문제도 사회적이고 정치적이다. 그 이야기를 들여다보자.

'개처럼 낑낑거리고 싶지는 않았지만' – 양귀자, 「지하생활자」

소설은 주인공이 살고 있는 방의 '특수성'으로 이야기를 시작한다. 그가 살고 있는 곳은 원미동 무궁화 연립 지하실 방이다. 집의 "지하로 내려가는 계단은 가파르고 옹색했다." 게다가 어두워서 내려가다 나동그라진 적도 있고, 수도꼭지만 있고 하수구는 없어서 물도 버리지 못하며, 곰팡이 냄새가 코를 찌르고, 밖에서 보면 땅바닥과 거의 닿아 있는 창이 하나 있지만 환기를 시키지는 못한다.[1] 새벽이 되어도 한 점의 빛

---

1   영화 〈기생충〉 속에 등장하는 가난한 가족의 집 풍경이 여기에서 묘사된 지하 방의 풍경과 비슷했다. 〈기생충〉에서 내려가고 내려가던 가난한 가족의 길은 계단으로 이어지면서 올라가고 올라가던 부잣집 방의 풍경과 대비되어 있었는데, 이 공간적 상승과 하강의 움직임은 올라가야 산다고 온갖 난관을 헤치며 높은 곳으로 올라가던, 그래서 모두들

도 스며들지 않아 "무거운 어둠뿐"인 공간, 이것은 비단 공간만의 문제는 아닐 것이다.

그런데 더 큰 문제는 그곳에 화장실이 딸려 있질 않다는 것이고, 새벽 4시만 되면 요의가 느껴진다는 것이다. '먹는 것'이나 '사는 곳'의 문제는 이 '싸는 것'의 문제 앞에서는 그래도 다 양반이다. 주인집에만 화장실이 있는데 문을 열어주질 않아서 그는 매번 한밤중 똥 눌 데를 찾아다니는 신세가 되어 있다. 상가 화장실을 이용해보기도 했지만 그곳도 화장실 문을 닫기 시작했고, 어쩔 수 없이 길가에 세워둔 트럭과 자가용을 방패삼아 똥을 누는 수밖에 없다.

게다가 그가 일하고 있는 공장 역시 지하에 있다. "공장으로 가는 계단 또한 가파르고 옹색했다"고, 지하실 방을 묘사할 때와 같은 문장이 등장한다. 그의 방과 공장은 각각 원미동의 이쪽 끝과 저쪽 끝에 위치해 있고, 그래서 그는 "원미동 저쪽의 지하에서 웅크려 자다가 간신히 지상으로 올라왔는가 하면 또다시 썩은 공기가 괴어 있는 지하로 내려가야 하는" 삶을 살고 있다. 공장 안에서는 썩어 있다고밖에 다른 표현이 없는 고약한 냄새가 났다고 하니, 이 또한 매캐한 곰팡이 냄새가 나는 방과 비슷하다. 그는 어디서나 '지하생활자'의 신세를 벗어나지 못한다. 게다가 여기에서도 변소가 문제다. 슈퍼 아줌마가 변소 좀 깨끗이 쓰라 한다고, 안 그러면 변소에 쇠통을 채우겠다고 했다니, 직장에 와서도 똥 누는 게 어려워질 듯하다.

이 똥의 문제는 주인공이 처한 전략의 상황을 가장 비천하고 절박하

___

높은 곳으로 올라가기 위해 애쓰는 작금의 현실을 풍자하고 있던 영화 〈엑시트〉의 고투에서도 드러나고 있었다. '지하생활자'의 운명은 여전히 주요한 사회적 이슈임에 분명하다.

게 드러낸다. 새벽이면 낑낑거리며 똥 눌 데를 찾아다녀야 하는 신세가 되어 있는 주인공은 그야말로 '개 같은' 존재로 전락해 있다. "개처럼 낑낑거리고 싶지는 않았다"는 그의 고백에도 불구하고 다음 날 아침이 밝자 창문 바깥에서 들려오는 소리는 그를 영락없는 개 신세로 전락시킨다. "도대체 어떤 놈이야! 똥 쌀 데가 없으면 처먹지를 말아야지." 그러자 옆에서 다른 인물이 거든다. "저도 사람인데 또 싸겠습니꺼." 그는 자신이 '개 같은' 존재가 아님을 증명하기 위해, '사람 노릇'을 하기 위해, 밤새 아픈 배를 쥐어 잡고 용틀임을 이겨낸 후 "결국 사람 노릇을 해낸 셈인가" 자위하기도 한다.

'먹으면 싸야 한다'는 당연한 명제가 "똥 쌀 데가 없으면 처먹지를 말아야" 한다는 명제에 의해 짓눌리는 한 노동자의 현실에서 우리는 집과 밥의 문제보다 더 심각하고 우울한 똥의 문제를 엿보게 된다. 그에겐 집과 밥마저도 사치스런 고민이다. 그에게 절실하게 필요한 것은 마음 놓고 사용할 수 있는 변소이기 때문이다. 자유롭게 배설하고 싶다는 것, 이 우스꽝스러운 소망에는 사람답게 살고 싶다는 절규가 담겨 있다. 그러나 그가 '사람 노릇'하기는 쉽지 않아 보인다. "저도 사람인데 또 싸겠습니꺼"라는 대사에도 불구하고 그는 다시 싸게 될 것이 분명하기 때문이다. 똥 쌀 데가 있건 없건, 그는 먹으면 싸야 하기 때문이다.

"개처럼 낑낑거리고 싶지는 않"지만, 새벽이면 똥 눌 데를 찾아다녀야 하는 영락없는 개 신세가 된 한 노동자의 이야기는 인간 존엄성의 끝 간 데 없는 추락을 생생하게 전달한다. 자동차 바닥 커버로 목구멍에 풀칠을 하고(그는 이래저래 '바닥 인생'이다!) 자동차를 은폐물 삼아 먹은 것을 내보내는, 그래서 오나가나 자동차 덕분에 사는 신세라며 자위하는 그의 소망은 일하기 위해 먹은 밥이므로 자유롭게 배설할 수도 있어야 한다는, 아주 소박한 것이다. 하지만 그 소박한 꿈도 이루어지기엔 너무나 요원해 보인다.

중요한 것은 이 배설의 문제가 단지 어느 개인의 초라하고 우스꽝스러운 이야기가 아니라 계층 간의 갈등이 전제된 불평등과 소외의 문제와 연결되어 있다는 점이다. 소설에 등장하는 주인집과 세입자인 주인공 사이의 갈등, 공장 주인과 공장 노동자들 사이의 갈등은 그 같은 계층적 갈등의 사례들이다. 이들은 공간적으로도 지상, 지하로 분리되어 있다. 하지만 소설 끝에 오면 예상 밖의 반전이 일어난다. 주인집 여자는 사실 아내 있는 남자와 동거 중이었고 그 때문에 누구에게도 문을 열어 주지 않았던 것이니, 본처에 의해 산산조각이 난 주인집은 주인공의 지하 방과 별로 다를 바가 없어 보였다. 게다가 '지상의 생활인'인줄 알았던 사장도 그와 별로 다른 게 없는 소시민이었다. 그들 역시 주인공과 크게 다를 것이 없는 '지하생활자'였던 것이다.

어떤 점에서 '원미동'이라는 공간 자체가 서울의 대척점에 있는 지하의 공간이라고 할 수 있다. 원미동은 서울이라는 거대 도시의 위력이 만들어낸 소외의 공간으로, '서울특별시민'이기를 포기당한 무력한 인간들이 쫓기듯 밀려가게 된 일종의 유배지이며 따라서 절망과 비애 속에 도착하게 되는 곳이다. 「지하생활자」의 주인공은 말하자면 그런 원미동의 절망과 비애를 그대로 안고 살아가는 인물 중의 한 사람인 것이다. 밥의 문제를 넘어 똥의 문제가 해결되지 않는 비참한 전락의 이야기 속에는 서울이라는 도시의 위력이 낳은 우울한 소외의 풍경이 담겨 있다.

'똥이 나오지 않는다' – 박민규, 「야쿠르트 아줌마」

「지하생활자」의 주인공에게 똥을 쌀 곳이 없다는 게 문제였다면, 「야쿠르트 아줌마」의 주인공에겐 똥이 안 나온다는 게 문제다. 소설 속 주인공은 화장실에 앉아 『농담 경제학사전』을 읽으며 변비를 해결하기 위해 안간힘을 쓰고 있는 중이다. 그런데 이러한 사정은 소설이 시작된 후 10여 페이지가 지나서야 알 수 있을 뿐, 소설은 시작부터 한참을 도 도새 멸종에 관한 이야기와 경제학자들의 이론과 엉뚱하기 짝이 없는 인물들의 인생사 등 책의 내용을 장황하게 서술하는 데 할애한다. 그리고는 그 모든 이야기들 끝에 "책을 덮는다"라는 문장을 한 문단으로 등장시킴으로써 비로소 화장실의 현실로 돌아오는데, 그때서야 앞에서 길고 장황하게 이어지던 이야기들이 실은 변비 해결을 위한 안간힘 속에 읽고 있던 책의 내용임이 드러난다. 농담의 세계로 전락한 경제학이 다시 변비약 수준으로 추락하는 형국이다.

그런데 "아무 생각 없이 읽다보면 쑥 하고 나올지" 모른다고 그래서 변비에 '효과가 있다던' 책은 아무 효용이 없었다. 경제학은 변비에'는' 아무 효과가 없는 것인가, 아니면 변비에'도' 아무런 효과가 없는 것인가. 아마도 소설은 후자를 이야기하고 싶었던 모양이다. 세상 많은 것들을 예견하고 준비해왔다는 경제학 석학들의 이론에도 불구하고 우리 삶은 언제나 그런 예감과 준비를 빗나가며 진행되어 왔다고 할 때, 그 많은 지적인 담론들과 석학들은 무슨 의미를 갖는 것이며, 심지어 변비에도 아무 도움이 되질 못하니 도대체 그것들은 어떤 효능이 있다는 것인가, 경제학은 그리고 그 유명한 경제학 석학들은 효용이 없는 건 둘째치고라도 농담도 되지 못하는 형국 아닌가, 도대체 경제학은 그리고

『농담 경제학사전』이라는 책마저도 어디에 써먹는단 말인가, 항변하는 모양새이기 때문이다.

실제로 정치, 경제, 사회, 종교에 이르기까지 장황하게 이어지던 주장과 논쟁과 이야기들 끝에서 그것들을 도구 삼아 화장실 변기 위에 앉아 힘을 쓰고 있는 인물을 만나게 될 때, 그 앞의 모든 이야기들은 희극적으로 전락한다. 박민규의 문장은 그 전락의 코미디를 정색하고 진지하게 중계한다. 사실 박민규 소설의 가장 큰 매력은 이야기 내용 이전에 그 문장 작법에 있다고 할 수 있는데, 그는 특히 허구적 상황과 현실의 경계를 허물어 어느 것이 실제 상황인지 모호하게 만드는 데 탁월하다. 가령 "책을 덮는다"라는 문장을 기점으로 장황한 책의 세계에서 변기 위에 앉은 인물의 현실로 돌아올 때의 상황을 소설은 이렇게 기술한다.

> 결국 나는 변기에서 일어선다. 재를 털고, 바질 올리고, 문을 나서는데 휘청, 그만 쓰러져버렸다. 쥐다! 오른쪽 종아리 속에서, 방사능 오염으로 거대해진 햄스터가 도시를 부수는 느낌이 들었다. 눈물이 났다. 좁은 원룸의 화장실 문턱 위에 나와 봄볕, 그리고『농담 경제학사전』이 나란히 쓰러져 있었다. 방사능은, 정말, 위험하다.(162쪽)

너무 오래 변기에 앉아 있다 일어나는 바람에 다리에 쥐가 났다는 것인데, 그 상황을 마치 진짜 쥐가 나타난 듯이 서술하고 있다. 그리고는 그 통증을 "방사능 오염으로 거대해진 햄스터가 도시를 부수는 느낌"으로 비유하는데, 이때 등장한 '방사능'이나 '햄스터'가 은근슬쩍 현실로 넘어와 다시 "방사능은, 정말 위험하다"는 문장으로 이어진다.

비유를 위해 등장한 수사적 표현이나 대상이 은근슬쩍 실제 현실 속 상황인 듯 언급되면서 환상과 현실의 경계를 무너뜨리고 있는 것이다. 게다가 이 '햄스터'와 '방사능' 이야기는 이야기가 얼마간 진행된 후 "햄스터가 방사능에 노출되기 전에, 나는 변기에서 일어선다"는 문장으로 재차 연결되고 있으니,[2] 화장실의 현실은 오히려 뒤로 물러나고 햄스터와 방사능의 세계가 전면에 부각되는 형국이다.

아무튼 이로써 정치 경제를 아우르는 거대 담론들과 석학들의 세계는 변비를 앓는 주인공과 함께 화장실 문턱 위에 쓰러진다. 세상은 바쁘게 돌아가고, 각 나라는 자기의 이익에 충실하게 정책을 추진하고, 복지정책이 강화되고, 보이저 2호가 우주로 날아가지만, 우리가 살아가는 곳이 똥을 누면서도 전화를 할 수 있는 '좋은 세상'이지만, 그럼에도 불구하고 변비 하나 해결될 기미가 없다. 급기야 주인공은 "아무튼 명심해라. 니들이 어디서 무엇을 하건, 지금 이 세상에 똥을 못 눠 고통받는 한 인간이 있다는 사실을"이라며 항의한다. 밥의 문제를 해결하지 못하는 정치가 허황되듯, 똥 싸는 문제 하나 해결하지 못하는 지식과 문명이란 얼마나 우스운 것인가. 아담 스미스도, 케인즈도, 국부론도, 진화론도, 나오지 않는 똥 문제 앞에서는 맥을 못 춘다.

문제는 이렇게 '똥이 나오지 않는다'는 것이 한 개인의 문제가 아니라 사회 전체의 문제라는 것이다. 오랜 변비 끝에 찾아간 대장항문과가 의외로 사람들로 붐볐다는 것에서 드러나듯, 똥이 안 나온다는 것은 이

---

2 정확히 표현하자면 이 문장은 "또 쥐가 나서 방사능 오염으로 거대해진 햄스터가 도시를 부수는 느낌이 다시 들기 전에"라는 의미일 텐데, 이를 "햄스터가 방사능에 노출되기 전에"라고 기술함으로써 비유적 표현과 현실적 상황을 뒤섞는다.

제 어느 개인이나 계층을 넘어 모든 사람들의 문제로 확대되어 있는 사회적 징후다. 글 앞에 인용한 대목에서 의사가 변비의 원인으로 후기산업사회를 거론한 것은 어쩌면 정확한 판단일 것이다. '변비로 고통받는 사람들의 동호회' 회원들의 우스꽝스러운 글에서 드러나듯 이제 변비는 질병이기도 하고, 정치사회적 억압의 징후이기도 하고, 경쟁사회가 낳은 스트레스의 징후이기도 하며, 연관 상품 개발로 이어지는 아이템의 원천이 되기도 하는 등 실로 후기산업사회의 모든 면모를 망라한 현상이 되었다.

도도새가 배설물의 추적으로 시작되는 사냥을 피하기 위해 배설을 참아야 했고 그 때문에 멸종 직전의 도도새가 변비로 괴로워했다는 이야기가 시사하듯, 변비는 애초부터 생존과 연결된 사회적 현상으로 이해된다. 작가의 이런 "〈관점〉"에 따르면, 후기산업사회를 살아가는 우리들에게 변비는 살아가기 위한 고투 속에서 만들어진 사회적 억압의 징후인 셈이다. 딱딱하게 굳고 막혀 있는 변비의 징후가 억압적이고 경쟁적인 구도로 진행되는 후기산업사회 속 전 지구적인 현상이라고 할 때, 팍팍하고 딱딱해진 배가 "바다가 증발한 지구"에 비유되는 것도 무리가 아니다. 억눌린 것들은 배설이 되기 어렵고, 오래 배설되지 못하면 어딘가가 썩는 게 당연할 것이다. 우리의 뱃속도 지구도 어딘가 썩어가고 있을지 모를 일이다. 똥이 안 나와 끙끙대는 주인공은 이제 전 우주를 걱정하는 허세를 부린다. "지구의 앞날을 걱정하는 고양이"라는 비유도 무리가 아니다.

그런데 풀리지 않는 변비 해결의 실마리는 전혀 엉뚱한 곳에서 온다. 새벽의 어둠을 뚫고 들려오는 "야쿠르트예요"라는 야쿠르트 아줌마의

'건강한 대답'이 그것으로, 야쿠르트 아줌마의 건강한 목소리는 변비를 대하는 온갖 추상적이고 관념적인 이론과 자세를 한 순간에 날려버린다. 게다가 안색이 안 좋아 보인다고, 자취하면 속도 많이 버릴 거라고, 돈 안 받는 거니까 걱정 말라며 야쿠르트를 내미는 아줌마의 손은 아담 스미스의 '보이지 않는 손'이나 "사장님, 그 손은 제 손이 아니었습니다" 외치던 절도와 배신의 손과는 다른 진심어린 배려의 손이다. 인간의 이기심이 자본시장을 움직일 최적의 윤활유라던 아담 스미스의 예견과는 달리, 주인공의 변비를 해결해줄 것은 야쿠르트 아줌마의 이타적 관심의 손이었다. 그리고 이때 '손'은 비로소 온전한 제 기능을 찾으니, 야쿠르트 아줌마와 주인공은 서로를 향해 애정과 관심의 손을 흔든다.

소설은 이후 "내일부터, 나도 야쿠르트를 마실 전망이다"라는 고백으로 끝난다. 야쿠르트를 마실 '생각'도 아니고, '예정'도 아니고, '전망'이라니? 박민규는 끝까지 이 삐딱함과 삐끗함과 그것이 만들어내는 유머와 당당함을 놓지 않는다. 요컨대 아담 스미스나 케인즈만 '전망' 하는 게 아니라는 것일 게다. 더군다나 '나'의 '전망'은 아담 스미스나 케인즈의 그것보다 훨씬 적중률이 높을 게 분명하지 않은가

5부
어머니, 너무 무거운 이름

생존의 말, 통곡의 힘

박완서, 「나의 가장 나종 지니인 것」

———

전 그 울음을 통해 기를 쓰고 꾸민 자신으로부터 비로소 놓여난 것 같은 해방감을 느꼈어요. 그리고 나서 요 며칠 동안은 울고 싶을 때 우는 낙으로 살고 있죠. 그러느라고 증조모님 제삿날도 깜빡했을 거예요. 은하계도 떠내려가는 판에 한 번 뵙지도 못한 시댁 조상 제삿날이 남아났겠어요. 이제부터 울고 싶을 때 울면서 살 거예요. 떠내려갈 거 있으면 다 떠내려가라죠, 뭐. 아무렇지도 않은 것처럼 꾸미는 짓도 안 할 거구요. 생때같은 아들이 어느 날 갑자기 이 세상에서 소멸했어요. 그 바람에 전 졸지에 장한 어머니가 됐구요. 그게 어떻게 아무렇지도 않은 일이 될 수가 있답니까. 어찌 그리 독한 세상이 다 있었을까요, 네? 형님. 그나저나 그 독한 세상을 우리가 다 살아내기나 한 걸까요? 혹시 그놈의 것의 꼬리라도 어디 한 토막 남아 숨어 있으면 어쩌나 의심해본 적, 형님은 없죠? 형님 뭐라고 말씀 좀 해보세요. 아니, 형님 지금 울고 계신 거 아뉴? 형님, 절더러는 어찌 살라고 세상에, 형님이 우신대요? 형님은 어디까지나 절벽 같아야 해요. 형님은 언제나 저에게 통곡의 벽이었으니까요. 울음을 참고 살 때도 통곡의 벽은 있어야만 했어요. 통곡의 벽이 우는 법이 세상에 어디 있대요.[*]

———

[*]   박완서, 「나의 가장 나종 지니인 것」, 『한 말씀만 하소서』, 솔출판사, 1994, 134~135쪽.

생명의 말, 생존의 서사

박완서의 문학은 기본적으로 삼킨 죽음을 토해내는 것에서 출발한다. 등단작인 『나목』이나 『그 많던 싱아는 누가 다 먹었을까』, 『그 산이 정말 거기에 있었을까』, 「엄마의 말뚝」 연작과 같은 자전적 소설에서 작가는 전쟁 중에 겪은 오빠의 죽음이 상처의 근원으로 자리하고 있음을 밝히고 있는데, 그때 상처의 핵심은 오빠의 죽음 자체가 아니라 오빠의 죽음을 반동이라는 이유로 꼴깍 삼켰다는 데 있다. 악 한 마디 안 쓰고 곡이나 아우성조차도 없이 오빠의 죽음을 꼴깍 삼켜버렸다는 것, 그래서 그 삼킨 죽음을 토해내고 싶다는 것, 이것이 박완서 소설의 시원이 되는 욕망이다.[1] 그의 인물들은 호곡과 비명과 말에 굶주려 있다. "지각한 곡성",[2] 어쩌면 이것이 박완서 문학의 출발이었을 것이다. 그리고 이런 점에서 그의 문학은 죽음을 삼켜버린 침묵을 뚫고 솟아오르는 울음이자 노래라 할 수 있을 것이다.

아들을 잃은 참담함을 겪은 이후 씌어진 「나의 가장 나종 지니인 것」에서도 삼킨 죽음과 이를 토해내는 것으로서의 글쓰기라는 박완서 소설의 원형은 그대로 드러난다. 80년대 대학 시위 현장에서 아들이 쇠파이프에 맞아 숨진 후 그 상실과 고통을 감내해 온 어머니의 수년간의 고투가 소설을 채우고 있다. 죽은 아들은 과연 어디로 간 것일까, 아

---

1   박완서의 마지막 소설인 「빨갱이 바이러스」에서도 '삼킨 죽음 토해내기'라는 욕망은 여전하다. 우연히 만난 세 여자가 각각 자신의 비밀스런 고통을 털어놓게 되는데, 그 와중에도 주인공은 전쟁 중 인민군이었던 삼촌을 살해 공모한 기억을 끝내 털어놓지 못하고, 살해 현장인 마당과 자신이 둘 다 "폭력을 삼켰다"(『기나긴 하루』, 문학동네, 2012, 90쪽)고 고백한다. 그 오랜 동안의 글쓰기로도 삼킨 죽음은 완전히 토해져 나오질 못했나 보다. 박완서 소설에서 말이 갖는 의미에 대해서는 황도경, 「생존의 말, 생명의 몸」(『우리 시대의 여성 작가』, 문학과지성사, 1999)을 참조할 것.
2   박완서, 「부처님 근처」, 『도둑맞은 가난/나목』, 민음사, 1983, 275쪽.

들의 부재를 어떻게 감내할 것인가, 아들의 부재 속에서 어떻게 하루하루를 살아갈 것인가. '나'의 이어지는 말은 그야말로 이렇듯 안간힘을 쓰며 한 발 한 발 내딛는 생존의 서사다.

뚜렷한 통화의 목적도 일관된 말의 요지도 없이 생각나는 대로 두서없이 이어지고 있는 것처럼 보이는 그녀의 수다스런 말은, 시댁 증조모 제사를 놓친 이야기나 조카며느리 흉보기, 집 전화번호를 기억하지 못해 난감했던 일화 등을 거쳐 아들 이야기로 이동한다. 시위 도중 아들이 쇠파이프에 맞아 숨진 일이며 그 이후 그녀가 감당해야 했던 정신적 혼란과 고통을 이겨내기 위한 몸부림 등이, 일상적이고 사소한 일화를 늘어놓는 능청스럽고 수다스러운 말에 자연스레 얹힌다. 그녀의 말은 밑도 끝도 없이 일정한 방향도 없이 이어지면서, 시댁 제사와 아들의 죽음과 대학생들이 자기 몸에 불을 붙여야만 할 정도로 참담했던 시절에 대한 회고와 죽음에 대한 사유를 넘나든다.

흥미로운 건 이 소설이 아들을 잃은 어머니의 참척의 고통을 그리고 있음에도 불구하고 우울하고 침울한 분위기로 이어지지 않는다는 점이다. 아들의 죽음이 드러나기 전에는 오히려 분위기가 가볍고 유쾌하기까지 하다. 그녀의 말은 고상하거나 위엄 있는 것도 아니고 조용하고 우울한 것도 아니다. 오히려 그녀의 말은 경쾌하고 수다스럽다. 생생한 구어체의 목소리로 이어지는 '나'의 수다에는 어떤 권위도, 틀에 박힌 예의도, 아들 잃은 어미로서의 비통함도 없다. 그녀는 오히려 씩씩하고 건강하고 활기차다. 아들의 죽음이 언급되기 전까지는 그녀가 아들을 잃은 어미로 고통스러운 시간을 보내고 있다는 것을 짐작할 수 없을 정도다. 가령 이런 대목을 보자.

형님, 밍개헵이 아니라 민가협이라니까요. 딴 발음은 똑똑하게 잘하시면서 그 소리는 왜 그렇게 어눌하게 얼버무리시나 몰라. 형님 일부러 그러시는 거 아녜요? 저하고 그 사람들을 한 묶음으로 능멸하려구요. 아이구 깜짝이야. 그 소리에 뭘 그렇게 화를 내세요? 암만해도 찔리는 데가 있는갑다. 형님 미국 딸네 집에 한 달도 못 있다 오셔가지고도 밧데리를 꼬박꼬박 베러리라고 하셨잖아요? 그렇게 잘 따라하시는 형님 혀가 민가협 소리를 못할 리가 없을 것 같아서요.(117쪽)

형님의 발음을 문제 삼는 '나'의 항의는 당차고 씩씩하고 코믹하기까지 하다. 아들을 잃은 어미라기엔 그녀는 너무 생생하다. 참척의 고통을 당하고 아직도 그 고통에서 헤어나지 못하고 있는 그녀인데, 그녀가 생생하게 살아있다고 느껴지는 건 왜일까? 그것은 그녀의 '말'이 죽지 않았기 때문이다. 그녀는 죽음을 삼키거나 비명을 지르지 못해 전전긍긍하는 이전의 인물들과는 다르다.[3] 그녀는 말이 많고, 말을 삼키지 않으며, 게다가 그녀에겐 그녀의 말을 들어주는 이가 있다.

소설 속에는 많은 말들이 등장한다. '형님'을 상대로 지껄이고 있는 수다, "태산 같은 설움이 안개의 입자처럼 미소하고 하염없어"질까 싶어서 외우는 은하계 주문, 흉보기, 사고로 척추를 다쳐 치매 상태가 된 아들을 간호하면서 친구가 잠시도 쉬지 않고 입을 놀리며 내뱉는 욕설, 그 친구 앞에서 터져 나온 울음 등, 이것들은 모두 아들의 죽음과 남은

---

3   가령 오빠나 삼촌의 죽음을 곡도 아우성도 없이 삼켜버린 이들은 그 삼킨 죽음 때문에 스스로도 죽은 것이나 다름없는 삶을 살아간다. 그런가 하면 「울음소리」, 「지렁이 울음소리」, 「닮은 방들」, 「유실」 등에서는 현대 도시 문명의 불모성이 비명이나 울음을 삼키는 소리의 죽음에 비유된다. 박완서의 우아한 도시인들은 모두 소리를 잃어버린다.

자의 고통, 상처를 감당하기 위해 터져 나오는 변형된 '말'이다.[4] '나'
는 이 '말'을 통해 살아 있고, 또 살아간다. '나'의 수다스럽게 이어지는
말들이 곧 생존의 힘이 되는 이유다.

장미꽃과 향기, 존재의 두 방식

아들을 잃은 후 '나'는 존재하는 것과 부재하는 것, 눈에 보이는 것
과 눈에 보이지 않는 것, 중요한 것과 중요하지 않은 것 사이에서 혼란
을 느낀다. 소설은 해마다 시댁 제사가 다가오면 큰동서에게 전화를 해
미리 챙겼던 그녀가 증조모 제사를 깜빡 잊고 지나치는 바람에 큰동서
에게서 전화가 오는 것으로 시작한다. 말하자면 '망각'이 있었고, 소설
은 이 '망각'으로 시작하는 셈이다. 그렇다면 그녀는 왜 증조모 제사를
잊었을까? 그것이 더 이상 중요하지 않다는 걸 깨달았기 때문일 것이
다. 아들의 죽음 이후 중요한 것과 중요하지 않은 것이 바뀌었다. 남이
나를 어떻게 볼까가 아니라 내가 보고 느끼는 게 중요하고, 형체가 있
는 것만 중요한 줄 알았는데 이젠 보이지 않는 게 더 중요해진다. 예전
엔 물건을 사느라 바빴지만, 이제는 버리는 게 중요하다. "생때같은 목
숨도 하루아침에 간데없는 세상에 물건들의 목숨은 왜 그렇게 질긴지",

---

4 여성학자 엘렌 시수는 여성 고유의 경험과 가치를 글로 쓰는 이른바 '여성적 글쓰기',
   '몸으로 글쓰기'를 강조한 바 있다. 그녀는 이성/남성 중심의 지배담론에서 침묵을 강요
   당해 온 여성들은 그것에 대항하는 전혀 다른 담론을 구사한다고 하면서, "여성은 여성의
   육체를 글로 써야 한다. 여성은 난공불락의 언어를 창안해 내야 한다", "(여성은) 살이
   진실을 말한다", "여성 안에는 언제나 약간의 좋은 모유가 남아 있다. 여성은 흰 잉크로
   글을 쓴다" 등을 주장한 바 있다(박혜영 역, 『메두사의 웃음 /출구』, 동문선, 2004). 박완
   서의 소설은 엘렌 시수가 말한 '몸으로 쓰는 글', '흰 잉크로 쓴 글'의 좋은 예로 보인다.

물건들이 싫어진다.

그녀는 아들을 잃은 후 많은 것을 깜빡 잊어버린다. 증조모 기일도 깜빡 잊고 지나치고, 공중전화 앞에서는 자신의 집 전화번호가 생각나지 않아 뒤에서 기다리던 젊은이에게 자기 집 전화번호를 물어보기도 하며, 소꼬리를 끓이다가도 그걸 깜빡 잊고 냄비를 다 태우기도 한다. 중요한 것은 이런 일화들이 단지 아들 잃은 엄마로서의 그녀의 상실감과 심란함을 보여주는 데 그치는 것이 아니라 존재와 죽음에 대한 성찰로 이어진다는 점이다. 사라진 뒤에도 향기로 집안을 가득 채우는 꽃이나, 바싹 타서 버려진 뒤에도 여전히 온 집안 곳곳에 스며들어 있는 소꼬리 냄새, 아무도 없는 빈집에 들어설 때 오히려 집안 구석구석에 가득 차 있는 것처럼 느껴지는 아들의 존재 등 사사로운 일상의 순간순간에서 화자는 사람이나 사물이 존재하는 방식에 대해 깊이 있는 질문에 도달한다.

과연 꽃이 지면 향기도 없어지는가? 숯덩이가 사라진 후에도 사라지지 않는 냄새를 맡으며 "다른 무엇이 되었길래 이렇게 오래 남아 있는 것일까" 질문할 때, 잊어버린 증조모의 제사를 이야기하면서 "혼령이 정말 있을라나" 자문할 때, 그것은 아들의 죽음과 죽음 이후에도 강력한 아들의 존재에 대해 던지는 질문이기도 하다. 과연 죽은 아들은 어디로 간 것일까? 아들은 정말 여기에 없는 것일까? 집 구석구석 가득 차게 느껴지는 아들의 존재는 과연 무엇인가? '내'가 그 아들 안에 있다는 걸 실감하게 되는 건 무엇 때문인가? 우리는 어떻게 존재하며, 어떻게 사라지는가? 보이지 않는 것은 정말 '없는' 것인가? 보이지 않으면서도 사물이나 사람이 느껴지는 것은 왜인가? 아들을 잃은 어미의 참담함을 이야기하는 소설은 이렇게 존재와 죽음에 대한 깊이 있는 성찰로 나아간다.

통화 혹은 통곡

끝으로 주목해야 할 점은 이 작품이 '형님'을 대상으로 한 전화 통화 형식으로 되어 있다는 점이다. 이 소설은 단지 참척의 고통을 겪은 어미의 슬픔을 이야기하는 데 그치는 작품이 아니다. 두 사람 사이의 통화 형식은 슬픔 자체가 아니라 슬픔을 극복하는 힘으로서 '말'의 힘에 주목하게 한다. 청자인 '형님'의 말은 표면적으로는 드러나지 않은 채 시종일관 '나'의 두서없는 말로 이어지고 있지만, 그 말에는 그녀의 말을 듣고 반응하고 있는 대화자로서의 형님의 존재가 끊임없이 감지된다. 그녀는 혼자 외롭게 독백을 하고 있는 게 아니다. 그녀는 형님과 대화를 하고 있는 중이며, 더욱이 형님은 그녀의 고통을 이해하고 함께 고통을 나누고 있는 인물이다. 형님은 그녀의 말을 듣고 그 말에 참여하는 대화 상대자다. '형님'의 존재는 '나'의 수다가 허망한 독백에 그치는 것이 아니라 슬픔과 고통을 덜어놓는 나눔의 말임을 보여주는 장치다. 혼자서 마냥 지껄이다가 연결된 전화통에서 아무 소리도 안 들리면 절벽 같아진다는 '나'의 고백은 이 독백 같은 수다가 나눔과 교신의 과정임을 환기시킨다.

통화 상대자가 '형님'이라는 점도 흥미롭다. 가령 통화 상대자가 '나'의 가장 친한 친구인 명애였다면 어땠을까? 어쩌면 그것이 더 그럴듯해 보일 수도 있을 법하건만, 소설에서 내내 전화통화를 하는 사람은

'나'와 명애가 아니라 '나'와 '형님'이다. 두 사람은 모두 한 집안의 며느리들이다. 이들의 통화가 시댁 증조모 제사 때문에 시작된 것도 그렇거니와, '나'의 이야기가 진행되면서 이들이 겪었던 시집살이의 괴로움도 함께 토로된다. '형님'은 시집살이를 오래 하면서도 완벽하게 좋은 며느리 노릇을 했고, 시집살이를 면한 지 삼 년 만에 과부가 됐다. 두 사람은 한 집안의 며느리로서 겪었던 고통의 경험을 공유하고 있다. 명애하고는 그런 게 없다. 형님은 '나'와는 달리 말이 없고 "숨도 크게 안 쉬는 고상한" 인물이고, 통화를 하는 중에도 아무 소리도 안 낼 때가 많아 '절벽' 같은 인물로 묘사된다. 그녀는 간혹 사극에 나오는 대비마마처럼 감정이 섞이지 않은 목소리로 간단하게 이야기할 뿐이고, 잔소리도 하지 않으며, 며느리 흉도 보지 않는다. 그녀는 '나'와 달리 말이 없다. 아마도 삼킨 말들이 많을 것이다.

이런 그녀가 소설 끝에서 운다. 아들을 잃은 후에도 씩씩하게 살아온 '내'가 친구의 반신불수 아들을 부러워하며 통곡을 했듯이, 절대로 울지 않을 것 같던 '형님'도 소설 끝에서 그녀와 함께 운다. '형님'의 울음은 '나'의 고통을 함께 나누는 공감의 눈물일 뿐 아니라 그녀 자신의 고통을 풀어놓는 해방의 눈물이기도 하다. 한평생 시집살이를 했던 형님은 '나'처럼 애들을 들쳐 업고 밥을 해먹는 것이 소원이라고 한다. '나'는 오히려 큰집 애들이 할머니 할아버지 손에서 키워지는 걸 부러워했는데도 말이다. 이들은 둘 다 남편을 잃은 과부들이고, 아직도 증조모 제사가 다가오면 김치를 담그는 등 신경을 써야 하고, 그 제사를 잊고 지나간 것에 죄책감을 느끼는 며느리들이다. 형님에겐들 숨겨둔 눈물이 없었겠는가. '나'에게처럼 형님에게도 '통곡의 벽'이 필요했을 것이니, 소설 끝에서 터져 나온 형님의 울음은 '나'의 울음이 그러했듯 그녀를 '살릴' 것이다.

흔들리는 기차, 흔들리는 엄마—여자

공선옥, 「술 먹고 담배 피우는 엄마」

———

맥주 한 모금을 마시고 나는 내 얼굴을 찬찬히 바라본다. 차창에 비친 내 얼굴이 나를 찬찬히 바라본다. 밤은 춥다. 그러나 조절장치가 없는 완행열차 안은 지나치게 덥다. 나는 화장실에 가기 위해 자리에서 일어난다. 사내가 통로를 비켜서준다. 나는 비닐이 나달나달해진, 그 안은 들여다볼 것도 없이 별볼일 없는 물건들, 이를테면 때가 잔뜩 낀 헌 작업화 작업모 작업복 따위가 들어 있을 그의 가방을 훌쩍 건너뛰어 통로로 나선다. 사내는 내가 기차 칸과 칸 사이에 있는 화장실 문을 열고 들어설 때까지 통로에 그대로 서서 나를 바라보고 있다. 바라보고 있는 것이 느껴진다. 별 하찮은 인간이 다 나를 귀찮게 한다. 나는 그렇게 생각한다. 흔들리는 나. 나는 아무것이나 손에 닿는 것을 꽉 붙잡는다.

여전히 흔들리며 내 자리로 온다.*

———

* 공선옥, 「술 먹고 담배 피우는 엄마」, 『내 생의 알리바이』, 창비, 1998, 173~174쪽.

메데이아의 선택

희랍 신화 속 메데이아는 남편의 사랑이 다른 여자에게로 옮겨가자 남편에게 복수를 하기 위해 그와의 사이에서 낳은 자식들을 죽인다. 그녀는 무섭고 사악한 엄마이자, '여자'와 '엄마' 사이에서 '여자'를 택한 특이한 존재다. '엄마'와 '여자' 사이에서의 딜레마라는, 여성들에게는 오래된 갈등적 상황에서 번번이 '엄마'는 '여자'를 이겨왔기 때문이다. 그녀는 이아손과 사랑에 빠진 후 아버지를 배반한 딸이 되었고, 남동생을 죽이는 무서운 누이가 되었으며, 끝내는 자식들마저 죽이는 사악한 어미가 되었다. 그녀는 그 무엇보다도 여자였고, 자기 자신이었다. 그녀가 어떤 상황에서도 끝끝내 자기 욕망에 충실했다는 것은 한 편으로 그녀의 사악하고 무서운 행위를 이아손으로 대변되는 가부장적 질서에 대한 도전으로 이해할 수 있게 한다.

에우리피데스는 「메데이아」에서 그녀의 내면에 자리한 '엄마'와 '여자' 사이에서의 갈등을 섬세하게 그려낸 바 있거니와, 2500년 전의 작품에서 드러나는 그녀의 갈등과 주장은 여전히 현재적이다. 극중에서 메데이아는 여자들이 생명과 분별력을 가진 만물 중에 가장 비참한 존재라면서, 그 이유를 다음과 같이 들면서 항변한다. 첫 번째는 거금을 주고 남편을 사서는 그를 자신의 상전으로 모셔야 한다는 것이고, 두 번째는 일단 결혼을 하면 헤어지기가 어려우니 여성들은 어떻게 해야 남편을 가장 잘 다룰 수 있을지 점쟁이가 되어야 한다는 것이라고. 때로 남자들은 밖에 나가 울적한 마음을 풀기도 하지만, 여자들은 한 사람만 쳐다보고 살아야 한다고. 남자들은 여자들이 집에서 안전하게 사는 동안 자기들은 창을 들고 싸우느라 고생한다고 주장하지만, 자기는 아이를 한 번 낳느니 차라리 세 번 싸움터로 뛰어들겠다고.[1] 실로 억압적이고 모순적인 남성 중심 사회를 질타한 강력한 여성의 목소리라 할 만하다.

실제로 메데이아가 애초에 두 아이들과 함께 나라 밖으로 추방당하게 된 이유는 기존의 남성 질서에 반항한 괘씸죄라 할 수 있다. 이아손은 그녀가 "통치자들의 명령을 고분고분 참고 견딘다면" 자신의 집에서 살 수도 있었을 텐데 "허튼 소리를 늘어놓다가 추방되는 신세"가 되었다며 한탄하기도 한다. 요컨대 아내로서 혹은 엄마로서 기존 질서가 요구하는 가치에 고분고분 순종하지 않았던 것, 그것이 그녀의 죄목인 것이다. 그녀는 이아손의 집을 허물어뜨리기 위해 그리고 그가 평생 고통 속에서 살아가도록 하기 위해 자기 자식을 죽이기로 결심한다.

에우리피데스는 이때 그녀의 내면에서 일어났을 '엄마'와 '여성' 사이의 혼란과 갈등을 섬세하게 그려냄으로써 악녀의 이미지에 가려진 그녀를 증오와 복수에 불타 일그러지고 상처 입은 한 인간으로 제시한다. 그녀는 "왜 애들의 불행으로 애들 아버지에게 고통을 주려다가 나 자신이 그 두 배의 고통을 당해야 하지?" 자문하며 그냥 아이들을 데리고 나라 밖으로 나가겠다고 했다가, 다시 "원수들을 응징하지 않고 내버려둠으로써 내가 웃음거리가 되겠다는 거야? 해치워야 해!" 마음을 다지는가 하면, 다시 "아아! 내 마음이여, 너는 절대로 그런 짓을 해서는 안 돼! 가련한 마음이여, 애들을 내버려두고, 애들을 살려줘!"라며 머뭇거리고, 또 다시 자식들을 웃음거리가 되도록 원수들에게 넘겨주

---

1   에우리피데스, 천병희 역, 「메데이아」, 『에우리피데스 비극 전집』 1, 숲, 2016, 39쪽.

는 일이 일어나지 않도록 애들을 죽일 거라고, "필요하다면 생모인 내가 죽일" 거라고 다짐한다.[2]

그러니 아이들을 죽인 것은 과연 누구였을까? 아이들이 사악한 어머니를 만났다며 "애들을 죽인 것은 분명 내 오른손이 아니었소"라고 항변하는 이아손인가? 아니면 아버지의 악덕이 아이들을 죽인 것이라며 "그대의 교만과 새 장가가 그랬죠" 항변하는 메데이아인가? 메데이아는 왜 사악한 어머니가 되어야 했을까? 왜 행복한 여자도, 따뜻한 어미도 되지 못했을까? 그녀는 이아손이 강조하는 "현명한 여자의 처신"도, 아이를 낳는 도구로서의 어미 역할도[3] 거부했다. 그녀는 아내이거나 엄마이기 이전에 그녀 자신이고자 했다. 그렇게 그녀는 악녀가 되었다.

흔들리는 기차, 흔들리는 엄마-여자

이제 여기, 또 다른 엄마가 있다. 메데이아가 될 수 없는, 그렇다고 고독한 '엄마'의 운명을 묵묵히 수용할 자신도 없는 엄마가. 공선옥의 「술 먹고 담배 피우는 엄마」에 등장하는 여자가 그녀다. 그녀는 지금 아동임시보호소에 맡긴 아이가 아프다는 연락을 받고 아이가 있는 광주로 내려가는 중이다. 배경은 기차 안. 소설은 "온 세상은 그저 땡땡 얼어 있다"는 문장으로 시작한다. 칼날 같은 냉기로 얼어 있는 것이 세상만은 아닐 것이다. 아이를 임시보호소에 맡기고 일을 해야 하는 현실이나

---

2 메데이아의 이런 갈등은 3쪽에 이르는 긴 독백을 통해(위의 책, 69~71쪽) 드러난다.
3 "사람들이 다른 방법으로 자식들을 낳고, 여자 같은 것은 없어져버렸으면 좋으련만!"(위의 책, 51쪽)이라는 이아손의 대사는 그에게 있어 여자란 아이를 낳는 도구일 뿐임을 단적으로 드러낸다.

그 아이가 아프다는 소식을 듣고 내려가는 그녀의 심정 역시 그저 땡땡 얼어 있을 것이 분명하다.

하지만 "칼날 같은 냉기를 가르며 어둠 속을 달리고" 있는 기차 안은 의외로 따뜻하다. 완행열차 안에는 조절장치가 없어 지나치게 더울 정도이고, 게다가 그녀의 양 옆에는 그녀에게 호감을 보이는 사내와 그녀가 호감을 느끼는 사내가 앉아 있다. 그렇게 완행열차 안 즐거운 밀당이 시작된다. 완행열차가 흔들리고, 여자도 흔들린다. '털복숭이'와 '검은테 안경' 사이에서, 추위와 따뜻함 사이에서, 몸과 의식 사이에서, 서늘함과 뜨거움 사이에서, 아픈 아이를 보러가는 '애기 엄마'와 낯선 남자의 손길에서 따뜻함을 느끼는 '여자' 사이에서.

앞에 인용한 대목에서 주인공이 차창에 비친 자기 얼굴을 찬찬히 바라볼 때, 그것은 '엄마'와 '여자' 사이에서 흔들리는 자기 안의 낯선 얼굴을 응시하는 행위였을 것이다. 차창에 비친 그 낯선 얼굴은 그녀에게 '네가 지금 남자에 흔들릴 때냐?' 묻고 있었는지 모른다. 하지만 그럼에도 여자는 흔들린다. 그녀에게 수작을 걸어오는 털복숭이 사내는 그의 가방 속 물건들처럼 혹은 그녀 자신처럼 '별 볼 일 없는', '하찮은' 인물임이 분명하건만, 그럼에도 불구하고 그녀는 그녀를 창가 자리로 '모시고자' 하는 태도를 보이고 화장실로 가는 그녀를 내내 지켜보는 그의 순정한 마음에 이끌린다. 별 하찮은 인간이 다 자기를 귀찮게 한다고 생각하면서도, 그녀는 '흔들리며' '아무것이나' 손에 닿는 것을 붙잡기로 한다.

이제 여자는 본격적으로 '여자'가 되기로 맘먹은 모양이다. 사내에게 술이 없냐고 말을 건네는가 하면, 사내의 손이 여자의 엉덩이 밑으로 파고 들어와도, 사내가 파카를 벗어 여자의 무릎을 덮어줘도, 그 파카 밑으로 손을 집어넣어 여자의 배꼽을 배회해도 가만 있다. 하지만 사실 여자의 마음은 털복숭이 사내가 아니라 '검은테 안경'을 향해 있다. '털복숭이'는 따뜻하지만, '검은테 안경'은 여자의 가슴을 서늘하게 한다. 여자는 몸은 털복숭이 사내에게 내어준 채 그에게 말을 건넨다.

그래서 '털복숭이'는 여자에게 말을 걸고, 여자는 그에게는 무뚝뚝하게 굴면서 '검은테 안경'에게 말을 걸고, '검은테 안경'은 그녀에게 말없이 무뚝뚝한 기이한 삼각 관계가 연출된다. 이 장면들은 제법 코믹해서, 아이를 보호소에 맡기고 일을 해야 하는 여자의 딱한 처지가 느껴지지 않을 정도다. 가령 다음과 같은 대목을 보자.

> 털복숭이의 표정이 굳어지는 것을 나는 의식한다. 왜 딴 사내에게 수작이냐는 거겠지. 저하고 나하고 도대체 언제부터 안 사이라고. 무슨 대단한 사이라고.
> "글쎄요, 가는 데까지 가지요. 목포가 종착역입니까?"
> 나는 안경이 '입니까?' 하고 물어주는 것에 속으로 환호한다. 무슨 말인가가 계속 이어질 수 있는 여지가 생긴 것 아닌가. 어떻게든 털복숭이를 나한테서 격리시켜야만 한다. 뻔뻔한 작자.(178쪽)

물음체로 끝내주는 것은 좋은데 아세요? 하고 물으면서 흘낏 나를 보는 검은테 안경 속의 눈빛이 어찌 냉랭하다. 저놈의 눈구멍은 어째 저리 서늘한가. 모른다, 어쩔래? 하고 싶은 것을 꾹 참고 나는 입술을 깨문다. 내내 굳어 있던 털복숭이 얼굴이 쭉 펴지고 있음을 나는 안 보고도 안다. 또다시 그놈의 두꺼비 같은 손아귀가 맹렬하게 내 몸안으로 쳐들어오고 있는 것이. 나는 그래도 그 손을 떼어내지 못한다. 손바닥은 뜨겁다. 그 손이 좋은 게 아니고 그 손바닥의 뜨거움이 그다지 싫지 않다.(179쪽)

소설은 두 사내 사이에서의 밀당을, 몸과 마음 사이에서의 엇갈림을, 서늘함과 뜨거움 사이에서의 혼란을 흥미롭고 코믹하게 묘사한다. 여자는 자기가 '검은테 안경'에게 말을 붙이자 '털복숭이'의 표정이 굳어지는 것을 의식하고, 그러면서 저하고 내가 언제부터 안 사이라고 그러냐는 우스꽝스러운 변명을 들먹이고, '검은테 안경'의 말투 하나하나에 의미를 부여하며 서늘해졌다 뜨거워졌다 하는 중이다. 아이를 보호소에 맡겨둔 엄마라고 하기에 여자는 지극히 명랑하고 도발적이고 욕망에 정직하다.

문학을 하면 노동에서 해방될 수 있냐는 여자의 질문에 바레 프랑수아 라는 사람이 쓴 '노동의 역사'라는 책을 읽어본 적 있냐며 지적 허영을 과시하는 '검은테 안경'에게 "잔소리 말어, 쌍. 뭐? 슈아? 슈아 좋아하고 있네!" 대꾸하는 '털복숭이'의 대사는 또 얼마나 통쾌하고 우스운가. 이들의 말에는 허영과 관념을 뚫고 삶의 진실을 건드리는 거침없음과 솔직한 욕망의 움직임이 있다. '털복숭이'를 '뻔뻔한 작자'라며 떼어내려 하면서도 동시에 그의 손바닥의 뜨거움에 끌리는 욕망의 움직임도, "사람은 일헐 때 짐승이 되는 것이어, 돈 쓸 때만 사람 되는 거구우"라는 제법 날카로운 일갈도 그 언어의 힘으로 생생함을 얻는다.

어떤 점에서 「술 먹고 담배 피우는 엄마」의 매력은 이 같은 경쾌하고 가볍고 직설적이며 통쾌한 문장들이 갖는 힘에 있어 보인다. 그 경쾌한 문장들은 우리로 하여금 킥킥 웃음을 짓게 만들고, 그러다가 종국에 우리 가슴을 서늘하게 만든다. 여자와 '털복숭이', '검은테 안경', 교장 부부 사이에 자리한 계층 간의 거리나 차이, 노동 해방을 부르짖는 지식인의 지적 허영과 교만, 몸과 마음 사이에서 혹은 선망과 실망 사이에서 흔들리고 좌절하는 여자의 내면이 가볍고 경쾌한 문장들 속에 실려 때론 우스꽝스럽게 때론 서늘하게 전해진다. 여자는 결국 고상한 '검은테 안경'과 '교장 부부'의 세계를 떠나 다시 '털복숭이' 옆자리로 돌아온다. 이때에도 화장실로 갈 때 통로로 비켜서주지도 않는 '검은테 안경'을 향해 "개보다 못한 놈, 너는 인간도 아니야" 확실하게 욕을 해주면서 말이다. 여자는 적어도 말로는 생생하게 살아 있다.

정읍에서 광주로, 혹은 여자에서 엄마로

기차가 광주에 도착하고, 한판 연극과도 같았던[4] 흥미진진했던 밀당도 끝난다. 여자는 다시 엄마로 돌아온다. 광주에 도착하니 세상은 다시 "때글때글 얼어 있다." '여자'와 '엄마' 사이에서 흔들렸던 여자가 결국에 피할 수 없는 것은 "나는 애기엄마"라는 현실이다. 그것은 기차 안에서의 흥미진진한 밀당이 얼마나 허망한 것이었는지를 알려주는 종착지의 진실이다. 이제 그녀는 정읍의 부모님께 인사하러 가자는 사내를 뒤로 하고 아이들에게로, 봄 날씨 같이 따뜻한 정읍이 아니라 아이들이 있는 추운 광주로, '여자'에서 '엄마'로 돌아간다. 서울에서 오느

---

4   실제로 이때 소설은 "한판의 연극은 끝났다. 나는 이제 무대에서 사라져야 한다"라고 적고 있다.

냐는 택시 운전수에게 정읍에서 온다고 대답하는 것은 이 때문이다. 여자일 때는 털복숭이의 '불같은' 손길에 잠시 마음 속 얼음이 봄눈처럼 녹아내리기도 했지만, 엄마일 때는 추위를 피할 길이 없다. 더군다나 담배를 꺼내 무는 '엄마-여자'일 때, 욕은 덤이다.

하지만 소설 끝에서 여자는 '술 먹고 담배 피우는 엄마'라는 정체성을 온전히 받아들인다. '술 먹고 담배 피우는 엄마'는 언뜻 기이한 조합으로 여겨지는데, '엄마'가 무언가 따뜻하고 부드러운 이미지로 다가온다고 할 때, '술 먹고 담배 피우는'이라는 관형절은 그 '엄마'와 어울리지 않는 거칠고 방종한 이미지를 연상시킨다. '엄마'에 부여된 전통적이고 관습적인 이미지와 배치되는, 그런 기존의 가치에 반하는 듯한 이미지를. 실제로 여자가 담배를 꺼냈을 때 "여자가 담배를" 하던 사내는 여자가 애기 엄마라고 하자 "무슨 애기엄마가 술 먹고 담배를 피워?"라고 더 시니컬한 반응을 보인다.

여자는 '애기 엄마'지만 아이들과 살 수 있는 공간을 확보하기 위해서는 돈을 벌어야 하고 새끼들을 잠시 버려야만 하는, 그래서 애기 엄마도 뭣도 아니게 된 상태다. 그녀는 따뜻한 여자도, 양순하고 평화로운 엄마도 될 수 없다. 이때 그 바탕에는 '가난'이라는 현실이 있다. 실제로 소설에서 초점은 '엄마'보다 '가난'에 있다. 여자는 할 수만 있다면 '애기 엄마는 절대로 술 먹고 담배 피우지 않는다'라고 생각하는 남자에게 시집가서 술 안 먹고 담배 안 피우고 새끼들 많이 낳아 양순하고 평화롭게 살고 싶다고 고백하기도 한다. 여자는 '엄마'에게 요구되는 고정 관념이나 가치와 싸우는 것이 아니라, '여자'는 고사하고 '엄마'일 수도 없게 만드는 가난에 지쳐 있을 뿐이다.

소설에 등장하는 앙고라토끼 이야기는 벗어날 수 없는 가난의 굴레를 우울하게 확인시키는 일화다. 초등학교를 졸업할 때 교장 선생님이 나누어준 앙고라토끼 한 쌍은 그때 부농의 꿈을 이루어 줄 희망의 상징이었을 것이다. 하지만 "돈도 뭣도 안 되는 것들이 우글우글" 했을 뿐인 그 토끼들은 죽이지도 살리지도 못하는 애물단지가 되었을 뿐이다. 토끼 한 쌍을 받아든 아이들이 집을 향해 "산속으로 우르르 기어들어갔다"고 할 때, 이 표현 속 아이들은 그대로 토끼들과 같다. 공작새나 사슴처럼 대우받는 신세가 아니라 천대받고 새끼들만 늘려갈 애물 단지 같은 존재들. 하지만 기차 안 맞은 편 자리에 앉아 있던 윤택하고 평화로워 보이던 노부부처럼, 교장은 애시 당초 토끼들의 세계를 몰랐다. 노부부를 교장 부부로 착각한 것도 무리가 아니다. 앙고라토끼도, 사내의 손바닥도 따뜻했지만, 그 따스함이 그녀의 가슴을 뛰게 했지만, 그것들은 모두 종국에 여자가 가질 수 없는 것들이었다.

엄마이자 여자인 그러면서 동시에 여자도 엄마도 못되는 주인공의 이야기는 이렇게 여자와 엄마 사이의 갈등을 넘어 가난의 문제로 귀결된다. 어떤 점에서 이것은 '여성'과 '모성' 사이의 갈등을 다루고 있는 이 소설이 갖는 한계일 수도 있을 것이다. 실제로 작가는 모성의 문제 자체보다 가난에 관심이 많다. 엄마가 되는 것조차 녹록하지 않게 만드는 가난 앞에서 여성과 모성의 갈등조차 배부른 이야기처럼 보이기도 하는 것이다. 여성이 넘어야 할 산은 많고, 가난한 엄마-여성이 넘어야 할 산은 더욱 더 많고 높다. 아내나 엄마이기 이전에 여자-자신이고자 했던 메데이아의 선택도, 엄마일 수밖에 없어 여자이기를 포기해야 했던 가난한 엄마-여자의 선택도 다 쓸쓸하기만 하다.

어머니는 좋은 칼이다

김애란, 「칼자국」

━━━━━

어머니의 칼끝에는 평생 누군가를 거둬 먹인 사람의 무심함이 서려 있다. 어머니는 내게 우는 여자도, 화장하는 여자도, 순종하는 여자도 아닌 칼 가는 여자였다. 건강하고 아름답지만 정장을 입고도 어묵을 우적우적 먹는, 그러면서도 자신이 음식을 우적우적 씹고 있다는 사실을 모르는 촌부. 어머니는 칼 하나를 25년 넘게 써왔다. 얼추 내 나이와 비슷한 세월이다. 썰고, 가르고, 다지는 동안 칼은 종이처럼 얇아졌다. 씹고, 삼키고, 우물거리는 동안 내 창자와 내 간, 심장과 콩팥은 무럭무럭 자라났다. 나는 어머니가 해주는 음식과 함께 그 재료에 난 칼자국도 함께 삼켰다. 어두운 내 몸속에는 실로 무수한 칼자국이 새겨져 있다. 그것은 혈관을 타고 다니며 나를 건드린다. 내게 어미가 아픈 것은 그 때문이다. 기관들이 다 아는 것이다. 나는 '가슴이 아프다'는 말을 물리적으로 이해한다.*

━━━━━

* 김애란, 「칼자국」, 『침이 고인다』, 문학과지성사, 2008, 151~152쪽.

모성의 육체성

오래전 내게 '밥'은 '먹는' 것이었다. 그런데 결혼을 하고 아이를 낳은 후 '밥'은 '먹는' 게 아니라 '하는' 것이 되었다. 덕분에 알게 되었다. 밥 짓기는 사랑과 희생 이전에 몸을 움직여야 하는 수고로운 노동이라는 것을. '밥'에 이어지는 술어는 '먹다'가 아니라 '하다'라는 것을. 밥을 '먹기' 위해서는 밥을 '하는' 것이 먼저 있어야 하고, 밥을 '하기' 위해서는 또 많은 다른 수고를 '해야' 한다는 것을. 그래서 나는 '밥'을 이야기하면서 '하다'를 건너뛰고 '먹다'를 이야기하는 말과 글을 믿지 않는다. '밥'에는 '먹는' 즐거움과 기쁨이 있는 것이 아니라, '밥'을 '짓고' '밥'을 '하는' 노동과 수고가 먼저 있다. 이 노동과 수고를 건너뛴 '밥'에 대한 낭만과 그리움은 모두 거짓이다.

'밥'과 '어머니'가 결합될 때 낭만의 위험은 더 커진다. 어머니의 '밥 짓기'는 희생과 사랑의 숭고한 행위라는 환호 속에 추상화되고, 낭만적으로 소환된다. '어머니'와 '밥' 사이에는 사랑이나 희생, 정성과 같은 추상명사가 자리한다. 추상화된 숭배 속에서 어머니의 실체는 지워진다. 거기에는 밥의 달콤함과 어머니의 따뜻함만 있을 뿐, 거기에 전제되는 노동의 수고나 몸의 고달픔이 들어설 자리는 없다. 어머니는 사랑과 정성으로 밥을 하는 것이 아니라, 팔과 다리와 손과 허리를 써서 밥을 짓는다. 밥을 하는 어머니는 그래서 몸이 아프다. 어머니는, 그리고 어머니는 아프다는 말은, 물리적으로 이해해야 한다.

김애란 소설에서 어머니는 실로 물리적이고 육체적이다. 그녀의 소설에서 '어머니'와 '밥'은 낯설고도 특이하게 결합된다. '어머니'와 '밥' 사이에는 '칼'이 있다. 위태롭고도 무시무시한, 위험하고도 단단한 '칼'

이. 그 '칼'이 '어머니'에게서 마냥 부드럽고 따뜻한 희생과 사랑의 허울을 벗겨내고, 대신 고단함과 상처와 울음으로 범벅된 몸, 살과 피의 모성을 살려낸다. 이때 비로소 '어머니'는 허공에서 내려와 거칠고 단단한 땅 위에 선다. 밥 짓는 어머니 뒤에는 '칼'이 있다. 건강하고 씩씩한, 그리고 당신의 칼로 우리를 키워내느라 스스로는 얇아진 어머니가여 전사처럼 서 있다.

그렇게 김애란 소설에서 어머니는 '칼을 쥔 여자'다. 이 무시무시한 어머니 상은 놀랍고도 낯설다. 주걱을 든 어머니도 아니고, 칼을 든 어머니라니. 칼은 원래 남자들의 것이었지 않은가. 칼은 투쟁과 정복의 상징이었고, 그때 칼은 누군가를 죽이는 데 쓰이는 것이었다. 하지만 김애란의 어머니가 쥔 칼은 달랐다. 그 칼은 새끼를 먹이기 위한 어미의 도구였고, 낯선 세상과 맞서 싸우기 위해 들어야 했던 도구였다. 이때 칼은 죽이기 위한 것이 아니라 살리기 위한 칼이고, 증오와 분노의 칼이 아니라 생명과 사랑의 칼이다.

어머니는 칼이다

어머니는 이 칼로 끊임없이 밥을 한다. 항상 무언가를 재우고 절이고 쓸었고, 생일이면 미역국을 끓이고, 구정에는 가래떡을 뽑고, 소풍날에는 김밥을 말고, 겨울에는 동치미를 만들었다. '내'가 끊임없이 먹어야 했던 것처럼 어머니는 끊임없이 무언가를 만들어야 했다. 그 사이 '내' 심장과 간, 창자, 콩팥은 무럭무럭 자라났다. 어머니의 칼 덕분이다. 그런가 하면 어머니의 칼은 '내'가 어려움에 처했을 때 '나'를 구해주는 무기이기도 하다. '내'가 무시무시하게 생긴 개 앞에서 온몸이 얼어붙어 있을 때 어디선가 바람같이 나타난 어머니의 손에는 식칼이 들려 있었다. 시커먼 개 앞에서 어머니가 들고 있던 칼은 세상과 싸우는 무서운 칼이다. 그 칼로 어머니는 새끼를 지켜낸다.

칼을 손에 든 무시무시한 어머니는 그래서 씩씩하고 용감하고 동시에 부드럽고 따뜻하다. '나'는 부엌에 쪼그려 앉아 칼을 가는 어머니가 "모든 짐승들의 어미가 그렇듯 크고 둥글었다"고 회고한다. 날카롭고 무서운 칼이 둥글고 부드러운 이미지에 연결되는 특이한 장면이다. 그렇게 '어머니는 칼이다'라는 이상하고 낯선 선언은 무섭고 위태롭고 동시에 따뜻하고 둥근 모성의 이야기를 만들어낸다. 어머니의 칼은 음식을 만드는 따뜻하고 신기한 칼이었고, 혹독한 세상에 맞서 싸우는 무섭고 단호한 칼이었다. 무엇보다 어머니의 칼은 둥글었다.

그런가 하면 어머니에게 '칼'은 세상을 살아가는 원칙이기도 했다. 칼이 여러 개 있었지만 용도별로 쓰는 칼이 달랐듯이, 모든 것에는 '칼같이' 지켜야 할 원칙이 있었다. 음식 나가는 순서를 '칼같이' 지켜야 했듯이, 모든 것에는 '칼같이' 지켜야 할 순서와 계획이 있었다. 순간을 사는 사람이었던 아버지, 매사에 '그류'라고 대답을 했지만 책임은 지지 않았던 아버지와 달리, 어머니는 앞뒤좌우 꼼꼼히 살피고 재며 현실을 살았다. 칼을 쥔 사람은 그래야 했을 것이다. 그래도 때때로 '칼'은 새끼를 겁주고 놀리던 농담과 장난의 도구이기도 했으니,[1] 칼을 휘둘러 '나'를 울린 어머니의 장난 끝에 한없이 평화로운 얼굴로 잠들 수 있었

---

[1] 농담과 장난은 '나'를 키운 어머니의 유산이기도 하다. 이에 대해서는 이 책에 실린 김애란의 「달려라, 아비」에 대한 글을 참조할 것.

다고 '나'는 고백한다. '칼'은 그렇게 낙원을 만들기도 했다.

사실 아버지도 칼을 든 적이 있었다. 사채를 들여 유흥비로 탕진한 후 가족도 죽이고 자기도 죽겠다고 자살 소동을 벌였을 때다. "인생 원래 밑바닥부터 시작하는 거다"라는 말로 모든 책임에서 벗어나 있던 아버지는 그때 처음 칼을 들고 가족 모두를 위협했으니, 그때 아버지의 칼은 이기적인 분노의 칼이자 무책임한 절망의 칼이었다. 이 아버지의 칼은 어머니의 칼과 얼마나 다른가! 어머니가 칼을 들 때 아버지는 술과 화투를 들었고, 어머니가 손가락을 베어 피를 흘릴 때 아버지의 손가락에는 때밀이 여자와 나눠 낀 커플링이 끼워져 있었다. 어머니는 자식들을 살리기 위해 칼을 들었지만, 아버지는 자식들을 죽인다며 칼을 들었다. 그런데도 칼 잘 쓰는 어머니는 아버지와의 부부의 연緣은 끝내 끊어내지 못했다.

해서 어머니의 '밥하기'에는 수많은 칼자국들이 따라온다. 예고 없이 '나'에게 칼을 내밀며 장난을 걸어 '나'를 놀라게 했지만, 정작 다치는 건 어머니였다. 손가락에도 베인 자국이 많았고, 가슴에도 베인 상처가 많았다. 가령 언젠가 식당에 온 남자가 나중에 올 여자의 국수가 식을까봐 맞은 편 국수 위에 빈 그릇을 엎어두는 걸 보았을 때, 말하자면 아버지로부터 일상적인 배려나 사소한 따뜻함을 받아보지 못한 어머니가 '여자의 눈'으로 그 손님을 보았을 때, 혹은 어머니가 바가지에 뜨거운 물을 받아놓고 팔뚝에 낀 밀가루 때를 벗겨내고 있을 때 아버지는 때밀이 여자를 기다리며 '히야시'된 바나나 우유를 들고 서 있었다는 걸 알았을 때, 어머니의 몸 안에는 칼자국이 하나 둘 더 새겨졌을 것이다. 그래서 어머니는 밥을 하다가도, 팔뚝의 때를 밀다가도, 혼자 울었을 것이다.

어머니의 음식은 그 칼자국들로 만들어졌다. '나'는 어머니의 음식을 삼키면서 칼자국도 함께 삼켰다. 그 칼자국들이 '나'를 키웠다. 김치를 담글 때조차 '다라이'로 통하는 지하세계에 빠져들지 않으려고 버둥댔을 어머니의 안간힘이 '나'를 키웠다. "내 컴컴한 아가리 속으로" 들어온 어머니의 칼자국들은 '내' 안의 어둠과 만나 '내' 몸에 새겨진다. '나'는 그 칼자국들로 어머니를 기억할 것이다. 해가 지면 밥 짓는 냄새가 풍겨오고 도마질 소리가 '맥박처럼' 집안을 메우고 있었다는 고백에서 상기되듯, 도마 위에서 칼이 내는 소리는 '나'의 몸 안으로 들어온 심장의 소리, 생명의 소리다. 칼은 '나'를 키우고 '내' 몸을 만든 어머니의 상처이자, 자긍심이고, 힘이다. "칼은 도마 위를 뚜벅뚜벅 걸어 나갔다"라는 전언에서 칼은 그대로 어머니로 바꾸어도 된다. 칼의 행보는 곧 어머니의 행보다. 어머니는 칼이다.

어머니의 어둠, 혹은 어머니라는 우주

어머니의 칼은 25년 전 배가 부른 상태로 떠돌이 칼 장수한테서 산 것이다. 흥미로운 것은 그때 마분지에 둘둘 말은 칼을 품고 집으로 돌아오는 어머니가 "연애편지를 안고 달리는 처녀"로 비유된다는 점이다. 달콤함과 날카로움이, 설렘과 위태로움이 서로 자리를 바꾼다. 칼을 '연애편지처럼' 안고 온 어머니는 그 후 칼의 위태로움을 숙명처럼 떠안는다. 어머니는 '반지의 반짝임'이 아닌 '식칼의 번뜩임'을 쥐고 살았다. 어머니는 칼과 피의 세계에 속했다. 어머니는 식물의 세계가 아니라 동물의 세계를, 그리고 몸뚱이로 부딪치며 나아가야 하는 지극히 육체적인 세계를 살았다.

어머니를 묘사하면서 피와 살과 뼈를 수반한 비유들이 자주 등장하는 것도 이 때문이다. 어머니가 배추 한 포기를 꺼내 썰 때면 배추 줄기 사이로 "신선한 핏물처럼" 김칫국이 흘러나왔고, '나'는 식칼이 "배추 몸뚱이"를 베고 지나갈 때 전해지는 서걱하는 질감과 싱그러운 소리가 좋았다고, 어머니의 음식을 먹을 때 어머니의 '살ㅊ 맛'이 났다고 고백한다. 심지어 어두운 부엌 안, 환풍기 사이로 들어오던 햇빛조차 '뼈'를 가진 것으로("환풍기 사이로 들어오던 햇빛의 뼈") 비유된다. 칼을 든 어머니는 그렇게 피와 살과 뼈의 세계를 살았다. 그래서 어머니의 음식에선 늘 "신선한 쇠 냄새"가 났다.

어머니는 부엌에서 국수를 삶다 쓰러져 돌아가셨다. 장례식장에서도 먹이는 일이 중요하다. 여자들이 부지런히 음식을 나른다. 사람들이 일제히 무언가를 먹고 삼키는 풍경에는 어머니가 죽는 순간까지 놓지 않았던 최선의 일이 담겨 있다. 하지만 어머니를 잃은 '나'는 식욕을 잃었다. 그리고 그 잃어버린 식욕을 일깨운 것도 어머니의 칼이었다. 부엌 한 쪽에 여전히 신랄하고 우아한 빛을 품은 채 조용하게 번뜩이고 있는 칼 앞에서 '나'는 갑자기 참을 수 없는 식욕을 느낀다. 어머니의 칼은 '나'를 살리고 위로하는 어머니의 몸이고 말틂이다. 이제 '내'가 어머니 대신 그 칼을 손에 쥔다. 이제 곧 어미가 될 '나' 역시 '칼을 쥔 어머니'가 될 것이다.

어머니 대신 '내'가 칼을 쥐고 사과를 깎아먹는 소설의 마지막 장면은 둥글게 잘려나가는 사과의 움직임 속에 순환하는 생명의 신비를 우주적 상상력을 통해 보여준다. 둥글게 자전하며 "자신의 우주"를 보여주는 사과 조각이 "우주 멀리 날아가는 운석처럼 뱅글뱅글 돌며 내 안의 어둠을 여행하게" 될 거라는 예감. 그것은 어머니라는 우주가 가르쳐준 생의 비의다. 스카이 콩콩을 타고 우주로 튀어 오르던[2] 김애란의 인물들은 여기에 오면 스스로가 이미 하나의 우주다. 그 우주는 어머니의 칼, 어머니의 말로 이루어졌다. 투박하고 거칠었던 어머니의 말도, 상처 많은 어머니의 칼도, 이제 다 '나'의 것이다. 그렇게 "사라져갈 부족"이었던 어머니는 '내' 몸에 스며들어 '내'가 되었다. 이제 '나'는 분명하게 말할 수 있다. '나'를 키운 건 8할이 어머니의 칼이다, 라고. 어머니는 '좋은 칼'이고, '좋은 말'이다, 라고.

---

2   「스카이 콩콩」에서 주인공은 세계의 소란함을 등지고 가로등 아래에서 홀로 스카이 콩콩을 탄다.

6부
아버지의 초상

개흘레꾼 아버지의 '마이 웨이'

김소진, 「개흘레꾼」

그런 의미에서 아버지는 테제도 그렇다고 안티테제도 아니었다. 그저 하릴
없이 암내 난 개 목에 낡아빠진 개줄을 걸고 다니며 상대 수캐를 고르고 한적한
동산 같은 데로 올라가 흘레를 붙여주는 일을 보람차게 수행하는 사람일 뿐이
었다. 그러니 내가 나가야 할 출구를 아버지가 다 막아놓은 셈이었다.[*]

아버지에 대한 명제

'애비는 종이었다'는 명제가 있다. 일제 강점기 아래에서의 고난과
역경을 전제한 것이었겠지만, 그 선언은 비단 그 시대에만 적용되는 선
언은 아니다. 기존의 권위에 억눌리고 휘둘리며 살아온 모든 아버지들
은 어쨌든 종이었을 것이다. 그 종의 가난과 순종과 무력에서 벗어나기
위해 자식들은 내내 종의 아들이기를 거부해야 했을 것이다. '애비는
남로당이었다'는 선언도 있었다. 해방 공간의 이데올로기 싸움에서 월

---

[*]   김소진, 「개흘레꾼」, 『고아떤 뺑덕어멈』, 솔, 1995, 44쪽.

북하거나 처형당했던, 그래서 남쪽의 자식들에게 원한과 고통의 그늘을 만들었던 아버지. 하지만 그 이름은 동시에 반항과 저항, 투쟁하는 이름으로서의 아버지다. 기존의 권위에 승복하지 않는 아버지, 혹은 권력 싸움에서 패배해 역사의 뒷자리로 물러난 치열한 정신의 아버지.

김소진에 오면 전혀 다른 아버지에 대한 명제와 만난다. 이른바 "아비는 개흘레꾼이었다"는 선언. 아버지는 벗어날 수 없는 숙명의 종도, 권력 투쟁에서 패배한 남로당도 아니었다. 김소진의 아버지는 그저 "흘레를 붙여주는 일을 보람차게 수행하는 사람일 뿐"이었다. 자랑스러웠던 아버지도 싸워야 했던 아버지도 아닌, 그저 개흘레꾼에 불과한 아버지, 그래서 단지 부끄럽기만 한 아버지. 역사의 변곡점에서 한 번 주인공이 된 적도 없는, 그저 동네 개들의 흘레붙이는 일을 하면서 온 동네 조롱거리가 되어 있는 아버지. 역사의 격랑 속에서 영광의 승리도, 처절한 패배도 없이, 먼지처럼 자리멸렬하기만 한 아버지, 그래서 테제도, 안티테제도 아니었던 아버지.

하지만 많은 아버지와 아버지의 자식들이 허명에 들뜬 가짜로 판명된 후에도 개흘레꾼 아버지는 뚜벅뚜벅 자기 길을 가고 있었다. 소설은 그 먼지 같았던 '개흘레꾼 아버지'가 그저 추레하고 부끄러운 아버지가 아니었음을, 역사의 격랑 속에서 솔기가 뜯어져나가고 몸에 상처를 입으면서도 자연의 법칙과 인간의 윤리를 지키고자 애쓴 아버지였음을 보여준다. 작가는 '애비는 종이었다'거나 '애비는 남로당이었다'는 명제들 속에 잊힌 새로운 아버지, 초라하고 지리멸렬한 삶 속에서도 최소한 '인간의 근본'을 지키고자 했던 아버지를 새롭게 그려내고 증명한다. '아비는 개흘레꾼이었다'는 명제는 그렇게 아버지 계보에 들어와 빛난다.

투쟁의 시대, 투항의 시대

소설은 80년대를 지나 90년대에 이른 시점을 배경으로 한다. 80년대란 무엇일까. 군부 독재 타도를 내걸고 투쟁했던 시대, 반항과 저항과 투쟁이 삶의 캐치프레이즈처럼 강조되고 떠받들어졌던 시대, 기존의 권위와 억압에 대항했던 그래서 그것의 이름인 아버지와 불화할 수밖에 없었던 시대, 그것이 80년대였다. 주인공이 자신이 대학에 다니던 팔십년 대가 냉전 체제 아래였다는 것을 개흘레꾼 아버지와의 불화에 대한 변명으로 삼는 것은 이 때문이다. "난 아버지와 화해하고 싶은 마음이 도무지 없었던 것이다"라면서. 물론 개흘레꾼 아버지는 애초부터 '나'의 투쟁의 대상이 될 수 없었던 존재였다. 아버지는 권위의 대상도, 위압적으로 군림하는 존재도 아니었다. 처음부터 '나'의 투쟁은 빗나가 있었다.

장명숙은 그 80년대를 주도했던 투쟁의 대명사 같은 인물이고, '내'가 몸 바쳐 사랑하고 추구했던 가치의 이름이다. 장명숙과 만날 약속을 한 후 그녀를 기다리면서 "옛 애인이라도 찾아오는 중이란 말인가"고백하는 것은 이 때문이다. 그녀는 80년대 우리 모두가 외쳤던 자유와정의, 평등의 이름, 우리가 사랑했던 애인의 이름이었다. 그런데 그녀도 이제 불륜 남녀의 야릇한 이야기를 담은 이야기로 등단을 한 후 본격적으로 상업주의로 선회 중이다. 그녀가 돌려주려고 한 건 솔로호프의 『고요한 돈 강』이었다. 그녀가 감방살이를 할 때 '내'가 넣어 주었던그 책을 다시 '나'에게 돌려주겠다고 하는 것은 의미심장하다. 그녀가이미 그 세계를 떠나왔음을 보여주는 상징적인 사건이기 때문이다.

이제 그때 그 사람들은 모두가 그곳을 떠나왔거나 떠나는 중이다.

"환금 작물 효과가 높은 소설 쪽으로" 장르를 바꾸는 추세답게, 희곡으로 등단한 왕년의 투쟁가 장명숙도 "아버지는 남로당이었다"는 명제로 아버지를 팔아 소설을 쓰려는 중이고, 정통문학을 하던 선배도 대학에 자리를 얻고 난 후 '허명'이나 세우자며 땀에 젖은 남녀의 몸뚱어리 냄새 가득한 낯 뜨거운 소설로 책을 낸다. 그렇다면 '나'는 어떠한가? '나'는 그 "남녀의 몸뚱어리 냄새" 가득한 책을 만들어내는 출판사에서 일을 하고 있다. '청솔'이라는 이름으로 겨우 투쟁의 명맥을 유지하는 듯 보이는 출판사. 하지만 진지하게 쓴 글이라면 자기 출판사로 올 리가 없었을 거라는 고백으로 유추해보건대, 그 출판사도 '청솔'과는 거리가 멀어 보인다.

노예가 될 수 없다고, 무릎 꿇고 살기보다 서서 죽길 원한다고, 우리들은 자유파고 정의파라고 외치던 이들이, 이제 모두들 돈의 노예가 되길 자처했다. 90년대는 그렇게 시작되었다. 80년대가 투쟁의 시대였다면, 90년대는 투항의 시대다. 80년대가 가치를 고민하던 시대였다면 90년대는 물건의 값을 고민하는 시대고, 80년대가 주류 사회와 불화하는 시대였다면 90년대는 어떻게든 주류 사회와 화해해서 그곳으로 편입해 들어가고자 하는 시대다. 자유와 정의와 명예가 자리했던 자리에 돈과 물질과 부끄러움 모르는 탐욕이 들어선다. 남은 투쟁은 원이 형이 애독하는 히틀러의 『나의 투쟁』에서 강조된 폭력적이고 폭압적인 투쟁뿐이랄까. 이 부끄러운 투항의 시대에 여전한 개흘레꾼 아버지가 있었다.

개흘레꾼 아버지의 '마이 웨이'

마을 개들의 흘레붙이는 일을 하는 아버지는 '나'에게 원천적인 부끄러움으로 자리한 존재다. 아버지는 엄마에게도, 마을 사람들에게도, 심지어 아이들에게도 조롱과 멸시의 대상이다. 아버지가 암내를 풍기는 황구를 끌고 가면 아이들이 킥킥거리며 손가락질을 하고 따라가고, 두익애비는 "개의 씹은 죄다 그 영감탱이가 다 붙여주"고 다닌다며 나발을 불어대고, 엄마는 "씨를 말릴 함경도 종자들"이 끝내도록 애를 먹인다며 아버지 등짝을 후려 팬다. '나'는 이런 아버지가 초라하고 추레하고 민망해서 "아버지, 당신이 정녕 나의 아버지이십니까" 부끄럽게 되묻는다.

하지만 안타깝게도 아버지와 '나'는 여러 면에서 닮아 있다. 아버지가 사나운 수캐에 물어 뜯기듯, '나'는 수캐에 물리는 꿈을 꾼다. 역사의 어느 순간에도 주체였던 적이 없었고 개에 물려 성 불구가 될 뻔했던 아버지처럼, '나' 역시 성적性的으로나 역사적으로나 주체였던 적이 없었다. 역사의 중심에 서고자 하는 욕망으로 주동이 뜨는 시각에 한 발 앞서 도로로 뛰쳐나갔지만 체포조에게 묵사발이 되어 붙잡혔고, 차라리 감옥에 갔으면 했지만 구류 15일을 받았을 뿐이다. 그런가 하면 장명숙 품에 안겨 '어린애처럼' 울고 있거나, 그녀에게 안겨 더 자고 싶었던 욕망도 좌절된다. 그녀는 "너 같은 병신은 암만해도 안 된다니깐, 왜 연득없이 나서고 육갑이냐! 주동을 아무나 뜨는 건 줄 알아?"라며 '나'를 질책할 뿐이다. '나'를 '명수'라는 이름 대신 '뺑수'라고 부르는 그녀에게 '나'는 그저 병신이거나 한심한 어린애 같은 존재였을 것이다.

이런 '나'의 반대편에 있는 것이 원이 형이 데리고 있는 '히틀러' 같은 종자들이다. 강력하고 위압적인 힘의 상징으로서의 '히틀러'는 순수하고 강한 제국을 건설하고자 한 위대한 인물로 왜곡되어 숭앙된다. 허약한 육체의 원이 형은 그로 인해 맛보았던 좌절과 절망감을 보상해 줄 강력한 힘을 자기가 키우는 셰퍼드에게서 확인하고, 그 개에게 '히틀러'라는 이름을 부여했다. 송아지만한 몸뚱이, 희고 강인한 이빨, 시도 때도 없이 "폭군모양 불뚝거리는" 왕성한 성을 가진 히틀러는 그의 삶에 결여된 강력한 힘의 상징이었을 것이다. 쥐들이 드나드는 다락방에서 '쥐들과 같이' 살고 있던 그는 '쥐 같이' 사는 더럽고 비겁한 작은 폭군이다.

문제는 강력한 힘에 대한 갈망이 비단 원이 형 혼자만의 욕망이 아니라는 점이다. 마을 사람들 모두가 그 히틀러와 흘레붙이려고 안달이 나 있었다. 그것은 돈의 힘에 대한 갈망이기도 했다. 히틀러의 씨로 생겨난 새끼 개들이 거금을 안겨준 사례가 있었다니, 그야말로 히틀러는 힘과 돈의 상징으로 모두가 부러워하는 대상이 되어 있었던 것이다. 공사장에서 다쳐 성 불구가 된 두익애비도 산재보상금만큼은 꽉 틀어쥐고 사람들에게 술을 사는 걸로 힘을 과시하고 있었다. 반민주적이고 전체주의적인 나치 전범 히틀러가 그렇게 부활하고 있었다.

'히틀러'를 "아주 돼먹잖은 놈"으로 내놓고 마뜩찮아 한 것은 오직 아버지뿐이었다. 아버지에게 '히틀러'는 발정기가 따로 있음에도 불구하고 그 "자연의 법칙"을 어기고 아무 때건 암놈에게 달려드는 흉물스러운 놈일 뿐이었다. 어느 날 히틀러를 흘레붙이러 갔던 아버지는 히틀러를 잃어버리고 빈손으로 돌아온다. "아카시아 많고 우묵한 데"로 히틀러를 끌고 갔는데 소피가 마려워 아래로 내려가 소피를 본 사이 없어졌다고, 그곳에서 소피를 보는 게 왠지 "꿉꿉한" 생각이 들었다고, 아버지는 변명한다. 여성성이 강하게 강조된 그곳에서 소피보기를 주저했던 아버지의 그 이야기는 수용소에 있을 때 남들은 돈으로 여자를 사기도 했지만 자기는 쳐다보지도 않았다는 일화와 일맥상통한다.

요컨대 아버지에게는 원칙이 있었다. 아버지는 아무렇게나 흘레를 붙이지는 않았다. 흔히들 '개판'이라고 놀려대지만 개들 사이에도 궁합이 있다고 믿었던 아버지는 그 궁합에 맞춰 흘레를 붙였다. 살아가는 일에도 마찬가지 믿음이 있었다. 부대끼며 함께 살아가는 것, 그게 "사람의 근본"이라는 믿음. 유치장에 갇혔을 때 찾아온 아버지 손에 들려 있던 빵 봉지, 혹은 초등학교 운동회 때 아버지가 학교 후문으로 넣어주던 빵 봉지 같은 것에 아마도 그 근본이 담겨 있었을 것이다. 하지만 우리 집에 무슨 "근본 따위"가 있냐고 항의하던 '나'는 그 진정한 '근본'을 깨우치기에는 너무 어리석었다.

거제도 포로수용소에서 있었던 일화는 아버지가 지키고자 한 그 '사람의 근본'이 무엇이었는지를 단적으로 보여준다. '앞에총'이 뭔지도 모르던 아버지는 북에서 급하게 징발되어 남쪽으로 내려왔다 포로가 되었다. '앞에총'이란 최소한 총구를 누구에게 겨누어야 하는지를 알아야 한다는 점에서 "이데올로기의 첫걸음"이라고 할 때, 아버지는 애초부터 사상 따위와는 거리가 먼 사람이었다. 그런 그를 어떤 이들이 갑자기 눈을 가린 채 끌고 가서는 어느 편인가 묻는다. 질문하는 사람이 북쪽 사람인지 남쪽 사람인지 알지 못하는 상태에서 어느 편인지를 고백해야 하는 난감한 상황은, 이청준의 「소문의 벽」에 나오는 전짓불의 공포가 그대로 재현되는 형국이다. 쏟아지는 매질 속에서도 침묵하는 그에게 결국 그들이 요구한 것은 아버지가 간수하고 있던 돈 보따리였다. 하지만 독일산 경비견 셰퍼드를 끌고 와 아랫도리를 개의 입에 넣고 위협을 하는 와중에도 아버지는 동지들이 맡긴 돈 보따리를 지켜냈다.

아버지는 남쪽도, 북쪽도 선택하지 않았다. 수용소 안에서조차 사람들은 이쪽저쪽 갈라져서 싸웠지만 아버지는 이쪽도, 저쪽도 선택하지 않았다. 아버지의 선택은 달랐다. 아버지가 자신의 '그곳'을 물리면서까지 지키고자 했던 것은 그저 타인에 대한 책임, 인간으로서의 윤리였다. 결국 다들 투항하고 있을 때 아버지는 홀로 투쟁하고 있었다. 개에 물려 뜯겨나간 옷 솔기는 그 투쟁의 흔적이다. 그러니 "수치스러웠다고 고백해야만 한다. 개흘레꾼이라니!"라는 고백은 철회되어야 한다. 수치스러움은 투항한 이들의 몫이다. '내'가 개 흘레붙이러 가는 당신의 뒤를 따라 갔던 걸 알고 있었으면서도 내색을 않고 "당신의 길만 걸었" 듯이, 아버지는 홀로 꿋꿋하게 '마이 웨이'를 가고 있었다.

게다가 아버지의 투쟁에는 돌멩이가 필요 없었다. '나'의 요란스런 투쟁에 함께했던 돌멩이들을 떠올려보라. 가투가 있던 날 상자에 채워넣은 돌멩이들에는 적과 아군이라는 냉전 논리와 이항대립이 전제되어 있었다. 게흘레를 하러 가는 아버지를 따라 돌산을 올라갈 때도 '내' 손에는 짱돌이 들려 있었고, '나'는 그것을 내려오는 길에 풀섶에 던져버린다. 그 짱돌은 누구를 겨냥하고 있었던 것일까. 아버지도 돌멩이를 들었을 때가 있었으니, 셰퍼드 입 안에 자기 성기가 넣어졌던 이야기를 하면서 길쭉한 차돌멩이를 집어 올렸을 때다. 하지만 아버지는 이야기 끝에 그 차돌멩이를 돌산 아래로 힘없이 던져버린다. 아버지의 손에는 언제나 돌멩이가 아니라 빵과 사과가 든 봉지가 들려 있었다.

소설은 "아비는 개흘레꾼이었다. 오늘도 밤늦도록 개들이 짖었다"라는 문장으로 끝난다. 여기에서 개흘레꾼 아버지는 더 이상 부끄러운 아버지가 아니다. 오히려 이런 저런 사정 속에서도 당신의 원칙에 따라 당신의 길을 걸었던 꿋꿋한 아버지다. 이 아버지 앞에서 우리 모두는 침묵해야 한다. 하지만 여전히 시끄러운 개들이 있으니, 소설 끝에 "오늘도 밤늦도록 개들이 짖었다"는 진술이 이어지는 이유다. 시끄럽게 짖어대며 소란스러운 개들, 권력과 힘을 과시하며 소리 높이는 사람들, 돈에 투항하고 그 돈의 힘을 숭배하는 이들은 언제, 어디에나 있다. '개 조심' 표시판이 동네 곳곳에 그냥 걸려 있는 게 아니다.

스러지는 영웅, 허풍의 서사

성석제, 「아빠, 아빠, 오, 불쌍한 우리 아빠」

"도저히 못 참겠어……."

아빠가 움찔했다.

"뭐라구?"

일당은 결국 한판 붙는구나 싶었다고 했다. 세계를 지켜온 왕당파와 세계를 만들어낸 혁명파 대표끼리의 결전. 그게 아니라면 뭐든지 다 아는 체, 잘난 체 하는 아버지들을 대표하는 아빠와 그 아버지들을 딛고 독립된 인간으로 우뚝 서려는 아들들을 대표하는 나의 혈전. 그 수준이 못 되어도 좋다, 별난 아버지와 별난 아들의 흥미로운 대결이 예상되는 흥미진진한 순간이었다고 말 잘하는 녀석이 후일 술회했다.

"난 더 못 참아, 아빠……."

아빠는 양푼에 든 술을 꿀꺽 마시고 최대한의 인내심을 발휘하여 최선의 방어 동작을 취했다.*

---

* 성석제, 「아빠, 아빠, 오, 불쌍한 우리 아빠」, 『아빠 아빠 오, 불쌍한 우리 아빠』, 민음사, 1997, 78쪽.

아버지와 아들의 전투, 허풍의 서사

아버지가 왕이었던 시절이 있었다. 아무것도 고려하지 않고 아무도 두려워하지 않고 거칠 것이 없었던 무서운 아버지가, 혹은 못마땅한 자식을 향해 잔소리와 훈계를 끝없이 늘어놓던 힘센 아버지가 있었다. 그때 아버지는 왕이었고, 장군이었고, 사자였다. 성석제의 「아빠, 아빠, 오, 불쌍한 우리 아빠」 속 아버지도 바로 그런 아버지였다. 퇴역 상사인 이 아버지는 제대 군인답게 모든 게 군대식이다. 불시에 "내무 검열하듯" 아들 방을 급습해서는 불량한 부분을 지적한 후 "시정 조치를 취하라"고 '명령'했고, 그때마다 형과 '나'는 검열 받는 군인들처럼 "부동자세"를 취하고 있어야 했다. 하지만 그때 아버지는 알고 있었을까. 이미 아버지의 시대는 저물고 있었다는 것을. 아들들의 시대가 오고 있었다는 것을.

역사가 증명하듯 아버지는 아들에 의해 전복되는 법. 아들은 아버지와 대결하고, 아버지의 세계는 아들의 세계로 대치된다. 이들 사이의 대결은 규율과 반항, 통제와 도전의 성격을 갖는다는 점에서 성석제 소설에서 흔히 경찰과 깡패의 대결, 선생과 악동의 대결로 나타나곤 한다. 여기에서도 군인 아버지와 악동 아들의 대결이 있다. 우선 형의 도전이 있었다. 형은 "아빠 못지않게 독했고 아빠보다 영리했고 아빠만큼 끈덕졌다"는 '나'의 고백처럼 여러 면에서 아버지를 닮은 인물이다. "일찍이 고등학교 시절에 담배를 끊었다"고 하고 낚시터에 있는 아버지에게 갖다 주어야 할 도시락도 무거워서 버렸다고 하는 악동인 형은, 아버지가 전역하기 전에는 호랑이 없는 굴의 토끼처럼 왕 노릇을 하다가 아버지가 제대해서 집으로 들어오자 돌아온 호랑이에게 자리를 내

주고 우울증이 도져 흡연량이 급증했다고 기술된다. 결국 아버지에게 흡연 현장이 걸리고 마는데, 이때에도 아버지는 "동작 그마안!", "지금부터 책과 공책을 마당에 쌓는다. 실시!", "본인은 담배를 피우는 학생은 학생이 아니라고 생각한다", "제군들 생각은 어떤지 알고 싶구만" 등 "보안사령관처럼" 말을 이어간다. 그러다 도망가는 형을 아버지가 뒤쫓고 형이 넘어지면서 담벼락이 무너지는 사건이 발생한다.

이 사건은 담의 보수와 노모 약값까지 요구하는 이웃집 주인에게 아버지가 손을 비비며 사죄를 하고, 물정도 모르고 아이를 잡으려 했다고 아버지가 엄마에게 야단을 맞는 것으로, 그리고 엄마 앞에서 대동단결한 세 남자들이 단합하고, 아버지와 형이 서로 용서하고 담배를 끊는 것으로 마무리된다. 이 사건은 호랑이 같이 여겼던 아버지가 단지 비루하고 초라한 존재일 뿐이라는 것을 보여줌으로써 아버지의 몰락을 예고한다. 대신 떠오른 것은 엄마였다. 사태 수습을 한 것도, 집을 나간 형을 달래서 데리고 온 것도 엄마였다. 엄마는 형에게 담배를 한꺼번에 세 대씩 피우게 하고는 항복을 받아냈고, 전쟁터를 연상시키는 자욱한 연기 속에서 "진짜 장군처럼" 뒷짐을 지고 서 있었다. 이 일로 누구보다 열심히, 모범적으로 아버지와 싸우던 형은 아버지와 끈끈한 전우애를 확인하게 된다. '내'가 아버지를 '아빠'라고 부르는 데 반해 형은 내내 '아버님'이라고 부르고 깍듯한 존칭을 써서 말하는 데서도 드러나듯, 형은 고전적 부자 관계의 질서와 호칭을 수용하고 있는 인물이다. 이후 형은 아버지와 대결하는 것이 아니라 아버지를 연민하고 염려하고 감탄하는 입장이 된다.

다음은 아버지와 '나'의 대결인데, 글 앞에 인용한 대목에서 묘사하고 있는 장면이 그것이다. 여기에서 둘의 대결은 왕당파와 혁명파의 결전, 잘난 체 아버지와 그 아버지를 넘어서려는 아들의 혈전, 별난 아버지와 별난 아들의 대결로 요약된다. 그야말로 영웅과 영웅의 대결, 사자와 호랑이의 혈전, 보수와 혁명의 부딪침이라는 거대 사건이 발생했다는 것이니, 이 사건의 기술은 실로 과장과 허세와 허풍으로 일관한다. 술을 마시고 만취 상태가 된 '나'와 '일당'들은 내일을 기약하며 헤어지면서 "이별주를 나누는 영웅들처럼" 우유를 마셨고, 이때 "우리 시대 최대의 강적이며 공포의 대상, 잔소리의 세계 챔피언"이자 펀치가 혹독하고 매운 "주먹의 소유자"인 아버지가 "초원에서 자신이 사냥할 영양이 어떻게 움직이는가를 주시하는 사자처럼" 위엄 있고 신비하며 무시무시하게 나타난다.

하지만 '나'의 일당도 그에 맞서 물러서지 않는 객기를 발휘했다. 술에 취한 친구를 보안대 상사 앞에 놔두고 갈 수 없다, 오늘 한 목숨 버리더라도 친구를 지키겠다, 살아남은 사람은 나중에 무덤가에 와서 꽃이나 한 송이 꽂아 달라, 라는 비장한 말을 남기고 '나'를 집안에 데려다 놓기로 했고, 이때 아버지는 "사자가 울부짖는 듯한" 음성으로 소리를 친다. 그야말로 아버지와 아들들이 일촉즉발 전쟁을 시작하려 하는 모양이니, 이후 상황이 전쟁 상황인 듯 묘사되는 이유이기도 할 것이다. 예컨대 일당들이 '나'를 방에 내려놓고 돌아가려고 하자, 아버지는 "일동 정지!" 하는 호령과 함께 "방망이 수류탄 같은" 소주병을 들고 와서는 보안 부대에서 쓰는 고차원의 심리 방법을 응용, 일당에게 회유책을 쓰려고 했다는 것이다. 인용문은 이어지는 아버지의 훈계와 술에 일당들이 '패배'했을 때, 누워 있던 '내'가 도저히 못 참겠다며 일어나는 상황을 기술하고 있다.

흥미로운 건 이때 '내'가 참을 수 없었던 것이 아버지가 아니라 올라오는 구토였다는 사실이다. 이 대목 이후 이어지는 건 두 사람의 결투가 아니라 먹은 것을 함께 토해내는 광경이다. "화살처럼, 대포알처럼" 쏟아진 건 아빠의 구토물이었고, '나'의 입에서도 용암처럼 구토물이 솟아 아빠의 안면을 정확히 '가격'했으며, 다른 일당들도 함께 먹은 것을 쏟아냈다. 이 전투(?)는 아버지와 아들들 사이의 전투가 아니라 음식물과의 사투가 된다. 아버지와 형의 대결이 엉뚱하게 엄마의 승리로 끝난 것처럼, 이 전투에서도 진짜 승리자는 따로 있었다. 심각하고 진지하게 전투에 임하는 듯 기술되던 아버지와 아들은 그 허풍의 서사에 의해 한 번 더 희화화되고 패배한다. 아무리 폼을 잡고 다짐을 해도 생리적 현상 앞에서는 영웅들도 어쩔 도리가 없다.[1] 아니, 비장한 영웅의 서사와 유치하고 코믹한 상황 사이의 거리에서 드러나듯 어쩌면 처음부터 영웅은 없었다.

신도시, 사라지는 아버지의 자리

소설은 주인공이 엄마가 준 도시락을 가지고 아버지를 찾아가는 장면으로 시작한다. 하지만 그것은 단순히 도시락을 전달하려는 것이 아니라, 엄마의 차를 얻어 타고 출근하기 싫다며 아파트 경비 일을 관두고 공사판 야간 방범으로 취직해 나간 아버지를 데리고 오기 위한 것이다.

1 　가령 「조동관 약전」에서 주인공 똥깐도 경찰에 의해 부상을 당하거나 죽는 것이 아니라 얼어 죽는다.

말하자면 아버지를 다시 집으로 데리고 들어오는 임무 수행 중인 것이니, 이제 아버지는 집안에서 챙기고 건사해야 할 귀찮은 대상이자 말 안 듣는 골칫덩이가 되어 있다. 돌아보면 도시락을 들고 아버지에게 가는 일이 예전에도 있었다. '나'는 토요일이면 도시락을 두 개씩 들고 등교를 해서는 이십 리 길을 걸어서 낚시 중인 아버지에게 도시락을 전해주곤 했다. 그때 아버지는 지금과는 달랐다. 다른 사람의 입장이나 처지를 고려하는 법도 없었고 그저 명령만 하면 다 되는 줄 알았다. 어린 '내'가 교회 묘지와 도살장을 지나며 겁에 질려 있건 말건, 집으로 돌아가는 길에 물고기 비린내와 그보다 더 지독한 무서움과 싸우든 말든 괘의치 않았다. 아버지는 집안을 호령하는 왕이고 사자고 장군이었다.

하지만 지금 주인공이 찾아가는 아버지에게 그런 권위나 무서움은 없다. 아버지는 자신이 세상에서 제일 험한 공사판에서 아직 살아 있다고 외치고 싶었을지 모르지만, 신도시가 건설 중인 세상의 변화 앞에서 아버지가 할 수 있는 일은 많지 않아 보인다. 운전면허도 없으니 아버지가 갈 수 있는 곳도, 갈 수 있는 방법도 없어 보인다. 이와 달리 지금 '나'는 "육중한 삼천이백 시시 엔진을 탑재한 차"를 타고 가고 있는데다, 지도를 볼 것도 없이 어떤 길이라도 목적지까지 망설임 없이 씽씽 달려갈 수 있다고 자신한다. 갈 곳 없이 길을 잃은 아버지와 달리, 아들은 굴을 지나고 하천을 지나 거침없이 직진 중이다. 오래전 아들이 겪었던 무서움과 두려움은 이제 아버지의 것이 되어 있을 것이다. 왕이었고 사자였던 아버지는 이제 엄마가 일식집에서 사다 준 도시락을 '토끼처럼' 오물오물 먹는다.

그러니 "공사판 주변에는 아직 철거되지 않은 옛집들이 쓰러져가고 있다"고 할 때, 쓰러져가고 있는 옛집의 풍경은 그대로 아버지의 모습과 겹쳐진다. "육중한 삼천이백 시시 엔진을 탑재한 차", "웅웅거리는 레미콘", 신도시 공사판 현장 등으로 상징되는 근대의 풍경 속에 아버지가 설 자리는 서서히 사라지고 있는 중이다. 운전면허를 따고 일찌감치 근대의 질서 속으로 성공적으로 편입한 엄마와 달리, 아버지는 그야말로 쫓겨난 왕 신세가 되어 있다. 엄마의 티코를 거부하고 대신 얻어 탄 덤프트럭으로 남성적 권위를 내세웠지만 아들의 차에 실려 집으로 돌아가야 할 골칫거리 신세일 뿐이고, 엄마의 도시락 아니면 밖에서 밥을 못 먹던 가장의 존엄한 자리도 일식집에서 사온 도시락이라도 고맙게 받아먹어야 하는 처지로 전락했고, 왕년의 권위와 자존을 헌 군복에 겨우 의존하고 있다고 해도 그것은 시멘트 자국으로 얼룩져 있을 뿐이다.

피라미드처럼 솟아 있는 모래더미가 다 없어져 잡초의 들판이 아스팔트로 바뀌는 동안 아버지와 아버지가 믿는 가치와 아버지의 세계는 사라져갈 것이다. 소설 끝에서 주인공이 아버지와 아들의 전도된 관계 앞에서의 혼란스러움을 이야기하면서 "내가 형인가 아빠인가 엄마인가 혹시 나인가 몹시 헛갈린다"라고 고백할 때, 그것은 아버지가 강조하던 '군군君君 신신臣臣 부부父父 자자子子'의 질서와 얼마나 대조적인가. 아버지는 아버지다워야 아버지인 게고 아들은 아들다워야 아들인 거라고 했지만 이제 '나'는 자신이 아버지인지 형인지 엄마인지 헛갈린다고 하니, 새로운 세계는 새로운 질서 위에 세워질 것이 분명해 보인다. 어떤 점에서 소설은 이렇게 사라져가는 것들, 잃어버린 것들에 바치는 애가라 할 수 있다. 많은 성석제 소설이 과거와 현재, 꿈과 현실, 신화와 근대 서사, 숭고와 희극이 교차하는 틈새에서 만들어지고 있고 그 사이에서 사라지는 것들을 통해 현실의 불모성을 드러내고 있거니와, 아버지의 몰락을 이야기하는 이 소설 역시 그렇게 한 세계의 소멸을 애도한다.

그렇다면 지난 시절은 어떤 세계였던가? 차를 몰고 아버지에게 가면서 주인공이 떠올리는 상념에 주목해보자. '나'는 차를 몰면서 알게 된 건 자신이 특별한 존재는 아니라는 점이라고, 밀리는 길 위에서는 더욱 그렇다고 고백한다. 자기 같은 인간들이 '비슷비슷한' 차 안에 앉아서 '비슷한' 생각을 하고 있다는 느낌이 드는 것이 싫다고, 그래서 "같은 인간끼리 모여서 우글거리는 게 싫"어서 친구도 잘 만나지 않는다는 것이다. 그리고는 이어지는 문장에서 옛 시절 이야기가 나온다. "나는 차창을 열고 한숨을 쉰다. 한때 친구가 삼태기로 퍼 담을 정도로 많았던 시절도 있었다. 그런데 느닷없이 비가 떨어진다. 조그만 빗방울이 차창에 맺힌다." 여기에서 '그런데'는 어느 문장을 잇고 있는 것일까? 창문을 열었다는 사실을? 친구가 많았던 시절도 있었다는 문장을? 아니면 어쨌든 느닷없이 비가 떨어지기도 한다는 것일까?

이어지는 다음 대목이 "그 시절이 분명히 있었다"는 문장으로 시작되는 걸 보면, 이 상념들은 결국 '그 시절'에 연결되는 것으로 보인다. 주인공의 고백에 따르면 그 시절은 "아빠가 과거의 위엄과 당대의 소중함을 믿고 지키려던 문지기인들인 아버지들의 대표격인 수구파의 대왕이었다면 나를 비롯한 우리 여남은 명의 일당은 막 뿔이 돋아난 도깨비들이었"던 때이고, "우리의 최대의 적이 바로 내 아빠라는 사실 때문에" 그만큼 더 용감히 사고를 치고 다녀야 했던 때였다. 그래서 '그 시절'은 시장통에 놓여 있던 임자 없는 화분 수십 개를 사나이 가는 길을 막는다고 일일이 발로 차 넘어뜨렸다거나, 못되기로 소문난 당구장 주인의 넥타이를 틀어쥔 채 온 읍내를 돌아다녔다거나, 오토바이를 몰아 읍내에서 가장 근사한 통유리를 자랑하는 제과점 안으로 돌진했다거나, 혹은 우리 모두의 사랑 경이를 유혹하던 대학생의 얼굴에 페인트를 뒤집어씌웠다거나 하는 일화들로 떠오르는 시절들이니, 그 행동들은 마치 「조동관 약전」의 불세출 깡패 똥깐의 행패와 비슷하다. 말하자면 거칠 것 없는 에너지와 원초적 생명력으로 생생하게 살아 있던 시절이 있었다는 것이니, 그때 아버지와 '나'는 그렇게 고유하고 특별했다는 것인가? '나'는 '나'고, 아버지는 아버지고, 아들은 아들이었던, 그래서 '군군 신신 부부 자자'였던 시절이라는 것인가?

하지만 '느닷없이' 비가 내리는 지금, 모든 것은 달라져 있다. 화창했던 시간들은 그렇게 '느닷없이' 빗속에 사라진다. 아버지에 대한 이야기 끝에서 우리는 결국 모든 것을 바꾸어놓는 시간에 대해 생각하게 된다. 아버지와 아들이 비장하게 싸우던 순간에도, 아버지와 아들이 화해하고 전우애로 똘똘 뭉쳐 있을 때에도, 집으로 돌아갈 생각을 안 하고 낚시에 몰두하고 있을 때에도, 시간이 흐르고 있었다. 소설이 "그런 식으로 세월이 흐르고 흘러 저녁이 되고 아침이 되고 점심때가 되었다"고 얘기할 때, 이 이상한 문장에는 점심과 저녁, 아침 사이를 흘러가는, 그렇게 저녁과 아침을 만들어가는 실질적인 주체로서의 세월에 대한 인식이 담겨 있어 보인다. 세월이 흘러감에 따라 모든 것이 흘러간다. 아버지의 강력한 도전자였던 형도 어느새 아버지를 그대를 닮아 있고, 재수하던 시절 "아빠와 파출소장이 잘 가는 낚시터로, 아빠의 낚싯대를 들고, 아빠처럼 버스를 타고 갔다"는 고백처럼 '나' 역시 아버지를 닮아간다. 세월은 우리를 우리가 생각했던 곳으로부터 얼마나 멀리 데려다

놓는 것인가. 아버지나 형이나 '나'에게는 모두 각자의 방식으로 특별했던, 비슷하지 않았던, 통제되지 않는 기운으로 펄펄 살아 있던 시절이 있었다. 그러니 신도시가 건설되는 근대의 현장에서 주인공은 이 세월의 흐름 속에 잃어버린 것들을 떠올리며 속절없이 속삭일 수밖에 없는가 보다. "어쩔 수 없는 아빠, 아빠, 오오, 불쌍한 우리 아빠……."

'상상하건대', 아버지는 뛰고 계신다

김애란, 「달려라, 아비」

내가 아버지를 상상할 때마다 항상 떠오르는 장면이 있다. 그것은 아버지가 어딘가를 향해 열심히 뜀박질하고 있는 모습이다. 아버지는 분홍색 야광 반바지에 여위고 털 많은 다리를 가지고 있다. 허리를 꼿꼿이 편 채 무릎을 높이 들고 뛰는 아버지의 모습은 누구도 신경쓰지 않는 규칙을 엄수하는 관리의 얼굴처럼 어딘가 우스꽝스러워 보인다. 내 상상 속의 아버지는 십수년째 쉬지 않고 달리고 있는데, 그 표정과 자세는 늘 변함이 없다. 아버지는 벌게진 얼굴 위로 황니를 드러내며 웃고 있다. 그것은 마치 누군가 아버지 얼굴 위에 일부러 붙여놓은 못 그린 그림 같다.[*]

언제나 늦게 오거나 오지 않았던, 아버지

채송화, 봉숭아가 피기 시작하는 여름이면 꽃들을 바라보며 노래를 흥얼거리곤 했다. "아빠하고 나하고 만든 꽃밭에 채송화도 봉숭아도 한

---

[*] 김애란, 「달려라, 아비」, 『달려라, 아비』, 창비, 2006, 10쪽.

창입니다. 아빠가 매어 놓은 새끼줄 따라 나팔꽃도 어울리게 피었습니다. 애들하고 재밌게 뛰어놀다가 아빠 생각나서 꽃을 봅니다. 아빠는 꽃 보며 살자 그랬죠. 날 보고 꽃 같이 살자 그랬죠." 특히 2절에 나오는 "날 보고 꽃 같이 살자 그랬죠"라는 구절이 마음에 들어서 나는 여름 내내 그 노래를 흥얼거리곤 했다. 그렇게 노래를 흥얼거리다 문득 떠오른 생각. 노래 속의 아빠는 지금 어디에 있는 것일까? 채송화도 봉숭아도 한창인데, 아빠가 매어준 새끼줄 따라 나팔꽃이 예쁘게 피어 있다는데, 그 아빠는 지금 어디에 있는 것일까? 1953년 어효선이 지은 그 동요 속에 아버지는 없었다. 놀랍게도 전쟁으로 많은 아버지들이 죽거나 돌아오지 않아 아버지가 부재했던 시절의 쓸쓸한 풍경이 노래 뒤에 자리하고 있었다. 나는 어여쁜 노래 속 아버지의 부재가 막막해서, 아버지의 부재 속에서도 예쁘게 피어난 꽃들이 대견해서, 그 꽃을 보면서 아버지를 떠올리는 아이가 짠해서, 그 어수선한 시절 속에서도 '꽃 같이 살자'한 아버지가 아름다워서 가슴이 아려왔다.

한때 아버지는 그렇게 집안에 '없는' 사람이었다. 더군다나 '꽃 같이 살자' 하는 아버지는 동요 속에서나 나올 법한 아버지일지 모른다. 아버지는 우리에게 칼로 사는 법을 가르치거나, 말로 이기는 법을 가르치거나, 힘과 권력 앞에 고개 숙이는 법을 가르치거나, 혹은 그도 저도 아무것도 할 수 없이 그저 부재한 사람이었다. 오랫동안 아버지는 대항해서 싸우거나 극복해야 하는 대상이었다. 전쟁과 이념의 갈등 속에서 사라진 대상이거나 지워야 하는 사람이었고, '잘 살아보자'는 시대의 과제에 부응해서 성취를 이룬 사람이었는가 하면, 세상의 흐름에서 벗어난 초라하고 볼품없는 사람이었다. 아버지는 무거운 권위로 위압하는 힘이었고, 지울 수 없는 상처의 근원이었으며, 어찌해도 채워지지 않는 결핍의 시작이었고, 가슴 저리게 하는 그리움의 대상이었다. 동요에서와 달리 아버지를 긍정하는 것은 쉽지가 않은 일이다.

김애란의 아버지도 볼품이 없긴 매한가지다. 그녀의 아버지는 집안을 망친 장본인이고 어머니를 쓰러지게 한 사람이며, 이제는 불면증이 있는 딸 옆에서 종일 텔레비전을 보는 아버지이거나(「그녀가 잠 못 드는 이유가 있다」), 공원에 어린 '나'를 버려두고 사라진 아버지이거나(「사랑의 인사」), 혹은 텔레비전 화면을 껐다는 이유로 '나'를 '개 패듯' 패고, 만취해서는 개가 짖는다고 그 개를 정말 '개 패듯' 패고, 다음날 주인 여자 앞에서 '개처럼' 빌었던 찌질한 아버지다(「스카이 콩콩」). 아무것도 해주지 않은 아버지, '나'에 대해 아무것도 알지 못하는 아버지, 아무것도 알려고 하지 않는 아버지, 그리고 곁에 없어 진짜 아무것도 몰랐던 아버지 등, 김애란의 소설 곳곳에는 이런 무심한 아버지들이 지울 수 없는 상처로 자리하고 있다.

「달려라, 아비」에서 만나게 되는 아버지도 그런 아버지들 중의 하나다. '내'가 태어날 때부터 아버지는 없었다. 어머니가 반지하방에서 혼자 '나'를 낳을 때, 어머니는 잡을 손이 없어서 가위를 쥐었고,[1] '나'는 주먹을 쥐었다. 세상 앞에서 이들은 태생적으로 빈손이었다. 이들은 가위라도 잡고 혹은 빈 주목이라도 쥐고 세상과 맞서야 했을 것이다. 이들은 처음부터 어둠과 추위에 내던져져 있었다. 이들에게 주어진 햇빛은 딱 창문 크기만 했다. 더군다나 그 햇빛은 "헤어진 애인이 보내온 예

---

1   김애란의 다른 소설 「칼자국」에선 칼을 쥔 어머니가 등장한다. 여기에서의 가위를 쥔 어머니와 비슷한 모습이다.

의바른 편지처럼" 도착해서 화를 내는 것조차 머쓱하게 만들었다. 그때 아버지는 없었다. 그리고 또 다른 아버지가 있다. 어머니의 아버지. 집 나간 어머니를 내내 흉보던, 그리고 외할머니로 하여금 첩 빤스까지 빨게 했던 어머니의 아버지. 이 아버지들은 항상 어딘가에 계셨지만 그곳이 어머니나 어머니의 어머니가 있던 곳은 아니었다. 아버지는 언제나 늦게 오거나, 오지 않았다.

'나는 상상한다', 라는 결심

어쩌면 여기까지는 특별할 것이 없는 이야기일지 모른다. 부재하는 아버지, '나'를 버린 아버지, 엄마와 '나'를 가난과 상처 속에 떨어뜨린 아버지 등은 새로울 것도 놀랄 것도 없는 이야기들이다. 특이한 것은 그리고 놀라운 것은 이 상처에 대응하는 김애란의 방식이다. 그녀는 아버지가 나를 버린 게 아니라 아버지가 길을 잃었다고 혹은 여전히 '나'에게 오기 위해 열심히 뛰고 있다고 상상한다. 그렇게 함으로써 김애란은 아버지를 상처의 자리에서 빼낸다. 이 상상 속에서 아버지는 상처가 아니라 사랑이다. 아버지는 '나'를 버리고 간 게 아니라 '나'에게로 오고 있는 중이다, 아직 도착을 못했을 뿐이다, 라는 상상. 혹은 그렇게 믿겠다는 결심.

이 상상이 영 턱없는 것도 아니다. 아버지는 한때 전속력으로 뛴 적이 있었다. 엄마에게로 가기 위해, 그리고 결과적으로는 나를 만나기 위해(아버지가 원한 건 아니었겠지만). 엄마와 연애를 하던 시절, 아버지는 피임약을 사와야 한 이불을 덮겠다는 엄마의 말에 뛰기 시작했다. 달동네 맨 꼭대기에서부터 약국이 있는 시내까지 전속력을 다해서, 벌게진 얼굴로 입이 찢어져라 웃으면서, 상기된 얼굴로 장발을 휘날리며, 연탄재에 걸려 넘어져서 온몸에 하얀 재를 뒤집어 쓴 채로. 그 한 순간의 아버지의 진심과 열심과 욕심이 '내' 상상과 결심의 근거다. 아버지는 그렇게 '나'를 향해 달려온 적이 있었다. 지금이라고 그러지 않으리라는 법도 없지 않은가.

그렇게 해서 만들어진 상상 속의 아버지가 글의 앞에 인용한 대목이다. 아버지는 우리를 버린 게 아니라 단지 세상 곳곳을 달리고 있을 뿐이다. 엄마가 임신을 하자 집을 나가서 돌아오지 않는 아버지이건만, '나'는 아버지가 달리기를 하러 집을 나갔다고, 아버지는 계속 뛰고 계신다고 상상한다. 그렇게 믿기로 한다. 더군다나 이 대목에서 주목되는 것은 단지 아버지가 뛰고 있다는 상상만이 아니다. 아버지는 '우스꽝스러워' 보이는 자세와 '웃고 있는' 얼굴로 뛴다. 이 '우스움'은 사랑에 연결된 것이다. '나'는 태어나자마자 '내'가 얼굴 주름을 구길수록 어머니가 자주 웃는다는 걸 깨달으면서 어쩌면 사랑이란 함께 웃는 게 아니라 한쪽이 우스워지는 것일지 모른다고 생각했다고 고백한다. 그녀에게 사랑이란 우스워지는 것이다. 그러니 상상 속 아버지는 기꺼이 우스워질 준비가 되어 있는, 말하자면 사랑할 자세가 되어 있는 아버지다.

이 상상은 상처의 근원으로서의 아버지를 사랑스런 대상으로, 최소한 상처가 될 수 없는 존재로 이동시킨다. 그것은 허황된 자기 방어거나 나약한 현실 도피가 아니다. 김애란의 '상상'은 치열한 '생각'을 전제로 출발한다.[2] '나'는 아버지가 떠난 것을 어떻게 받아들여야 할지 모르겠다 '생각'하다가, 아버지는 달리기를 하기 위해 집을 나갔다고 '믿기'로 했고, 그렇게 아버지는 지금도 계속 뛰고 있다고 '상상한다.' '생각'은 언제나 현실 위에서 이루어진다. 눈을 크게 뜨고 현실을 바라보는 것, 그것이 '생각하다'의 행위다. '상상'은 현실의 틈새를 보고자 하는 혹은 아픈 현실을 넘어서고자 하는, 그 다음의 일이다. 상처를 상처로 남겨두지 않겠다는 의지, 상처에 휘둘리지 않겠다는 의지가 상상을 낳는다.

아버지의 부고를 듣고 나서도 '나'는 우선 아버지를 '생각'했다. "아버지의 생활, 아버지의 죽음, 아버지의 잔디깎이, 뭐 그런 것들"을. 그리고 아버지가 미국에서 어떻게 점점 '없는 사람'이 되어갔을지 '상상'한다. 그녀의 '생각'과 '상상'은 서로 충돌한다. '나'는 고백한다. 용서할 수 없어서 '상상'한 것은 아닐까 하는 '생각'이 들었다고. 아버지가 달리기를 멈추는 순간 아버지에게 달려가 그를 죽여 버리게 될까봐 그런 '상상'을 한 건 아닐까 '생각'하자 서러워졌고, 그 서러움이 나를 속이기 전에 빨리 잠들어야겠다고 '생각했다'고. '생각'하면 서러워지고, '상상'하면 이해가 간다. 상상이 우리를 속인다면, 서러움도 우리를 속인다. 이 '생각'과 '상상'의 넘나듦 끝에, '나'는 다시 상상한다. 상상하기로 결심한다. 눈부신 땡볕 아래서 뛰고 있는 아버지에게 썬글라스를 씌워주기로.

그래서 나는 오늘밤 아버지의 얼굴에 썬글라스를 씌워드리기로 결심했다. 나는 먼저 아버지의 얼굴을 떠올렸다. 아버지는 기대감에 부푼, 그러나 애써 내색하지 않으려는 듯 작게 웃고 있다. 아버지가 가만히 눈을 감는다.

2　가령 「영원한 화자」에서는 "나는 내가 어떤 인간인가에 대해 자주 생각하는 사람이다"라고 시작해서 "나는 내가 어떤 인간인가에 대해 자주 상상한다"로 이어지는, '생각'과 '상상'의 끝나지 않는 과정을 보여준다.

마치 입맞춤을 기다리는 소년 같다. 그리하여 이제 나의 커다란 두 손이, 아버지의 얼굴에 썬글라스를 씌운다. (28~29쪽)

여기에서 "썬글라스를 씌워드리기로 결심했다"는 구절에 주목하자. 아버지에게 썬글라스를 씌워주는 상상은 '결심'을 통해 어렵게 이루어진 적극적인 행위다. 더군다나 '소년' 같은 아버지의 얼굴에 '나의 커다란 두 손'이 썬글라스를 씌우는 상상 속에서, 아버지는 다 자라지 못한 소년처럼 등장하고 오히려 '나'는 어른이 되어 있다. 이 전도된 관계 속에서 아버지는 상처도 뭣도 아니다. 아버지는 그저 어렸고, 또 어리석었을 뿐이다. 이런 이해가 상상을 낳는다. 혹은 상상이 이런 이해를 낳는다. '나'는 그렇게 성장한다.

농담, 어머니의 유산

이 상상의 힘은 사실 어머니에게서 온 것이다. 어머니는 '나'를 '농담'으로 키웠다. '농담'은 '상상'의 이웃이다. "우울에 빠진 내 뒷덜미를, 재치의 두 손가락을 이용해 가뿐히 잡아올리곤" 했던 것도 어머니였다. 떠나간 아버지에 대해 말하는 게 금기는 아니라고, 단지 중요한 문제가 아니었기 때문에 자주 언급되지 않았을 뿐이라고 말할 수 있는 것도 어머니가 가르쳐준 농담의 힘 덕분이었다. 아버지 얘기를 하면서도 어머니는 웃었다. '나'에게 젖멍울이 생겼을 때도 어머니가 보여준 것은 걱정이 아니라 장난이었다. 농담과 장난과 상상이 어머니가 가르쳐준, 슬픔과 상처에 대응하는 법이었다. 그것은 세상 앞에서 당당해지는 법이었고, 자신을 연민하지 않는 법이었다.

그런데 이런 농담이 떠오르지 않았던 순간이 있었으니, 아버지가 죽었다는 편지를 받았을 때였다. 아버지가 이혼한 전처의 집 마당에서 잔디를 깎고, 전처의 남편과 싸움이 붙고, 잔디 깎기 기계를 타고 도망치다 교통사고를 당해 죽었다는 소식이 '거짓말'처럼 왔다. 세상에서 가장 어두운 얼굴로 '나'를 바라보는 어머니 앞에서 마땅한 농담이 떠오르지 않았던 '나'는 어머니에게 거짓말을 한다. 아버지가 평생 미안해하며 살았다고, 엄마가 그때 참 예뻤다고 했다고. 농담 잘하고 씩씩한, 한 번도 울어본 적 없는 어머니였지만 성대가 부어 있을 것이 분명한 어머니는, 아마도 이 거짓말의 힘으로 또 한 세월을 살아갈 것이다.

때로 거짓말 같은 한 마디 말, 한 순간의 장면 같은 것들이 아프고 무겁고 어두운 것들로부터 우리를 가뿐하게 들어올린다. 어머니가 가출한 이후 내내 어머니 흉을 보고 큰 이모와 비교하던 할아버지였지만, 돌아가시기 며칠 전 그래도 연애를 하면 엄마 같은 사람이랑 한다고 했던 할아버지의 말이 할아버지를, 할아버지가 준 상처를, 이해와 연민으로 바꿔 바라보게 한다. 어머니는 일찌감치 도망간 괘씸한 아버지를 평생 미안해하며 살았다는 아버지의 마지막 말로 용서하며 살아갈 것이고, '나' 역시 한때 아버지가 어머니를 향해 온 힘으로 뛰었다는 순간을 떠올리며 잠시 웃을 수 있을 것이다. 농담과 상상과 거짓말은 그렇게 우리를 살린다. '아버지는 지금도 뛰고 계신다'에서 시작해서 아버지에게 선글라스를 씌워주기까지에 이른 김애란의 상상이 나는 놀랍고 대견하다. 멋진 복수다.[3]

---

3   「그녀가 잠 못 드는 이유가 있다」에서 주인공은 아무것도 주지 않은 아버지에게 무언가 해줄 수 있다면 그것도 '멋진 복수'이지 않을까 생각한다.

유년의 뜰, 혹은 깨진 거울의 시간

오정희, 「유년의 뜰」

━━━━

홧 아유 두잉? 당신은 무엇을 하고 있습니까? 아임 리딩 어 북, 나는 책을 읽고 있습니다. 홧즈 유어 프렌드 두잉? 당신의 친구는 무엇을 하고 있습니까?

석양이 오빠의 이마와 목덜미를 붉게 물들이며 방을 깊숙이 가로질렀다. 내가 기억하는 한의 그 시간은 늘 그랬다.

함석 지붕이 흐를 듯 뜨겁게 달아오르고 저녁 햇빛이 칼처럼 방안에 깊숙이 꽂힐 즈음이면 어머니는 화장을 시작하고 오빠는 창가에 놓인, 붉은 꽃무늬의 도배지 바른 궤짝 앞에 앉아 꼼짝 않고 소리 높이 영어책을 읽었다. 나는 어머니의 곁에 앉아 갖가지 화장품이 담긴 병들을 만지작거리거나 창을 통해서 멀찍이 보이는 개울의 다리와 신작로, 그리고 더 멀리 황금빛으로 번쩍이는 초등학교의 창을, 점점이 붉은 빛이 묻어나는 새털구름들을 바라보며 이유가 분명치 않은 조바심으로 어머니와 오빠 사이의, 은밀히 조성되어 가는 팽팽한 공기를 지켜보았다.

캔 유 텔 미 홧 히 이즈 두잉? 오빠가 밭은기침으로 목청을 돋우었다.

파마한 머리칼이 얽히었는지, 신경질적인 손놀림으로 빠르게 빗질을 하던 어머니가 손을 멈추고 거울에 바짝 머리를 들이대었다. 흰 머리카락이

뽑혀 나왔다.[*]

붉은 욕망의 시간

① 어머니의 출분과 오빠의 항의

인용한 대목은 소설의 첫 장면이다. 어머니는 외출을 하기 위해 화장을 하고 있고, 오빠는 영어책을 읽고 있다. 고등학교 입학 자격시험을 준비 중인 터라 오빠는 영어 공부에 열심이다. 더군다나 이야기 뒤에 가면 영어는 오빠에게 구원의 동아줄이 될 수도 있었으니, 누추한 피난민의 좁은 방을 가득 채우는 오빠의 영어책 읽는 모습은 그 자체로도 가슴 아린 풍경이다. 남루한 현실에서 벗어나게 할 한 줄기 희망이 영어에 있을지도 모를 일이니 말이다. 하지만 이 대목에서 오빠의 영어책 읽기는 좀 다른 목적을 갖고 있다. 오빠는 영어책을 읽는 것이 아니라 어머니에게 항의를 하고 있는 중이다. 무얼 하고 있느냐고, 또 외출을 하려고 하느냐고. 날카로운 파열음을 수반하는 영어 표기는 어머니를 향한 공격적이고 위태로운 항의를 강조한다.[1]

'나'는 이 같은 어머니와 오빠 사이에, 외출 준비를 위해 분주한 어머니와 이를 못마땅해 하는 오빠 사이에, 둘 사이에 은밀하게 조성되어 가는 '팽팽한 공기' 속에 있다. 말하자면 욕망과 금기가 충돌하는 현장 속

---

[*] 오정희, 「유년의 뜰」, 『유년의 뜰』, 문학과지성사, 2013, 9~10쪽.
[1] "홧 아 유 두잉?"이나 "켄 유 텔 미 홧 히 이즈 두잉?"과 같은 문장에서 반복되는 'ㅎ', 'ㅋ', 'ㅌ' 등의 음은 날카롭고 공격적인 소리들로 위기감을 강화하는 효과를 준다.

에 있는 것이다. 어머니의 욕망은 곧 어린 '나'의 욕망이 될 것이고, 오빠의 은밀한 항의는 곧 '나'를 향한 노골적이고 무차별적인 매질이 될 터이다. 실제로 언니는 걸핏하면 오빠에게 매를 맞고 있지 않은가. 아버지가 부재한 곳에서 오빠는 아버지의 대리인이 되어 법의 수호자이자 금기의 명령자를 자처한다. 하지만 오빠는 아버지가 되기에는 아직 너무 어렸다. "변성기에 접어든, 거세고 뻑뻑한" 목소리이면서도 동시에 "여성적인" 목소리를 갖고 있었고, "막 넓게 퍼지기 시작한 완강한 어깨" 위로는 "아직 연약하고 섬세한 목과 작은 머리통이 불균형하고 어색하게" 얹혀 있었고, 크고 당당해 보이는 체구에도 불구하고 "어린애처럼" 연약해 보였다. 물론 이 '작은 폭군'이 진짜 폭군이 되는 건 시간문제다.

② 붉은 욕망, 하얀 죽음

첫 장면의 시간적 배경은 석양이 지기 시작하는 저녁 즈음이다. 그 석양의 기운으로 세상은 온통 '붉게' 물이 든다. 석양은 방뿐 아니라 오빠의 이마와 목덜미를 '붉게' 물들이고 있고, 멀리 보이는 초등학교의 창도 황금빛으로 번쩍이고, 새털구름도 '붉은' 빛이 묻어난다. 심지어 방 도배지에도 '붉은' 꽃무늬가 그려져 있다. 말하자면 '붉은' 열기가 짙어지는 시간인 것이고, 이 '붉은' 색은 사람들 안에 자리한 욕망의 색이기도 하니, 그 시간은 사람들 안에 자리한 욕망이 조금씩 끓어오르기 시작하는 시간이고, 팽팽한 공기의 긴장이 은밀히 더해가는 시간일 것이다. 햇빛이 함석지붕을 뜨겁게 달아오르게 할 때, 사람들의 욕망도 따라 달아오를 것이다. 그 욕망의 기운은 어머니와 오빠, 오빠와 언니, 이들과 '나' 사이에서 은밀하고 위태롭게 번져가고 있는 중이다.

밤의 저잣거리는 이 '붉은' 욕망의 세계가 본격적으로 드러나는 세계다. 저고리 앞섶을 풀어 헤친 작부가 식칼을 들고 사내를 쫓아가다 혼절하고, 술집에선 싸움판이 벌어지고, 거리에는 고함소리와 노랫소리가 끊이지 않고, 사내애들과 계집애들이 끈적이는 눈길과 웃음을 교환하는 세계, 그것이 개울 다리 건너의 세상이다. 엄마, 오빠, 언니, '나'는 차례로 그곳으로 간다. 거기에는 "음험하게 끓어오르는 알 수 없는 열기, 끈끈한 정념으로 가득한 달착지근한 공기"가 가득하다. 첫 장면에서 '내'가 바라보고 있는 개울의 다리와 신작로 너머의 세계가 그곳으로, 그 너머를 바라보며 이유가 분명치 않은 조바심을 느끼는 것은 '나' 역시 그 알 수 없는 열기와 끈끈한 정념에 이끌리고 있기 때문일 것이다. 아직은 고요한 유년의 어느 저녁은 그렇게 조용히 위태롭다. 햇빛이 '칼처럼' 방안 깊숙이 '꽂혔다'고 하지 않는가.

그런데 첫 대목 끝에 가면 이 '붉은' 것들 속에서 갑작스럽게 '흰' 것이 등장한다. 어머니의 '흰 머리카락'이 그것으로, 그것은 붉은 욕망의 세계 속에 자리한 죽음과 소멸의 기운을 상기시킨다. 실제로 소설에는 '붉은' 것들과 함께 희거나 노란 대상들이 곳곳에 등장하는데, 항아리에 덮어놓은 호박잎 위로 '하얗게' 올라오는 구더기, '하얗게' 사윈 재, 부네의 관을 짜기 위해 대패질을 할 때 더 '희어지는' 소나무 속살, '노랑눈이'로 불리는 '나'는 물론 '노랗게' 윤기가 없어진 머리털, '노랗게' 바래지고 있는 옥수수 수염, '노오란' 연기로 흐트러지며 사라지는 혼백 등이 그것이다. 밭 가운데 애기 무덤이 자리하고 있듯이, 그리고 이들 가족 곁에 죽어가고 있는 동생이 있듯이, 죽음은 욕망의 소용돌이 같은 현장에 은밀히 자리하고 있다.

할머니가 한때는 '꽃봉지'로 불리기도 했고, 지금도 여전히 눈부시게 흰 속살과 둥글고 풍요한 배를 가지고 있는 것이나, 동생이 울면 조그만 얼굴이 '늙은이처럼' 온통 주름살투성이가 되었다는 비유에서나, 오빠가 제법 당당한 체구를 가졌으면서도 아직은 연약하고 어린애 같은 면모를 동시에 가지고 있다는 것 등에서 드러나듯, 삶은 서로 다른 얼굴을 앞뒤로 갖고 있다. 삶과 죽음, 젊음과 늙음, 아름다움과 추함, 붉은 욕망과 흰색의 소멸은 따로 있지 않다. 소설의 첫 장면은 그런 삶의 비밀을 일깨우고 있었으니, 석양에 물든 그 시간이 바로 익숙하던 세계가 '낯설어지는' 섬뜩한 시간, 존재에 대한 근원적 의혹을 불러일으키는 시간으로서의 개와 늑대 사이의 시간이다.[2]

③ 머리카락, 일탈의 기운

첫 장면에 나오는 머리카락은 심상치 않다. 어머니의 흰 머리카락은 욕망의 소용돌이 속에서도 '당신은 늙어가고 있다'는 것을 환기시키고 있거니와, 소설에는 이 머리카락과 관련한 재미난 일화들이 많다. 파마한 머리의 엄마는 물론이거니와 머리를 지져 붙이고 아이를 버려둔 채 도회지로 달아났다는 순자 엄마, 파마를 해준다며 달군 부젓가락으로 '내' 머리를 태우고 할머니에게 꾸지람을 듣곤 하던 언니의 이야기에 등장하는 파마한 머리는 욕망과 일탈의 상징과 같다. 거기에는 필연적으로 금기와 통제가 따르는 법이니, 언니는 머리를 기르고 싶어 했지만 할머니에 이끌려 마을에 들어온 이발사에게 머리를 깎이고, 동생은 머리를 깎일 동안 아야아야 울고, '나'는 "눈 위로 위태롭게 가위가 지나

---

2   김화영, 「개와 늑대 사이의 시간」, 우찬제 편, 『오정희 깊이 읽기』, 문학과지성사, 2007, 338쪽.

갈 때마다" 눈을 깜박인다. 바람이 났다는 죄로 부네도 머리를 깎이고 골방에 갇혀 있지 않았던가. 이들의 머리가 깎일 때, 이들의 욕망과 정염의 기운도 함께 잘려나갔을 것이다. 잘려나간 "노랗고 윤기 없는 머리털"은 그렇게 좌절되고 억눌린 일탈의 기운을 상기시킨다. 소란스럽던 욕망은 그렇게 바래지고 결국에는 소멸될 것이다.

④ 거울

유년의 방 안에는 이 모든 풍경들을 지켜보는 눈이 있다. 벽에 버티어 놓은 거울이 그것으로, 그 안에는 등지고 앉은 고집스런 오빠의 몸과 분칠을 하는 엄마와 둘 사이에서 조마조마해 하고 있는 '나'와 이들 안의 욕망과 갈등이 그대로 담긴다. 나날이 남루해져가는 이들과 달리 방에서 유일하게 흠 없이 온전하고 훌륭한 물건이라는 고백에서 드러나듯, 거울은 남루하고 초라한 때론 욕망과 탐욕과 위선에 찬 이들의 얼굴을 온전히, 확실하게 되비친다. 거울 속에서 만나지는 자신에게 경원과 면구스러움을 느꼈다는 고백이 나오는 이유다.

이 거울은 해리슨 집에서는 연락이 없고 어머니는 이틀이나 집으로 돌아오지 않게 되었을 때 오빠에 의해 깨진다. 그때 거울은 오빠에게 맞아 피를 흘리는 계집애와 슬픔과 증오와 수치심으로 비참하게 일그러진 열여섯 살 사내아이의 초라한 모습을 비추며 번쩍이고 있었다. 이들의 삶은 치욕스럽게 일그러져 있었고, 거울은 여전히 번쩍이며 빛났다. 일그러진 삶이 견딜 수 없었을까, 번쩍이는 거울이 견딜 수 없었을까. 거울은 잘디잔 조각으로 깨어지고, 그렇게 마지막 온전한 것이 사라진다. 그렇게 유년과 결별한다. 거울 앞에서 언니와 하던 연극놀이도 더 이상 없을 것이다. 조각난 거울 따라 깨어진 얼굴과 대면하는 일이 남아 있을 뿐이다.

부네는 누구인가

바람난 죄로 아버지에 의해 끌려와 머리를 깎이고 방 안에 갇혀 있다 죽은 부네는 유년의 뜰 가운데에 자리한 어둠의 핵심과 같다. 사랑과 욕망이 이끄는 길과 위압적인 아버지의 세계가 이끄는 길 사이에서 좌절하고 감금되고 죽음에 이르렀다는 점에서, 부네는 언니와 '나'의 미래를 예시하는 불길한 운명처럼 다가온다. 밤에 나가지 말라는 위압적인 경고를 듣고 걸핏하면 오빠에게 매를 맞는 언니, 엄마가 바람이 나서 도망간 후 걸핏하면 술을 마신 아버지에게 매를 맞는 순자, 밤마다 집을 나가 오빠에게서 무언의 항의를 듣는 엄마에 이르기까지, 이들은 모두 부네의 운명에서 자유롭지 않다.

이런 점에서 대처에 나가 일을 하다가 명절이나 생일이면 다니러 온 목수 딸들을 바라보며 화자가 그들 중 부네는 누구인가 묻는 장면은 흥미롭다. "마당에 내놓은 화덕에서 누름적을 부치다가 기웃거리는 내게 사납게 눈을 흘기던 곱사등이인가. 아니면 소금물에 우린 풋감을 살며시 쥐어주던 여자인가. 키를 쓰고 소금을 얻으러 갔을 때, 욕을 퍼부으며 호렴을 한줌 머리에 내뿌리는 대신 자기 전에 꼭 오줌을 누고 자면 되잖아, 라고 말하던 여자인가" 물을 때, 그 질문은 소설 속 모든 딸들을 향해 있다. 그들은 모두 부네의 운명을 산다. "둥글고 배가 부른" 그리고 "쇠불알통 같은"이라는 비유에서 암시되듯 여성적인 것과 남성적인 것이 교차하고 부딪치는 자물쇠가 시커멓게 매달려 있는 방은 언제든 그 방에 갇혀 '다른 세계'로 들어가 잊힐 수 있다는 경고와도 같다. 부네의 방 앞을 지나면서 어린 '내'가 가슴 한 귀퉁이가 무너져 내리는 듯한 슬픔에 사로잡히는 이유일 것이다.

삶의 냄새 혹은 부끄러움

「유년의 뜰」의 세계는 감각적이다. 붉은 색, 노란 색, 흰 색 등이 교차하는가 하면, 오빠의 영어책 읽는 소리, 순자 아버지의 울음소리, 저잣거리의 노랫소리와 고함 소리, 부네의 신음소리 등 소란스러운 소리들이 뒤섞인다. 그런데 이와 함께 후각적 장치들을 동반한 일화들이 빈번하게 등장하고 있으니, '익숙한 냄새'로 다가오는 기름 냄새가 그것이다. 이발사의 손에서 나는 머릿기름 냄새나, 이발을 하고난 후 노랗고 윤기 없는 머리털이 떨어진 자리에 침을 뱉고 발을 문지를 때 거기에서 떠올린 아버지의 머리 기름 냄새, 바람결에 풍겨오는 두엄 냄새, 외눈박이 목수네 딸들이 집에 오면 온종일 집안에 풍겨나던 기름 타는 냄새와 고기 냄새, 할머니가 밤마다 발에 바르는 들기름 냄새, 옷 솔기에서 기어 나온 이를 화로에 떨어뜨리면 나던 누린내, 풀썩풀썩 뀌어대는 방귀 냄새 등 소설 곳곳에는 번들거리는 기름 냄새가 가득하다. 이 냄새들은 모든 살아 있는 것들이 내는 비리고 구역질나는 욕망의 냄새들이다.

감나무에서 떨어진 감을 주워 먹고 어머니 지갑에서 몰래 돈을 꺼내는 '나'나, 몰래 임자 없는 닭을 훔쳐와 국을 끓이는 할머니, 떨어진 감에 손가락만 대도 손목을 잘라버리겠다고 협박하고 훔쳐온 닭으로 만든 국을 뜨물통에 버렸었지만 이제는 닭국을 먹고 나서 마당 구석에 뼈를 묻는 뒤처리까지 감쪽같이 하게 된 오빠까지, 이들은 부끄러움을 잊고 욕망이 이끄는 세계로 투항한다. 미국인 집에서 식모로 일하는 부네 동생 서분이가 미국인 주인이 도둑질과 거짓말을 제일 싫어한다고, "절대로 훔치지 않았습니다", "나는 거짓말쟁이가 아닙니다"만 말하면 된다고, 그러면 미국에 갈 수 있을 거라고 얘기하지만, 이들은 이미 거짓말과 도둑질 선수가 되어 있다. 학교 뒤 야산에 있는 고아원에는 전설적인 폭력의 이야기가 전해져 오고 있기도 하니, 마을은 이미 거짓과 폭력과 어두운 욕망의 세계가 되어 있다.

'나'의 식탐은 이런 세계의 공포를 이겨내려는 무의식적 행위다. "어두운 방은 무서웠다. 자꾸 주발로 손이 갔다. 밥알의 들큰한 맛이 입에 남아 있는 동안은 무서움을 잊을 수 있었다"는 고백에서 드러나듯, '나'는 무서움을 잊기 위해 엄마 주발에 손을 대고 한밤중 부엌에 나가 선반을 뒤져 고구마를 찾아내 베어 문다. '나'는 삶의 어둠을 너무 일찍 보아버렸고, 초라하고 비굴한 자기 자신을 너무 일찍 알아버렸다. 그녀가 '쥐'에 비유되는 이유이기도 한데, 언니와 밤의 저잣거리에 나가서 언니 또래 틈에 '쥐새끼처럼' 끼어 앉아 있었다든지, 한밤중 부엌에 나가 선반을 뒤져 고구마를 찾아내 베어 물고는 '쥐가 그런 것처럼' 냄비 뚜껑을 바닥에 떨어뜨려 놓고 왔다든지, 부엌에서는 실제로 배고픈 쥐가 간단없이 달그락거리며 빈 그릇을 뒤지고 있었다든지, 부네의 방 마루 밑에 쥐가 장난을 친 것 같은 구두가 있고, '내'가 그 구두를 신어본다든지 하는 장면에서 '나'는 그대로 쥐를 닮아 있다. 이사 후 와본 옛집에서 본 구덩이는 그 부끄러움의 흔적이다. 뜰의 어느 구석에선가 재

묻힌 닭털이 나오고 부서진 거울 조각들이 흙과 뒤섞일 것이니, 그게 다 이들의 얼굴일 것이다.

아버지의 귀환, 새로운 전쟁의 시작

아버지의 귀환을 보여주는 소설의 마지막 장면은 흥미롭다. 아버지가 왔다는 교장 선생님의 말을 들은 후, '나'는 아버지를 향해 달려가는 대신 교장실 탁자에 놓여 있던 케이크 조각을 집어 들고 변소로 간다. 창 너머로는 운동장을 가로질러 뛰어가는 언니의 모습과 면도날로 고무줄을 끊는 사내애들과 욕설을 퍼부으며 흙을 뿌리는 계집애들이 보인다. 그 광경을 보면서 '나'는 케이크를 베어 물고, 끝내는 욕지기가 치밀어 케이크를 토해낸다. 구역질을 하며 똥통 속을 들여다보니 "어두운 똥통 속으로 어디선가 한 줄기 햇빛이 스며들고 눈물이 어려 어룽어룽 퍼져 보이는 눈길에 부옇게 끓어오르는 것이 보였다. 무엇인가 빛 속에서 소리치며 일제히 끓어오르고 있었다." 햇빛과 눈물이 함께 어른거리고 무언가 끓어오르고 있는 똥통 속은 어쩌면 탐욕과 거짓과 폭력으로 얼룩진 더럽고 구차한 삶의 은유일 것이다.

이때 구토를 불러오는 것은 밖에도 있고, '내' 안에도 있다. 면도날로 고무줄을 끊는 사내애들과 욕설을 퍼붓는 계집애들의 풍경이 그러하고, 아버지를 향해 달려가지 않고 케이크를 들고 변소로 간 '나'의 모습이 또한 그러하다. 욕지기와 구역질은 그렇게 더럽고 구차한 세상에 대한 분노이자 그 속에 속한 자로서의 자기모멸의 반응이었을 것이다. 여기에서 등장하는 햇빛은 '칼처럼' 방안에 꽂히거나, 화장을 하던 어머니로 하여금 눈살을 찌푸리며 피하게 만들거나, 함석지붕을 녹여낼 듯 불볕을 퍼붓거나, 깨진 거울과 함께 튀어 오르며 방을 채우던 위험하고 불길한 힘이다. 햇빛은 언제나 욕망의 꿈틀거림과 폭력과 어둠의 시간을 예고한다. 더군다나 이 장면에서 아버지가 왔다는 교장 선생님의 말이 있은 다음 소설은 "햇빛이 교장 선생님의 안경을 가로지르고 그 뒤 흑판에 아아아아아아 떨며 금을 긋고 있었다"고 기술하고 있으니, 이때 '아아아아아아'는 부네가 죽기 전 그녀의 방에서 들려오던 신음 소리와 같은 것이다. 아버지의 귀환은 햇빛의 신음소리를 불러오는 셈이다.

아버지는 상상 속에서만 따뜻하고 부드럽다. 상상 속에서 아버지는 "연약한 넓적다리, 혹은 발목을 잡던 악력, 막연히 따스하고 부드러운 것, 보다 커다란 것, 땀으로 젖어 있던 등허리로" 남아 있다. 하지만 실제 아버지는 교실 창밖으로 내다보이는 신작로 길에 '거렁뱅이처럼' 다리를 끌며 지나가는 남자였을지 모른다. 상상과 다른 것은 그뿐이 아닐 것이다. "전쟁이 끝나면 아버지가 돌아온다"는 것은 기대인 동시에 불안과 두려움이었다. 여름이 오고 전쟁은 끝이 났지만, 아버지의 귀환은 '새로운 전쟁'의 시작을 예고한다. 지금도 전쟁 중이라는 걸 환기시키듯 멀리서 들려오던 대포 소리는 유년의 시절에 국한된 기억이 아니다. 우리의 삶은 언제나 전쟁 중이다. 이것이 유년의 기억이 일깨우는 어두운 진실이다.

부엌의 아들, 어둠 속으로 내려오다

김소진, 「부엌」

나는 부엌의 어둠 속에서 태어났다. 나보다 다섯 살 많은 누나가 귓속말로 일러주었다. 그러니까 누나는 그때 겨우 여섯 살이었고 찬 바람이 비집고 들어오는 찢어진 문창호지 틈새로 징그러운 애벌레처럼 꿈틀거리는 새빨간 몸뚱어리의 아기가 세상으로 나오는 모습을 봤다고 의기양양해 했다. 그 얘기를 들을 때면 나는 꾸뻑 기가 죽었다.

너는 그때 도마 위에 누워 있었어.[*]

"나는 부엌의 어둠 속에서 태어났다."

"나는 부엌의 어둠 속에서 태어났다"는 선언은 흥미롭다. '나'의 시작, '내' 존재의 근원적인 출발지, 그래서 '나'를 규정하는 전제가 춥고 어두웠던 부엌이라는 것이니, 처음부터 '나'는 숙명적으로 어둠의 아들, 부엌의 아들이었던 것이다. '내'가 태어날 때 함께했던 것은 사랑스

---

[*] 김소진, 「부엌」, 『눈사람 속의 검은 항아리』, 강, 1997, 127쪽.

러운 눈길, 축복, 뜨끈뜨끈한 구들목 위에 가지런히 깔린 포대기 같은 것이 아니었다. 대신 그때 '내' 곁에는 정월 초순 강원도 철원의 살을 에는 추위, 도마, 위태로운 칼 등이 있었다. 엄마는 "짐승 같은 비명"을 지르고, 그 바람에 치마가 벗겨지고, 머리가 풀어져 "귀신처럼" 되어서 팔꿈치와 무릎에서 피가 철철 나도록 바닥을 헤매고, 이를 하도 앙 물어서 잇바디가 뭉청뭉청 흔들릴 때쯤 해서 '나'를 낳았다. 그것이 세상과의 을씨년스런 첫 대면이었다.

말하자면 세상에 태어난다는 것이 마냥 성스럽고 고귀하기만 한 일이 아니라는 것, 고통과 추위와 어둠 속에서 짐승 같은 안간힘 끝에 이루어지는 일이라는 것, '나'라는 사람의 존재가 근원적으로 어둠에서 비롯되었다는 것을 일깨우면서 소설은 시작한다. 더군다나 '나'는 갓 태어나서도 울음소리를 못내 찬 윗목에 나흘이나 놔둔 끝에 그 한기를 이겨낸 후에야 살아났다고 하니, 삶은 처음부터 만만하지가 않았다. 천사 같은 모습이 아니라 "징그러운 애벌레" 같은 존재에서 '내' 삶이 비롯되었다는 것, 짐승 같은 비명의 끝에서 '내'가 이 세상에 나왔다는 것, 이것이 '부엌의 어둠'에서 태어난 자가 잊지 말아야 할 숙명적 조건이다.

게다가 '내'가 태어날 때 아버지는 없었다. 엄마가 차디찬 부엌에서 홀로 몸부림을 치며 아이를 낳고 있을 때, 아버지는 "절절 끓는 노름방"에서 화투를 하고 있었다. 차디찬 부엌과 위태로운 칼과 짐승 같은 안간힘 같은 것들은 모두 엄마의 몫이었을 뿐, 아버지는 그것들로부터 비켜 있었다. 부엌은 고달픈 엄마의 삶이 진행되는 곳이었고, 어둠과 맞서 싸워야 하는 고투의 현장이었다. '나'는 바로 그런 어머니의 아들이자 부엌의 아들이었다. 그래서 그는 "체질적으로 부엌이 편했다"고, 그 어둠과 냄새가 익숙했다고 고백한다. 하지만 그때 '나'는 아직 진짜 어둠은 알지 못했다. 진짜 어둠과 마주하게 되었을 때, '나'는 그 어둠으로부터 도망쳐 다락방으로 숨어버린다.

부엌은 한 편으로 바깥세상의 추위와 어둠으로부터 그를 보호해주는 절대적 피난처와도 같은 곳이고, 그래서 그곳은 자궁의 공간을 환기시키기도 한다. 아이들과 숨바꼭질을 할 때에도 부엌이 단골 은신처가 되었다는 것, 특히 부엌 찬장과 물 항아리(모성적 이미지!) 사이의 좁은 공간에 숨어 있으면 아무도 찾아내지 못했다는 일화는 그곳이 그에게 무섭고 혼란스러운 세상으로부터 벗어날 수 있는 안식처와도 같은 곳이었음을 시사한다. 하지만 그곳은 동시에 차가운 도마나 날카로운 칼과 같은 차가움과 어둠이 잠재하고 있는 곳이기도 하다. 그곳은 아이를 낳느라 '귀신처럼' 되었던 어머니의 무서운 모습과 찬장과 물 항아리 사이에 끼어 빠져나오지 못하다가 마주한 어머니의 '섬뜩한 귀기'가 자리하고 있는 곳이기도 하다. 부엌은 가까이하기엔 너무 무서운 공간이 되었다. 어머니의 무서운 얼굴과 대면한 후 '나'는 중학교 일학년 때까지 부엌 근처에 얼씬도 하지 않았다. 단지 다락방에 숨어서 부엌을 내려다볼 뿐이었다.

다락방의 아이, 세상을 엿보다

'나'는 중학교 일학년 여름부터 만성 장염으로 장기 결석을 하게 된다. 그때 '나'는 온종일 다락방에 틀어박혀 책을 읽거나 공상을 하며 보냈고, 밥도 그곳에서 먹고, 심지어 변소 가는 것도 요강을 갖다 놓고 그곳에서 해결한다. 외부세계와 단절한 채 스스로를 다락방에 유폐시킨 셈이다. 만성 장염으로 고생 중이었다는 일화는 그에게 소화의 문제가 있었음을, 다시 말해 바깥세상이 자연스레 흡수가 되지 않았다는 것을 시사한다. 그곳에서 그는 『호밀밭의 파수꾼』 같은 책이나 읽으면서 바깥세상과 등진 채 순진한 어린아이의 세계에 머물고자 한다. '부엌의 어둠' 속에서 태어난 '나'는 부엌을 등지고 '다락방의 아이'로 숨어든다.

하지만 다락방으로 올라갔어도 부엌에서 들려오는 소리에 대해서까지 둔감할 수는 없었다. '나'는 바닥에 난 틈새를 통해 아래에 있는 부엌을 들여다본다. 이때 아래쪽 부엌을 엿볼 수 있는 구멍을 발견하게 되는 장면은 흥미롭다. 면도칼로 연필을 깎기 시작해서 연필심이 "날카로운 창처럼 뾰족해"지고 "손가락 두 마디 쯤으로 자라"날 때까지 칼질을 계속하고, 초승달 모양으로 둥그렇게 파여 벌어져 있는 틈새로 부스러기들을 밀어 넣고 기다란 연필심을 박는 등, 이때 '나'의 행위를 묘사하는 장면은 성적 비유로 가득 차 있다. 더군다나 그 면도칼은 아버지가 면도를 하고 버린 칼이었으니, 이 구멍의 발견은 '나'에게 있어 아버지의 아들이라는 남자로서의 자의식, 성적 눈뜸과 연관되어 있는 대목이라 할 수 있다.

그 구멍으로 '나'는 목욕하는 누나의 벗은 몸을 엿보게 되고, 필례가 어린 시절에 기차간에 버려졌던 것이며 식모살이를 한 얘기, 그리고 열여덟에 만난 털보가 날마다 그녀의 옷을 벗겨놓고 두들겨 팬다는 등의 얘기를 엿듣게 되는가 하면, 털보의 매를 피해 숨어든 필례가 자신의 예상과 달리 뒤따라온 털보와 질펀한 정사를 벌이는 것을 목도하게 된다. 말하자면 그때 '나'는 은밀한 성性의 현장을, 복잡하고 고달프고 민망한 삶의 현장을 처음 마주하게 된다. 눈 밑에 칼로 그은 듯한 흉터가 있고 웬만한 고기는 그저 참기름에 으깬 소금을 찍어 날로 삼킨다는 털보에 대한 묘사나, "네 개의 다리가 말미잘의 촉수처럼 서로 뒤엉켜 휘감기"던 필례와 털보의 정사 장면 등이 시사하듯, 세상은 지독히도 동물적이고 육체적이었다.

더 환멸스러운 것은 그 더럽고 추악한 욕망이 자기 안에서도 일어나고 있다는 사실이었다. 누나의 벗은 몸을 보고 열꽃이 일어나 헛바닥으로 껄끄러운 베갯잇을 핥거나, 필례와 털보의 정사를 엿본 후 사정을 하는 짐승 같은 존재가 자신이었다. 불쾌감과 혐오스러움과 더러움을 느끼는 '나'와 그럼에도 불구하고 그것에 몸이 반응하는 '나'가 따로 있었다. 남자와 여자의 관계는 미묘하고 복잡했고, 미움과 애정, 아름다움과 추함, 행복과 불행도 그 경계를 알 수 없이 뒤섞여 있었다. 온통 복잡하고 혼란스러운 일들뿐이었다. 이제 '나'는 비로소 '부엌의 어둠'에 직면하게 된다. 하지만 '나'는 그 혼란스런 어둠 앞에서 뒷걸음질 치며 "거기서 성장을 멈추고 싶었다. 나는 언제나 다락방의 아이이자 부엌의 아이로 남고 싶었다"고 고백한다. 환멸스러운 세상을 받아들이기에는 그때 '나'는 아직 어렸다.

부엌의 아들, 세계로의 귀환

'내'가 오랫동안 다락방에서 내려오지 못하자 엄마는 기가 약한 때문이라며 하얀 오리를 잡아 온다. 이때에도 오리목을 따는 것은 엄마와 째보 아줌마, 곰보 아줌마 등 여자들이다. "집에서 키운 짐승의 목을 한

번도 비틀어본 적이 없는 알량한 인간"이거나 "허우대만 멀쩡하지 언제나 서리 맞은 수세미처럼 제풀에 시르륵"인 인간인 남자들과 달리, 여성 인물들은 끈질긴 생명력과 야성적 본능을 지닌 존재로 등장한다. 혼자서 신음을 한 끝에 부엌 바닥에서 아이를 낳은 엄마나, 털보와 질펀한 정사를 벌인 필례, 걸쭉한 성적 농담을 늘어놓는 아줌마들까지 이들은 모두 강한 성적 에너지와 생명력을 보여준다. 부엌은 그렇게 펄펄 살아 있는 생명력을 확인하게 하는 공간이다.

그 기운 탓이었을까. '나'는 여자들이 무서운 칼질 끝에 잡은 오리의 피를 마시고 몸이 가벼워지는 걸 느낀다. 그때 그는 깨우쳤을까. 한 생명에 칼을 내리치는 잔인함을 통해 자기가 되살아났다는 것을, 하나의 목숨을 살리기 위해 다른 한 생명이 희생되기도 한다는 것을, 삶은 폭력과 더러움과 잔인함을 그 안에 함께 가지고 있다는 것을, 삶과 죽음이 결국은 한 그림이라는 것을, 삶은 그토록 복잡하고 미묘한 수수께끼 같다는 것을. 오리 피를 마신 후 '내'가 일주일가량 비몽사몽 헤매며 신열을 앓았다는 것은 아마도 그런 깨우침에 이르기까지의 혼란과 갈등을 의미할 것이다. 생각해보면 오리를 잡는 부엌에는 '내'가 태어날 때처럼 도마와 날카로운 칼이 준비되어 있었으니, '내'가 태어난 곳에서 오리가 죽었고 그 오리의 죽음으로 다시 '내'가 살았다. 신기한 건 그 무시무시한 삶과 죽음의 현장에서 여자들은 그토록 명랑하고 질펀했다는 것이다.

부엌은 생명이 태어나고 죽는 곳인가 하면, 음식을 만들고 목욕을 하고 오줌을 누는 말 그대로의 삶의 현장이기도 하며, 인간 내면에 잠재한 욕망이 꿈틀대는 공간이기도 하다. '나'는 그 세계를 아직 소화할 수가 없었다. 그가 오래 다락방에서 내려가지 못하고 있는 이유다. 내려서야 할 안방 바닥이 "까마득한 심연 바닥"으로 보이고, 바깥세상을 생각하면 뱃멀미가 나는 것도 마찬가지 이유에서다. 그가 다락방에서 내려오게 되기까지에는 소화의 시간이 필요했다. 그리고 마침내 다락에서 내려와 세계 속으로 들어올 때 그를 유혹한 것은 놀랍게도 틉틉한 청국장 냄새였다. 그 고약한 냄새를 가진 음식까지도 소화할 준비가 되었다는 의미일 것이다. 이제 그는 혼자만의 폐쇄적이고 유아적인 세계에서 벗어나 우리의 삶을 움직이는 온갖 욕망들을 받아들이고 땅으로 내려온다. 동굴 속과도 같았던 다락방 속에서의 유폐와 혼란을 통과해 삶의 현장으로 귀환한 그의 첫 일성은 "밥 줘! 배고파!"였다. 그가 몸 안으로 받아들인 것은 비단 청국장만이 아니었을 것이다. 그렇게 다락방의 아이는 성장했다. 그는 이제 사내구실은 물론 사람구실을 할 준비가 되었다.

실낙원, 추방된 이브의 운명

전경린, 「안마당이 있는 가겟집 풍경」

장마 동안 우리는 춤추고 노래하지 않았다. 안마당은 물이 잘 빠지지 않아 뻘밭이 되어버렸고 아침마다 비가 와서 다들 자기 집 부엌 안에서 세수를 하고 잠시 안마당을 멀거니 보다가 들어갔다. 대신 지렁이와 집달팽이 떼가 마당가 시멘트 담벽을 타고 오르거나 장독간을 거닐었다. 어느 날은 장독 바닥에 뱀만큼이나 긴 지렁이가 허옇게 부풀어 뒤집혀져 있기도 했다. 마당 가엔 골풀과 비름 따위의 풀들이 솟아났고 매화나무와 복숭아나무에는 가지마다 푸른 열매가 빽빽하게 붙어 불쑥불쑥 자라고 있었다. 어른들은 비가 너무 많이 와서 과일이 다 맛이 없을 거라고 쓴 입맛을 다셨다.[*]

안마당의 기억, 혹은 실낙원

나와 비슷한 연배의 작가가 그려낸 유년의 풍경이라서인지 「안마당이 있는 가겟집 풍경」에는 내 어린 시절의 풍경이나 기억과 겹쳐지는

---

[*]   전경린, 「앞마당이 있는 가겟집 풍경」, 『염소를 모는 여자』, 문학동네, 1996, 101쪽.

부분이 많다. 골목에서 진가를 발휘하던 보물들이었던 구슬과 팽이와 줄넘기와 딱지, 특별한 날 깜짝 선물로 받곤 했던 전동차 모양의 은색 연필 깎기, 방 한 구석에 자리하고 있던 레이스 덮인 피아노, 거실 한 쪽에 고이 모셔두고 먹었던 원기소며 물에 불려 먹던 건빵, 학교에서 나누어주던 급식 빵까지 소설은 나의 어린 시절 풍경들을 다시 소환한다. 거리에선 소년들이 '얼음(氷)'이라고 적힌 나무상자를 메고 아이스 케키를 외치며 돌아다니고, 월남에서 돌아온 김 상사들이 으쓱대며 돌아다니는가 하면, 텔레비전에선 끈적한 김추자의 노래와 신나는 트위스트 리듬이 흘러나오던 풍경도 내가 보고 들은 것이고, "쓸데없는 지 집년들이 줄줄이 나와 애비 등골을 빼먹는다" 생각했을 딸 부잣집에서 "잘못 뽑힌 제비들처럼 꽝"이었던 여자 형제들의 억울함이나, 오빠(남동생)에게만 역성들던 어른들의 부당한 판결도 내가 겪은 그것과 같다.

미군과 결혼해 미국으로 건너간 동네 언니가 긴 부츠를 신고 나타나 부러움의 대상이 되기도 했고, 미군부대에 다니던 동네 삼촌은 미제 초콜릿과 사탕으로 한껏 어깨가 올라가 있었고, 고모들은 두 계집들 뒤로 드디어 세상에 나온 남동생에 환호하며 그 애를 위해 만난 것을 몰래 숨겨두었고, 멋쟁이 인텔리 외삼촌은 시골 아낙네인 외숙모를 두고 신여성과 연애를 했고, 월남 파병 환송식과 환영식이 요란하고 거창하게 이루어지는 동안 거리 곳곳에선 "야야야 야야야 차차차—차차차아, 기타 소리 땡땡땡, 트위스트 춤을 춥시다" 노래가 흘러나왔다. 소설 속 주인공처럼 갓 열 살을 넘어섰던 1970년대 초반, 시골에서 올라온 사촌과 이모와 고모가 함께 살았던 우리 집 마당에서는 그렇게 제법 웃음소리가 그치지 않았다. 그때 나는 그곳에 있었지만 그곳을 제대로 보지는 못했다. 유년의 뜰은 유년이 지나서야 그 모습을 온전히 드러내는 법이다.

「안마당이 있는 가겟집 풍경」에서도 유년 시절의 풍경은 안마당을 채우던 웃음소리로 시작한다. "웃음소리…… 많은 사람들이 함께 웃었다." 이것이 주인공이 유년 시절을 생각할 때 떠오르는 처음 풍경이다. 월남에서 돌아온 삼촌이 아이들에게 춤을 가르쳐 주고, '나'와 사촌들은 트위스트 춤을 추며 노래를 하고, 세 들어 살던 홀아비 장씨와 월림 댁 부부와 어긋지기 숙모가 칫솔질을 하며 따라 웃고, 마당에는 복숭아 꽃이 피어 있던 풍경. 다른 곳에서도 소설은 "아침이면 여전히 우리는 노래하고 춤추었다. 그리고 어른들은 웃었다"고 적고 있다. 웃음과 꽃 향기와 노랫소리로 가득한 그곳은 낙원 같은 곳이었을까? 하지만 그때 는 "세상에 대해 아무것도 몰랐던" 시절이었고, 그 후로도 "내가 모를 일"들은 너무나 많았다.

사실 유년의 안마당을 채우던 웃음소리는 어딘가 불안하다. 월남에서 돌아온 삼촌이 가져온 자루 안에 달콤한 초콜릿이 가득 들어 있던 것이 "마귀할멈에게 쫓기는 꿈을 꿀 때처럼 허황되게" 느껴졌듯, 어쩌면 '나'는 그때 그 웃음이 꿈처럼 더욱이 마귀할멈에게 쫓기는 악몽처럼 무언가 불안하고 허망하다는 걸 짐작했을까? 그 웃음과 행복과 평온 뒤에는 어두운 그림자가 잠복하고 있다는 걸 짐작했을까? 삼촌은 베트콩 시체를 쌓아놓은 들판을 배경으로 웃고 서 있었고, 오빠는 그 사진을 보며 감탄했고,[1] 월림댁은 사흘이 멀다 하고 남편에게 매를 맞 았고, 어느 땐 변소 앞 감나무에 묶여 있기도 했으나 식구들 중 아무도

---

[1] 삼촌과 오빠가 각각 자긍심과 부러움에 차서 바라보던 그 사진에서 '나'는 "납 같은 침묵"을 본다.

풀어주지 않았다. 아버지는 고상하고 화사한 문 계장과 연애 중이었고, 엄마는 아버지를 묶어두기 위해 다섯 번째 아이를 임신 중이었으며, '나'와 동생들은 "잘못 뽑힌 제비들처럼 꽝"인 인생들이었다. 요컨대 안마당을 메우던 웃음과 행복은 가짜였던 것이다.

주인공이 떠올리는 유년의 기억들은 결국 진실과 거짓 혹은 드러난 것과 감추어진 것 사이의 혼란 그리고 이로 인한 최초의 환멸로 이어진다. 비밀처럼 간직하고 있던 교장선생님 아들과의[2] 입맞춤이 무용하던 친구들 모두가 경험한 것이었음을 알게 되었을 때, 그리고 다시금 그 친구들의 고백이 거짓으로 꾸며진 것일지도 모른다는 생각이 들었을 때, 어떤 남자의 무릎 위에 맡겨져 단단해지고 뜨거워지는 '고구마'를 경험하게 되었을 때, 미국에서 온 고모의 '인조 속눈썹'과 '배우처럼' 찍은 그러나 어쩐지 '가짜 같이만' 느껴지는 사진들을 보았을 때, 그녀는 더러움과 깨끗함, 아름다움과 추함, 가짜와 진짜가 뒤죽박죽 섞여 있는 혼돈과 환멸의 삶을 보게 된다. 낙원 같았던 안마당은 어두운 욕망과 폭력과 거짓이 자리하고 있는 타락의 공간으로 전락한다.

그렇게 순결했던 꿈의 시간은 지나간다. 그 시절을 상징하는 흰색은 금세 바래지거나 오염된다. '희디 흰' 치약 거품을 물고 '흰 이'를 드러내며 웃던 삼촌도, '흰 버선'에 '흰 고무신'을 신고 보얗게 분 바른 얼굴에 분홍색 한복을 입고 집으로 들어왔던 월림댁도, 교장 선생님의 '하얀 사택'이나, '눈처럼 흰' 얼굴과 복숭아 꽃잎 같은 분홍색 입술을 갖

---

2 교장 선생님 아들에게는 이란성 쌍둥이 누이가 있었는데, 누이가 못생긴 얼굴에 항상 침을 흘리고 다니는 데 반해 그 아이는 꽃처럼 예쁘고 화사한 얼굴을 하고 있었다는 것은 한 상황이나 대상이 갖는 양면성을 드러내기 위한 장치로 보인다. 아름다움과 추함, 진짜와 거짓이 앞뒤 한 몸처럼 붙어 있는 것이라는 사실을 환기하는.

고 있던 아이나, '흰 리본'으로 머리를 묶고 '흰 원피스'와 '흰 블라우스'를 입고 '흰 수건'을 들고 있던 '흰 얼굴'의 문 계장과 그녀가 준 '흰색 포장'의 선물, 아버지와 '나'의 '희고 긴 손가락'까지, 가슴 설레게 하던 눈부신 흰 색들은 이제 환영 속에서만 눈부실 터다. '나'는 오빠가 갖고 있던 빨간색 구슬, 일곱 가지 색칠을 한 팽이, 고모의 빨간 집과 푸른 잔디 정원, 연두색과 분홍색의 월남 아오자이 옷, 문 계장 정원에 피어 있던 붉고 화려한 꽃들로 상징되는 욕망과 활력의 유채색의 세계를 지나, 종국에는 문둥병을 앓는 모녀의 핏빛 손과 얼굴을 가린 검은 털실 머플러의 검고 어두운 세계로 가게 될 것이다. 거기에는 매일 밤마다 동전을 세어 묶다가 손도 안 씻고 잠이 드는 엄마의 검은 손도 있을 것이니, 그 어둠과 환멸의 세계를 받아들이기까지 그녀가 가야 할 길이 멀다.

'뱀-이브'의 운명

글 앞에 인용한 대목은 장마가 지나간 뒤의 안마당 풍경을 묘사하고 있는 것으로, 웃음소리 가득했던 안마당의 기억 속 풍경을 밀어내며 서늘한 실낙원의 풍경을 드러낸다. 비가 내린 뒤 물이 빠지지 않아 뻘밭이 되어버리고, 더 이상 춤과 노랫소리가 들리지 않으며, 꽃 대신 잡초가 무성하고, 사람 대신 뱀만큼이나 긴 지렁이와 집달팽이가 거니는 그곳에는 꽃과 뱀, 낙원과 지옥이 운명처럼 손잡고 있다. 어쩌면 애초부터 낙원은 없었을지도 모른다고, 웃음소리 가득했던 그곳에는 이미 눈물과 상처가 자리하고 있었다고, 변해버린 안마당의 풍경은 말하고 있는 것인지 모르겠다. 어쨌든 실낙원의 역사가 그렇게 시작된다.

특히나 이때 안마당을 묘사하면서 등장하는 '뱀'의 비유는 주목을 요한다. 사람들의 발길이 멈춘 안마당에 지렁이와 집달팽이 떼가 출몰하고 꽃 대신 골풀과 비름 따위 풀들이 무성해져 있는 쇠락한 풍경 속에 자리한 '뱀'의 비유은 실낙원의 풍경에서부터 이어져 온 '뱀-이브'라는 여성의 운명을 환기시킨다. 소설에는 실제로 '뱀'의 비유가 곳곳에 등장하는데, 가령 월림댁이 남편과 뒤엉켜 싸우는 걸 보면서 할머니가 "여편네가 뻑세게 굴면 얻어맞게 되는 법이다. 저리 머리를 뱀 대가리처럼 곧추세우니, 사흘들이 매타작일밖에"라고 흉볼 때에도 '뱀'의 비유가 등장한다. 월림댁은 사흘이 멀다 하고 남편에게 매를 맞고 감나무에 묶여 있기도 하는데,[3] 그것은 말하자면 '뱀-마녀'의 처형식과 같은 광경이다.

다소곳하지 못하고 '뻑세게' 굴고 '뻣뻣한' 것들은 그 처벌과 응징을 통해 추방된다. 모름지기 여성이란 "그저 연해야 되는" 법이고, 여성 안의 '뱀-마녀'는 추방되어야 마땅한 것이다. 하지만 "지집은 그저 연해야 되는 게야"를 강조하던 할머니의 등 뒤에서 "뻣뻣한 년들 매 타작감이면 저 할마시는 벌써 맞아죽고 남지도 않았겠네" 쏘아대던 엄마의 말을 떠올리건대, 그리고 할머니의 성정이나 행동을 보아 짐작하건대, 엄마는 물론 할머니도 '뱀-이브'의 후예임이 분명해 보인다. 이들에게 인생이란 "한 구덩이에서 풀려나온 실뱀떼처럼 꿈틀거리며 꼬리에 꼬

---

3 이 모습은 「사막의 달」에서의 주인공 해연의 모습과 비슷하다. 월림댁이 남편에 의해 나무에 묶여 벌을 받는 데 반해, 해연은 아버지에 의해 나무에 묶여 벌을 받는다. 해연은 "아버지는 처마를 타고 내려오는 구렁이를 본 듯 낫을 들고 내 등을 쫓아왔다. 나는 그렇게 쫓겨 집을 나왔다"고 고백하는데, 그것은 저주받은 몸 '구렁이'가 되어 '아버지의 집'으로부터 쫓겨나는 여성-이브의 실낙원의 역사를 보여주는 대목이다(황도경, 「반란의 성, 반역의 삶」, 『우리 시대의 여성 작가』, 문학과지성사, 1999, 170~174쪽 참고). 매를 맞고 나무에 묶인 월림댁은 바로 그 이브의 길 위에 서 있는 셈이다.

리를 물고" 이들을 다른 곳으로, "다른 뱀의 머리 위로" 실어가는 과정으로 이해된다. 이래저래 '뱀의 운명'에서 벗어날 수가 없다.

그러니 「안마당이 있는 가겟집 풍경」이 세상과 삶의 추악함에 눈뜨고 자기 안에서 뱀의 운명을 확인하게 되는 과정을 그린 성장소설이라고 할 때, 주목할 것은 그것이 이브의 역사를 담은 여성의 성장담이라는 점일 것이다. 할머니와 엄마, 고모, 월림댁을 통해 어린 '나'는 자신이 감당해야 할 '뱀의 운명'을 예감한다. 그것은 사흘이 멀다 하고 남편에게 매를 맞고 그러면서도 남편을 붙잡아두기 위해 계속 임신을 하는 노예의 숙명이고, 달려드는 남동생의 머리를 깬 죄로 미국까지 도망을 가는 죄수의 숙명이자, 피아노도 칠 줄 아는 교양 있는 규수로 다소곳하고 '연하게' 살아가는 가공된 천사의 숙명이기도 하다. 분명한 건 어느 순간에도 이들 안에는 기존의 질서와 부딪치는 반항적이고 일탈적인 기운이 꿈틀거리고 있다는 것, 그 기운이 때로 이들을 '다른' 길로 이끌어가기도 한다는 것, 그리고 이 '뱀'의 길이 이들 인생에 자리한 수많은 길들 중 하나라는 것, 어쩌면 그 길이 그들 자신의 욕망과 삶의 진정한 주인이 되겠다는 주체 선언의 길일 수도 있겠다는 것이다.

미로, 혹은 '다른' 길의 유혹

소설 곳곳에 등장하는 미로는 이 혼란과 일탈의 기운 속에서 진행되는 우리 삶의 여정을 의미할 것이다. '나'는 급식 빵을 혼자 먹으려고 집으로 가는 길에서 벗어나 '다른' 길로 나갔다가 길을 잃었던 적이 있었고, 문 계장 집은 그때 길을 잃었던 골목과 비슷한 미로 같은 골목 끝에 있었다. 문 계장 집을 찾아갈 때마다 '나'는 마치 미로를 더듬어 찾아가는 듯했다고, 그 집을 찾아가거나 나올 때마다 길을 잃을 것 같은 어지러운 떨림이 있었다고, 마지막으로 문 계장 집을 나와 대로에 들어서면서는 이제 "알리바바의 미로에서 길을 잃을 염려를 하지 않아도" 된다 생각했다고 고백한다. '내'가 길을 잃었던 곳에서 아버지도, 문 계장도 길을 잃었던 것일까?

삼촌 머리를 깨고 혼날 게 두려워 계속 도망가다 보니 미국까지 가게 되었다는 고모의 경우는 어떤가. 스물두 살이었던 처녀가 달려드는 남동생의 머리를 깨고 울면서 철로 굴다리를 지나, 넓은 들판을 지나, 강을 건너 바다를 건너 한없이 걸어가, 결국에는 먼 이국땅에서 낯선 삶을 시작해야 했던 여정은 실로 추방된 이브의 그것이라 할 만하다. 게다가 길을 잃고 예상치 못하게 엇나간 고모의 길은 어쩌면 '나'의 길이 될 수도 있을 터다. 미로처럼 이어진 길은 언제든 우리를 먼 곳으로, '다른' 곳으로 실어갈 것이기 때문이다. 그렇게 '다른' 길로 이어지기도 하는 그 길이 바로 '실뱀 떼'나 '뱀'에 비유되며 묘사된 길이다.

그 길 위에서 순간의 황홀한 행복과 기대와 불안이 스쳐간다. 분홍색 깃털이 달린 발레복을 받고 황홀했던 순간에도, 도에서 열린 발레 경연대회에서 2등을 한 후 벅찬 마음으로 바라본 강물이 "아까운 실타래처럼 한없이 흘러가고" 있을 때에도, 미로 같은 길을 더듬어 문 계장 집을 가거나 나올 때에도, '나'는 '어지러웠다'고 고백한다. 자신이 어느 길로 가고 있는지, 지금의 이 길이 어디로 이어지는지 알 수 없는 혼란과 불안의 예감 속에서 이어지는 것이 우리 삶의 길이라고 할 때, 어지럼증은 피할 수 없는 것일지도 모른다. 순간의 황홀과 오랜 쇠락을 예감하면서 오는 어지럼증. 우리는 그저 그 어지럼증을 안고 때로의 '길 잃음'과 '다른' 길의 유혹을 통과하며 성장한다.

그 길은 또한 할머니-엄마-고모가 걸어갔던 길이기도 하니, 그 여성의 역사 속에서 '나'는 엄마를 이해하고 자기 자신을 이해하고 삶의 어둠을 이해한다. 이 삶이 엄마에게 "너무나도 부당했다"는 걸 알게 되고, 엄마처럼은 절대로 살지 않겠다고 했지만 엄마의 운명을 '내' 안에 받아들이게 되고, 맏딸 노릇을 받아들이지 않을 거라고 다짐했지만 결국 그것을 수용하게 된다. 그것은 또한 '뱀-이브'의 운명을 수용하는 것이기도 하니, 그녀 안의 욕망이 그녀를 어디로 이끌고 갈지는 알 수 없는 일이다. 어쨌든 그녀는 성장한다. 목욕탕에서 엄마의 순간의 행복과 긴 외로움과 몸부림을 이해하게 되었을 때 그녀는 성장했고, 문둥병 모녀에게 거스름돈을 돌려주면서 잔돈을 쥐기 쉽도록 동전을 세 개의 손가락 안에 단정하게 놓아줄 때 한 뼘 더 성장했다.

이제 '나'는 장미 향기가 결국에는 퀴퀴한 냄새들과 뒤섞이는 법이라는 걸, 어린 시절 보았던 삼촌의 웃음 뒤에는 어둠이 자리하고 있었다는 걸, 그 어둠이 끝내 삼촌을 죽음으로 이끌어 갔을지도 모른다는 걸, 레이스 커튼이 쳐진 방 안쪽에 자리하고 있었을 비밀들에 더 이상 가슴 조일 필요가 없다는 걸 어렴풋이 깨닫는다. 장마가 계속되어도 어쨌든 과일은 자라나는 법이고, 잎도 없이 늦겨울부터 피어나는 검은 나뭇가지의 꽃들도 있는 법이다. 춤추고 노래하는 날은 다시없을 지라도 아이들은 무럭무럭 자라나 나이가 들어간다. "뻐꾹 뻐꾹 봄이 가네, 뻐꾸기 소리 잘 가란 인사 복사꽃이 떨어지네"라고 노래할 때, 뻐꾸기 소리는 봄이 가는 소리이기도 하지만 여름이 오는 신호이기도 하다.

흡혈귀의 호출

김영하, 「흡혈귀」

그들은 집단으로 병원을 탈주하고 차량을 탈취하여 도로를 질주합니다. 그 차량 행렬이 바다로 향하고 경찰은 추격합니다. 그들은 절벽으로 몰립니다. 그의 아내와 친구들이 달려와 그를 부릅니다. 너는 흡혈귀가 아니야, 제발 정신차려. 그 소리는 마치 거대한 합창처럼 울려퍼집니다. 그러자 절벽에 늘어선 흡혈귀들도 입을 모아 외칩니다. 우리는 흡혈귀다. 우리는 흡혈귀다.

세상의 흡혈귀들은 모두 거세당했다. 세상은 빛으로 가득하다. 어디에도 숨을 곳은 없다. 우리는 흡혈의 자유와 반역의 재능을 헌납당했고 대신 생존의 굴욕만을 넘겨받았다……*

흡혈귀는 어떻게 오는가

김영하의 「흡혈귀」에는 흥미로운 흡혈귀가 등장한다. 엄밀히 말해서

---

* 김영하, 「흡혈귀」, 『엘리베이터에 낀 그 남자는 어떻게 되었나』, 문학과지성사, 1999, 63 · 71쪽.

자신이 흡혈귀라고 주장하는 흡혈귀, 하지만 그의 가족과 친구들은 흡혈귀가 아니라고 하는 흡혈귀. 그래서 흡혈귀인지 아닌지 모호한 흡혈귀. 그는 스스로를 흡혈귀라고 주장하다 정신병원에 갇히는데, 이상하게도 얼마 지나지 않아 그 정신병원에는 자신이 흡혈귀라고 믿는 사람들이 늘어나고, 그들은 함께 병원을 탈주하게 된다. 경찰들이 그들을 추격하고, 가족과 친구들이 달려와 "너는 흡혈귀가 아니야" 외치고, 흡혈귀들은 "우리는 흡혈귀다" 외친다. 그리고는 절벽 아래로 함께 떨어졌고, 아무도 그들이 진짜 흡혈귀였는지 알 수 없게 된다. 이 흡혈귀는 소설 속 인물인 김희연의 남편이 쓴 시나리오에 등장하는 인물이다. 그를 흡혈귀 1이라고 하자.

흥미롭게도 그 시나리오를 쓴 김희연의 남편도 '흡혈귀'처럼 보인다. 그는 흡혈귀를 다룬 시나리오를 쓰고, 죽음과 소멸을 찬미하는 시를 쓰고, 죽음과 삶의 허무를 다룬 작품들에 대해 평론을 쓰기도 하는 작가다. 그는 서재에서 굶주린 야수 같은 괴성을 지르기도 하고, 서재 안에 마련한 관에서 잠을 자고, 고전부터 영미문학, 현대소설에 이르기까지 안 읽은 작품이 없을 정도로 많은 책을 읽어 해박하다. 그는 세상사에 통달한 것 같으면서 동시에 세상사에 무관심하다. 섹스에도 관심이 없고, 먹는 것에도 관심이 없다. 그나마 잘 먹는 건 피가 뚝뚝 흐르는 스테이크뿐이다. 김희연은 이 남편이 흡혈귀 같다고 한다. 이 남자를 흡혈귀 2라고 하자.

소설은 이 흡혈귀 2를 남편으로 둔 김희연이 작가인 '나-김영하'에게 편지를 보내는 것으로 시작한다. 그녀의 편지에는 자신이 살아온 과정이 담겨 있었는데, 그에 따르면 그녀는 대학에 들어가서 운동권 영화를 만드는 한 남자를 만났고, 그와의 연애가 지지부진할 때쯤 지금의 남편을 만났다고 한다. 시나리오 작가였고, 시나 소설, 평론도 쓴다는 인물. 세상의 흐름에 무심했고 세상사에 통달한 것 같아서 끌렸던 남자. 하지만 결혼 후 그는 너무 이상했고 모든 것에 무관심했다. 삶은 무의미하고 그 속에서 시간을 견디고 있을 뿐이라는 그를 그녀는 흡혈귀라고 단정한다. 그리고 이제 그녀는 행복하게 살고 싶어서 남편을 떠나려고 한다고 조언을 구한다. 이런 이상한 편지를 보낸 김희연이라는 인물은 과연 누구일까? 왜 그런 내용의 글을 '나-김영하'에게 보낸 것일까?

김희연의 편지가 '나-김영하'에게 전달되는 과정을 다시 살펴보자. 실제 작가를 연상시키는 인물로 설정된 '나-김영하'는 독자로부터 이런저런 편지를 받곤 하는데, 김희연의 편지도 그 중 하나였다. 그는 그 편지를 책상 위에 던져놓고 잊어버렸고, 그렇게 그 편지는 다른 우편물들과 함께 한참을 '묻혀' 있게 된다. 그러다 친구 생일이라 술을 먹고 돌아온 날 천둥 번개가 치고 비가 험하게 오던 밤에, 그는 김희연의 전화를 받게 된다. 그녀는 무언가 감정이 억제되어 있는 듯하면서 동시에 무언가 부글부글 끓어오르는 듯한 이상한 목소리로 자기가 보낸 글을 읽었느냐고, 꼭 읽어달라고 부탁한다.

'나-김영하'가 김희연의 편지를 발견하는 이런 상황은 흥미롭다. 바쁘다는 핑계로 한참을 외면했던 그녀의 편지는 천둥 번개와 함께 비로소 '나'에게 온다. 이때서야 비로소 '나'는 '왼손으로' 책상 위에서 그녀가 보낸 우편물을 찾았고, 봉투의 '왼쪽 상단에' 적힌 그녀의 이름을 확인한다. 말하자면 김희연은 천둥 번개, 뇌성벽력과 함께 온 이상하게 끓어오르는 어떤 힘, '내'가 '왼손으로' 찾아낸 '나-김영하'의 왼쪽 자아다. 그녀의 편지는 오래전에 '나'에게 도착해 있었지만, 그는 '바빠서'

읽지를 못했다. 그러다 친구의 생일이라 술을 먹고 이성의 힘이 약해져 있을 때 천둥 번개의 소란스러운 소리와 함께 부글부글 끓어오르듯 튀어나온 것, 그것이 '김희연'이다. 남편이 흡혈귀 같다고 하면서 "제가 미쳤죠", "누구든지 저더러 미쳤다고 할 거예요"라고 말할 때, 그 고백도 심상치 않다. 그녀는 '내' 안에 있던 어두운 욕망의 목소리와 같다. 다시 전화하겠다던 그녀에게선 그 후 전화가 없다. 그녀가 이미 '나'의 곁에 와 있기 때문이거나, 다시 '내'가 그녀를 잊었기 때문일 것이다. '나'는 소설 끝에서 "바로 그녀가 흡혈귀인 것만 같"다고 고백한다. 이제 그녀를 흡혈귀 3이라 할 수 있을 것이다.

우리 안의 흡혈귀

소설은 3중의 액자구성을 통해 이 흡혈귀들에 대한 이야기를 전달한다. 그런데 진짜 흥미로운 것은 이들 흡혈귀들과 '나-김영하'의 관계다. 김희연의 전화를 끊은 후 그녀가 보내온 글을 읽으면서 '나'는 "첫 문장부터 맞춤법에 맞지 않는 단어들이 눈에 띄었다"고 말한다. 그리고는 그녀의 글을 소개하면서 몇 군데 연결되지 않는 문장은 자기가 손을 보았고 맞춤법이 틀린 곳도 고쳤다고, 지나치게 비약이 심하거나 감상적으로 흐른 부분도 문맥에 손상이 가지 않는 범위에서 삭제하거나 줄였다고 이야기한다. 말하자면 김희연의 글로 소개된 부분은 김희연 혼자의 글이 아니라 '나'의 수정과 삭제와 같은 검열 과정을 통과해서 완성된, 김희연과 '나'의 공동 저술이 된다. '나-김영하'가 낮의 세계에 속한 이성적 자아로서의 '나'라면, 김희연은 '나'의 내부에 숨어 있던 일탈과 욕망의 자아로서의 '나'다. 그녀의 목소리는 이성적 자아로서의 '나'를 통해, 그런 '나'의 검열을 통과한 후에야 글로 전달된다.

그렇게 해서 완성된 김희연의 글은 '나-김영하'가 가지고 있는 의식과 무의식, 일상으로의 안주와 일탈의 욕망 사이의 갈등을 김희연과 그녀의 남편 사이의 관계를 통해 보여준다. '나-김영하' 안에는 김희연과 김희연의 남편이, 다시 말해 행복하게 살고 싶다는 욕망과 일상으로부터 벗어나 죽음과 소멸의 세계로 빠져드는 욕망이, '나는 흡혈귀다' 외치는 사내와 '너는 흡혈귀가 아니다' 외치는 경찰과 가족이 함께 있다. 이제 그는 바쁜 일상을 살아가는 소시민 작가로 살아가고 있다. 그는 살아남기 위해, 빛 속에서 살아가기 위해 흡혈귀의 본능을 상실하고 피 대신 밥과 빵을 먹으며 생활인이 되었다. '나'는 김희연의 남편이 누구인지 알고 있다고 고백한다. 과연 김희연의 남편은 누구이겠는가? 김희연의 남편은 '김희연-나'가 버린 '그', '내' 안의 흡혈귀다.

'나'의 이야기는 이런 점에서 '내'가 버린 혹은 '내'가 외면한 '그'를 되살려내는 작업이다. 작가 김영하에게 있어 소설이란 같은 맥락에서 설명될 수 있을 것이다. 거세당한 흡혈귀로서의 자기 고백, 그리고 소설을 통해 그 흡혈귀를 다시 불러오는 작업! 소설 서두에는 작가 김영하를 그대로 연상시키는 고백이 등장한다. 장편소설 『나는 나를 파괴할 권리가 있다』를 발표한 후 그 안에 등장하는 자살 안내자를 자신과 동일시하는 독자의 전화를 받곤 한다는 것인데, 이 고백으로 인해 '나'는 실제 작가 김영하로 오인되어 읽히기 쉽다. 하지만 "인생을 흉내 내는 영화는 인생보다 더 지겹다"는 소설 속 김희연 남편의 말처럼, 소설/예술이란 현실의 모방이 아니고 소설/예술은 현실과는 완전히 다른 또 하나의 세계일 뿐이다. 이야기의 바깥은 없다. 작가는 소설을 통해 우리의 일상에 흡혈귀를 불러오고 있는 중이다. 이때 우리의 낯익은 일상이 얼마나 낯선 세계가 되는지 보라.

김영하 소설을 읽기 시작할 때 우리는 이미 그 흡혈귀의 세계로 초대된다. 그의 소설은 이야기한다. 그것은 생각보다 아주 가까운 곳에 있다고, 어쩌면 이미 오래전에 우리 곁에 와 있을지도 모른다고, 일상의 일들로 바빠서 잊거나 묻어두고 있을 뿐일지 모른다고. 우리 모두는 한때 자유와 본능과 반항의 기운으로 생생하게 살아있던 존재로서의 흡혈귀 4·5·6이었을지 모른다고. 하지만 결혼을 하고 아이를 낳고 남편/아내와 함께 팝콘을 먹으며 헐리우드 영화를 보고 주말에는 아이들과 놀이동산에 가면서 살고 싶다는 욕망은 언제나 젊음과 열정과 광기로 충만했던 한때의 자신을 이긴다고. 우리는 피 대신 빵을 먹고, 자유와 반역의 재능을 헌납하고, 대신 생존의 굴욕을 넘겨받았다고.[1]

생각해보면 자신이 살아온 과정을 담고 있는 김희연의 글은 우리 모두가 걸어온 길이기도 하지 않은가. 순정만화나 하이틴 로맨스에 빠져

---

[1] 김영하의 흡혈귀가 세상에 적응하기 위해 피 대신 빵을 먹음으로써 거세된 흡혈귀들의 이야기라면, 짐 자무쉬의 영화 〈오직 사랑하는 이들만이 살아남는다〉에는 더 이상 피를 구할 수가 없어서 살아남을 수 없게 된 흡혈귀들이 등장한다. 김영하의 흡혈귀가 더 이상 흡혈귀일 수 없게 된 것이 세상에 적응하기 위한 어쩔 수 없는 선택이었다면, 짐 자무쉬의 흡혈귀들이 더 이상 흡혈귀로 살아갈 수 없게 된 것은 전적으로 그들 외부의 사정 때문이다. 그들에겐 세상이 타락하고 오염되어 피조차 더러워진 것, 그래서 먹을 수 있는 피가 없어진다는 게 문제다. 김영하의 시선이 안을 향해 있다면, 짐 자무쉬의 시선은 밖을 향해 있다. 김영하가 타락한 우리 자신을 돌아보게 만든다면, 짐 자무쉬는 우리가 살고 있는 타락한 세상과 문명을 돌아보게 만든다. 김영하의 흡혈귀들은 더 이상 피를 먹지 않고 대신 빵을 먹지만, 짐 자무쉬의 흡혈귀들은 여전히 피를 찾아 헤맨다. 영화가 강렬한 사랑의 예찬을 통해 흡혈의 세계를 흐릿하게나마 희망적으로 남겨둔 데 반해, 김영하의 소설에서 흡혈귀는 잊힌 기억으로만 등장한다. 영화 〈오직 사랑하는 이들만이 살아남는다〉에 대해서는 황도경, 「오염된 피, 사랑의 묘약」(『극장의 시간』, 케포이북스, 2016)을 참조할 것.

있다가, 대학에 들어가 세상 물정 모르고 미친 듯이 사는(것처럼 보이는) 남자에 끌리고, 그 허위와 치기에 눈뜨고 상처받고, 다시 세상에 무관심한 듯 통달한 듯 보이는 남자에 끌리고, 시간을 거스르는 반역과 자유에 매혹 당했다가, 결국에는 세상에 순응하는 소시민이 되어가는 것. "얼마나 많은 여자들과 남편은 살아왔을까"라는 그녀의 말처럼 한때 우리도 흡혈귀를 짝으로 삼지 않았던가. 그리고 행복하게 살고 싶다는 소박한 꿈으로 그를 떠나보내지 않았던가.

이제 "넌 흡혈귀가 아니야, 정신 차려"라고 외치며 쫓아오는 경찰과 의사와 가족을 향해 "우리는 흡혈귀다, 우리는 흡혈귀다" 외치며 끝내 절벽으로 떨어진 흡혈귀의 이야기는 전설처럼 남아 있을 뿐이다. 한때 '흡혈귀'였던 우리 모두는 현실에 투항한다. 소설가 '나—김영하'를 화자로 내세운 이 이야기는 일상인으로 전락한 소설가의 아픈 고백일 뿐 아니라, 스스로 자유와 열정을 반납하고 일상의 평온과 행복에 투항한 우리 모두의 고백이 될 만하다. 흡혈귀의 기억, 그것은 이제 아득한 옛사랑의 그림자 같은 것이 되었다. 천둥 치는 어느 날 잊어버린 '김희연'으로부터 연락을 받게 된다면 겨우 떠올리게 될 희미한 옛사랑의 그림자 같은 것. 하지만 생각해보면 언젠가 우리에게도 그녀의 호출이[2] 있었던 것 같지 않은지. 어쩌면 그녀는 이미 우리 곁에 와서 우리를 부르고 있는 중인지도 모를 일이다. 얼마 전에 우편물을 하나 보내드렸는데, 기억하실지……?라고.

---

2   김영하의 첫 번째 소설집이 『호출』이라는 점을 상기하자. 김영하에게 '호출'은 보통명사가 아니다. 그것은 내 안의 나를 부르는 일, 혹은 잊힌 내 안의 '그/그녀'가 나를 부르는 소리다. 작가는 「호출」에서 "삐삐를 통해 호출하는 것은 다른 누구도 아닌 결국 나 자신일 뿐이다"라고 말한 바 있기도 하다. 『호출』, 문학동네, 2000, 50쪽.

그림자, 천국의 문을 두드리다

김경욱, 「천국의 문」

———

여자는 발길을 돌렸다. 장례식장을 빠져나오기 무섭게 휴대폰을 꺼내 '1' 버튼을 눌렀다. 손이 떨렸다. 너무 길게 눌렀는지 첫 번째 단축번호로 연결되고 말았다. 사내의 번호였다. 여자는 황망히 종료버튼을 누르고 다시 숫자를 누르기 시작했다. 여자는 그제야 알 것 같았다. 난생처음 느꼈던 그 끔찍한 감정은 모욕감이었다. 그리고 문제의 시는 그게 전부가 아니었다. 진짜 마지막 행은 이랬다.

"아빠, 아빠, 이 개자식, 나는 다 끝났어."

여자는 자신의 인생이 끝장나버린 기분이었다. 아버지가 마지막 숨을 거두면서 여자의 남은 생을 걷어가버리기라도 한 것처럼.

여자가 다시 전화를 건 곳은 경찰서였다.[*]

———

*   김경욱, 「천국의 문」, 김경욱 외, 『2016년 제40회 이상문학상 작품집』, 문학사상사, 2016, 37쪽.

아버지라는 어둠

아버지에 대해서라면, 아버지의 병에 대해서라면, 그리고 어둠이었던 아버지에 대해서라면 나도 할 말이 많다고, 김경욱의 「천국의 문」을 읽으면서 생각했다. 소설의 앞부분은 나의 과거 이야기였고, 뒷부분 반은 내가 얼마 남지 않은 미래에 마주하게 될 이야기였으므로. 늙고 병든 노인들의 고약하고 냄새 나는 일상의 순간들은 내게도 익숙한 풍경이었으므로. 모두 떠나간 자리를 끝내 벗어나지 못하고 억울해 하고 있는 게 나였으므로.

소설 속에서처럼 아버지는 몇 차례의 수술 후 섬망이 심해져 엉뚱한 이야기를 하기 시작했고, 역정을 냈고, 어느 날엔가는 침대 위 전기장판을 가위로 잘라 집에 불을 낼 뻔했고, 그렇게 위험인물이 된 아버지를 피해 부엌에 있는 가위며 칼을 치우고 안방 문을 잠가야 했던 소란스러운 일들 끝에, 아버지는 요양병원에 옮겨졌다. 하지만 그렇다고 해서 소란스러움이 완전히 끝난 것은 아니었다. 걷는 게 힘들어지고, 음식 넘기는 게 어려워지고, 목에 관을 꼽고, 다시 위에 관을 삽입해서 그리로 음식을 주입하고, 그렇게 아버지는 반경 60센티미터 안의 원으로 좁혀진 삶을[1] 살게 되었다.

눈이 내릴 때, 봄이 되어서 곳곳에 예쁜 꽃들이 피어날 때, 나는 아버지 눈이 내려요, 아버지 꽃들이 피었어요, 아버지 저 푸른 하늘을 좀 보세요, 속절없이 말을 건네곤 했다. 하지만 아버지는 답이 없고, 병원

---

1 "아주 아주 나이 들고 병든 사람의 세상은 자기 몸에서 반경 60센티미터 안의 원으로 좁혀진다." 하버드대학교 영문과 교수인 일레인 스캐리의 말이다. 데이비드 실즈, 김명남 역, 『우리는 언젠가 죽는다』, 문학동네, 2010, 281쪽.

에서 돌아오는 길은 언제나 심란했으며, 나는 소설 속 여자처럼 "허물어진 벽 같은 얼굴로 아버지는 무슨 생각을 할까? 붉게 타오르는 나뭇잎을, 신의 정맥처럼 파란 하늘을, 기적 같은 새하얀 눈송이를 보며 대체 무슨 생각을 할까? 과연 생각이라는 걸 하기는 할까?" 되묻곤 했다.

뇌졸중에 걸린 아버지가 투병 끝에 돌아가시기까지의 과정을 기록하면서 필립 로스는 "죽는 것은 일이었고 아버지는 일꾼이었다"[2]고 고백하고 있거니와, 죽음은 그리고 죽음에 이르는 과정은 고요하고 고상하게 오지 않는다. 병든 아버지를 지켜본다는 것은, 먹는 것이 한 입 한 입 노력을 기울여야만 하는 일이라는 것을 그리고 그 일은 줄곧 좌절과 부끄러움으로 얼룩지게 된다는 것을 알게 되는 일이고, 속옷에 얼룩진 오물이 종국에 아버지의 유산이라는 것을 절망 속에 인정하게 되는 일이며, 이제는 단지 쪼그라들고 파괴된 덩어리에 불과한 아버지의 뇌가 한때 우리를 그렇게 좌절하게 만든 원천이었다는 것에 허망해지는 것을 의미한다. 병든 것은 아버지의 몸이지만, 오욕과 우울은 우리의 것이다. 아버지는 과거를 잊었지만, 우리는 아무것도 잊지 못한다.

그러기에 요양병원 침대 위에 좀비가 되어 정맥 급식을 받고 있는 신세인[3] 아버지 앞에서 나는 여전히 아버지라는 어둠에 대해 생각하느라 마음이 복잡하다. 아버지가 일찌감치 떠나버린 과거의 기억이 나에겐 여전히 현재진행형이다. 어쩌면 아픈 건 아버지가 아니라 나일지도 모르겠다. 소설에서도 정작 병든 건 아버지가 아니라 '여자'다. 아버지가 아니라 '여자'의 내면이 문제다. 아버지의 죽음이라는 이야기의 표

---

2   필립 로스, 정영목 역, 『아버지의 유산』, 문학동네, 2017, 276쪽.
3   위의 책, 77쪽에서 묘사된 상황에서 빌려옴.

면을 벗기면 소설은 단지 죽음이나 상실에 관해서가 아니라 좀 더 내밀하고 복잡한 이야기를 들려준다. 말하자면 '아버지라는 어둠'에 대한 이야기 혹은 '아버지라는 어둠'이 만들어낸 이야기. 허물어진 아버지를 바라보는 절망에 대한 이야기가 아니라 허물어진 아버지를 감당하고 있는 '여자' 자신의 감춰진 욕망에 대한 이야기. 어쩐지 나는 거기에서 또 다시 나를 보게 될 것만 같다.

'다른' 곳에 가고자 했지만 '이곳'에 남은 여자

아버지가 있었다. 선생님이었던 아버지, 하지만 가족에게 그는 상처의 근원으로 자리하고 있었던 모양이다. 운전대를 잡기 전에 지도부터 살피는 아버지, 퇴근하면 신발이 가지런히 놓여 있는지부터 확인하는 아버지, 매사에 계획을 세우고 작전을 짜는 아버지, 아버지는 그렇게 강박적이고 엄격한 인물이었나 보다. 게다가 폭력적이기도 했던 모양이니, 뚜렷한 폭력의 사건은 드러나지 않지만 동생은 어릴 적 걸핏하면 맞았다고 했고 어느 날엔가는 말도 없이 사라졌다가 다음날 손등에 화상을 입은 채 돌아오기도 했다. 결국 모두들 아버지로부터 떠났다. 동생은 독립하겠다고 선수를 쳤고, 엄마는 새 남자에게로 가버렸고, 여자 혼자 아버지 곁에 남았다.

여자의 삶에는 언제나 선택의 여지가 없었다. 선택의 여지가 없어서 항상 '억울했다.' 동생이 사라졌을 때 아버지는 하나뿐인 동생을 건사하지 못했다고 윽박질렀고, 엄마는 여자의 역성을 들어주지 않는 것으로 암묵적인 동조의 뜻을 내비쳤다. 아버지도, 엄마도, 동생까지도 여자 탓을 했다. 결혼으로 아버지를 떠날 수 있을 순간에조차 그녀는 "아버지의 끼니, 아버지의 불면, 아버지의 발작, 말하자면 아버지라는 어둠"을 떨치지 못했다. 그렇게 끝내 떨쳐내지 못해서, '다른' 곳으로 가지 못하고 다시 '이곳'에 주저앉게 되어서, 그녀는 다시 억울했다.[4]

내내 '다른' 곳을 꿈꾸었지만, 독립도 유학도 오로라 나라를 동경했던 것도 그녀였지만, 실제 그렇게 '다른' 곳으로 가버린 것은 동생이었다. '다른' 남자의 아내가 된 엄마는 아버지의 일들에 대해 '남의 집' 얘기처럼 데면데면 굴었고, '다른' 나라에 살고 있는 동생은 항시 '남의 나라' 얘기인 양 시큰둥해 했다. 그녀도 '여기'가 아닌 '다른' 곳으로 갈수 있기를, 자신에게 닥치는 모든 일들이 '자기 일'이 아니라 '남의 일'일 수 있기를 얼마나 바랐을 것인가. 오로라 여행의 꿈은 그저 북유럽 신화 속 상상의 동물이 그려진 찻잔을 사는 것으로 대체되었고, 동생이 오로라를 보며 감격해 하고 있을 때 여자는 아버지 병상 앞에 앉아 시신처럼 누워 있는 아버지를 보며 운다.

아버지는 여자를 '이곳'에 묶어두는 억압의 실체다. 게다가 아버지는 병원 안에만 있는 게 아니다. 곳곳에 아버지가 있다. 병원에 가기 위해 잡아 탄 택시 운전수도 요양병원 이름이 잘못되었다며 버럭 소리를 지르고,[5] 여자가 얌전해보여서 차를 세웠다면서 내내 여자에게 반말이다. 짜증이 나고 억울한 기분이 들어도 여자는 화를 낼 줄 모르고, 언제

---

4   자신이 집을 나가 사라졌던 사건을 기억하지 못한다는 동생의 얘기를 들었을 때도 여자는 '억울'했고, 아버지가 위독하다는 연락을 받고 병원에 갔을 때 막상 별일이 없는 것을 알고 난 후에도 여자는 무엇 때문인지 '억울한' 기분을 떨치지 못한다.
5   벌컥 화를 내는 건 아버지가 하는 행동이었다. 게다가 운전사도 아버지만큼이나 늙었는지 머리카락이 온통 새하얗다.

나 자신이 없고 주눅이 들어 있다. 따지고 탓하는 것은 다른 이들이었고, 미안하다고 호소하는 건 언제나 여자였다. 아버지가 위독하다고 전화하지 않았느냐고 간호사에게 자신 없게 던지는 물음이 항변의 최대치인 여자, 늘 여권을 지니고 다니지만 그 여권에는 도장 한 번 찍힌 적 없고 대신 아버지 입원비 영수증이 끼워져 있는 여자, 그래서 아무 말도 하지 못하고 아무 곳에도 가지 못한 여자가 그녀다.

'다른' 곳에 가고자 했지만 '이곳'에 남게 되었을 때, 말하고 싶었지만 말하지 못했을 때, 소리 내 항변하고 싶었지만 분노를 삼켰을 때, 자신의 삶이 도둑맞은 것 같다고, 진짜 삶은 '다른 곳에' 있는 것 같다고 생각할 때, 우리 안에는 무언가가 자리하기 시작한다. 말하자면 어두운 그림자 같은 것. 그 그림자는 우리 안에 언제든 튀어나오려고 하는 어두운 무언가가 있다고, 소리 없는 침묵 속에도 천둥 같은 소리가 있다고, 요컨대 우리 안에 또 다른 우리가 웅크리고 있다고 속삭인다. 그 그림자는 어쨌든 어둠 속에 숨겨져 있었다. 무언가를, 누군가를 만나기 전까지는.

그림자, 천국의 문을 두드리다

'사내'가 있었다. 아버지가 기억이 가물가물해진다며 분노를 터뜨리고, 운전수도 버럭 소리를 지르고, 엄마와 동생이 여자를 탓하고 있을 때, 그래서 세상이 온통 그녀에게 소리를 질러대고 있을 때, 그 속에 '사내'가 있었다. 아버지가 과도를 빼앗아 들고 여자의 목을 겨누고 위협하던 순간 아버지를 제압했던 그 '사내'는[6] 언제나 거침이 없고, 당당하고, 자신감이 넘치는 인물이다. 말하자면 그녀에겐 없는 것들을 가진, 욕망의 대리 분출자 같은 존재. 그가 없었다면, "아버지만 없다면"이라는 상상은, "아버지만 없다면" 그녀에게도 새로운 삶이 가능할 거라고 '다른' 곳으로 떠날 수 있을 거라고 "그러니까 아버지만 없다면"이라는 상상은, 그저 죄의식에 밀려 묻혀 있었을 것이다. 그런데 '사내'가 여자의 내면에 숨겨진 그림자를 읽었고, 그것을 끄집어낸다.

'사내'는 여자에게 에로스와 타나토스적 욕망이 뒤섞인 대상이다. 여자는 그 둘 다를 꿈꾸지만 둘 다로부터 소외되어 있다. 소설은 여자가 이성에게 매력을 어필하는 데 소극적이고 서툴렀다고, "잠재력은 충분했지만 둔감했다"고, "둔감하다기보다는 죄의식을 느꼈다"고, "대개는 불필요한 죄의식이었다"고 이야기한다. 충분했지만 둔감했던 혹은 불필요한 죄의식으로 묻어둔 그 잠재력은 과연 무엇이었을까? 소설의 문맥을 비춰보건대, 그것은 아버지 때문에 혹은 세상이 여자에게 부여한 책임과 의무 때문에 여자 스스로 억눌렀던 에로스적 욕망이라고 할 수 있을 것이다. 그런데 여자는 그 충분한 잠재력에도 불구하고 "불필요한 죄의식" 속에서 평온을 얻는 길을 택했다.

흥미로운 것은 '잠재력', '불필요한 죄의식' 운운하는 이런 문장들이 아버지가 위독하다는 연락을 받고 병원에 갔을 때 만난 남자 간호사와의 관계에서 나오는 것들이라는 점이다. "당직 간호사는 팔짱을 낀 채 꾸벅거리고 있었다. 남자였다"라는 대목에서 '남자였다'라고 덧붙여진 문장은 흥미롭다. 여자는 남자에 민감하다. 이 '남자' 간호사 앞에

---

6   이 사건이 있기 전까지 이 남자는 치매 병동의 '남자 간호사'로 불리는데, 아버지에게서 과도를 빼앗아 여자를 구출한 얘기가 언급되면서 바로 '사내'로 호명된다. 말하자면 이름도 없이 그저 '사내'로 불리는 이 인물은 에로스적 욕망의 대상으로서의 이름이다.

서도 여자의 에로스는 꿈틀거린다.[7] 그런데 이때 당직 '남자' 간호사는 여자에게 둔감했고, '사내'는 여자에게 민감하게 반응했다. 그렇게 어떤 '남자' 간호사는 다시 그냥 간호사가 되었고, 또 어떤 '남자' 간호사는 '사내'가 되었다.

'사내'는 여자로 하여금 자기 안의 죽음/죽임 충동을 꺼내놓게 만든 인물이기도 하다. 죽음이란 빛의 일부가 되는 것이라는, 아름답게 물결치는 거대한 빛 오로라로 돌아가는 것이라는 '사내'의 말은 죽음에 대해 아름다운 환상을 갖게 하기에 충분하다. 그러기에 여자는 그런 '사내'의 말을 떠올리면 "마음의 갈피마다 꾸깃꾸깃 접힌 자리가 말끔히 펴지는 듯했다"고, "고통과 억울함과 죄의식 속에서 아버지의 마지막을 남몰래 상상하던 순간 접혔던 자리까지도" 펴지는 듯했다고 고백한다. 말하자면 '사내'를 통해 여자는 자신의 타나토스적 욕망을 아름답게 추인받는다.

'사내'와 여자가 대개 장례식장에서 만난다는 사실도 흥미롭다. '사내'는 시간이 나면 장례식장에 가서 밥을 먹고 술을 먹는 인물이고, 연고도 없는 빈소에 앉아 있으면 마음이 편해진다는 인물이며, 그래서 여자를 장례식장으로 데리고 가는 인물이다. 아버지가 돌아가시기 전 마지막으로 '사내'를 만났을 때에도 '사내'는 장례식장에서 술을 마시자고 제안했다. 그날 여자는 죽으면 정말 빛이 되느냐고, 누구든, 어떻게

---

7 이 당직 '남자' 간호사를 만났을 때 여자가 병실 형광등에서 소리가 난다고 형광등을 갈아달라고 신경질을 내는 것은 여자의 성격을 생각할 때 특이한 상황이다. 더군다나 이때 여자는 불쑥 "그분이라면 군말 없이 갈아줬을" 거라고 하는데, 이는 '사내'를 떠올리며 '사내'의 기운으로 자기 안의 욕망/분노를 꺼내놓는다는 점에서 흥미로운 상황이다. 하지만 쏘아붙이듯 간호사에게 신경질적으로 말하던 여자는 곧 예의 미안해하는 자세로 돌아온다. 그 '남자' 간호사는 냉담했다.

살았든, 아무 고통도 없이 빛이 되느냐고 재차 물었고, '사내'는 그렇다고, 육신의 감옥에서 빠져나오자마자 환희를 느낀다고, 천국의 문을 연 것처럼 빛이 된다고 대답했다. 그때 여자는 그녀를 똑바로 쳐다보던 '사내'의 시선을 피하며 얼굴을 붉혔다. 그게 다였다.

그런데 그때를 기억하는 장면에서 소설은 여자가 "제 그림자에 놀란 아이처럼" 몸을 부르르 떨었다고, 무엇 때문인지 모르지만 모호하고 오싹했다고 적고 있다. 몸을 부르르 떨 정도로 그녀를 놀라게 한 '제 그림자'는 도대체 무엇이었을까? 그때 그녀는 무엇 때문에 얼굴을 붉혔던 것일까? '사내'에게 암묵적으로 무엇인가를 동의한 것은 아니었을까? '천국의 문'이라는 황홀한 비유로 죽음이 설명될 때, 그때였을까? 여자가 아버지의 마지막을 죄의식 없이 상상하게 된 것이? 상상을 현실화할 수 있다고 생각했던 것이? 요양병원으로 가기 위해 택시를 탔을 때 요양병원이 아닌 장례식장 이름을 말하는 착각을 만들어냈던 욕망이 그때 여자의 얼굴에 드러났던 것은 아니었을까? 분명한 것은 여자가 내내 끌고 다녔을 그림자, 어둠에 숨겨진 그 그림자를 그때 '사내'는 분명히 보았다는 것이다.

연극이 끝나고 난 뒤

아버지의 죽음이 임박했다는 소식을 들었을 때 여자가 처음 한 일이 화장을 고치는 일이었다는 것은 흥미롭다. 소설은 여자가 핏기 없는 얼굴을 '감추기 위해' 바른 핑크색 아이섀도와 볼터치를 '지우고' 비비크림을 덧발랐고, 입술은 핑크와 베이지색 립스틱을 섞어 최대한 '자연스러운 느낌'을 냈다고, 여러 벌 옷을 입어보고 고심 끝에 까만 벨벳 원피스를 '선택'해서 입었다고 적고 있다. 이 대목에서 드러나는 여자는 아버지가 위독하다는 소식을 들은 딸의 모습이라고 하기에는 어딘가 이상하다. 무언가를 감추고 지우기 위해, 자연스러운 느낌이 나도록, 고민과 선택 끝에 화장을 하고 옷을 입었다는 소설 서두의 긴 서술은, 단지 아버지 병원으로 가기 위한 외출 준비라고 하기에는 무언가 이상하고 의심스러워 보인다.

말하자면 이때 여자의 모습은 마치 배우가 무대 위에 서기 전 분장을 하는 모습처럼 보인다. 더군다나 이 모든 것을 위해 "조명부터 켜야 했다"고 하지 않는가. 여자는 이제 무대 위로 등장하기 위해 준비를 하고 있는 셈이다. 죽어가는 아버지를 건사하는 충실한 딸로서의 역할을 하기 위해, 혹은 아버지의 죽음에 어울리는 어둡고 핏기 없는 얼굴의 가면을 쓰기 위해. 그러기에 이때 여자의 화장은 화장이 아니라 변장이다. 민낯을 지우고, 그림자를 감추고, 그때그때 요구되는 역할에 맞춰 등장하기 위한 변장 혹은 변신(여자는 택시 안에서 다시 화장을 고친다. 택시에서 내리기 전, 진짜 무대 위에 오르기 전 다시 한번!). "원치 않은 역을 떠맡은 배우처럼" 살았던 것은 아버지만이 아니었다.

퇴근하자마자 씻지도 않고 옷을 갈아입지도 않고 쓰러져 자는 것이 고단해서가 아니라 아버지가 요양병원으로 떠나고부터 생긴 버릇이라는 점은 여자가 이제 더 이상 집 안에서 사회적인 얼굴을 하고 있을 필요가 없게 되었음을 의미할 것이다. 그런데 이제 아버지의 죽음 앞에서 여자는 다시 충실한 딸이라는 역할을 맡은 배우로 무대 위를 올라간다. 부고를 알릴 때조차 남의 눈을 의식해서 부모가 요양병원에서 사망한 것을 감추고 싶어 하는 심리를 감안해서 요양병원과 거기에 딸린 장례식장 이름을 달리 한다는 것에서도 드러나듯, 여자뿐 아니라 우리 모두는 그런 사회적 얼굴을 가면처럼 쓰고 살아가고 있을 것이다. '사내'는 바로 그 가면 아래 숨겨진 여자의 민낯을 본 인물이다.

그런데, 돌아보면 여자가 자기 안의 욕망을 들켰던 적이 이전에도 있었다. 수십 년 전 실비아 플라스의 시를 낭독하던 수업에서, 여자는 낭독의 차례가 다가올수록 얼굴이 달아오르고 숨이 가빠졌다. 강사를 흠모해서만은 아니었다는, 덧붙여진 말은 흥미롭다. 여자가 '사내' 앞에서 보인 모습과 같지 않은가. 마지막 연을 읽어가던 여자가 마지막 행 앞에서 침묵하고 있을 때, 강사는 재치 있는 농담으로 "아버님께는 비밀로 할 테니" 걱정 말라며 그 행의 발화를 요구한다. 그때 여자는 끝내 그 마지막 행을 내뱉지 못했다. 그 행은 이랬다. "아빠, 아빠, 이 개자식, 나는 다 끝났어." 남자 강사는 차마 내뱉을 수 없는 문장을 내뱉게 한다는 점에서, 아버지에 대한 여자의 욕망을 털어놓으라고 요구한다는 점에서, 여자의 얼굴을 붉게 달아오르게 한다는 점에서, '사내'를 닮아 있다.[8]

이 '사내들'은 1번 단축번호로 자리하고 있던, 말하자면 여자의 마음 속 첫 번째 자리를 차지하고 있던 존재들이다. 이들은 어둠 속에 묻어둔 그림자를 꺼내놓으라고, 마지막 문장을 뱉어내라고 요구한다. 그리고 마침내 그 문장이 발화되었다. 여자 안의 어두운 그림자가 천국의

---

8 '사내'가 특정한 개인의 이름이라기보다 에로스적 욕망의 대상으로서의 이름이라고 할 때, 아버지가 위독하다는 연락을 받고 병원에 가서 만나게 된 당직 남자 간호사나, 대학 강의에서 여자로 하여금 실비아 플라스 시 구절을 읽도록 했던 남자 강사는 모두 이 '사내'의 다른 얼굴들이라 할 수 있다.

문을 두드린 것이다. 이제 연극은 모두 끝났다. 그러니 소설 끝에서 여자가 경찰서에 전화를 걸었을 때, 그녀는 과연 누구를 고발해야 할까? 아버지의 죽음에는 밝혀야 할 무엇이 있다고 할 때, 과연 그 석연찮은 죽음에는 무엇이, 누구의 책임이 있는 것일까? 이때에도 112를 누르려던 여자의 의도와는 무관하게, 여자의 무의식은 단축번호 1번을 먼저 눌렀다. 욕망은 그토록 끈질기다.

여자가 내내 끌고 다녔을 그림자, 그리고 그 그림자가 만들어낸 이야기는 참혹하고 또 익숙하다. 아버지 앞에서도, 아버지 옆에서 그저 침묵으로 동조했던 엄마 앞에서도, 혼자 자유로워져서 여자의 꿈을 대신 살고 있는 듯한 동생 앞에서도, 그리고 어쩌면 스스로에게도 감쪽같이 숨겨온 그림자, 하지만 언젠가는 더 이상 화장으로도 감춰질 수 없는 민낯의 그림자가 슬그머니 고개를 들고 일어나 천국의 문인지 지옥의 문인지를 두드린다. 생각해보면, 막다른 골목에 몰린 기분, 뭔가에, 누군가에 쫓겨 다급히 문을 두드리지만 아무도 열어주지 않는 외진 골목에서, "천국의 문을 두, 두, 두드"리던 기억이 내게도 있다. 이것은 내 이야기가 맞다.

욕망과 금기 사이, 늑대가 있다

이혜경, 「늑대가 나타났다」

———

낮 동안 숨어 있던 늑대들이 앞발을 쭉 뻗치고 엉덩이를 치켜올리며 기지개를 켜고 있을 시각이었다. 어스름녘이면 털 빛깔까지 바꾼 늑대가 땅거미에 묻어들어와 공터에서 어슬렁거린다는 것을 누구나 알고 있었다. 밤이 되면 안전한 곳은 집뿐이었다. 그런데 늑대가 조화를 부리는 것인지, 내가 여기 아닌 다른 곳에 있어야 할 듯한 기분이 짙어지는 것도 그 무렵이었다. 어딘가에 집을 두고 멀리 떠나와 있는 듯 막연한 그리움에 사로잡혀 공터로 들어오는 길에 내리덮이는 이내를 오래 바라보게 되었다. 그럴 때면, 신발 속에서 꼼질거리는 발가락, 바람기로 들썩이는 작은 엉덩이를 보기라도 한 듯, 담장을 넘은 목소리가 목덜미를 낚아챘다. 아무개야, 저녁 먹어라.*

———

<hr>

* 이혜경, 「늑대가 나타났다」, 『틈새』, 창비, 2006, 224~225쪽.

욕망과 금기 사이, 늑대의 발견

항상 빨간 모자를 쓰고 있어서 '빨간 모자'라고 불리는 어린 소녀가 있었다. 소녀는 아픈 할머니에게 음식을 가져다 드리러 가던 도중 숲에서 늑대를 만난다. 늑대가 얼마나 무서운 동물인지 몰랐던 소녀는 늑대와 인사를 나눴고, 어디로 가고 있는지 묻는 늑대에게 할머니 집에 간다고 대답한다. 늑대는 지름길을 달려 소녀보다 먼저 할머니 댁에 도착해서는 할머니를 잡아먹었고, 소녀가 들어오자 소녀마저 먹어 치운다. 이 무섭고 잔혹한 동화는 아이들에게 낯선 사람을 경계하라는 교훈을 주기 위한 용도로 언급되곤 하는데, 사실 여기에는 욕망과 금기라는 오래된 주제가 담겨 있다. 숲 속을 지나다 만난 늑대는 원초적 욕망의 상징과 같고, 늑대를 만난 숲은 욕망이 끓는 어두운 내면과도 같은 곳이라 할 수 있을 것이다. 욕망은 자아를 최대한 팽창시키려는 에너지이고, 따라서 사회의 규범과 질서 바깥으로 터져나가려는 힘이다. 욕망에 언제나 금기가 수반되는 이유이니, 그렇게 늑대는 무섭고 사나운 피해야 할 무엇으로 설정된다. 이때 특히 주목되는 것은 늑대의 공포가 주로 소녀를 향해 강조된다는 점인데, 말하자면 이 동화는 여성을 향한 욕망의 통제라는 기능을 은밀히 수행하고 있는 셈이다. 하지만 '빨간 모자'에 잠재된 욕망이 쉽게 가라앉을 수 있을까? 이후로도 소녀들은 여전히 빨간 모자를 쓰고 어두운 숲을 향해 떠나간다.

「늑대가 나타났다」는 이혜경 판 '빨간 모자와 늑대' 이야기라 할 만하다. "그 시절, 내가 살던 마을 근처엔 늑대들이 득시글거렸다"라는 첫 문장부터 "세상이 얼마나 무서운 곳인지 아냐? 어른들이 가지 말라는 곳에 갔다간 단박에 늑대에게 잡혀갈 거다"라며 어른들이 위협하는 풍경까지, 소설은 꿈틀거리는 욕망으로서의 '무서운 늑대'와 이에 따르는 '금기'라는 빨간 모자 소녀의 이야기를 환기시킨다. 마을에는 그야말로 늑대들이 득시글거리고 있고, 그에 따라 곳곳에 금지의 선들이 그어진다. 사람을 물어다가 달랑 머리통만 남겨놓고 아작아작 씹어 먹는다는 늑대들로부터 아이들과 여자들을 보호한다는 명목으로, 어른들은 '안전하게' 다닐 수 있는 곳에 말로 울타리를 친다. 그 울타리 바깥에는 늑대들과 문둥이들 그리고 위험하고 무서운 세상의 온갖 것들이 호기심 많고 부모님 말씀 잘 잊는 어린이가 지나가기를 호시탐탐 기다리고 있다는 것이다. 아이들에게 그 울타리는 넘어서지 말아야 할 경계와 금지의 선이다. 그 금을 밟으면, 그 선을 넘으면, 군사분계선을 넘으려던 이등병처럼 위험과 징벌을 감수해야 한다.

동화에서처럼 여기에서 늑대는 욕망의 이름이자 금기의 이름이다. 그리고 '금 안에서만'이라는 금기는 여성과 아이들에게만 강조된다. 늑대가 좋아하는 것은 아이들과 여자들이었다고, 술이나 담배에 절어 있는 어른 남자들은 늑대의 입맛에 맞지 않았나보다고 고백하듯, '남자 어른'은 늑대의 위험으로부터 벗어나 있다. 늑대의 위험을 경고하는 것도, 울타리를 치고 안과 밖을 구분 짓는 것도, 금 밖을 나가면 늑대에게 잡아먹힌다고 위협하는 것도 모두 '남자 어른'들이다. 그들은 늑대라는 이름의 욕망을 독점하고, 금기의 규율을 선포한다. 마을을 빠져나갔다 끌려와 머리카락이 깎인 채 방에 갇혀 있는 영희 언니는 아이들에게 금지선을 넘어가면 어떤 징벌이 내려지는지를 환기시키는 인물이다. 안전과 평화는 말 잘 듣는 착한 아이에게 주는 상처럼 '금 안에서만' 보장된다.

하지만 아이의 몸이 자라고 머리가 커지면 늑대들의 울음소리는 더 크게 들려오는 법. 글 앞의 인용문이 이야기하고 있는 것도 바로 그런 늑대의 발견에 대한 것이다. 낮 동안 숨어 있던 늑대들이 어스름 녘이면 기지개를 켜며 일어나기 시작한다는 것, '여기' 아닌 '다른 곳'에 대한 갈망이 강해진다는 것, 그곳으로 나아가기 위해 발가락이 꼼지락거린다는 것, 하지만 그럴 때면 그 모든 움직임을 지켜보기라도 하듯 집으로의 귀환을 재촉하는 목소리가 들려온다는 것이니, 그것은 욕망의 이름이자 금기의 이름으로서의 늑대의 발견이라 할 만한 대목이다. 그런데 주목할 점은 그 늑대들의 울음소리가 저 바깥세상에서가 아니라 우리들의 안에서 들려온다는 것이니, '저 산 저 멀리 저 언덕에' 핀 꽃들을 그리워하며 부르는 구슬픈 노래에 "아기 늑대의 꼼질거림 같기도 한 그 무엇이" 자기 안에서 "슬금슬금 기지개를 켰다"고, 그리고 "마을 바깥엔 널 기다리는 것들이 많단다, 넌 언제쯤 떠날 거냐?"라고 다그쳤다는 것은, 이미 그 늑대가 저 바깥세상에 있는 것이 아니라 우리 안에서 자라나는 것임을 시사한다.

요컨대 늑대는 '내' 안에 있다는 것이니, 성장한다는 것은 그리고 어른이 된다는 것은 어쩌면 이 자기 안의 늑대를 발견해가는 과정이라 할 수 있을지도 모를 일이다. 여기가 아닌 다른 곳에 있어야 할 것 같은 기분, 어딘가에 집을 두고 멀리 떠나와 있는 듯한 막연한 그리움, 저 산 저 멀리 언덕에 피어 있을 꽃들이 감당하고 있을 외로움과 쓸쓸함에 눈 뜨게 하면서 늑대는 다가오기 때문이다. 우리는 이 늑대의 울음소리에 이끌려 저 먼 세계에 대한 갈망과 기대와 호기심과 두려움으로 울타리를 넘는다. 늑대에게 발목 하나를 내주고라도 단념할 수 없는 세상이 있다는 것을 알게 되었기 때문이다.

일탈을 꿈꾸는 '발'과 두려움에 잡힌 '팔'

늦대가 저 산 '너머', '먼 데'로 가는 우리 안의 욕망이라고 할 때, '발'은 그 꿈을 실현시키는 실질적 작동체다. 밖을 향한 기운이 꿈틀거릴 때면 신발 속에서 발가락이 먼저 꼼지락거리고 들썩인다. 하지만 동시에 발은 금기와 통제의 규율이 제일 먼저 적용되고 제지되는 대상이기도 하다. 앞의 인용문에서 보았듯이 여기 아닌 다른 곳을 그리워하며 신발 속에서 발가락이 꼼지락거리면 이내 저녁 먹으라는 엄마의 목소리가 주인공의 목덜미를 낚아채고, 밥상 앞에 앉아 멀리 세상을 다 둘러보고 돌아와 늦대 털로 만든 목도리를 엄마에게 둘러주는 생각을 하며 상상 속에서 '달려 나가던' 주인공은 금세 돌부리에 '발이 차인다.' 그런가 하면 늦대처럼 떼를 지어 몰려다니고 몸에선 늦대 냄새가 배어나오는 마을 바깥 저수지 너머에 사는 아이를 따라 어린이 해수욕장에 간 '나'는 유리병 조각에 발을 베이고, "부모님 말씀 안 들으니까 이러지"라는 의사의 말을 들으며 발바닥을 꿰맨다.

이때 '발'은 바깥세상으로의 출분을 감행케 하여 '나'를 늦대에게로 이끌어가는 일탈의 원동력이다. 여기가 아닌 저 먼 바깥세상으로 호기심과 그리움이 이끄는 대로 훨훨 날아가게 할 날개와도 같은 것, 혹은 금을 넘어가려는 욕망을 담은 몸. 이런 점에서 '나'/우리는 어쩌면 '춤추는 빨간 구두'의 운명을 지닌 존재들일지 모른다. 언제나 춤을 추며 온 세상을 돌아다녀야 할 운명, 그리고 그 빨간 구두를 벗겨내기 위해선 발목을 잘라내야 할 수도 있는 운명. '빨간 모자'를 쓴 소녀가 늦대를 만날 위험에도 불구하고 여전히 어두운 숲으로 떠나가듯, '빨간 구두'는 온갖 금기와 비난을 무릅쓰고서도 춤을 멈추지 않는다. 욕망은 멈춰지는 법이 없다.

'발'은 그 위험한 운명을 안은 채 언제나 세상 밖으로 향해 있다. 우리 모두에겐 어디라도 갈 수 있을 것 같이 가볍던 맨발의 기억이 있다. 하지만 꼼지락거리는 발가락의 움직임조차 밥 먹으라는 엄마의 목소리에 움찔하듯 혹은 늑대-소녀와의 마을 바깥 해수욕장에서의 물놀이 끝에 발이 베이듯, 일탈을 꿈꾸는 '발'은 항시 상처를 입는다. 어린 주인공이 드디어 마을을 벗어나는 시도를 했을 때에도 그것은 "두려움에게 잡힌 팔"과 호기심에 잡힌 '발'의 싸움이 된다. 상처 난 발이 나은 후 "다 나은 발이 미더웠다"며 마을을 벗어나지만, 종아리는 당기고 발은 운동화 속에서 부풀어 오르며 유난히 작은 그녀의 발은 금세 미덥지가 않게 된다. 더군다나 달리기를 할 때면 항시 꼴등을 하게 하던 발이었으니, 그녀의 탈주가 미완의 그것으로 끝나고 만 것은 어쩌면 당연한 일이었을 것이다. 물론 시간이 흐르면 그녀의 발도 커질 것이니, 탈주에 성공하는 것도 다 시간문제일 것이지만 말이다.

탈주 혹은 경계 넘기

탈주 시도 끝에 발을 다치든 다시 퉁퉁 부은 발로 집으로 돌아오든 그것이 늑대의 발견으로서의 성장의 과정이라는 점은 분명하다. 두려움과 공포가 팔을 잡아끌어도 결국에는 그것들을 뿌리치며 팔짝 뛸 때, 우리는 한 뼘 더 성장한다. 지난 해 입었던 치마가 작아지고, 머리는 더 영글어지며, 늑대의 울음소리는 더 크게 들려온다. 발가락은 계속 꼼지락거리고, 엉덩이는 더 크게 들썩인다. 그렇다면 우리의 주인공은 두려움에 잡힌 팔을 어떻게 떨쳐냈을까? 밥상에 둘러앉아 저녁을 먹으면서 주인공은 집을 나가는 상상을 하고, 그 후에 닥칠 식구들과 이웃들의 호통과 매질과 눈물과 훈계를 떠올리고, 그러다가 "이러다 평생 바깥으로 못 나가볼지도 모른다는 생각에 목이 메어와, 나는 급히 김칫국 국물을 떠넣었다"고 고백한다. 다들 '김칫국부터 마시지 마라'라고 하지만 '나'는 우선 김칫국이라도 들이키기로 한 모양이다. 바깥세상으로의 출분, 탈주, 경계 넘기는 이 '김칫국 마시기'로부터 시작된다.

소설에서 '나'의 탈주는 두 번 일어난다. 첫 번째는 마을 바깥으로 나가 어린이 해수욕장에 놀러갔을 때인데, 이때의 탈주는 단순히 늑대와의 만남이 아니라 그야말로 '늑대 되기'의 첫 관문과도 같은 경험이된다. '되돌아가시오'라는 금지의 표지판 앞에서 그 경계를 넘지 못하고 서성이고 있을 때 만난 아이는 "마을 바깥, 늑대가 득시글거리고 여우가 둔갑하는 고개"를 지나 물에 빠져죽은 귀신들이 사람의 발목을 잡아끈다는 저수지 너머에서 사는 '늑대냄새' 나는 아이였고, 해수욕장에 놀라가자는 그 아이의 말에 '나'는 귀가 '늑대 귀처럼' 쫑긋 섰는가 하면, 아이들을 따라 깊은 물속으로 들어가 발을 베었을 때는 "늑대가 그 날카로운 이로 덥석 문 것 같았다"고 고백하고 있다. 늑대에 물리면 늑대 비스름한 게 되어버린다고 하니, 이제 '나'에게는 늑대 비스름한 게 되는 일이 남아 있게 되었다.

그렇게 두 번째 출분이 일어난다. 이번에는 마을 바깥 먼 곳으로 떠나는, 계획적이고 의지적인 결심에 의해 결행된다. 마을을 벗어나 다리를 건너려고 할 때 본 자신의 그림자에 철렁 놀란 것은 거기에 늑대 모습이 어른거렸기 때문일까. 두려움을 안고 그녀는 제법 '먼 데까지' 간다. 하지만 완전히 세상 밖으로 떠나기에는 아직 그녀의 발이 좀 더 커져야 했다. 결국 그녀는 상처 나고 부르튼 발로 늑대들의 세계로부터 안전한 집으로 돌아온다. 다행히 늑대에게 잡혀가지 않고 먼 데까지 가봤다고 자랑스러워하면서 말이다. 하지만 경계 밖으로 나갔던 늑대가 다시 순한 양이 되어 돌아오는 것이라 할 수 있을지 모를 이 귀환의 끝에서 그녀가 깨닫는 건 금 안에도 늑대들이 득시글거리고 있다는 것 그리고 자신 역시 그 늑대 중의 하나라는 사실이다.

늑대들로부터 그녀를 구해낸 것이 마을 사람들로부터 늑대의 사촌쯤으로 여겨지는 병태아저씨였고, 병태아저씨와 함께 들어선 마을 어귀에서 어슬렁거리던 동물들이 개인지 늑대인지 구분을 할 수 없었으며, 늑대들이 득시글거리는 곳에서 안전한 곳으로 돌아오는데 오히려 가슴이 두근거리고 "허연 이빨을 드러낸 무언가가 집에서 나를 기다릴 것만 같았다"고 하니, 주인공의 이 귀가를 과연 늑대들의 세계에서 안전한 집으로의 귀환이라 할 수 있을까? 마을 바깥의 무서운 늑대들을 경계하라고 했지만 정작 늑대는 마을 안에 득시글거리고 있었다. 생각하면 "여자의 품 안에서 허물을 벗고 싶은 마을 청년들"이나 "철컥철컥 쇠가위 소리를 내는 엿장수", "고깔모자에 쩍 벌어진 입으로 웃는 피에로를 앞세우고 풍악을 울리는 서커스단"도 의심스러웠고, "늑대의 앞발"처럼 "손등에 털이 숭얼숭얼한" 손으로 "늑대처럼 허연 이빨을 드러내며 바늘을 돌리는" 의사도 이미 늑대처럼 보이지 않았던가. 더군다나 주인공은 이제 자기 몸에서 늑대 소리가 울려나오는 듯하다고, 어둠이 자신을 늑대로 바꿔치기한 것만 같고 "내가 나 아닌 아기 늑대인 것" 같다고 고백하고 있지 않은가.

이제 곧 소녀는 "울타리 너머에 너를 잡아먹는 늑대들이 있다"는 말이 '남자 어른'들이 하는 위협의 말이라는 것을, 그 늑대들이 울타리 안쪽에도 득시글거린다는 것을, 자신이 바로 그 늑대라는 것을, 늑대가 마냥 위험하고 무서운 것이 아니라는 것을 알게 될 것이다. 늑대는 우리 안에 있는 금기된 욕망의 기운이고, 병태아저씨나 마을 밖에서 사는 아이들한테 붙여진 것처럼 부당한 편견의 이름이기도 하다. 소녀는 금기와 편견의 벽을 넘어 탈주를 시도하고, 그 끝에서 자기 안의 늑대를 인정하고, 자기 밖의 늑대를 이해하기에 이를 것이다. 겨울이 지나면 아마도 엄마는 "그새 키가 많이 컸구나" 하며 그녀의 치맛단을 더 내어야 할지 모른다.

쓸쓸한 것은 어른이 된다는 것이 우리 안의 늑대를 발견하는 일인 동시에 그 늑대를 다시 우리 안에 가두어야 한다는 것을, 경계를 넘어 떠났더라도 다시 순한 양으로 귀환해야 한다는 것을 깨닫는 것을 의미하기도 한다는 점이다. 병태아저씨와 함께 마을로 들어설 때 멋쟁이 영희 언니의 울부짖음이 주인공을 맞았다는 사실은 이 '늑대-소녀'의 앞날을 우울하게 예감하게 한다. 그녀의 미래가 머리가 깎인 채 방에 갇힌 멋쟁이 언니의 운명이나 마을에서 고개조차 들지 못하고 다니는 병태아저씨의 운명에서 그리 멀지 않아 보이기 때문이다. 하지만 어쨌든, 삶은 상처에 의해 단련되는 법. 울타리를 넘어서려는 발의 욕망과 그것을 붙잡는 팔 사이에서, 금 안에서의 안전과 금 밖의 세계에 대한 호기심 사이에서, 그녀 안의 늑대는 매순간 꿈틀 일어서려 할 테고, 그녀는 그렇게 한 뼘씩 성장해 갈 것이다.

검은 선들의 행로, 슬픈 농담

김연수, 「쉽게 끝나지 않을 것 같은, 농담」

———

내가 그은 검은 선들이 기억 속에서 서로 겹쳐지거나 뒤엉켜들면서, 혹은 더 이상 정확하게 되짚어갈 수 없게 되면서 그날 우리가 함께 지나온 시간은 꼬불꼬불하면서도 때로는 이어질 수 없는, 더 정확하게 표현하자면 이해할 수 없는 행로로 남게 됐다. 물론 내가 살아가면서 이해하지 못하는 일은 한두 가지가 아니다. 하지만 그날 우리 둘이서 걸어간, 그리고 내가 그은, 그러나 끝내 완전히 긋지 못한 지도 위의 행로만큼이나 이해하기 어려운 것은 없는 듯했다. 나는 지도에 적힌 수많은 숫자들을 내려다보면서 생각했다. 우리는 안국동 175번지 앞에서 걷기 시작했다. 안부를 묻던 우리의 대화가 끊어진 것은 가회동 12번지를 지날 즈음이었다. 그녀가 꿈 얘기를 한 것은 재동 83번지 헌법재판소 앞을 지날 때였으며 어이없게도 그녀를 방 보러 온 새댁으로 착각한 할머니를 만난 것은 안국동 8번지 앞에서 9번지 앞으로 걸어갈 때였다. 하지만 그녀가 울어버린 곳은 정확하게 어디인지 알 수 없었다.[*]

———

[*] 김연수, 「쉽게 끝나지 않을 것 같은, 농담」, 『나는 유령작가입니다』, 창비, 2005, 15~16쪽.

우리가 그날 걸어간 복잡하고 우연에 가까운 행로의 의미는 무엇일까?

친구 부친상 소식을 듣고 옷을 바꿔 입기 위해 지하철을 타고 집으로 돌아가던 중 '우연히' 헤어진 아내를 만난다. '거짓말처럼' 그녀가 맞은편에 앉아 있었다. 둘은 엉거주춤한 마음으로 안국역에서 내렸고, 골목길을 걷게 된다. 마주보며 이야기를 나누는 것도 무색해 커피숍에 들어가지 않고 말없이 계속 걸었고, 그만 헤어질 요량으로 담배를 피워 물었지만 '놀랍게도' 그녀가 왔던 길을 다시 걸어 올라갔고, 그래서 그녀를 따라 같은 길을 두 번씩이나 걸었다. 딱히 할 말이 있는 것도 아닌 터라, 대화는 힘겹게 이어지다가 끊어지기를 반복했다. 그렇게 "며칠 굶은 짐승의 내장처럼 어둡고 습하고 꾸불꾸불한, 그러나 텅 비어 막히지 않고 계속 어디론가 이어지던 그 골목길들"의 이야기가 시작된다.

그날의 꾸불꾸불한 골목길을 떠올리면 생각나는 건 아주 사소하고 단편적인 풍경들뿐이다. 가령 정독도서관을 향해 비탈진 언덕길을 올라가느라 땀이 맺힌 여학생들의 쇄골 안쪽 살갗이라든지, 국군서울지구병원 담벼락 밑에서 자신의 엑스레이 필름을 햇살에 비춰보던 사병들의 찌푸린 주름, 혹은 헤어진 아내가 방 보러 온다는 새댁인 줄 알고 반기던 어느 할머니가 입고 있던 치마의 꽃무늬 같은 것들. 서로 아무런 논리적 관계도, 인과 관계도 없는 이 풍경들이 그 후로 문득 문득 떠오른다. 오랜만에 만난 그녀와 '내'가 걸었던 골목길의 기억은, 오랜만의 만남의 기억은, 그 사소하고 찰나적이고 감각적인 풍경들로 남아 있다.

그녀와 '나'의 사랑에 대해 묻는다는 것은, 헤어진 후 우연히 이루어진 만남에 대해 묻는다는 것은, 그리고 그 만남과 헤어짐에 대해 묻는다는 것은, 그 풍경들 속에서 무언가 일관된 논리와 이유와 의미를 찾아내는 일과 같은 일이다. 그 안에 무언가 있을 것이다, 라는 기대 혹은 믿음 같은 것. 사랑의 의미나 상실의 이유를 묻고 싶은 갈망은 그래서 '나'로 하여금 그 꾸불꾸불한 골목길들을 그 후로도 오랫동안 생각하게 만든다. 하지만 그녀를 방 보러 온다는 새댁으로 착각한 할머니의 오해처럼, 혹은 방 보러 온다는 어느 새댁의 말이 있은 후 마침 그녀가 그 집 앞을 지나가게 된 우연처럼, 모든 것은 우연과 오해 속에서 이어지고 있었을 뿐, 우연과 오해가 빚은 그 골목길들의 풍경 속에 분명하게 설명될 수 있는 것은 아무것도 없다.

결국 우연히 만난 그녀와 함께 걸어 다녔던 골목길을 기억하는 서술에서 강조되는 건, 어디에서 어디로 옮겨 다녔느냐가 아니라, 어디에서 어딘가로 끝없이 골목길들을 따라 걸어 다녔다는 사실 자체다. 지하철을 타고 집에 가던 중 자리에 앉아서 한참 졸다가 '갑자기' 종로3가역에서 눈을 떴는데, '정말 거짓말처럼' 맞은편에 그녀가 앉아 있었고, 그렇게 우연히 그녀를 만나서 '엉거주춤한' 마음으로 안국역에서 내렸고, 인사동 쪽으로 가나 싶었던 그녀는 '다짜고짜' 송현동과 안국동 샛길로 걸어가기 시작했고, 그녀와는 재동 교차로 어디쯤에서 헤어질 생각이었지만 그녀를 따라 왔던 길을 한 번 더 걸어갔고, 이 모든 것들이 우연하고, 갑작스럽고, 짐작과는 다르게 일어났었다는 것이다. 꾸불꾸불 이어지던 골목길들이 보여주는 건 바로 그렇게 사소하고 우연하게 이어지는 우리 삶의 행로다.

헤어진 아내와 함께 걸었던 그 길들을 되짚어 보는 '나'의 행동은 결국 '나'와 그녀 사이의 어긋나버린 관계를 이해하고자 하는 몸부림일 것이다. '나'와 그녀는 어디에서 어떻게 어긋나 버린 것일까? '나'와 그녀는 왜 헤어졌을까? 둘 사이에 무슨 일이 있었던 것일까? 언젠가 '나'에게도 그녀와 꿈처럼 사랑을 했던 적이, 그리고 그녀의 꿈속까지 들어갈 수 있을 거라고 생각했던 적이 있었다. 하지만 사랑한다고 해서 한 인간의 꿈속에까지 들어간다는 것은 불가능한 일이라는 것을 깨달았고, 곧 그녀의 꿈 얘기가 더 이상 궁금하지 않았다. 그녀와 헤어진 후에야 '나'는 비로소 "그녀의 꿈이 과연 무슨 의미일까" 곰곰이 생각한다.

과연 '나'는 그녀를 잘 알고 있었을까? 익숙한 방향에서만 그녀를 바라보았던 것은 아닐까? 그래서 다른 쪽에서 본 그녀의 얼굴은 그토록 낯설고 비정상적인 것으로 보였던 것이 아닐까? 그녀는 '나'를 잘 알고 있었을까? '내'가 생각하는 '나'와 그녀가 생각하는 '나'는 얼마나 달랐을까? 어느 것이 진짜 '나'였을까? 그녀의 말처럼 '나'는 원래 농담을 잘하는 사람이었을까? 혼잣말을 잘하는 사람이었을까? 그녀 앞에서는 그렇지 않다고 했지만 혼자 침대에 누워 자문자답을 하면서 '나'는 "내 생각과 달리, 나는 여전히 혼잣말을 잘했다"고 깨닫는다. 물론 이 깨달음은 너무 늦어 보인다. 담배 냄새를 견디지 못하는 사람이라고 생각한 그녀는 '내 생각과 달리' 담배를 달라고 했고, 그렇게 둘은 함께 그 골목길에 서서 담배를 피우며 서로 '다른 곳'을 쳐다봤다.

알 수 없는 것은 너무나 많았다. 지도를 따라가며 지난 시간을 떠올려보지만, 어느 동네 몇 번지에서 어떤 일이 일어났었는지는 정확하게 기억하고 있지만,[1] 정작 그녀가 어디에서 울음을 터뜨렸는지는 기억이

---

1 가령 글 앞에 인용한 대목에서는 걸어 다닌 동네와 장소가 번지수까지 정확하게 기술된다. 하지만 정작 중요한 것은 그 객관적인 사실에 있지 않다. 구체적인 지명, 위치까지 떠오르지만 진짜 중요한 것은 떠오르지 않는다.

나지 않는다. 그녀가 왜 울음을 터뜨렸는지, 그녀의 마음이 어떻게 요동치고 있었는지, 그녀의 마음이 어디로 흘러가고 있었는지는 더더욱 알 수 없었을 것이다. 그녀와 함께 걸었던 골목길들을 되짚어 보기 위해 '중앙지도사'에서 구한 지도는 결국 아무런 도움이 되지 못했다. 아무리 정확하고 세세하게 기록된 지도라 할지라도 그곳에서 그녀의 마음의 행로를 찾아낼 수는 없는 법. 꾸불꾸불 이어지던 그 길들이 이해할 수 없는 행로로 남았듯, '나'와 그녀 사이의 엇갈린 이야기들은 여전히 미로 속에 남아 있다.

소설은 이 어긋남에 대한, 이해할 수 없는 삶의 미로에 대한, 그것들을 이해하려는 '나'의 뒤늦은 안간힘에 대한 이야기이다. 지도 위에 그은 '검은 선들'은 이해할 수 없는 세계로서의 지나온 삶의 행로를 비유한다. 우리가 살아온 길들은, 더군다나 마음이 움직여간 그 복잡하고 꾸불꾸불한 길들은 정확하게 되짚어지지도 이해되지도 않는다. 그러니 그 길들의 의미를 어떻게 헤아릴 수 있을 것인가? '나'와 그녀는 왜 헤어지게 되었는지, 서로에게 어떤 문제가 있었는지, 그녀는 왜 걸어가던 중 울어버렸는지, 그녀가 꾸었다는 꿈은 무슨 의미인지, 객관적이고 타당한 답변을 찾을 길이 없다. 하지만 알 수 없다고 해서 "우리가 그날 걸어간 복잡하고 우연에 가까운 행로의 의미는 무엇일까?"라고 묻는 것 자체가 무의미한 것은 아닐 것이다. 더군다나 그 모든 것을 지켜본 나무 한 그루가, 이들의 길 한가운데에 있었다.

끝없이 두 갈래로 갈라지는 길들 가운데, 나무 한 그루

'나'와 '그녀'의 우연한 삶의 행로는 단지 개인의 운명에 국한되지 않는다. 이는 '나'와 '그녀' 이야기에 뜬금없이 박지원 이야기가 등장하는 이유이기도 한데, 여기에서 박지원은 『열하일기』를 남긴 실학사상의 선구자로서가 아니라 사랑채 벽장 속에 지구의를 그리고 뜰 앞에 나무 한 그루를 남겼다는 점에서 주목해야 할 존재로 설명된다. 요약하자면, 박지원의 손자 박규수가 청년 김옥균, 홍영식, 박영효 등에게 지구의를 보여주며 국제 정세를 이야기했고,[2] 삼십년 뒤 그들이 갑신정변을 일으켰으며, 그 일로 민영익이 자상을 당했지만 마침 그해 알렌이라는 미국 의사가 조선에 와 있던 덕분에[3] 살아났고, 알렌이 갑신정변 실패 후 흉가가 된 홍영식의 집에 최초의 서양식 병원인 제중원을 세웠다는 것이다. 말하자면 그 사건들 사이에는 사소하고 하잘것없고 갑작스러운 우연이, 그러나 실상은 중요하게, 자리하고 있을지 모른다는 것, 역사는 그렇게 이어져왔다는 것이다.

그런데 그 행로의 중심에 나무 한 그루가 서 있었다는 것이니, 그것은 바로 박지원의 집 뜰 앞에 있던 나무이고, 제중원 뜰에 서 있던 나무이기도 하며, '내'가 '그녀'와 함께 걸어 다녔던 골목길들 가운데에 서 있던 나무이기도 하다. 한 가지는 북한산이 있는 북쪽을 향해, 다른 한 가지는 한강이 있는 남쪽을 향해 서로 갈라져 서 있는 나무 한 그루, 그

---

2 이때 작가는 지구의가 박지원이 중국에서 가져온 것인지 박규수가 만든 것인지 명확하지 않다고, 이 또한 분명하지 않은 일임을 거듭 강조한다.

3 알렌은 원래는 베이징이 임지였으나 중국인들의 폭력에 시달리다 다른 곳을 물색한 끝에 '우연히' 조선에 오게 되었다고 한다. 말하자면 이 역시 우연의 일이라는 것. 게다가 알렌의 조선어 선생이던 노춘경이 그의 서재에서 마태, 누가 복음을 훔쳐가 읽고 첫 개신교 신자가 되었다고 하니, 역사는 실로 사소하고 우연한 일들의 연속이라 할 것이다.

것은 사소하고 우연하고 갑작스러운, 농담 같은 삶과 역사를 내내 주시하고 있었을 것이다. 엇갈리고 갈라지고 어긋나는 것들이 나뭇가지뿐일까. 길들은 끝없이 두 갈래로 갈라지고,[4] 마음도 끝없이 갈라지고 어긋나고, '나'와 '그녀', '나'와 '세상'도 어긋나고 엇갈리며, 그리하여 '내' 삶이 어느 지점에선가 잘못된 길로 접어들게 된다.

그렇다면 헤어진 사람의 꿈을 꾼다는 것, 마음속에선 이미 지웠는데 꿈에 그 사람이 나타난다는 것, 그런 꿈을 꾸고 행복해한다는 것, 그런 것들도 아무 의미 없는 우연한 연상 작용의 결과에 불과한가? 그것은 우스운 농담 같은 것인가? '사랑해'라고 말하고도, 금방 그것이 농담이 되어버릴 수도 있다는 것인가? 우리 삶과 역사가 모두 아무 논리도 필연도 없이 일어나는 "사소하고 우연하고 모호한 일들의 연속체"라면, 우연의 연속으로 이어지는 우리 삶은 농담이라는 것인가? '나'와 '그녀'가 서로에게 항변하고 끝내 승복하듯, 우리는 이제 삶의 행로가 하나의 '거대한 농담'일 수도 있다는 걸 안다. 물론 그렇게 생각할 때에도 우리는 마음이 아프다.

하지만 우리가 걸었던 복잡하고 꾸불꾸불한 골목길들, 그 끝없이 갈라지는 길의 한가운데에는 모든 것을 지켜본 나무 한 그루가 있었으니, 그 나무는 '나'와 '그녀', 박규수와 홍영식과 알렌과 민영익, 홍영식의 흉가와 제중원이 어떻게 엇갈리고 어떻게 다시 이어지는지를, 실패와 고통이 어떻게 다시 희망과 기쁨으로 이어지는지를 지켜보지 않았겠는가. 작가의 말처럼 어쩌면 고통과 절망은 우리가 충분히 살지 못한다는

---

4   보르헤스의 소설 「끝없이 두 갈래로 갈라지는 길들이 있는 정원」(황병하 역, 『픽션들』, 민음사, 1997)에서 가져온 구절.

사실을 뜻할 뿐일지 모른다.[5] 우리가 우주라는 무한한 공간과 역사라는 무한한 시간을 상상할 수 있다면, 지금의 이해할 수 없는 아픔을, 엇나간 시간들을 이해할 수 있을지도, 이 길의 끝이 어디인지 알게 될 수도 있지 않겠는가. 그러니 소설 속 주인공이 우연 같고 농담 같은 삶의 수수께끼 앞에서 눈을 부릅뜨고 질문을 멈추지 않겠다고 할 때, 우리 역시 이 불가해한 질문의 행진에 가담할 수밖에 없다. 사소하고 우연적인 것들로 꾸불꾸불 이어지는 선들, 서로 연결될 수 없음에도 그어지는 그 많은 선들, '나'와 '그녀'가 걸어 다녔던 '검은 선들'의 행로, 그 '검은' 것들 속에 잠겨 있는 진실, 혹은 슬픈 농담……

---

5 김영하, 『소설가의 일』, 문학동네, 2019, 263~264쪽.

실연의 수습,
혹은 '보잘것없는 것들'을 수용하기

권여선, 「사랑을 믿다」

———

그녀는 오지 않고 나는 사랑을 믿지 않는다. 돌이켜보면 엄청난 위로가 필요한 일이 아니었다. 사랑이 보잘것없다면 위로도 보잘것없어야 마땅하다. 그 보잘것없음이 우리를 바꾼다. 그 시린 진리를 찬물처럼 받아들이면 됐다.[*]

———

「사랑을 믿다」는 사랑에 대한 특이한 소설이다, 아니 특이한 실연 이야기이다. 사랑이 있고 실연이 있는 게 아니라, 함께한 사랑의 기억 없이 실연만 있다. 뒤늦게 듣게 된 '그녀'의 '나'를 향한 사랑 혹은 '나'로 인한 실연의 고백 후, '나'의 '그녀'에 대한 사랑 혹은 '그녀'로 인한 실연이 온다. '나'와 '그녀'가 '함께' 사랑하는 일도, 실연으로 '동시에' 마음 아파하는 것도 없다. 사랑은 물론이거니와 실연조차 어긋난다.

———

[*] 권여선, 「사랑을 믿다」, 『내 정원의 붉은 열매』, 문학동네, 2012, 80쪽.

'그녀'는 육 년 전 '내'게 실연을 당해서 힘들어했고, 그런 사실조차 알지 못했던 '나'는 삼 년 전 다른 여자에게 실연을 당하고 괴로워하며 '그녀'를 만난다. 그때 '그녀'에게서 듣게 된 것은 뜻밖에도 '나'를 대상으로 한 '그녀'의 사랑 혹은 실연 이야기였고, 이제 '나'는 '그녀'를 그리워하며 뒤늦게 사랑 혹은 실연을 겪는 중이다.

이야기의 구성도 특이해서, 혼자 술을 먹으며 지나간 일을 떠올리고 있는 '나'의 실연 이야기가 있고, 그 안에는 '그녀'의 실연 이야기가, 그리고 다시 '그녀'가 들려주는 '그녀' 친구의 실연 이야기가 있다. 이를 '음주 액자형식'으로 전달되는 세 겹의 실연담으로 재미있게 정리한 이도 있거니와,[1] 소설은 이들 세 겹의 실연 이야기를 들려주기 위해 과거-현재의 시간을 넘나든다. 게다가 소설은 무언가를 이야기하면서 정작 해야 하는 이야기는 하지 않으며, 실연한 주인공들의 감정에 대해서도 말을 아낀다. 소설은 이 혼란과 기이함과 침묵으로 소설 속 표현 말마따나 '희한하다.' 모호하고 아리송한 여운이 길게 남는 소설이지만, 이래저래 이해하기가 쉽지 않다. 주인공은 단골 술집에서 혼자 술을 마시며 이제 모든 것은 '소소한 과거사'가 되었다고 하거니와, 우리도 그의 이야기를 들으며 떠오른 '소소한' 질문으로 소설에 다가가 보자.

---

1   김영찬, 「사랑의 교환경제와 체념의 윤리」, 권여선 외, 『2008년 제32회 이상문학상 작품집』, 문학사상사, 2008, 337쪽.

질문 1

우선 이야기의 배경이 되고 있는 단골 술집에 대해서. 지금 '나'는 단골 술집에서 혼자 술을 마시면서 과거의 일들을 떠올리는 중이다. 그 술집은 삼 년 전 '그녀'의 안내로 따라 들어갔던 곳이고, 지난 2월부터는 혼자 찾아가기 시작하면서 단골이 된 곳이기도 하다. 그런데 그 술집에 처음 혼자 들르게 된 이야기를 하면서 '나'는 그것이 자기로서는 '의외'였다고 고백하는가 하면, "제대로 걸려들었다는 느낌"이었다고 고백하고 있기도 하다. 술집에 대한 이 이상한 고백은 무엇을 의미하는 것일까?

삼 년 전 그 술집에서 '나'는 '그녀'로부터 뜻밖의 실연 이야기를 듣게 된다. 헌데 그때 그곳에서 '그녀'를 통해 다시 만난 과거는 '내'가 알던 것과는 전혀 달랐고, '그녀'는 물론 '나' 자신에 대한 이해도 수정할 것을 요구했다. 술집은 그런 의식의 변모와 수정을 가져온 곳이고, 그곳을 혼자 찾았다는 것은 그런 수정과 변모를 적극적으로 받아들이겠다는 태도였다는 점에서 '의외'의 사건이었을 것이다.

"오로지 기억, 기억, 그렇게 속삭이는 장소가 되었다"고 고백하고 있듯이 그 술집은 앞으로 내달리는 시간을 멈추고 과거로, 과거 속의 자신에게로 돌아가는 시간이자 공간이다. '기차처럼' 길게 생겼다는 그 곳에서 '나'는 과거로 가는 기차를 탄다. 그런데 그곳에서 술을 마시다 보면 "낫 놓고 기역 자를 모르듯, 기억 속의 내가 뭣도 모르고 살아온 모양이 환등처럼 떠오른다"고 고백하고 있으니, 과거로의 여행은 단지 그리움으로 더듬는 추억 여행은 아니다. 거기에서 떠올리는 자신이 '뭣도 모르고 살아온 모양'이었다는 것이고 그런데 그때 정작 자신은 그것을 몰랐다는 것이고 이제야 비로소 그것을 알게 되었다는 뜻일 것이니, 그것은 오히려 반성과 깨달음의 시간일 것이다.

사실 소설은 '안다'와 '몰랐다' 사이에서 어긋나버린 것들에 대한 이야기로 가득하다. '나'는 많은 것을 몰랐다. '안다'고 생각했으나 실은 '몰랐다.' '그녀'가 '나'를 사랑했고 '나'로 인해 실연의 고통을 당했었다는 것도 몰랐고, 이제 '내'가 '그녀'를 기다리며 '그녀'를 사랑하고 실연으로 괴로워하고 있다는 걸 '그녀'는 알지 못한다. 더군다나 '몰랐다'는 것은 단지 '그녀'에 대한 것만도 아니었을 것이다. 사람에 대해서도, 세상에 대해서도 그는 많은 것을 몰랐다. 하지만 이제는 단골이 된 술집에서 '나'는 '그녀'를, 사람을, 세상을, 그리고 자기 자신을 새롭게 되돌아보는 중이다.

'뭣도 모르고' 앞만 보고 달려온 그가 그렇게 멈춰선 시공간에서 혼자 술을 마시고 있으니, 그것은 '의외'임에 분명하다. 더군다나 자신의 취향과는 달리 맥주나 와인은 팔지 않고 소주나 막걸리만을 파는 그곳에서 말이다. 그 '의외'의 변화는 다 삼 년 전 '그녀'를 따라 그곳에 오면서부터이니, 그는 그때 이미 '걸려들었을' 것이다. 육 년 전 '그녀'가 큰고모님 댁에서 소파에 웅크린 세 명의 낯선 여자들의 시선에 '걸려들었듯이', 그리고는 그 집을 나오면서 '다른 사람'이 된 것 같은 느낌을 가졌듯이.

삼 년 전 '내'가 '그녀'를 따라 처음 술집에 왔을 때를 기술하면서 소설은 한국어가 서툴렀던 종업원이 제육과 해물을 반반 달라는 '그녀'의 주문을 잘 이해하지 못했다는 이야기를 전한다. 이야기의 전개상 꼭 언급되어야 할 내용으로 보이지도 않는데, 이런 이야기가 술집에서의 처음 상황으로 기술되는 이유는 무엇일까?

술집에서 '그녀'는 종업원이 제육과 해물을 반반 달라는 자신의 말을 알아듣지 못해 잠시 어려움을 겪는다. 종업원이 자주 갈린다고 하니 그런 상황이 흔한 일인 모양이다. 그런데 사실 여기에서 드러난 어긋남, 이해할 수 없음, 소통불가 등은 '그녀'로부터 일련의 이야기를 듣게 된 후 곧 '나'의 상황이 된다. 친구의 실연 이야기를 전하면서 그 친구보다 일 년 먼저 비슷한 일을 당했다고 말하는 '그녀'의 이야기를 듣고 '내'가 머릿속이 혼란스러워졌을 때, 소설은 곧바로 '나'의 표정을 "안주 반반을 이해하지 못했던 여종업원이 지었던 그 표정"으로 비유한다.

앞서 이야기했듯이 소설은 어떤 점에서 '안다'와 '몰랐다' 사이에서의 엇갈림에 대한 이야기라고 할 수 있다. '내'가 '안다'고 생각했던 것들은 대개 틀렸다. '나'는 삼 년 만에 만난 '그녀'가 조금 변했고 '낯설었다'고 고백한다. 경제관념이 생기고 자기 입맛 위주로 음식을 시키고 차림새가 예전보다 수수해진 것을 보고 '나'는 '그녀'가 지난 삼 년 동안 경제적으로나 정신적으로나 가난해졌다고 생각한다. 술집이 비싸서 자주 못 온다는 '그녀'의 말에 이만 원 안주가 비싼가 의아해 했지만 그것이 안주가 아니라 술에 대한 얘기였음도 뒤늦게 이해한다. 이해는 항상 늦게 온다. '나'는 '그녀'를 잘 알지 못했다. 아니 '안다'고 착각하고 있었다. '그녀'는 '나'의 예상과 달리 더 풍요로워지고 자연스러워져 있었다. 더군다나 삼 층짜리 건물을 상속받지 않았는가.

'나'는 '그녀'를 딱히 약속을 해서 만난 기억이 없고, 그저 같은 일을 하다 보니 오다가다 부딪치고 얽힌 것일 뿐이며, 서로의 업무가 달라지면서 자연스럽게 만남이 끊겼다는 정도로 기억한다. 하지만 '그녀'는 '나'를 사랑했고, '내'가 다른 여성과 연애를 시작하면서 실연을 해서 어떻게 해야 계속 숨을 쉬고 살 수가 있는지 몰랐을 정도로 힘들어 했던 때를 보냈다. '나'는 '그녀'가 누군가를 사랑했었다는 것을, 실연의 고통으로 힘들어 했다는 것을, 더군다나 그것이 '나'로 인한 것이었다는 것을 '몰랐다.' '그녀'를 만나 반복적으로 하는 '오, 그래?'라는 대사는 그런 뒤늦은 혼란과 이해를 드러내는 문장이다. '나'의 무지와 혼란은 '안주 반반'을 이해하지 못한 종업원의 어리둥절함과 난감함에 비할 바가 아니다.

질문 3

삼 년 전 '그녀'를 만났을 때 '그녀'는 그 전 주에 큰고모님이 돌아가셨다는 이야기를 하면서 웃는다. 그리고는 혼잣말로 '희한하다'고 중얼거리는 듯했다. 실로 '희한한' 광경이다. 삼 년 만에 만난 '그녀'는 왜 '나'를 보자마자 큰고모님 이야기를 하는 것일까? 큰고모님과 '내'가 무슨 관계란 말인가? 큰고모님 댁을 찾아갔을 때 '그녀'에게는 도대체 무슨 일이 있었던 것일까?

삼 년 전 '그녀'가 큰고모님 댁을 방문한 것은 어머니의 '훼방꾼' 역할로 시작된 일이었다. 잔뜩 어질러놓아야 거기 공간이 있다는 걸 알 수 있듯이 희망을 훼방 놓는 시늉만으로도 실연의 절망에서 벗어날 수 있는 계기가 생긴다는 '그녀'의 말처럼, 그때 어머니는 '훼방꾼' 역할을 제대로 했다. 사랑했던 사람이 금전적인 문제로 자신을 떠난 것일지도 모른다는 망상까지 들면서 '그녀'는 그 사람이 무엇을 놓쳤는지 꼼꼼히 계산하는 "텅 빈 탐욕의 몸짓"만이 그에 대한 유일한 복수가 될 거라는 생각으로 큰고모님 댁을 찾는다. 숨을 쉴 수 없을 정도의 실연의 아픔과 꿀인지 잼인지 선물인지 뇌물인지 알 수 없는 무거운 단지를 들고 고모님 댁을 방문하는 마음 사이의 거리와 이질감이 흥미롭거니와, 어쨌든 그때 '그녀'의 행동은 비굴하고 구차하고 탐욕스러운 계산이 앞서는 세계 속으로 스스로 뛰어드는 것, 실연 후에도 남아 있는 '보잘것없는 것들'의 세계로 마음의 메인 보드를 살짝 기울이려는 시도였을 것이다.

그런데 정작 큰고모님 댁에 가서 마주한 것은 삼층 고모님 댁을 철학원으로 알고 온 낯선 여자들이었다. 친지의 질병 때문에 찾아온 노파, 바람난 남편 때문에 온 삼십대 후반의 여자, 실종된 손자 때문에 온 환갑 가량의 여자가 그들이다. 그들은 '그녀'도 철학원을 찾아온 줄 알았고, '그녀'는 그들이 고모를 만나러 온 사람들이라고 생각했다. 이들 사이에서 이루어지는 십여 페이지 가량의 긴 대화 장면은 종업원이 "안주 반반"을 이해하지 못했던 상황의 다른 버전이다. '그녀'는 그들을 오해했고 혼란스러웠으며, 서로에게 대화는 엉뚱하게 이해된다.

그들에 대한 '그녀'의 시선은 다분히 경계와 멸시가 뒤섞여 있었으니, "칠십을 훌쩍 넘긴 노파"와 "눈꼬리 사나운 환갑 가량의 여자" 그리고 "기미 낀 여자"가 침묵을 지키는 '그녀'가 "아니꼽다는 듯" 자기들끼리 이야기를 나누고, "날카롭게 추궁하듯" 묻고, 고모님을 자주 방문하지 않는 것을 "힐책하듯" 고개를 저었다는 서술 등에는 그들을 바라보는 '그녀'의 냉소적이고 냉랭한 시선이 담겨있다. 사실 각각의 불행한 사연을 갖고 있음에도 불구하고 그들은 수다스럽고 활기가 넘치고 때로 웃기까지 하니, '그녀'가 그들을 오해 없이 바라보기까지 다소 시간이 걸리는 것도 무리가 아니다.

어쨌든 그렇게 '그녀'는 '보잘것없는 것들'의 세계를 만난다. 그리고 그때 '그녀'는 그들의 모습이 자신의 미래이기도 하다는 것을, 구차하고 탐욕스럽고 비루한 저 풍경이 자신의 것이기도 할 것이라는 예감을, 그 비루해 보이는 풍경들이 고통과 슬픔과 분노를 다스리는 안간힘이기도 하다는 것을 깨닫는다. 그들의 대화에서 감지된 기운을 "꿀이나 잼처럼 끈적하게 조이고 당겨오는 불행의 인력 같은 것"으로 비유할 때, 거기에는 '그녀'가 무겁게 들고 온 꿀인지 잼인지가 달콤함이 아니라 불행에 연결되어 있었다는 아이러니가 담겨 있다. 인생은 그런 것이다. 그때 '그녀'는 깨달았을까? 우리가 들고 가는 꿀이나 잼이 반드시 달콤함과 연결되는 것은 아니라는 것을. 고통스럽다고 마냥 울 수 있는 것도 아니고, 웃는다고 마냥 즐거운 것이 아니라는 것을. '그녀'는 처음으로 그들/타인을 위해 기도했고, "다른 사람이 된 것처럼" 느낀다. 이것이 삼 년 전 '그녀'가 큰고모님 댁을 방문했을 때 있었던 일이다.

그렇다면 이 일과 '나'는 무슨 상관이란 말인가? 삼 년 전 '그녀'를 만났을 때 '그녀'는 막 큰고모님으로부터 삼층 건물을 상속받았던 참이었다. '그녀'를 떠남으로써 '내'가 놓쳐버린 행운 중의 하나일 수 있다는 계산으로 찾아갔던 고모님 댁이 '그녀' 소유가 되자 정말로 '내'가 '그녀'에게 연락을 해왔던 것이니, '그녀'로서는 '희한한' 일이기도 했을 것이다. 하지만 그때 이미 '그녀'의 실연은 수습, 극복되어 있었으니, '내'가 '그녀' 앞에 나타난 것은 아무렇지도 않은 일이 되어 있었을 것이다. 늙고 병들고 아픈 절망이나 사랑하는 이를 잃고 떠나보내는 상실의 아픔 앞에서 짝사랑의 고통쯤이야 쑥 하고 들어가게 된다는 생각을, 자신에게도 그런 상실과 고통의 비루하고 초라한 나날들이 기다리고 있을 거라는 인식을, 그 '보잘것없음'을 껴안아야 한다는 깨달음을, '그녀'는 이미 갖게 되었을 것이기 때문이다.

질문 4

큰고모는 남편의 첫 기일에 제사상을 차려주려고 추운 겨울 장을 보러 나갔다 들어와 뜨거운 물을 삼킨 것이 화근이 되어 돌아가신다. 유언도 "그때 찬물을 먹었어야 했는데"였다고 한다. '나' 역시 큰고모님 댁 건물을 지나치게 되거나 가벼운 실수나 후회거리가 생기면 "그때 찬물을 먹었어야 했는데"라고 말하곤 한다고 얘기한다. 도대체 '찬물'은 무엇이고, '찬물을 먹었어야 했다'는 말은 또 무슨 뜻인가?

큰고모의 삶은 말 그대로 시린 '찬물'과 같았다. 서른을 앞두고 오래 준비해온 회계사 시험에 합격한 아들이 술에 취해 계단에서 추락해서 하루가 지나 시체로 발견되었고, 그 후 고모는 늘 기운이 없고 정신이 없어 남편 점심 한 번 제대로 차려준 적이 없었다. 아들을 잃고 노부부가 외롭게 살아온 사정과 그 마음의 고통이 어떠했을지 능히 짐작할 만하다. 더군다나 큰고모부마저 자살로 세상을 떴다고 하니, 큰고모의 삶은 끝까지 얼마나 시리고 시린 찬물과 같았을 것인가.

큰고모는 큰고모부의 첫 제사상을 차리기 위해 장을 보러 나갔다 와서 추위에 꽁꽁 언 몸을 녹일 셈으로 뜨거운 물을 마셨는데, 그게 화근이 되어 돌아가신다. 평생 시린 찬물의 삶을 살아온 큰고모가 처음으로 추위를 견딜 수 없어 뜨거운 물을 찾았던 것인데, 그것이 문제였다. 춥다고 너무 급하게 뜨거운 물을 먹으면 안 되었던 것이다. "그때 찬물을 먹었어야 했다"는 큰고모의 유언에는 찬 것은 찬 것대로 그대로 받아들였어야 했다는, 성급하게 뜨거운 물의 위안을 구하는 것이 아니었다는 후회가 담겨 있다.

결국 소설 끝에서 '내'가 상기하는 것도 바로 그 시린 찬물의 교훈이다. 글 앞에 인용한 대목에서 '나'는 이제 사랑을 믿지 않는다고, 돌이켜 보면 엄청난 위로가 필요한 일이 아니었다고, 사랑이 보잘것없다면 위로도 보잘것없어야 마땅하다고 고백한다. 모든 것을 잃은 것처럼 절망스러웠던 실연의 기억도 돌아보면 결국 '소소한 과거사'일 뿐이었고 '보잘것없는 것들'의 하나였을 뿐이다. 말하자면 찬 것은 찬 것대로, '보잘것없는 것들'은 '보잘것없는 것들'대로 그대로 받아들여야 한다는 것이고, 그 '보잘것없음'이 결국에는 우리를 바꾼다는 것이니, 그것은 실로 시린 찬물의 교훈이라 할 만하다.

질문 5

소설에는 나이에 대한 언급이 빈번하게 등장한다. 육 년 전 스물아홉 살이었던 '나'는 이제 서른다섯 살이 되었다고 하고, '그녀'와는 이십대 후반을 함께 보냈다고 이야기하는가 하면, '스물아홉의 그녀'는 어디로 갔을까 궁금해하기도 한다. 나이에 대한 강박이 있는 것으로 여겨질 만큼 '나'와 '그녀'를 나이를 통해 호명하고 규정하는 이유는 무엇일까?

소설은 "동네에 단골 술집이 생겼다는 건 일상생활에는 재앙일지 몰라도 기억에 대해서는 한없는 축복이다"라는 문장으로 시작한다. 그런데 이 문장은 이야기 끝에 오면 "동네에 단골 술집이 생겼다는 건 기억에 대해서는 한없는 축복이지만 청춘에 대해서는 만종과 같다"는 문장으로 이어진다. 말하자면 소설은 기억에 대한 이야기이자 청춘의 만종에 대한 이야기인 셈이다. 사랑을 잃는 것이 모든 것을 잃는 것 같았던 '스물아홉'의 청춘이 있었고, 이제 그 모든 것이 '소소한 과거사'가 되고 뒤를 돌아보아야만 앞으로 나아갈 수 있다는 것을 알게 된 '서른다섯 살'의 '나'와 '그녀'가 있다. 이들은 "생애의 조도"가 최대치인 지점을 통과하고 있다. 이들에게는 이제 저묾과 어둠만 남아 있을 것이며, 그것은 '보잘것없는 것들'로 이루어질 것이 분명하다.

삼 년 전 조금 일찍 철이 든 '그녀'를 따라 이제 '내'가 '그녀'를 잃은 실연의 고통을 수습, 극복하고 있는 중이고, '그녀'의 깨달음의 과정을 그대로 '나'의 것으로 겪고 있는 중이다. 그는 이 실연이 '보잘것없는 것들'에 마음을 줌으로써 수습될 것이라는 것을, 철부지 '나'만 아는 사랑이 '타인'들을 향한 사랑으로 확대되어야 한다는 것을, 그것이 청춘에서 비로소 어른으로 혹은 삶의 최고점을 넘어서 하향 곡선을 향하게 되는 자의 태도임을 알게 된다. 사랑 혹은 실연 이야기로 시작된 소설은 어느새 실연으로 시작된 고통이 삶에 대한 깨달음으로 이어지는 성숙한 성장담으로 변모한다. 작가는 이제껏 자신이 쓴 것은 사랑 이야기가 아니라 연애 이야기였다고, "피투성이 된 유년이 성장소설의 담보이듯, 연애의 학살이 연애소설의 조건"이라고 말한 바 있거니와,[2] 이렇게 해서 주인공은 연애의 세계에서 사랑의 세계로 나아간다.

그러니 이 소설을 두고 사랑을 믿었다가 외면당한 끝에 결국은 믿지 않게 된 사연을 그린 소설이 아니라, 사랑의 하찮고 보잘것없음을 긍정하면서 어떻게 다른 방식으로 사랑을 믿게 되었는가를 이야기하는 소설이라고[3] 한 지적은 옳다. '보잘것없는 것들'의 세계로 눈을 돌리고 그것을 받아들임으로써, 우리의 실연은 극복 혹은 수습된다. 그렇게 청춘을 보내고, 우리는 어른이 된다.

2   권여선, 「작가의 말」, 『처녀 치마』, 자음과모음, 2014, 6쪽.
3   김영찬, 앞의 글, 342쪽.

꽃이 되는 어둠의 마술

구효서, 「사자월―When the love falls」

———

어두운 부엌에서 천천히 움직이며 손녀의 늦은 저녁상을 차리는 할머니를 떠올렸다. 할머니와 부엌의 어둠은 구별되지 않았다. 어둠 속에 움직이는 어둠. 볼 수도 없으면서 밥을 짓고 반찬을 만들 수 있는 걸까. 칠흑 같은 어둠만 떠올랐다. 오랜 시간 환기되지 않고 고여 있는, 농밀하고 끈적하여 흑단처럼 단단한 부엌의 어둠. 상상 속에서 하얀 밥과 노란 프라이와 빨간 김치가 돌올하게 나타났다. 하나씩 톡 톡, 저절로 피어나는 마술, 응축된 어둠이 제 몸을 변신시켜 지어내는 꽃들. 과연 그럴 수 있을까. 꽃이 되는 어둠이 있을까. 나는 말없이 밥을 먹었다. 숟갈 위에 하얀 밥과 계란노른자와 고사리와 김치를 얹어 입 안에 넣고 오래오래 씹었다. 너무도 고요하여 귀가 멀 것 같았다.[*]

———

[*] 구효서, 「사자월―When the love falls」, 『저녁이 아름다운 집』, 랜덤하우스, 2009, 162 ~163쪽.

"사랑하는 사람과 헤어졌어요. 앞뒤가 캄캄해요."

구효서의 「사자월」은 사랑과 실연의 이야기를 담은 아름다운 소설이다. 세상 무엇과도 바꿀 수 없을 것 같던 사랑의 순간과 세상 어느 것도 부러울 것이 없던 가슴 벅찬 환희의 기억, 실연 후 온 세상이 무너져버린 것만 같았던 절망과 어디로 발을 내딛어야 할지 알 수 없던 암담함, 사랑을 되돌릴 수만 있다면 무엇이라도 할 수 있을 것 같던 비굴함과 비참함이 너울너울 섬세하고도 충일하게 소설을 채우고 있다. 나는 오래전 앓았던 사랑과 실연의 기억을 떠올리며 이 소설을 읽었다. 감미롭고 서늘하고 아름다운 소설이었다.

실연한 22살 여대생이 있다. 투스카나를 몰고 다니는 2년 선배와 1년간 황홀한 사랑에 빠져 있었고, 그에게 새 애인이 생기면서 실연을 했다. 소설은 이 사랑과 실연이 가져오는 마음의 파동을 놀랄 정도로 섬세하게 묘사한다. 가령 사랑에 빠져 있을 때 사랑하는 사람 이외의 모든 것이 얼마나 무의미해지는지, 얼마나 맹목적이고 자기중심적이 되는지를 보여주는 다음 장면을 보자. '그'가 자신과 어울리지 않으며 바람둥이라고 조언하는 친구의 말에도 '나'는 전혀 끄떡없다. 자기가 좋아한 게 '그'였을까 '그'가 몰고 다니는 투스카나였을까 자문하면서도 '나'는 투스카나의 옆자리는 언제 어디서나 자기 차지였다고, 발진음과 함께 쌩 내닫는 느낌이 좋았다고 고백한다. 친구가 화를 내고 자기를 천박한 여자 보듯 진저리쳐도 '그러거나 말거나'였고, 오랜 친구를 잃는 것이 '아무렇지도 않았다.'

친구의 말처럼 '그'가 부자여서 '내'가 '맛이 간' 것인지, '내'가 사랑한 게 '그'였는지 '그'가 부자라는 사실이었는지 분명치 않지만, 어쨌든 '그'에게 매혹당했고 '그'로 인해 행복했다. '그'가 부자라는 것도 좋고, 그래서 투스카나를 타고 호텔을 이용하는 것도 좋고, '그'를 통해 만나는 모든 게 따뜻하고 부드럽고 달콤했다. 사랑은 혹은 사랑이라 믿는 순간은 모든 질문을 덮는다. 그것이 사랑하는 대상을 향한 것이든 '나' 자신을 향한 것이든, 사랑하는 '그'의 허위에 대한 것이든 '나'의 허위에 대한 것이든 상관이 없고, 세상이 '나'를 어떻게 보든 친구가 '나'를 떠나든 말든, '그러거나 말거나'다. "나에겐 아무런 죄가 없다."

'그'의 새 여자를 만났을 때 '나'의 마음에서 쏟아지는 수많은 질문들과 혼란을 묘사하는 대목도 놀랍다. "그를 사랑해? 그가 널 사랑한대니? 어떻게 만났는데? 나에 대해선 얼마나 알고 있지? 잤⋯⋯니?" 등 수많은 질문들이 떠오르지만 바로 "취소, 취소, 취소. 종이를 접고 또 접듯, 줄지어 일어나는 의문들을 접었다"든지, 그렇게 다짐을 했건만 결국 집은 어디냐고 묻고 스스로 "멍텅구리 같은 질문"이라고 후회하는 대목이나, 지나가는 사람들에게 그 아이와 자기 중 누가 더 예쁜지 묻고 싶어지고, 그 질문을 "우리 자매 같지 않아요?"라는 질문으로 바꿔보기도 하고, 그러면서 더 비참해지는 대목 등은 심리 묘사의 탁월한 면모를 보여준다. 게다가 여자애로부터 미안하다는 말을 들은 후 소설은 그저 '내'가 건물 옥상을 올려다봤다고, 전광판 슬라이드 광고문자가 지나갔다고, "위산과다, 위염, 십이지장궤양, 속쓰림, 위불쾌감, 위부팽만감, 식체, 구역, 구토, 위통, 신트림, 가스제거⋯⋯"라고 적고 있을 뿐이지만, 그것은 그녀 안에 밀려드는 쓸쓸한 슬픔과 통증의 이름으로 다가와 우리를 흔든다.

'나'는 결국 여자애의 눈물을 보면서 "너에게도 죄가 없는 것 같다"

고 고백한다. 이제 누구에게도 죄가 없지만 그럼에도 불구하고 닥쳐오는 고통과 슬픔을 이해해야 할 차례다. '나'를 사랑한다고 했지만 다른 사람을 사랑하게 되기도 한다는 것을, 이럴 줄 몰랐지만 이럴 의도도 없었지만 이렇게 되었다는 고백을 받아들여야 할 차례다. 돌아와 달라고 사정하고 싶은 마음과 구차하게 굴면 더 멀어진다는 생각이 충돌하고, 거짓말로라도 '나'를 사랑한다고 말해주기를 바라면서도 그렇게 해서 '그'가 돌아온다면 '그'는 이미 '그'가 아닐 거라 생각하는 것도, 의연한 척하지만 속으로는 "나는 죽을 거야" 울부짖는 것도, 헤어지는 마당에도 구구한 변명을 하지 않는 '그'가 여전히 괜찮아 보이고 수려한 목선과 어깨가 여전히 매혹적인 것도 '나'의 어쩔 수 없는 마음이다.

실연의 절망과 아픔을 묘사하는 대목들 곳곳에서 소설 속 문장은 우리를 울린다. 가령 이런 대목을 읽으며 온 세상이 무너져 내리는 것 같았던 지난날 어느 마음을 떠올리며 먹먹해지지 않을 수가 있을까.

하지만 그렇게 뚝, 갑자기 안 보고는 살 수 없었다. 눈이 깨지게 화창한 날 그를 한 번이라도 봐야 했다. 그의 모습을 실컷 보고, 내 10조 개의 세포에 낱낱이 저장하고 싶었다.

묻고 만지고 냄새 맡고 싶었다. 그의 것이라면 모두 커다란 상추 잎에 한꺼번에 싸서, 내 목구멍 속으로 아귀아귀 밀어넣고 싶었다. 포만감으로 나른해졌을 때 그에게 손을 들어 안녕을 고하고 싶었다. 숨을 쉬지 않으면 시간도 흐르지 않을 것 같았다. 숨을 멈추고 맑은 날을 기다렸다.(154쪽)

아이스크림을 먹는 '그'의 뺨을 꼬집으며 자기 손가락이 '그'의 뺨에 들러붙어 평생 떨어지지 않는 공상을 하는 대목은 또 어떤가. 전 세계 의사들이 달려들어 손가락을 떼 보려 하지만 떨어지지 않자 마침내 가장 권위 있는 의사가 나서서 이런 분리 시술은 23세기에나 가능할 것 같다고 선언한다. 사랑을 잃으면 엉뚱한 상상으로라도 지키고 싶은 순간이 있는 법이다. 양다리라고 해도 다시 만나고 싶다고, 만나만 주면 뭐든 양보할 수 있을 것 같다고, "양보로 내일의 저 햇빛을 다시 볼 수 있다면. 내 곁 어디엔가 그를 묶어둘 수 있다면"이라고 말하고 싶고 그러다가 구토가 나오는 것이, 도대체가 매달릴 곳이 없어 결국에는 "하느님, 제발 절 좀 도와주세요……" 울부짖게 되는 것이 사랑이다. 앞이 안 보이는 할머니에게 공연히 트집을 잡고 대답 없는 할머니를 향해 "나 오늘 사랑하는 사람과 헤어졌어요. 앞뒤가 캄캄해요. 밖도 어둡기만 해. 할머니까지 왜 그래?" 울부짖고 싶은 것이 사랑하는 이와 헤어졌을 때의 절절한 마음이다.

"할머니 집에 가보기로 했다. 혼자서."

이토록 절절한 사랑과 실연의 이야기이지만 정작 소설은 "할머니 집에 가보기로 했다. 혼자서"라는 문장으로 시작한다. 실연의 이야기와 할머니 집에 가보기로 했다는 것은 무슨 관계가 있는 것일까? '그'를 떠나보낸 후 '나'는 왜 할머니 집에 가는 것일까? 도대체 '할머니 집'은 어떤 곳인가? 할머니는 어떤 의미를 갖는 존재일까? 할머니는 말을 못하는 터라 엉터리 수화와 입 모양과 눈빛으로 말을 하는 분이고, 언제나 '전문 통역사'인 엄마를 통해서만 할머니와 대화를 할 수 있었다. 더군다나 할머니는 백내장이 심해져서 앞을 보는 것도 힘들어진 상태다. 언제나 엄마나 아빠와 함께였지만 이번에는 혼자서 가기로 했다고 하니, 할머니 집에 '혼자' 간다는 것은 무슨 의미가 있는 것일까?

소설에서 할머니는 어둠과 등가다. 할머니 집에 갔을 때, 할머니는 '어둠'을 통해 묘사된다. '나'는 할머니를 통해 어둠을 만난다. 할머니 집은 가로등이 하나도 없이 어두운 곳에 있었고, 사람 소리도 개 짖는 소리도 들리지 않아 모든 게 어둠 속에 묻혀 있는 곳에 있었다. 문밖에 나와 '나'를 기다리고 있던 할머니는 노간주나무와 구별할 수 없을 만큼 어두웠다. 할머니의 삶은 또 얼마나 어두웠을 것인가. 말하자면 "할머니도 어둠이었다. 말도 못하고, 어쩌면 듣지도 못하고, 보지도 못하는 어둠." 그러니 할머니에게로 간다는 것은 그 어둠의 세계로 간다는 것을, 더군다나 누군가의 도움도 중개도 없이 그 어둠과 혼자 대면한다는 것을 의미한다. 할머니 댁에 가서 자고 오겠다고 하자 엄마가 "기특한 건가?" 묻듯이 혹은 "철들었네" 하듯이, 혼자 할머니 집으로 가는 행위는 그녀의 성장을 의미하는 행위이기도 하다. 엄마의 통역 없이 어둠의 세계와 대면하고 소통하는 것, 그것은 아이에서 어른으로 아름다운 동화의 세계에서 슬픔과 고통이 기다리고 있는 현실의 세계로 나아가는 과정이라 할 수 있고, 그런 점에서 '결심'이라고 할 수 있는 행위다.

할머니가 어둠과 슬픔의 세계에 속해 있다면, '그'는 빛으로 가득한 세계에 속해 있다. '그'를 떠올리면 언제나 빛으로 가득했다. '그'는 부잣집 아들이었고, 고급스럽고 깔끔하고 멋진 모습을 하고 있었고, 좋은 것들에 어울리는 좋은 몸과 음성과 눈빛과 마음을 가지고 있었다. '그'와 헤어지기 전 마지막으로 만나면서 "화창한 가을볕 가운데다 나를 온전히 두고 싶었다"고 고백하는 것도 그것이 빛의 세계와의 결별을 의미한다는 걸 알고 있었기 때문일 것이다. 실제로 '그'와 마지막으로 만났던 남이섬은 빛으로 가득했다. 날은 활짝 맑았고, 구름 한 점 없었다. 두고두고 그리운 "가차 없이 맑은 날"이었을 것이다. '출입국관리사무소'가 있고 '나미나라공화국'이라 불리는 남이섬[1]을 떠나오면서, '나'는 빛의 세계에서 어둠의 세계로, 동화의 세계에서 어른의 세계로, 익숙했던 세상에서 이제껏 알지 못했던 낯선 세계로 들어온다. '그'와 헤어지고 '그'는 서울로 갔고, '나'는 할머니 집으로 온다. 할머니 집은 "할머니가 살고 계시는 집"이 아니라 "그 사람과 정반대의 방향"일 뿐이라는 고백에서 드러나듯. 이제 '나'는 빛의 세계를 떠나 어둠과 슬픔의 세계로 들어선다. 할머니 집에 왜 가려는지 알 수 없지만 어딘지 두렵고 막막한 미지의 공간이 필요했을 것이라고, "나는 어딘가로 '가고' 있었다"고 고백할 때의 '가는' 곳이 그곳이다.

할머니 집에서 대면한 어둠은 '나'를 사랑의 슬픔만이 아니라 세상에 가득한 슬픔에 대한 새로운 이해로 이끈다. 소설이 사랑에 대한 이야기이면서 동시에 삶에 대한 이야기라 할 수 있는 이유다. '그'와 헤어지지 않았다면 할머니의 백내장에 대해서도 오래도록 알지 못했을 것이라는 고백처럼, '그'와 헤어지고 나서 새로 알게 되고 새로 보게 되는 것이 많다. 할머니는 처녀 적 임신을 하고는 양잿물을 마셔서 벙어리가 된

---

1 남이섬은 '나미나라공화국'이라는 이름을 내세운 특수 관광지로 '동화나라 노래의 섬'으로 불리는 독립선언문도 가지고 있다. 소설에서 남이섬이 '그'와 함께했던 세계를 상징하는 빛과 동화의 나라로 설정된 근거이기도 하거니와, 실제 소설에는 동화의 세계를 보여주는 동요들이 곳곳에 등장한다. '그'의 새 애인이 '새 여자'라고 하기에는 너무 어렸다며 그녀를 내내 '아이'라고 칭하는 것도 이제는 그곳을 떠나온 '나'와 달리 그녀는 여전히 그 동화의 나라에 속해 있다는 것을 보여준다.

"실연의 대선배"였고, 자살에 실패한 미혼모였다. 엄마는 할머니의 음성을 몇 살 때까지 들었을까 생각하며 버스의 엔진 음이 커진 틈에 조금 소리 내어 울었다고 할 때, 그 눈물은 실연당한 자신을 향한 것이 아니라 엄마와 할머니를 향한 것이다. 세상에는 얼마나 많은, 큰 슬픔이 가득한 것인가. 그 가득한 어둠과 슬픔을 깨우치면서 '나'는 비로소 할머니의 말뿐 아니라 세상일을 모두 통역해 주었을 전문 통역사 엄마 없이 그 앞에 선다. '그'만을 향해 있던 시선이 세상으로 확장되는 순간이다.

글의 앞에 인용한 대목은 어둠의 세계에 대한 작은 이해가 시작되는 지점의 묘사라는 점에서 주목된다. 칠흑 같이 어두운 부엌에서 어둠과 구별되지 않는 할머니는 볼 수도 없으면서 그 어둠 속에서 마술 같은 반찬들을 만들어낸다. 하얀 밥과 노란 프라이와 빨간 김치가, 그 선명하고 황홀한 색깔이 어둠 속에서 드러난다. 그것은 어둠이 제 몸을 변신시켜 지어낸 꽃들과 같다. 말하자면 '꽃이 되는 어둠'의 마술. '나'는 할머니가 어둠 속에서 만들어낸 밥을 먹으며 그 마술을 생각한다. 이제 '나'는 슬픔이 사물의 빛깔을 외려 도드라지게 한다는 걸 알게 되었고, "할머니는 여기서 왜 이러고 살아요?"라고 물으면 "넌 게서 왜 그리 산다더냐?"고 되물을 것을 짐작할 수 있게 되었다. 엄마에게서 물려받은 전문 통역사의 기질이 이제 '나'에게서도 발휘될 모양이다.

소설의 말미에 오면 '나'는 빛의 세계에 서 있고 싶었다는 앞선 고백과는 정반대로 "온통 세상을 덮은 어둠 한가운데에 나를 놓아두고 싶었다"고 고백하고, 밖으로 나가 어둠 속에 선다. 그리고는 생각과는 달리 세상이 "아주 캄캄하지는 않"다는 것을, "빛이 없어도 뭔가는 볼 수 있"다는 것을, 할머니가 만들어낸 꽃 같고 마술 같던 반찬들처럼 어두워서야 비로소 모습을 나타내는 것들이 있다는 것을, "별들도 어둠이 변해 생긴" 건지 모른다는 것을 깨닫는다. 칠흑 같다고 생각했던 어둠 한 켠에는 푸른빛이 잔뜩 고여 있었다. 둥근 달이었다. 이제 '나'는 사랑을 잃고 어떡하느냐는 자신의 질문에 "넌 이미 알고 있지 않더냐?"고 대답하는 달-할머니의[2] 목소리를 들을 수 있게 된다. 어두운 밤에 벌레소리가 들려온다. 그것은 "낮만 있는 게 아니야 밤만 있는 것도 아니야", "혼자가 아니야 혼자가 아니야" 위로하는 소리이고, "작은 토끼야 들어와 편히 쉬거라" 위로하는 "실연의 대선배" 할머니의 목소리이기도 하다. '그'는 떠나갔지만, 사랑은 끝나는 법이 없다. 어둠은 꽃이 되고, 별이 되는 법이다. 이제 '나'는 그 마술을 알게 되었다.

---

2 고창에서 사시다 엄마의 닦달에 현리로 이사 오면서 할머니가 "거기도 달이 있더냐?" 물었고, 달 없는 곳이 어디 있겠느냐는 엄마 말에 "달이라고 다 같은 달이라더냐?" 물었다든지, 너무 어둡다고 불이라도 켜라 하면 "달이 있는데 무슨……"이라고 대답했다는 일화 등에서 드러나듯, 할머니는 어둠이자 동시에 어둠을 밝히는 달이다.

호리병에 갇힌 요괴, 비밀의 드라마

김영하, 「사진관 살인사건」

———

개인적인 삶이란 없다. 우리의 모든 은밀한 욕망들은 늘 공적인 영역으로 튀어나올 준비가 되어 있다. 호리병에 갇힌 요괴처럼, 마개만 따주면 모든 것을 해줄 것처럼 속삭여대지만 일단 세상 밖으로 나오면 거대한 괴물이 되어 우리를 덮치는 것이다. 그들이 묻는다. 이봐, 누가 나를 이 호리병에 넣었지? 그건 바로 인간이야. 나를 꺼내준 너도 인간. 그러니까 나는 너를 잡아먹어야 되겠어.*

———

호리병에 갇힌 요괴는 어떻게 밖으로 나오는가

"살인사건은 왜 일요일에 자주 발생하는 것일까." 소설은 이런 질문으로 시작한다. 살인사건은 왜 일요일에, 그것도 하필 비번일 때 자주 터지느냐고. 내 생각부터 말하자면, 그것은 일요일이 그리고 비번일 때가 일상으로부터 벗어난 일탈의 시간이기 때문이다. 지루하고 무료한

---

*   김영하, 「사진관 살인사건」, 『엘리베이터에 낀 그 남자는 어떻게 되었나』, 문학과지성사, 1999, 39쪽.

일상의 시간으로부터 벗어나 있을 때, 그야말로 임무로부터 자유로워져 있을 때('off duty'), 사건은 발생한다. '일상'과 '사건'은 공존할 수 없다. '사건'이 발생하면 그것은 '일상'이 아니다. 사건이 터지면 일상이 깨지고 일상이 아닌 어느 날이 된다. 호리병에 가두어 둔 요괴는 그때 세상 밖으로 나온다. 이 소설은 호리병에 가두어둔 그 요괴가 잠시 세상 밖으로 나왔던 날들에 관한 이야기다. 일단 마개만 따주면 거대한 괴물이 되어 우리를 덮치는 요괴에 대한 이야기, 그리고 결국에는 우리 스스로 그 요괴를 다시 호리병 안에 집어넣는 이야기.

형사인 주인공이 일요일에 아내를 따라 교회에 가서 설교를 듣고 있을 때[1] 살인사건을 알리는 신호가 온다. 사진관 주인이 변사체로 발견되고, 그의 젊은 아내가 용의선상에 오른다. 그녀는 한 남자가 의심스럽다고 한다. 사진을 맡기러 자주 오는 남자가 있었는데 그가 자기를 좋아하는 것 같았다고, 본인의 몸을 찍은 사진을 보여주었다고, 자기를 사랑한다는 문구를 찍은 사진도 보여주었다고. 하지만 그 남자를 불러 이야기를 들어보자 그의 이야기는 조금 달랐다. 그는 오히려 여자가 이상했고 여자가 먼저 유혹했다고, 먼저 누드 사진을 찍고 싶다고 했다고, 자기는 그녀의 이름도 모른다고 얘기한다. 살인, 불륜, 누드 등 범상치 않고 자극적인 단어들이 등장하면서 그야말로 '사건' 발생을 예고한다. 과연 누가 사진관 주인을 죽였을까? 젊은 아내는 야릇하고, 사진관을 드나들었다는 남자는 의심스럽다.

---

1   일탈의 시간인 일요일에도 이제 '나'/아내는 호기롭게 세상 밖으로 나와 자유와 일탈의 기운을 만끽하는 게 아니라 사죄와 금기의 다짐으로 하루를 보낸다. 일탈의 욕망에 따르는 것이 아니라 오히려 그런 죄를 고백하게 만드는 예수의 말씀에 순종하면서.

사건이 발생한 사진관은 '평범'했다. 말하자면 특별한 어떤 일도 일어나지 않는 일상의 공간. 그 안에서 여자는 무료한 생활을 하고 있었다고 했다. 결혼 생활은 별 탈이 없었지만 "그 별 탈 없음이 문제였다고", 남편과의 사이에는 아무 일도 일어나지 않았다고, 모두가 비슷비슷했고 곧 지루해졌다고. 그렇다면 형사의 삶은 어떠한가? 그의 노트북 안에는 죽이고 강간하는 이야기가 가득하지만, 그는 그 모든 것에 무뎌져 있다고 고백한다. 살인사건들은 다 비슷하고 지루하다고. 이제 그는 그런 것들에 대해 아무 느낌이 없고, 그것들이 "그저 하나의 일일 뿐"인 "그저 그런 일상"을 살고 있다고. 사무실 안에 오래 있다 보면 갇혀 있는 게 피의자들이 아니라 자신이라는 생각이 든다고. 말하자면 이들 모두의 일상은 무료하고, 지루하고, 평범하다. 심지어 일요일 교회 설교마저 '지루'하다.[2]

그런데 이런 일상에서 '사건'이 발생했다. 무료한 일상의 틈새로 욕망의 기운이 흘러나오면서 일상을 흔들어 놓는 일. 무시무시한 살인 사건이. 하지만 생각해보면 '사건'은 살인사건 이전에 시작되었다고 해야 할지 모른다. 남자와 여자 사이에서 이상한 유혹과 흔들림과 끌림이 있었던 때부터 사건은 시작되었다고, 사건을 일으킬 요괴가 조금씩 밖으로 나오고 있었다고. 사진관에 온 남자는[3] 풍경 사진 중에 자기 맨발을 찍은 사진을 끼워 여자에게 보여주더니, 다음에는 자신의 배꼽, 엉덩이, 전신 누드를 찍은 사진들을 보여주었다고 했다. 여자는 그것이

---

2   "아내와 함께 교회에 나가 지루한 설교를 듣고 있는데 삐삐가 왔다"고 서술되고 있다.
3   이 남자의 이름 '정명식'은 왠지 그가 반듯하고 분명하고 무언가 틀에 박힌 삶을 살아갈 것 같은 인상을 준다. 하지만 그렇듯 바르고 반듯해 보이는 그의 안에도 요괴가 있었다.

자기한테 말을 거는 느낌이었다고, 그렇게 말을 걸어오니 반가웠고 고마웠다고 한다. 여자는 취조 중에도 그 남자 얘기를 하면서 얼굴을 붉힌다. 형사도 그녀의 이상한 분위기에 끌린다. 여자를 취조하는 중에도 그의 시선은 그녀의 입술, 얼굴, 어깨, 가슴, 목선으로 이동해가고, "이런 여자와 연애를 할 수 있을까" 생각한다. 이때 몸은 욕망의 기운이 통과하는 통로다.

일상으로의 귀환, 황량한 뒷모습에 남은 것

이들은 꿈꾸었을 것이다. 그 욕망의 기운이 무료하고 지루한 일상을 흔들고 마침내 짜릿하고 빛나는 시간을 가져다주기를. 말하자면 어떤 남자가 자기를 위해 남편을 죽여주기를, 목숨을 걸어주기를. 혹은 여자의 야릇한 분위기에 이끌려 몸을 섞고 그녀와의 이루어질 수 없는 사랑에 마음 졸이기를. 가정이며 관습이며 다 떨쳐버리고 절벽을 뛰어내리듯 망설임 없이 사랑을 향해 몸을 던지기를. 그리하여 이 무료하고 지루한 일상의 틀을 벗어나 자유롭게 훨훨 날아오를 수 있기를. 하지만 이들은 취조를 당하게 되자 서로를 범인으로 지목하거나 의심하고, 서로가 분명하고 확실한 연인 관계가 아니었다는 사실에 안도한다. 우리는 별 관계가 아니었다고, 상대방이 이상한 사람이었다고 변명하면서. 이때 이들은 스스로에게 되뇌고 있었을 것이다. "아름다운 사랑? 그런 건 없다."

게다가 살인사건의 범인은 사진관을 드나들었던 남자도, 사진관 여자도 아니었고, 사진관 주인이 자주 가던 다방 레지의 기둥으로 밝혀진다. 무료한 일상의 시간을 잠시 흔들어 놓았던 살인사건은 설레는 일도 짜릿할 것도 없는 흔하디흔한 치정 살인이었을 뿐이고, 남자와 여자 사이의 야릇한 연애는 그저 그런 통속한 불륜 행각이었을 뿐이다. 끝까지 가겠다는 결연한 사랑의 맹세도, 목숨 건 사랑도 없었다. 세상 밖으로 나온 요괴가 우리를 덮치려는 순간, 우리는 요괴를 외면한다. 그렇게 '사건'은 다시 '일상'이 된다. 살인도 '사건'이 되지 않고, 치정도 '사건'이 되지 못한다. 사건이 발생하면 정작 급한 일은 수십 장의 보고서를 쓰는 일이라는 형사의 고백처럼, 살인도 그저 일과 일상이 되었을 뿐이다.

이들은 다시 일상으로 돌아온다. 한때의 욕망은 서로의 손에 붙잡히고 혹은 스스로 그것을 발로 밟아 흔적마저 지우고 일상으로 귀환한다. 한때 욕망의 몸이었던 손/발은 이제 서로의 욕망을 저지하는 금기의 몸이 된다. 형사인 '나'는 청색 매니큐어의 흔적이 남아 있는 여자의 손을(욕망의 자유로운 분출과 해방을 꿈꾼 손이었을 것이다) 잡아 빨간 인주를 묻혀 경찰 조서에 간인을 하게 한다. 무기력하게 그에게 맡겨진 그녀의 손은 이제 현실로 투항하는 손이다. 그런가 하면 탈주를 꿈꾸었을 형사 아내의 발도 이제는 붙어먹던 놈의 오줌에 젖은 이불을 죽어라 밟아 빨아대는(자기 안의 욕망을 털어내고자 하는 안간힘 같은 몸짓이었을 것이다), 무력하고 서글픈 투항하는 몸일 뿐이다. 그녀의 발은 '내' 손아귀에 붙잡히고, 그녀는 그 발을 빼내려 애쓴다. 그러다 그녀의 손에 들린 과도가 팔뚝을 스치더라도 걱정할 필요가 없다. 곁에 머무르기로 한 아내가 약을 발라 줄 것이므로. 그러니 아내에 의해 껍질이 벗겨지는 행복한 꿈은 잠 속에서나 가능하다. 욕망이 범람하는 건 꿈에서 뿐이다.

하지만 그렇더라도 '뒷모습'만은 기억하자. 남편을 잃었고, 사진관을 찾아온 남자와 연애를 했고(했다고 믿었고), 또 그 남자를 피의자로 이야기하면서 그를 버린 여자의 쓸쓸한 뒷모습을. 여자와 몸을 섞지 않은 것에 대해 안도하고 동시에 그때 왜 그렇게 쉽게 여자의 유혹에 넘어갔을까 후회하는 남자의 황량한 뒷모습을. 아내를 두고도 안마시술소에 다니고 다방 레지와 관계를 가진 사진관 주인과, 불륜을 저지른 형사의 아내, 그리고 그녀의 남편인 '나'의 뒷모습은 또 얼마나 다를 것인가. 이들의 뒷모습엔 숨길 수 없는 뭔가가 있다. 이들을 웃게 하고, 이들의 얼굴에 홍조를 띠게 하고, 취조 중에도 연애를 꿈꾸게 하고, 하지만 그 욕망 속에서도 주위의 시선 때문에 불안해하고, 서로를 범인으로 의심하고, 목숨 건 사랑을 꿈꾸면서도 스스로 그 사랑을 버리는 모순적이고 복잡한 얼굴이 거기에 있다.

지루한 일상의 틈새에서 매순간 욕망의 기운에 이끌려 호리병 안의 요괴를 풀어주면서 동시에 스스로 그 요괴를 다시 호리병 안에 집어넣는 드라마가 우리 누구에겐들 없을까? 남편 죽은 날에도 남자 이야기를 하면서 얼굴이 붉어지는 '미친년'이[4] 어느 누구의 가슴 속엔들 없을까? 다만 욕망이란 깨어질 꿈이라는 것을 잘 알고 있을 뿐. 취조 중 남자 이야기를 하면서 남편 몰래 연애를 하는 기분이었다며 장황하게 이야기를 하다가 요점만 말하라는 형사의 말에 "꿈에서 깨어나는 사람처럼" 놀라는 여자의 이야기가 비단 그 여자만의 이야기가 아니라는 걸 알고 있을 뿐. 우리가 나른한 꿈에 젖어 있을 때에도 시간은 째깍째깍 돌아가고 있다는 것을, 그러니 이제는 꿈에서 깨어나 현실로 돌아가야

---

4 이 '미친년'은 앞서 이야기 한 바 있는 김영하의 다른 소설 「흡혈귀」에 등장하는 '흡혈귀' 혹은 '김희연'과 비슷한 존재다. 우리 안에 자리한 욕망의 얼굴 같은 것.

한다는 것을 알고 있을 뿐.[5] 위험한 요괴를 다시 호리병 안에 집어넣으면서 우리 안의 '미친년'에게 다시 조신한 사진관 안주인으로 돌아가라고 주문하고 있을 뿐. 목숨 건 사랑? 아름다운 사랑? "아서라", 그런 건 없다, 스스로에게 얘기하고 있을 뿐.

---

5   소설에서 시계 혹은 시간은 꿈과 욕망의 세계에서 현실로 돌아올 것을 일깨우는 강력한 일상의 기호다. 취조 중 '나'는 줄곧 시계를 보고 시간을 확인한다.

아무 일도 일어나지 않은,
그러나 '불'을 기억하는 이야기

한유주, 「재의 수요일」

———

그는 지난날을 생각하지 않았다. 앞으로 일어날 일들도 생각하지 않았다. 앞으로 아무 일도 일어나지 않았다. 짧은 휴식 시간마다 그는 슈퍼마켓의 로고가 찍힌 조끼를 벗어두고 길에 나가 길게 담배를 피웠다. 그는 성냥을 사용했다. 불씨가 남아 있는 담배꽁초를 쓰레기통에 던져 넣으면서, 그는 가끔 불이 붙기를, 쓰레기통이, 그가 일하는 슈퍼마켓이, 개를 데리고 지나가는 여자들이, 아이를 목마 태운 남자들이, 늘 이 근처를 어슬렁거리는 걸인들이, 납작한 운동화를 신은 계집아이들이, 길 건너의 유기농 식품 상점들이, 바로 옆의 빵집이, 그 옆의 수건 가게가, 그 옆의 향수 가게가, 그 옆의 아랍인 상점이 모두 타 버리기를, 모두 타서 재로 변해버리기를 원하지 않았다. 자전거를 탄 무리들이 지나갔다. 그는 아무것도 원하지 않았다. 30분간 주어지는 저녁 시간에 그는 동료들과 샌드위치를 먹었다. 휴일이 다가오고 있었다. 혁명 기념일이었다.[*]

———

———

[*] 한유주, 「재의 수요일」, 『얼음의 책』, 문학과지성사, 2009, 182~183쪽.

아무 일도 일어나지 않은 것을 이야기하기

불어를 배우러 파리로 간 여자가 있다. 그녀는 불어를 배우고 가끔씩 슈퍼마켓에서 필요한 물품들을 사는 반복적인 생활을 한다. 그러다가 슈퍼마켓에서 일하는 마다가스카르에서 온 남자와 인사를 나누게 되고, 길에서 우연히 만나 커피를 마시게 되고, 그의 집에 초대된다. 그리고 그곳에서 함께 담배를 피우다 불이 난다. 혹은 불이 나지 않는다. 한유주의 「재의 수요일」의 이야기를 거칠게 요약하자면 이렇다. 하지만 이런 이야기는 그녀의 소설을 이해하는 데 아무 도움이 되지 않는다. 그녀 소설의 특성은 그런 이야기를 어떻게 이야기하고 있는가에 있다. 소설이 이야기 자체가 아니라 이야기를 이야기하는 것이라고 할 때,[1] 한유주 소설만큼 이런 정의에 부합하는 경우도 없어 보인다. 한유주 소설을 이야기로 읽는다는 것은 불가능하다. 도대체가 그의 소설에는 이야기가 없다. 무언가 이야기되고 있지만 이야기는 진행되지 않고, 서술은 있지만 사건은 없다. 소설 속에서 무슨 일이 일어났는가를 요약하기란 쉽지 않다. 더군다나 소설은 아무 일도 일어나지 않았다는 기술로 끝난다.

우리는 각자 말없이 담배를 입에 물었다. 연기가 나지 않았다. 재가 떨어지지 않았다. 그가 내게 무슨 말인가를 하려고 입을 열지 않았을 때, 그의 등 뒤 검은 커튼에 촛불이 옮겨 붙지 않았다. 커튼은 순식간에 붉게 타오르지 않았다. 그 속도가 너무나 빠르지 않았다. 불길의 커다란 그림자가 검게 일렁이지 않았다. 나는 비명을 지르지 않았다. 그것은 불가능했다.(208~209쪽)

---

1   이에 대해서는 황도경, 『문체, 소설의 몸』, 소명출판, 2014, 17~21쪽을 참조할 것.

소설의 마지막 대목인 여기에서 "우리는 각자 말없이 담배를 입에 물었다"는 서술 이후 모든 문장은 '~않았다'는 부정 술어를 수반하고 있다. 연기가 나지 않았고, 불이 나지 않았고, 재가 떨어지지 않았고, 불이 붙지 않았고, '나'는 비명을 지르지 않았다. 요컨대 아무 일도 일어나지 않았다. 그렇다면 아무 일도 일어나지 않은 것을 기술하고 있는 이 소설은 무엇을 이야기하고 있는 것일까?

한유주의 인물들은 무언가 일어났지만 동시에 일어나지 않았다고, 누군가를 만났지만 결국 누군가를 만나지 않았다고 말한다. 무언가 일어났지만 그것이 결국 우리에게 아무 변화도 가져오지 않는다면 우리에겐 아무 일도 일어나지 않은 것이나 마찬가지이고, 누군가를 만났지만 그가 우리에게 아무 의미도 갖지 못한다면 누군가와의 만남도 없었던 것이나 마찬가지다. 사실 우리의 일상은 그런 '아무 일도 일어나지 않은' 시간들로 채워진다. 그 시간들을 과연 어떻게 기술할 수 있을까. 아무 일도 없었다고? 무슨 일인가가 일어났다고? 위 인용문의 경우 사실상 인물들이 담배를 물었다는 사실 이외에는 아무것도 분명한 것은 없다. 결국 아무 일도 일어나지 않았다. 하지만 사건은 없지만 서술은 진행된다. 불은 나지 않았지만 불이 나지 않았다는 기술은, 불의 부재를 인식하는 시선은 있다. 그러니 아무 일도 일어나지 않았다는 이 장황한 이야기 속에는 무언가가 일어나고 있다.

그 '무언가'를 기술하기 위해 한유주의 문장은 이상해진다. 그녀는 아무 일도 일어나지 않는 날들 속의 어떤 움직임 같은 것 혹은 닮은 그림 속의 다른 그림을 찾아내는 일 같은 것을 시도한다. 하지만 언제나 언어와 진실 사이에는 간극이 있고, 그 때문에 언어는 항시 진실을 배반한다. 작가는 다른 소설에서 인물의 입을 통해 "우리의 세대는 수사학이 선인 세대다", "우리는 함구해야 하지. 완전한 이해, 완전한 묘사는 불가능하니까. 그럼에도 불구하고 자꾸만 말하고자 하는 것이 나의 야만이다"(「그리고 음악」)라고 고백한 바 있다. 모든 언어가 수사학이 되어버린 시대에, 윤리적으로 거짓말보다 더 나쁜 치장된 언어가 될 수밖에 없는 언어로, 우리는 무엇을 이야기할 수 있을까? 작가로서 한유주의 고민은 이 점에서 출발하는 듯 보인다. 함구해야 한다는 당위와 말하고 싶다는 욕구 사이에서, 완전한 이해와 묘사는 불가능하다는 인식과 그럼에도 불구하고 입을 열어 무언가를 묘사하고자 하는 욕구 사이에서, 한유주의 언어는 독특한 말하기 방법을 구사한다. 말하자면 무언가를 말하면서 말하지 않는 것, 말하지 않으면서 무언가를 말하는 것. 거기에는 언어의 함정에 빠질 것을 예감하면서 입을 여는 조심스러움과 난감함이 있다.

일상의 시간과 반복 어법

「재의 수요일」은 아무 일도 일어나지 않는 세상에서, 가짜 이야기뿐인 세상에서, 소설은 무엇을 어떻게 이야기할 것인가를 실험하는 소설이다. 그것은 철저하게 언어에 대한 인식, 회의, 절망에서 시작한다. '나'와 '그'는 모두 이방인이다.[2] '나'는 불어로 말하는 법을 배우고 있

---

2   '나'와 '그'는 각각 한국과 마다가스카르에서 파리로 건너온 가난한 이방인이라는 점에서 닮아 있다. 둘은 각각의 방식으로 소외되어 있고, 세상이 낯설고, 말이 낯설다. '나'의 일인칭 서술로 되어 있으면서도 '그'에 대해 전지적 능력을 발휘하고 있다든지, '그'를 초점 인물로 삼아 이루어지던 서술이 "그가 고개를 들었다. 계산대 앞에는 내가 있었다"

다. 희망을 얘기하는 법, 의심을 나타내는 법, 가정하는 법을 배우고 있고, 미래를 말할 수 있게 되기까지는 얼마나 많은 시간이 걸릴지 알 수 없다. 선생은 항상 '내' 이름을 잘못 발음한다. '나'는 프랑스어 이름을 지으려고 하지만 적당한 이름을 찾기가 쉽지 않다. '나'는 사람들에게 틀린 이름과 나이를 알려주거나, 성역을 석양으로 잘못 읽는다. 사람들은 무의미한 말들을 주고받거나 서로 궁금하지 않은 것들에 대해서만 질문한다. 세상의 모든 사물과 감정들이 기록되어 있는 사전은 없다. 말은 언제나 어긋난다. 사람과 사람 사이에서, 대상과 말 사이에서, 말과 말 사이에서.

동일한 대상이나 사실도 '그'의 시선으로 볼 때와 '나'의 시선으로 볼 때, 혹은 어제 볼 때와 오늘 볼 때가 각각 다르다. 가령 "오래전 할인점에서 산 녹색 커튼"이 다른 대목에서는 "전에 살던 사람이 남기고 간 푸른 커튼"으로 묘사되는가 하면, "그의 방에는 텔레비전이 없었다"는 기술 뒤에 '그'가 아프카니스탄에서 피랍된 독일인의 석방 뉴스를 보는 장면이 나오기도 한다(텔레비전이 방에는 없었지만 거실에는 있었던 것일까?). 하지만 텔레비전이 있든 없든, 책들이 선반 위에 꽂혀 있든 책상 옆에 꽂혀 있든, 그것은 이들의 삶에 아무런 의미도 갖지 못한다. 아침에 일어나 집세와 수도 요금과 전기 요금에 대해 생각하거나 생각하지 않거나, 그 돈을 지불해야 한다는 사실과 돈에 여유가 없다는 사실이 달라지지는 않는다. 그런 점에서 이들의 삶은 어제와 오늘이 같고, 결국 이

라는 문장에서 '내'가 등장하면서 초점 인물이 '나'로 바뀌고 서술 주체가 '나'였음이 드러나는 것 등은, 어떤 점에서 '나'와 '그'의 동질성을 보여주는 장치로 보이기도 한다. '그'는 '나'이고 '그'의 우울과 소외가 결국 '나'의 그것이니, '그'에 대한 전지적 서술이 가능한 이유이기도 하겠다.

들에게는 아무 일도 일어나지 않는다.

이들은 슈퍼마켓에서 늘 똑같은 물건들을 사고, 아침마다 똑같은 것들을 먹고, 불어 수업 시간에는 단순한 문장들을 반복하고, 똑같은 인사말들을 되풀이한다. 소설 속에서 '늘', '똑같은', '언제나', '항상' 같은 반복을 나타내는 부사어들이 빈번하게 사용되는 것, 혹은 같은 구절의 반복, 대구 등이 반복해서 나타나는 것 등은 이런 일상의 반복성을 환기시키는 장치다. 아무것도 달라지지 않는 일상의 반복성이 반복되는 구문의 연속으로 나타나는 것인데, 가령 이런 문장들이다. "아무것도 들어 있지 않았던 서랍 속에는 아무것도 들어있지 않았다.""다음날 아침에는 다음날 아침이 왔다.""읽히지 않는 책들을 읽지 않았다."

한유주 문장은 기본적으로 반복의 법칙으로 진행된다. 아무런 변화 없이 반복되는 일상의 시간을 따라 그의 문장은 동일 구문을 반복하고, 혹은 조금씩 미세한 차이를 드러내며 변형된다. 앞서 살펴보았듯이 그 차이들은 때로 충돌하기도 하며 어떤 것이 진짜인지 혼돈스럽게 만든다. 하지만 반복되는 일상은 결국 그 안의 미세한 차이를 무화시킨다. 비가 오거나 비가 오지 않거나, 해가 뜨거나 해가 지거나, 그것은 결국 아무런 차이를 갖지 못한다. 비가 오더라도 언젠가는 그치고 해가 뜨더라도 언젠가는 지고 또 그 뒤에는 다시 새벽이 오고 아침이 된다. 일상이란 그런 것이다. 소설에서 '~하거나 ~하지 않았다'와 같은 문장들이 빈번하게 발견되는 것은 이런 인식 때문이다. 가령 이런 문장들이다.

· 언제나 비가 오거나 오지 않았고, 바람이 불거나 불지 않았다.(190쪽)
· 그들의 연주는 지루하거나 지루하지 않았다.(199쪽)

- 어떤 사람들에 대해 생각하거나 생각하지 않았다.(204쪽)
- 아래층의 개가 짖었다. 아래층의 개가 짖지 않았다. 그의 피부는 검었다. 그의 피부는 검지 않았다. 그가 창문을 열었다. 그가 창문을 열지 않았다.(205~206쪽)

우리는 무언가를 하거나 하지 않는다. 대상은 어떠하거나 어떠하지 않다. 우리가 무언가를 했다 하더라도 언제까지 계속하지는 않으며, 누군가의 연주가 지루했다 하더라도 때로 지루하지 않을 때도 있으며, 개는 짖다가도 짖지 않는다. 그러므로 우리는 무언가가 어떠하다고 단정할 수 없다. 단정하는 것은 거짓말이다. 그러니 우리는 그저 이렇게 말할 수 있을 뿐이다. 비가 오거나 오지 않았다고, 무언가에 대해 생각하거나 생각하지 않았다고. 한유주에겐 그것이 우리의 반복되는 일상을 가능한 거짓 없이 언어로 담아내는 방법이다.

'불'의 기억

우리의 꿈과 욕망은 이 반복되는 일상의 시간 속에 순간적으로 떠올랐다 사라진다. 글의 앞에 인용한 대목에서도 나타나지만, 소설에는 독특한 부정어법이 활용된 문장들이 반복적으로 등장한다. "불씨가 남아 있는 담배꽁초를 도로 위로 쓰레기통에 던져 넣으면서"로 시작되는 문장 뒤에 "그는 가끔 불이 붙기를, 쓰레기통이, 그가 일하는 슈퍼마켓이, 개를 데리고 지나가는 여자들이, 아이를 목마 태운 남자들이, 늘 이 근처를 어슬렁거리는 걸인들이, 납작한 운동화를 신은 계집아이들이, 길 건너의 유기농 식품 상점들이, 바로 옆의 빵집이, 그 옆의 수건 가게가, 그 옆의 향수 가게가, 그 옆의 아랍인 상점이 모두 타 버리기를, 모두 타서 재로 변해버리기를 원하지 않았다"는 긴 구절이 따라오는데, 이때 '~원하지 않았다'라는 술어 앞에 자리한 긴 대목들에 유의해보자. 불에 타서 재로 변해버리기를 원하지 않았다고 하지만, '않았다'라는 술어가 나오기 전까지 장황하게 불려나온 대상들이 아무 일도 없었다는 듯이 온전하게 지워지는 것은 아니다. 그 모든 것들은 '불에 타다'라는 동사를 거느리면서 우리 의식에 계속 잔상처럼 남아 있다.

이 부정어법의 문장들은 사건이나 생각을 일어남과 일어나지 않음 사이에 위치시킨다. 과연 불이 났다는 것인가, 나지 않았다는 것인가? 모두 타서 재가 되기를 바랐다는 것인가, 바라지 않았다는 것인가? 그 사실 여부와 상관없이 어쨌든 무언가 지워진 것처럼 얼룩들이 남는다. 김형중은 한유주 문장의 가장 큰 특징으로 '부정문의 발견'을 들면서 그녀의 문장이 지워지면서 동시에 남는 이른바 데리다가 말한 '흔적'의 글쓰기를 실현하고 있다고 설명한 바 있거니와,[3] 이 이상한 글쓰기를 통해 강조되는 것은 진술된 내용의 사실 여부가 아니라 그것들이 남긴 흔적, 잔상이다.

「재의 수요일」은 그 잔상에 대한 이야기이다. 불에 타 재로 변하기를 바라지 않았다는 장황한 기술에는 그 모든 것들이 불에 타 재로 변해버리는 환상 혹은 잔영이 어른거린다. 소설의 서두에서부터 '그'에게서 느껴지던 알 수 없는 분노, 자명종을 바닥에 던져버리게 하고, 아무

---

3 김형중, 「푸네스의 고독, 세헤라자드의 뜨개질」, 한유주, 앞의 책, 365~367쪽.

이유도 없이 햇빛 속을 걸어가는 아이들의 머리통을 노려보게 했던, 그리고 주전자의 물 끓는 소리도 기분 나쁜 소리로 듣게 하던 그 분노가 타오르는 불과 연결된다. 게다가 그 분노는 '그'에게만 있는 것도 아니다. 상습 정체구간인 슈퍼마켓 도로에서 들려오는 욕설과 경적 소리, 비가 올 때마다 풍겨오는 하수구 냄새, 지갑을 도난당해서 신고를 했을 때 이것이 파리라고 파리에 온 것을 환영한다고 말하던 경찰, 누군가 계단을 내려가는 소리가 들리면 문이 제대로 닫혔는지 확인하는 '그'의 모습, 도로에서 시도 때도 없이 들려오는 경찰차의 사이렌 소리 등 많은 일화에서 환기되듯이, 세상에는 소음과 악취와 분노가 가득하다. "햇빛이 사람들의 짜증과 분노를 가라앉혔다"는 진술은 사람들 모두에게 짜증과 분노가 팽배해 있음을 전제로 한다. 게다가 철도 파업이 일어나 검은 목요일이라는 헤드라인의 기사가 뜨고, 텔레비전에서는 피랍된 독일인의 석방 뉴스와 폭탄테러가 있었다는 뉴스가 나온다. 말하자면 "하나의 세계가 썩고 있었다." 불이 날 것 같은 예감 혹은 모든 것이 불에 타버리기를 바라는 갈망은 그 속에서 커져간다.

소설이 혁명 기념일 축제를 배경으로 하고 있다는 것은 이런 욕망과 연결되어 있다. 우리 안에 은밀하게 자리하고 있는 혁명의 꿈, 모든 걸 태워버리고 싶은 욕망은 혁명의 불꽃이라는 이미지로 귀결된다. 하지만 혁명 기념일은 화요일이었고 정작 소설이 이야기하는 것은 수요일에 대해서이다. 혁명은 안 되고 방만 바꾸었다는 김수영처럼 한유주의 인물들은 혁명은 안 되고 담배만 피운다. 그리고 그것마저도 불이 되지 못하고 꺼져버린다. 그것이 화火요일이 아닌 수水요일이 소설의 초점이 되고, 소설 제목이 '불의 화요일'이 아니라 '재의 수요일'인 이유다.[4]

하지만 한유주는 우리의 일상이 매번 '재의 수요일'이 된다고 해도, 그 날 아무 일도 일어나지 않았다고 이야기하지는 않는다. 대신 그녀는 이 렇게 말한다. "연기가 나지 않았다", "재가 떨어지지 않았다", "붉게 타 오르지 않았다." 이 부정어법의 진술은 실현되지 않은 불을 우리의 상 상 속에 불러온다. 이런 점에서 한유주의 부정어법은 타오르지 않은 불 에 대한 절망의 기술이자 동시에 불을 기대하는 강렬한 요청이다.

더 이상 새로운 이야기는 없는 것이 우리의 일상이라 하더라도 한유 주 소설에서 그것을 바라보는 방식은 새롭다. 한유주 소설은 언어와 형 식의 실험을 통해 반복되는 일상, 아무것도 달라지지 않는 현실을 새롭 게 그려낸다. 더 이상 일상의 혁명은 불가능할지 모르지만, 소설의 혁명 은 멈추지 않는다. 무료하고 부패하고 꿈쩍 않는 일상을 정직하게 마주 하면서, 한유주 소설은 우리의 일상에 은밀히 '불'을 불러온다. 불타는 화요일에 대한 이야기가 아니더라도 재의 수요일에 대한 우울한 기술 만으로도, 불이 타오르지 않았다 하더라도 그것에 대한 기술만으로도, '불'은 여전히 뜨거울 수 있다. 한유주의 「재의 수요일」에서 우리는 소 설이 '불'을 기억하는 새로운 방식을 만난다.

---

4   '재의 수요일'은 원래 천주교에서 사순절이 시작되는 첫째 날 참회와 회개를 다짐하는 상징적 행위로 머리에 재를 뿌리는 의식을 행하는 데서 비롯된 날이다. 예수의 고난과 죽음 그리고 언젠가는 흙으로 돌아갈 우리의 숙명을 기억하는 이 행위는 종국에 부활을 향한 믿음에 닿아 있다. 이 점에서 '재의 수요일'은 꺼진 불에 대한 절망과 타오르는 불에 대한 기대를 함께 담고 있다고 할 수 있을 것이다.

엘리베이터는 결코 추락하지 않는다

김인숙, 「술래에게」

불은, 내가 낮잠을 자는 사이에 일어났고 내가 그 낮잠에서 깨어나기 전에 완전히 진화되었다. 잠에서 깨어 일어나 흐트러진 머리를 긁으며 침실의 창문 앞에 섰던 나는 잠깐 내 눈을 의심했다. 무언가 익숙한 것 대신에 전혀 낯선 것이, 내 눈앞에 있었다. 내 침실 창문에서 바로 바라다보이는 공터에 세워지고 있던 거대한 모델하우스가 감쪽같이 사라지고 그 자리에 불탄 자국밖에는 남아 있지 않다는 것을 알게 된 건, 시간이 꽤 흘러서였다. 그 시간 동안, 나는 공황상태에 놓여 있었다. 저기에 무엇이 있었던가…… 저 시커멓게 불타 죽은 자리는 무엇인가.*

산문의 세계, 일상의 시간

박완서는 "심심하다는 것은 불행한 것보다는 사뭇 급수가 떨어지는 불행이면서도 지독한 불행일 때가 있다"고[1] 얘기한 바 있거니와, 그 고

---

*   김인숙, 「술래에게」, 『브라스 밴드를 기다리며』, 문학동네, 2001, 251쪽.
[1]   박완서, 「지렁이 울음소리」, 『부끄러움을 가르칩니다』, 문학동네, 2017, 124쪽.

백은 70~80년대의 뜨거웠던 혁명과 변혁의 시간을 보내고 맞이한 90년대에 와서 더욱 공감되는 것이기도 했다. 90년대는 변혁의 열망과 뜨거운 열정과 목숨 건 사랑이 지나간 후 맞게 된 일상의 시간들로 요약될 수 있기 때문이다. 때문에 당시의 소설에는 변혁의 꿈 대신 나날이 지켜가야 하는 일상의 시간들이, 강하고 힘찬 광장에서의 함성 대신 내면으로 침잠한 조용한 독백들이, 위태로운 "지붕 위의 세월" 대신 "안전한 삶의 바닥"을 선택한 자의 부끄러운 고백이, "지붕 위에 올라가는 대신 바닥을 천천히 걷는 것이 중요"하다는[2] 자조 섞인 변명이 자리하게 된다. 90년대가 환멸의 시대로 요약되기도 하는 이유일 것이다.

나로서는 이 환멸의 시대가 소설에서는 일면 풍요의 시대를 낳았다고 생각하는데, 거창하고 거대한 이야기에 밀려 잊힌 소소한 이야기들, 사랑이 지나간 자리에 남은 무료한 일상의 시간들, 우렁찬 목소리에 묻힌 비겁하고 오만하고 찌질했던 마음 속 이야기들을 본격적으로 조명하게 되었기 때문이다. 밀란 쿤데라의 말처럼 돈키호테에게서 산문의 세계가 시작되었다고 할 때 그 산문의 세계란 삶의 구체적이고 일상적이며 육체적인 성격을 말하는 것이라고, 돈키호테라는 전설적인 인물을 산문의 세계로 보내면서 소설이 시작되었다고 믿기 때문이다. 쿤데라는 그 단적인 예로 이 하나의 중요성을 이야기하는데, 호메로스는 영웅들이 전투를 치른 후 이가 무사한지 여부는 묻지 않았지만 돈키호테에게는 아픈 이나 빠진 이가 매우 중요했다며, "산초, 다이아몬드 하나보다 이 하나가 더 중요하다는 걸 알아야 해"라는 돈키호테의 말에 주목한 바 있다.[3]

---

2   김인숙, 「길」, 앞의 책, 138쪽.
3   밀란 쿤데라, 박성창 역, 『커튼』, 민음사, 2010, 19쪽.

어쩌면 90년대는 이 하나의 중요성을 비로소 주목하게 된 시기일 것이다. 성공적인 무용담이나 비극적으로 패배한 영웅담이 아니라 집으로 돌아온 초라한 영웅들이 일상에서 무력함을 매순간 확인하는 시간, 쑤셔대는 이 하나에도 패배와 절망과 모멸을 맛보아야 하는 시간, 아픈 이를 부여잡고 쩔쩔매는 자신을 환멸스럽게 바라봐야 하는 시간, 삶의 바닥에서 무의미와 무료함을 견뎌야 하는 시간, 그래서 가야 할 길이 있고 바라볼 별이 있던 시대의 눈물과 고통마저 그리워지는 시간. 산문의 세계, 일상의 시간은 그렇게 왔다.

촌충처럼 박힌 무료함의 발톱

김인숙은 말 그대로 열정의 80년대를 거쳐 환멸의 90년대를 통과한 작가라 할 수 있다. 비유컨대 『함께 걷는 길』의 세계에서 가야 할 『먼 길』의 세계를 거쳐 잃어버린 「길」의 세계로 옮겨왔다고 해야 할까. 아니 어쩌면 나가야 할 '길'의 세계가 아니라 처리해야 할 나날의 '일'의 세계로 옮겨 왔다고나 할까. 이제 김인숙 인물들에겐 '길'이 아니라 일상의 무게와 권태가 문제다. 그들에게는 비탄과 고통마저 감미로운 그리움의 대상이다. 「술래에게」에서도 우리는 그런 여자를 만난다. 더 이상 두근거리는 열정도, 뜨겁게 끌어안아야 할 고통도 없이, 그저 "사는 게 심심해 죽겠"는 여자.

여자는 대학에서 그림을 전공했다. 결혼 후 그녀는 동네 코흘리개 아이들에게 그림을 가르치며 돈을 벌어 아파트 중도금을 치르고, 남편과 아이들을 위해 밥을 짓고 청소를 하고 빨래를 하고, 때맞춰 시댁과 친정 대소사를 챙기며 살아가고 있다. 의무와 일상은 넘치지만 의미와 이야기는 없는, 번잡함과 수고로움이 넘치지만 생생함과 활력은 없는 삶, 그것이 여자의 현재다. 여자의 삶은 무료하고 심심하다. 더군다나 마흔을 바라보는 나이란 더 이상 장난을 할 수 없다는 것을 의미하고, 더 이상 가슴 뛰는 흥분과 환희와 숨죽이는 긴장감이 없다는 것을, 삶에 다른 것은 없다는 것을 받아들여야 한다는 것을 의미한다. 그래서 여자는 "사뭇 급수가 떨어지는 불행이면서도 지독한 불행일 수 있는" 삶의 권태와 무료함이 삶의 깊숙한 곳에 촌충처럼 박혀 있다고, 이 무료함으로부터 자신을 꺼내 달라고 고백하는 중이다.

그런데, 이 무료해진 삶을 잊게 하는 일이 일어난다. 여러 번 엘리베이터에서 옆집 남자와 마주치는 일이 일어나고, 눈인사를 하기 시작하고, 이야기를 하기 시작하고, 그러다가, 그와 연인이 된다. 여자는 바빠진다. 삶의 무료함에 눈을 돌릴 틈이 없을 정도로. 여자는 남자를 마음속에 들인 후 고통스러워졌고 또 그 고통 때문에 행복했다. 여자는 남자와 이혼을 공모하고 죽음을 꿈꿨다. 불륜 행각은 위험했고, 또 그만큼 달콤했다. 말하자면 열기와 흥분과 긴장으로 가득한, 충만한 생의 순간이었다.

어린 시절 술래잡기는 바로 그런 기억으로 소환된다. 술래잡기를 하며 장독 뒤에 숨어 있을 때의 긴장과 조바심, 술래에게 잡혔을 때의 비탄과 흥분. 그것은 여자가 생생하고 절절하게 살아 있었던 어느 먼 시절의 기억일 것이다. 그러다 슬롯머신을 하다 천이백 불짜리가 터졌을 때, 베란다 아래로 침을 뱉은 후 범인을 잡으러 달려오는 묵중한 발소리에 숨을 죽이고 있을 때, 온 몸의 실핏줄마다 짜릿한 열기가 퍼져나가는 것을 느끼며 "날 못 찾을 걸!" 몰래 장담하고 있을 때,[4] 아무도 몰래 옆집 남자와 6개월 동안 밀회를 나누고 있을 때, 그 먼 기억이 되살아난다.

하지만 결국 그는 떠나고, 그녀는 다시 무료한 일상의 삶으로 돌아온다. 한바탕의 불장난 혹은 불륜의 이야기는 그렇게 맥없이, 조용히 끝난다. 김인숙의 「술래에게」에서 만나는 것은 이런 통속적인 이야기다. 하지만 이 통속적인 이야기는 우리를 울린다. 무료한 삶을 견디던 어느 순간 갑작스럽게 다가온 떨림과 열정과 환희. 그러나 결국 그 모든 것은 무료한 삶에 묻히고, 여자는 여전히 "나를 꺼내줘, 여보, 이 무료함으로부터, 이 재미없음으로부터……" 공허하게 외치고 있을 뿐이다. 이제 술래잡기는 끝났다. 손을 잡은 채 함께 장독 뒤에 숨어 있었던 옆집 남자는 어느 틈에 술래의 손을 잡고 사라졌고, 여자 혼자 해 저문 장독 뒤에 남아 있다.

불은 왜 일어났을까?

소설이 '불' 이야기로 시작한다는 점은 흥미롭다. 낮잠 자는 사이에 일어났다 꺼진 불, 말하자면 잠자는 동안 꿈처럼 일어난 불 이야기로 소설은 시작한다. 소설은 여자가 깨어났을 때 이미 불은 꺼진 후였고, 공터에 세워지고 있던 모델하우스가 사라지고 대신 그 자리에 불탄 자국만 남아 있었다고 적고 있다. 과연 그렇게 타올랐다 꺼진 '불'은 무엇

---

4   "날 못 찾을 걸!"이라는 대사는 11층 베란다에서 몰래 침을 뱉은 후 발소리가 올라오는 소리를 들으며 숨어 있을 때 나온다. 하지만 바로 그 다음 단락에서 "어떻든 나는 들키지 않았다"라는 독백이 나올 때, 그것은 옆집 남자와의 불륜과 관계된 문장이 되어 있다. 침 뱉기나 불륜이 결국 같은 의미의 행동이라는 것을 흥미롭게 보여주는 대목이다.

이었을까? 궁전처럼 지어지고 있었다는 모델하우스 이야기는 또 무엇일까? 시커멓게 불타 죽은 자리는 무엇이고, 거기에는 원래 무엇이 있었던 것일까? 감기약을 먹고 잠이 들었다니 여자는 아팠던지 않았던지 한 모양인데, 그녀는 왜 아팠을까? 자기가 잠든 사이에 "그 모든 일이 감쪽같이 벌어졌고 감쪽같이 끝나버렸다는 이야기를 누구에게 할 수 있을 것인가" 자문할 때, 그 '감쪽같은' 일은 과연 무엇일까?

이후에 기술되는 옆집 남자와의 불장난 같은 이야기를 떠올리면 잠자는 사이 꿈처럼 타올랐다 꺼져버린 불이 무엇을 의미하는지 짐작하기 어려운 것은 아니다. 더군다나 그 화재가 방화라기보다는 '불장난' 같은 것이 아니었을까 여자 스스로 의심하고 있듯이, 소설 서두의 화재 이야기는 명백히 여자 자신의 '불장난'을 은유한다. 온 동네 사람들이 불구경을 하고, 화재 이야기를 하고, 아우성을 할 때, 여자는 잠을 자고 있었을 뿐이다. 아니 어쩌면 한바탕 꿈을 꾸고 있었다고 해야 할까. "불은, 내가 낮잠을 자는 사이에 일어났고 내가 그 낮잠에서 깨어나기 전에 완전히 진화되었다"는 서두의 문장은 이런 점에서 의미심장하다. 옆집 남자와 '불'장난을 하면서 그녀는 '궁전 같은' 모델하우스를 짓고 있었지만, 이제 불 꺼진 자리에는 시커멓게 불타 죽은 공터만이 남아 있다. 그들이 짓고 있던 '궁전'은 애초부터 두 사람의 보금자리가 될 수 없었다.

아니, 문제는 집이 아니라 불이다. 뜨거운 열기와 불길로 우리의 무료한 일상을 태우고 우리의 가슴에 열정을 불어넣는 불, 그 '불'은 매혹적이지만 동시에 위험하다. 타오르는 불은 환희와 감격과 흥분으로 우리를 떨게 하지만, 동시에 모든 것을 태워 없앨지도 모른다. 사람들의 시선은 또 어떻게 할 것인가. 소설 서두에 동네 사람들이 소란스럽게 불구경을 하는 장면은 여자의 '불장난'에 대한 사람들의 시선일 수도 있다는 점에서 흥미롭다.[5] 아무도 몰래 감쪽같이 벌어졌다 감쪽같이 끝나버린 여자의 '불장난'도 어쩌면 그렇게 온 동네의 주목을 끌었을지 모를 일이다. '불'을 일으킨 후 몰래 숨어 있던 순간들, 아슬아슬한 긴장과 떨림으로 스릴 넘쳤던 그 순간들은 결국 모욕어린 시선을 감당하는 것으로 끝날 수도 있었을 것이다.

그러므로 '불'이 모든 것을 다 태워버리기 전에, 아이와 남편과 아내와 친척과 이웃들의 시선을 떠올리며, 우리는 스스로 그 불을 끈다. 우리는 불을 지르는 사람인 동시에 불을 끄는 사람이며, 불을 꿈꾸는 사람인 동시에 불을 두려워하는 사람이다. 불을 보며 까닭 없는 흥분에 차서 뺨이 빨갛게 달아오르는 사람인가 하면, 불자동차의 호스에서 나온 물줄기가 큰 불줄기를 잡을 때 자기도 모르게 환호하며 박수를 치는 사람이기도 하다. 그러니 불을 지르기도 전에 화재 신고부터 한 수상한 사내의 몽타주를 보며 여자가 "분명히, 이 남자를 어디선가 보았다"고 할 때, 그 수상한 사내는 과연 누구일까? 그녀는 그 얼굴에서 과연 누구를 떠올렸을까?

변함없이 흘러가는 무료한 일상 속에서 우리는 소설 속 주인공처럼 간혹 낮잠에서 깨어나 베란다 밖 가까운 곳에 불탄 자리가 있는 것을 보게 될지도 모른다. 우리가 피워 올렸던 불이 꺼지고 무언가 시커멓게 불타 죽은 자리만이 남아 있는 낯선 풍경을. 그리고 우리는 깨닫게 되리라.

---

5 퇴근해 들어온 남편이 "불났었다며?" 물을 때, 그것은 여자 내면의 '불'을 향한 것으로 들리기도 한다. 희극적인 대목이다.

불을 낸 후 장독 뒤에 숨죽이고 숨어 있는 '나'를 이제는 아무도 찾지 않을 것임을, 이미 술래는 놀이가 재미없어져 집으로 돌아갔음을. 아니 그 모든 것이 한낱 꿈에 불과했음을. 우리의 삶에서는 운명적 사랑의 비극적 종말도, 극적인 재회도, 비참한 추락도 일어나지 않는다. 꿈속에서의 엘리베이터는 번번이 한없는 바닥으로 추락해 내려가지만, 현실에서 엘리베이터의 문은 우리가 내려야 할 곳에서 정확하게 열리고 우리는 안전하게 각자 집으로 돌아간다. 달라진 것은 아무것도 없다. 현실의 엘리베이터는 결코 추락하지 않는다. 적어도, 나를 태우고서는.

주어가 되는 법,
혹은 끝내 주어가 될 수 없음에 대하여

김영하, 『살인자의 기억법』

———

바람이 불면 뒤꼍의 대숲이 요란해진다. 그에 따라 마음도 어지러워진다. 바람 거센 날이면 새들도 입을 다무는 듯하다.

대숲이 있는 임야를 사들인 것은 오래전의 일이다. 후회 없는 구매였다. 늘 나만의 숲을 갖고 싶었다. 아침이면 그곳으로 산책을 나선다. 대숲에서는 뛰면 안 된다. 자칫 넘어지기라도 하면 죽을 수도 있다. 대나무를 베어내면 밑동이 남는데, 그것이 매우 뾰쪽하고 단단하다. 대숲에서는 그래서 늘 아래를 살피며 걸어야 한다. 귀로는 사각거리는 댓잎 소리를 들으며 마음으로는 그 아래 묻은 이들을 생각한다. 대나무가 되어 하늘을 향해 쑥쑥 자라나는 시체들을.[*]

———

[*] 김영하, 『살인자의 기억법』, 문학동네, 2017, 18쪽.

칼과 시詩

소설의 주인공은 직업을 묻는 질문에 'killing people'이라고 대답하는 일흔 살의 살인자다. 아니, 25년간 살인을 멈추었으니 예전에 살인자였다고 해야 할까? 그런데 그렇게 말하기도 어려운 것이, 그는 지금도 여전히 살인을 꿈꾸고 있다. 흥미로운 건 이 살인자가 무언가를 열심히 읽고 쓰고, 문화센터를 다니고, 시를 짓고 있다는 점이다. 그는 니체와 보르헤스와 몽테뉴와 호메로스를 읽고, 일기를 쓰고, 시를 쓴다. 그는 실제로 시인으로 불린다. 살인자와 시인, 이 기이한 결합이 나는 흥미롭다. 말하자면 이 소설은 단지 살인자에 대한 이야기가 아니라 시인이자 살인자인 사람에 대한 이야기이다. 그는 살인자인 동시에 시인이며, 그의 살인 행위와 시 쓰기는 등가다. 두 행위 안에 내포된 욕망이 같기 때문이다. 무료하고 지루한 일상 속에서 무언가 순수하고 "완벽한 쾌감"을 좇는 것. 그 희망으로 그는 살인을 하고, 시를 쓴다.

문화센터 강사가 "시인은 숙련된 킬러처럼 언어를 포착하고 그것을 끝내 살해하는 존재"라고 말할 때, 그 흥미로운 비유는 '시인=살인자'의 등식을 다시 환기시킨다. 주인공이 처음 쓴 시의 제목도 '칼과 뼈'였다. 말하자면 그는 칼과 뼈와 피의 세계에 속한 인물이다. "쓰인 모든 글들 가운데서 나는 피로 쓴 것만을 사랑한다. 피로 써라"라는 차라투스트라의 말을 인용하고 있기도 하거니와, 그의 글 역시 '피로' 씌어졌을 것이다. 이 칼과 피와 시의 세계 속에서 그는 비로소 고유한 자기 자신이 된다. 그때 그는 "바짝 조인 현처럼 팽팽"하게 살아 있다.

25년 전 마지막 살인을 한 후 그는 제법 평범한 일상인의 삶을 살아가고 있는 듯 보인다. 하지만 그의 내면에는 여전히 일상의 질서를 거스르는 괴물이 잠들어 있다. 박주태와의 만남은 내면에 숨겨져 있던 그 괴물을 불러 일으켜 세우는 계기가 된다.[1] 뱀의 눈처럼 차갑고 냉혹한 시선, 뚝뚝 듣는 핏방울에 흥분하는 살기 등으로 묘사되는 박주태는 주인공 김병수의 내면에 잠들어 있던 악마의 다른 이름이다. 25년 만에 만난 그 앞에서 그의 피는 다시 뜨거워진다. 그동안 평범한 일상인의 얼굴로 살아오고 있는 듯 보였지만, 그는 자신의 고백처럼 "도시락과 사무실의 세계가 아닌 피와 수갑의 세계에 속해 있는 인간"이었다. 그는 낮에는 의사의 얼굴을(그는 수의사다), 밤에는 살인자의 얼굴을 하고 살아가는 두 얼굴의 프랑켄슈타인 혹은 지킬 박사와 하이드다. 그는 낮에는 생명을 살리고, 밤에는 생명을 죽인다. 낮에는 세상에 안주하고, 밤에는 세상을 거스른다.

그의 살인 행위는 범속한 일상의 삶 속에서 자신이 누구인지를 확인하고 증명하는 일이다. 말하자면 자기 안의 박주태를 불러오는 일, 자기 안에 박주태라는 괴물이 자리하고 있음을 인정하고 끄집어내는 일, 그리하여 자기 자신이 되는 일. 박주태를 잡겠다고 마음먹은 후부터 식욕이 돌아왔다는 것은 '평범한 인간'이 되었던 그가 다시 고유한 자기 자신으로 돌아가고 있다는 것을 시사한다.

앞에 인용한 대목은 바로 이 숨겨진 자기 안의 괴물에 대한 이야기를 담고 있다. 바람이 불면 요란해지는 대숲은 그의 내면에 자리한 어두운 욕망의 숲이다. 마음에 자리한 욕망의 기운들, 그 결과 땅에 묻혀

---

[1] 사랑은 교통사고처럼 온다는 말이 있지만, 김병수와 박주태의 만남은 말 그대로 교통사고에 의해 이루어진다. 오이디푸스 이야기에서처럼 삼거리에서 '접촉사고'가 난 것인데, 이때 둘은 "서로를 알아보았다."(21쪽) 25년간 숨겨온 자기 안의 악마와 만나는 운명의 삼거리 장면이다.

있는 시체들. 시체들은 대나무가 되어 하늘을 향해 자라나고 있는 중이다. 그 대숲에서는 뛰면 안 된다. 대나무를 베어내도 그 아래 밑동이 뾰족하고 단단하게 남아 있고, 그래서 넘어지기라도 하면 베인 대나무에 찔려 죽을 수도 있기 때문이다. 땅 속에 토해냈던 '임금님 귀는 당나귀 귀'라는 말이 바람이 불면 울려 퍼진다는 전설 속 이야기처럼, 땅 아래 숨겨진 시체들의 이야기가 언제 울려 퍼질지 알 수 없기 때문이기도 하다. 어쩌면 우리 모두에게도 이런 비밀의 말이, 숨겨진 욕망이 자리하고 있지 않을까? 때때로 바람이 불 때 그 은밀한 욕망의 소리가 각자의 대숲에서 들려오지 않을까?

시간의 감옥

그런데 문제가 생겼다. 주인공 김병수가 알츠하이머에 걸린 것이다. 그는 시간이라는 괴물에 포획되고 말았다. 그가 그토록 거부하고 저항해온 일상과 법칙의 세계 속 가장 강력한 힘인 시간에. "아버지가 나의 창세기다"라는 고백에서 드러나듯, 그의 시간은 아버지로부터 시작된다. 그는 아버지를 죽였다. 하지만 아버지와 달리 시간은 그가 끝내 죽일 수도 이겨낼 수도 없다. 늙은 그의 곁에는 모든 것을 무화시키는 망각과 죽음이 와 있다. 치매란 모든 것이 낯선 것이 되어 버리고, 자기 자신이 누군지도 알지 못하게 되어 죽는 것이다. 말하자면 내가 더 이상 나일 수 없는 상태가 된다는 것. 그는 더 이상 자신이 살인자였다는 것도, 자기 집 뒤쪽에 광기와 비밀의 욕망을 덮고 있는 대숲이 있다는 것도, 그 아래 시체들이 묻혀 있었다는 것도 알지 못한다. 그는 이제 아무엇도 아니게 된다. "내 악마적 자아의 자율성을 제로로 수렴시키는 세계", "내가 아무나 죽여 파묻을 수 없는 곳, 감히 그런 상상조차 하지 못할 곳, 내 육체와 정신이 철저하게 파괴될 곳. 내 자아를 영원히 상실하게 될 곳." 이제 그가 마주하게 될 곳은 이런 세계다.

경찰, 학교, 병원 등은 김영하 소설에서 일상의 세계를 대변하던 것들이다. 그래서 일상의 세계로부터 탈주를 꿈꾸던 김영하 인물들은 곧잘 경찰이나 선생님, 의사에게 쫓긴다. 이 소설에서도 주인공은 의사와 경찰들 사이를 오간다. 그런데 흥미롭게도 여기에서 그는 의사나 경찰들과 친하다! 그는 자신이 의사일 뿐 아니라, 알츠하이머 때문에 병원을 찾아다니고 있고, 조만간 요양원에 가야 할 처지다. 그런가 하면 그는 경찰을 피해 다니는 것이 아니라 오히려 경찰에 신고를 하고, 형사와 명함을 주고받고, 경찰들에게 쫓기는 것이 아니라 오히려 그들을 웃으며 반기고, 낯선 곳에서 길을 잃고 헤맬 때는 경찰의 도움을 받아 집으로 돌아오기까지 한다. 그는 경찰과 병원과 학교에 항복했다. 적어도, 더 이상 그것들과 불화하지는 않는다.

'알츠하이머에 걸린 살인자'라는 설정은 어쩌면 시간의 힘에 포획되고 굴복해서 살아가는 우리 삶에 대한 한 은유로 보이기도 한다. 치매가 아니더라도 우리의 삶은 시간에 지배되며 진행된다. 한때 거침없이 솟구치던 반역의 기운과 뜨거운 변혁의 열정도 일상의 질서에 항복하고, 우리는 우리 안의 욕망을 억누르고 단정한 어른이 된다. 주인공이 머리를 다치는 사고 후 '평범한 인간'으로 살아왔다는 것도 어쩌면 그런 인생의 과정을 보여주는 진술일 것이다. 그는 욕망을 저당 잡혀 평온을 얻는다. 그리고 그 평온 속에서도 완전히 사라지지 않았던 욕망의 소리들을 시간의 마지막 흐름 속에서 완전히 잊는다. 알츠하이머에 걸린 연쇄살인자의 이 마지막 모습은 우리의 삶이 결국에는 시간이라는 괴물에 잡아먹히고 마는 것이라는, 새삼스러울 것 없는 그러나 통렬한 깨달음과 마주하게 한다.[2]

주어가 되는 법, 혹은 끝내 주어가 될 수 없음에 대하여

일상/시간의 세계에 휘말리지 않고 그 시간의 세계 속에서 주어로 살아남는 두 가지 방법이 있다. 하나는 그 세계를 전복시키는 것이고, 다른 하나는 그 세계를 뛰어넘는 것이다. 전자가 살인의 세계에 연결된다면, 후자는 금강경과 반야심경의 세계에 연결된다. 경찰이 살인범을 찾고 있을 때 그는 그 살인범이 자기 자신이라는 사실을 털어놓고 싶어

---

[2]   영화 이야기를 덧붙이자. 이 소설은 같은 제목의 영화로 만들어진 바 있다. 그런데 우리 안의 욕망과 끝내 그것을 무화시키는 것으로서의 시간에 대한 쓸쓸한 우화라고 할 수 있는 소설과 달리, 영화는 사이코패스 혹은 연쇄살인범에 대한 인간적이고 도덕적인 시선이 강조된 휴먼드라마가 되어 있다. 영화가 강조하는 것은 죄와 벌, 용서와 화해, 구원과 같은 지극히 도덕적인 주제다. 경찰 박주태가 실제로 또 다른 한 명의 연쇄살인범이고 주인공이 딸을 살리기 위해 격투 끝에 그를 죽인다든지, 박주태를 죽인 후 그가 딸에게 "너는 친딸이 아니니 살인자의 딸이 아니"라고 얘기할 때, 김병수는 지극히 도덕적이고 희생적인 아버지다. 살인자는 단지 상처를 가진 존재였을 뿐이니, 말하자면 김병수는 폭력적인 아버지와 위선적인 세상에 대한 분노가 있었고 박주태에게도 엄마에게 다림질로 머리를 다친 아픈 상처가 있다는 것, 그것이 이들을 살인으로 몰았다는 것이다.
하지만 소설에서 김병수에게는 특별한 살인의 이유가 없으며, 살인에 대해 죄책감도 없다. 누이가 아버지와 함께 죽은 것으로 되어 있는 소설에서와는 달리 수녀가 된 누이가 김병수를 위해 기도를 하고, 딸이 요양원에 있는 그에게 찾아와 흰 운동화를 신겨줄 때(하얀 운동화는 김병수가 아버지를 살해할 때 등장하는데, 아버지를 죽인 후 피로 붉게 물들여진다), 영화는 그를 용서하고 구원으로 이끌어가는 모습까지 보인다. 문화센터도 딸이 치매 예방을 위해 다니라고 등록해준 것이니, 김병수 내면에서 시(詩)와 칼이 갖는 미묘한 동질적 관계도 떠올릴 수 없다. 바람이 불어 대숲에서 웅웅거리는 소리가 날 때, 거기에서는 회개하라는 소리가 들릴 것만 같다. 여러 가지로 아쉽기만 하다.

이렇게 고백한다.

> 너희들이 보고 있는 그 기록들에는 주어가 없지. 목적어와 술어만 즐비한 불구의 기록. 거기 '불상사'로 갈음했을 그 이름. 내가 바로 그 이름, 그 주어다.(84쪽)

살인자일 때 그는 세상에서 '주어'가 될 수 있었다. 하지만 알츠하이머에 걸린 그는 서서히 아무것도 아닌 존재가 되어간다. 두 번째의 방식은 어떨까? 금강경과 반야심경은 번잡한 세상사로부터 벗어나 물질도 의식도, 의식의 대상도, 삶도 죽음도, 괴로움도 없는 공空과 무無의 세계로 나아가라고 하지만, 치매의 끝에서 만나게 되는 공의 세계는 초월도, 해탈도, 구원도 아니다. 단지 자신이 누구인지, 자기가 어디에 있는지 알 수 없는 완전한 무지와 혼돈의 상태가 되어 사라질 뿐이다. 그는 아무것도 아니게 된다. 최후의 승리는 언제나 시간의 것이다.

소설 속에서 주인공이 읽는 호메로스에 비유해서 이야기하자면, '아무것도 아닌outis' 존재에서 자신의 이름을 되찾으며 귀환한 오뒷세우스와 달리 '그'/우리는 모두 시간의 흐름 속에서 이름을 잃고 '아무것도 아닌' 존재로 사라진다. 어쩌면 그것이 영웅과 우리 범인들의 차이일까? 영웅 오뒷세우스는 망각과 싸워 귀환했고, 오이디푸스는 망각에서 자각으로, 그리고 자기 행위의 책임을 지며 파멸로 진행했다. 어떤 순간에도 이들은 '주어'였고, 언제나 자기 자신이었다. '그'/우리에게는 이런 영웅적 결말이 허락되지 않는다. 치매란 더 이상 내가 아닌 것, 짐승처럼 먹고 싸고 웃고 울고 그러다 죽음에 이르는 것이다. 나를 복원하려는 어떤 시도도 무의미해진다. 그저 "망각 속으로 걸어 들어"갈 뿐.

시간과 맞장 뜨며 뛰어오르고 부딪치던 김영하의 악동들의 이야기가 끝내 도달한 이 망각과 소멸의 세계는 참 쓸쓸하다. 일상의 삶 속에서도 사라지지 않았던 살인의 욕망이, 팽팽하게 살아있다는 긴장으로 벅차올랐던 삶의 환희가 마침내 영원히 무화되는 지점, 바람에 흔들리며 웅웅거리는 대숲 소리에도 더 이상 아무렇지 않게 된 무념무상의 지점, 거기에서 우리는 종국에 인정하지 않을 수 없을 것이다. 우리는 "졌다"는 것을.[3]

---

3   "문득, 졌다는 생각이 든다. 그런데 무엇에 진 걸까. 그걸 모르겠다. 졌다는 느낌만 있다."(143쪽)

내 생애의 구슬 같은 겨울

박완서, 「그 남자네 집」

앉은자리가 불편해지기 시작했다. 여긴 내가 있을 자리가 아니었다. 경양식도 같이 파는 찻집은 자리가 꽉 차 주로 쌍쌍인 젊은이들이 내가 앉은 테이블의 빈자리를 잠시 넘보다가 나가버리곤 했다. 주인의 시선이 따가울 수밖에 없었다. 연탄 갈비집도 영업을 시작했을 시간이다. 그 가게 앞을 카바이드와 연탄불 냄새를 그리워하며 천천히 걸어가는 늙은이가 눈에 선하다. 그는 누구일까. 애무할 거라곤 추억밖에 없는 저 처량한 늙은이는.

나는 마지못해 자리를 떴다. 쌍쌍이 붙어 앉아 서로를 진하게 애무하고 있는 젊은이들에게 늙은이 하나가 들어가든 나가든 아랑곳없으련만 나는 마치 그들이 그 옛날의 내 외설스러운 순결주의를 비웃기라도 하는 것처럼 뒤꼭지가 머쓱했다. 온 세상이 저 애들 놀아나라고 깔아놓은 멍석인데 나는 어디로 가야 하나. 그래, 실컷 젊음을 낭비하려무나. 넘칠 때 낭비하는 건 죄가 아니라 미덕이다. 낭비하지 못하고 아껴둔다고 그게 영원히 네 소유가 되는 건 아니란다. 나는 젊은이들한테 삐지려는 마음을 겨우 이렇게 다독거렸다.*

---

*   박완서, 「그 남자네 집」, 『친절한 복희씨』, 문학과지성사, 2007, 77~78쪽.

"그해 겨울은 내 생애의 구슬 같은 겨울이었다."

박완서는 이른바 노년의 문학이라 부를 만한 세계를 구축한 점에서도 주목된다. 특히 말년의 작품들에선 지난 세월에 대한 그리움, 가버린 시절에 대한 회한, 사라지는 것들에 대한 아쉬움, 새로운 세계 속에서의 혼란, 무너지는 몸과 마음의 우울, 나이가 가져다 준 이해와 포용 등 다양한 노년의 세계가 그려진다. 그것은 아프고 서늘하고 아련하고 동시에 넉넉하고 따뜻한 세계다. 그리고 무엇보다 그것은 박완서의 인물들이 여전히 부대끼며 살아가는 또 하나의 세계다. 박완서가 그려내는 노년의 세계는 이제는 세상의 지혜를 터득했다는 도사연하는 노인들의 세계도 아니고, 걸핏하면 젊은이들을 향한 훈계와 충고가 터져 나오는 완강한 노인네들의 세계도 아니며, 죽음을 가까이 두고 세상으로부터 물러나 은거하는 조용한 노인들의 세계도 아니다. 박완서의 노인들은 여전히 지난한 삶을 하루하루 부대끼며 살아간다. 삶은 멈출 때까지 어느 한 순간도 조용해지지 않는다는 것을, 어느 때고 한 발 한 발 스스로 내닫으며 살아가야 한다는 것을 그녀의 소설은 새삼 환기시킨다.

「그 남자네 집」에서도 우리는 그런 노년의 시선과 내면을 만난다. 소설은 '땅집'으로 이사 간 후배의 동네가 어디였는지 기억나지 않는다는 이야기로 시작한다. 이름이나 숫자에 대한 기억력의 감퇴로 자신의 노쇠 현상이 시작되었다는 것, 이 '늙음' 그리고 그 늙음이 가져온 변화로 이야기가 시작되는 것이다. 후배가 이사 간 동네가 성신여대 근처 돈암동이라는 이야기를 들으면서 그녀는 처녀 적 마지막 집이 있었던 그 동네에 대한 기억을 소환하게 된다. 거기에는 50여 년 전 스무 살 꽃다운 처녀 적의 그녀가, 전쟁의 폐허 속에서도 빛나던 청춘의 시절이 있다. 그리고 무엇보다 '그 남자'가 있었다. 암담하고 초라하고 서글펐던 전쟁과 가난의 시간 속에서도 '내 생애의 구슬 같은 겨울'을 만들어 준 그 남자가.

전쟁으로 아버지와 오빠를 잃고 아녀자만 남은 집안에서 미군부대에 취직을 해서 밥벌이를 하고 있을 때, 먹고사는 문제가 해결이 되어도 가난이 날로 남루해져만 가고 있을 때, 주변에는 온통 찌들고 떳떳하지 못한 사람들만 우글거릴 때, 그 남자는 무언가 온전하고 고귀하고 품위 있는 대상으로 그녀에게 다가왔다. 상이군인이라지만 사지가 멀쩡한데다 군복이 잘 어울리는 장교라는 사실은 사람들에게 동경과 질시가 되고도 남을 일이었다. 그는 멋있었고 그녀도 따라 몸에 물이 올랐다. 그는 그녀에게 '구슬 같다'고 했다. 난방이 안 되는 추운 극장에서 자기 털장갑을 뒤집어서 그녀의 발끝에 씌워주는가 하면, 골목길을 걸으면서 혹은 카바이드 불빛이 어른거리는 포장마차 안에서 정지용이나 한하운 시를 읊어주기도 했고, 그의 형이 쓰던 방에서 클래식 음반을 틀어주거나 '보리수' 노래에 맞춰 허밍을 넣기도 했다. 그렇게 그해 겨울이 그녀 생애의 '구슬 같은 겨울'이 되었다.

돌아보면 가장 상처가 깊고 추웠던 시절이었을 것이다. 그 남자와의 콩닥콩닥한 연애는 그 누추하고 구질구질한 시절의 폐허 속에 자리한 한 줄기 우아하고 기품 있는 빛의 풍경이다. 전쟁이 아버지와 오빠의 목숨을 앗아가고 가난이 남루함과 비굴함에 굴복하게 하고 상처가 어둠에 익숙하게 만들고 있을 때, 그럼에도 불구하고 책을 읽고 시를 외우고 음악을 듣는 사치를 누릴 수 있었던, 그럼으로써 전쟁의 폐허에도 포기할 수 없는 사랑과 남루한 가난에도 굴복할 수 없는 시가 있었음을, 그럼으로써 우리가 비로소 무엇과도 바꿀 수 없는 소중한 존재였음을 확인할 수 있었던 순간이 거기 있었다. 주인공이 '그 남자네 집'을 찾고 싶어 했던 것도 바로 그렇게 온전한 사랑이 그리고 '구슬 같던' 자신이 거기에 있었기 때문이었을 것이다.

하지만 그 모든 것은 그리움으로 남았을 뿐, 그 자리에 그대로 있는 것은 아무것도 없다. 후배의 집을 찾아 돈암동으로 갔을 때 거기에서 확인하게 되는 것은 그 시절로부터 너무나 멀리 떠나와 있다는 거리감이다. 길가에 있던 동도극장도 없어졌고, 동네 앞을 흐르던 '안감내'는 복개되었고, 그녀의 옛집이 있던 골목길의 조선 기와집은 남아 있지 않았으며, 그 남자네 집 앞의 천주교당은 개축을 해서 외양이 바뀌어 있었다. 적당히 품위 있고 적당히 퇴락한 조선 기와집 동네는 가볍고 세련되고 활기 넘치는 대학촌으로 변해 있었다. 말하자면 그 시절의 많은 것이 '없어졌다'는 것을, '내'가 더 이상 그때의 '나'가 아니듯 그곳도 더 이상 그때의 그곳이 아니라는 것을, 영원히 아름다운 청년일 그 남자는 이미 이 세상 사람이 아니고 그녀는 이제 칠십을 훌쩍 넘긴 늙은 이가 되어 있다는 것을, 변해버린 동네는 새삼 확인해주고 있었다.

"보리수 껍질에다 사랑의 말 새겨 넣고 기쁠 때나 슬플 때나 언제나 찾았던" 보리수였다고, "나뭇가지들이 살랑거리면서 꼭 나를 부르는 것 같았"지만 "이제 그곳에서 멀어진지 벌써 한참이 되었"다고 고백하는 뮐러의 시에서처럼,[1] 혹은 '그 남자'가 흥얼거리던 노래이기도 했던 '보리수' 가사에서처럼, 이제 그녀는 보리수 그늘 아래서 꾸었던 사랑

---

1   빌헬름 뮐러, 김재혁 역, 「보리수」, 『겨울 나그네』, 민음사, 2017, 119쪽.

의 단꿈을 가지에 새겨두고 정처 없이 떠도는 쓸쓸한 나그네마냥 '그 남자네 집'을 떠나온다. 그 시절은 다시 돌아갈 수 없는 이제는 지나간 옛사랑의 그림자 같은 것이 되었겠지만, 그 아늑함과 부드러움까지 떨쳐낼 수는 없을 것이다.

소설 끝에서 그녀는 그 시절에 대한 그리움을 품고 어느 카페에 들어가게 되는데, 거기에는 쌍쌍인 젊은이들이 꽉 차 있다. 글의 앞에 인용한 대목이 그 장면인데, 소설이 그녀의 나이 듦에 대한 인식으로 시작되었듯이 여기에서도 그녀의 늙음이 문제가 된다. 젊은 시절 "플라토닉의 맹목적 신도" 같았던 그녀와 달리 카페 안에서 진한 애무를 하고 있는 젊은이들의 풍경 앞에서 그녀는 다시 길을 잃는다. "애무할 거라곤 추억밖에 없는" 처량한 늙은이와 거칠 것 없이 대담하게 사랑을 나누는 젊은 그들이 대비된다. 노년의 시선으로 젊은이들을 응시하는, 우리 소설에서 흔치 않은 이 장면에서,[2] 우리는 노년의 시선과 내면의 획득이라는 박완서 문학이 이룬 또 하나의 세계를 만난다.

세계가 거침없이 앞으로 나아가고 있을 때 그녀는 그 속도에 발을 맞추지 못해 뒤처진다. 과거는 고달팠고, 현재는 혼란스럽다. 과거에도 그녀는 자기 삶의 주인이 될 수 없었고, 지금도 그녀에겐 마땅한 자리가 없다. 과연 그녀는 "어디로 가야 하나." 소설의 마지막 대목은 노년의 그녀가 맞닥뜨린 상실감과 공허함으로 가득하다. 단지 지나가 버린

---

2 신형철은 이것을 '재현의 역전'이라는 말로 설명한다. 우리 소설사에서 노인은 재현의 대상은 물론 재현의 주체가 되는 일이 드물었는데, 박완서 소설에는 재현 권력의 통쾌한 역전이 있다는 것이다. 그리고 덕분에 그동안 노년의 내면이 제대로 주목받지 못했고, 이해되지도 못했었다는 것을 알게 되었다고 덧붙인다. 이에 대해서는 신형철, 「박완서 선생님 영전에」(『슬픔을 공부하는 슬픔』, 한겨레출판, 2018)를 참고할 것.

젊은 시절에 대한 향수뿐만이 아니라 폐허 속에서 젊음을 낭비할 여유조차 없었던 시절에 대한 가슴 아림, 풍요와 안정 속에서 젊음을 만끽하는 요즘 젊은이들에 대한 질투, 다시 자기가 설 곳을 찾을 수 없게 되었다는 망연함 등이 뒤섞인다. "넘칠 때 낭비하는 건 죄가 아니라 미덕"이라는 말은 그녀 자신의 고백처럼 스스로를 달래려는 말일 것이다. 요컨대 낭비할 젊음마저 허락되지 않았던 시절의 이야기가 호랑이 담배먹던 시절의 고리타분한 이야기 같은 것이 되어버린 지금 내 몫의 '구슬 같은' 시절을 추억하는 것으로 되었다, 고 치는 안간힘 같은 것. 더군다나 이제 그녀는 아껴둔다고 젊음이 영원히 자신의 것이 되는 것도 아니라는 걸 알게 된 나이가 되었으니 말이다. 노년의 박완서는 여전히 꼿꼿하고 지혜롭고, 여전히 매력적이다.

생생한 비유, 냉철한 시선

박완서 소설은 대개의 훌륭한 문학이 그렇듯이 간추려진 이야기나 의미만으로 그 매력을 이야기하기엔 부족하다. 그녀의 소설은 아무리 맛난 음식도 실제로 입으로 그 쫄깃쫄깃함이나 달콤함을 느껴야 참맛을 알 수 있듯이 구절구절 장면장면 따라가며 읽을 때 진짜 매력을 경험할 수 있다. 그녀의 문장에는 삶에 대한 풍요롭고도 가차 없는 시선이 구체적이고 생생한 비유와 만나 춤추듯 훨훨 나는 활기가 넘친다. 고통이나 상처, 외로움, 절망 등이 추상명사로 그대로 나오는 법이 없고, 어느 한 순간도 감상이나 자기 연민에 빠져 허우적대는 법이 없다. 그녀의 문장은 우리 안의 위선과 허위를 까발리는 매서운 시선으로 매번 우리의 뒤통수를 친다. 몇 문장을 보자.

> 신분이 확실한 젊은 남자라는 것만으로도 '웬 떡'이냐 싶었다.(61쪽)

미군 부대에 취직해서 지내던 중 우연히 다시 만난 '그 남자'가 전쟁으로 폐허가 된 도시 속에서 얼마나 감지덕지한 존재였는지가 드러나는 문장이다. 그런데 여기에서 '웬 떡'이라는 관용구는 그 남자와의 연애를 진지하고 감상적으로 바라보려는 우리의 시선을 처음부터 차단한다. '그 남자'는 미군 장교까지는 아니더라도 국군 장교하고 친할 수 있으면 얼마나 좋을까 꿈꾸던 그녀의 속물적 욕망을 채워주었던 존재다. 그는 비록 장교는 아니었지만 군복이 잘 어울리는, 더군다나 상이군인으로 전쟁에도 참전한, 신분이 확실한 남자였다. 말하자면 그 남자는 최고는 아니었지만 차선으로 그녀의 허영심과 상실감을 메워 줄 존재였던 것이니, 박완서의 전쟁 중 연애담도 이렇듯 명랑하다.

박완서의 인물들은 원래 한 남자를 향해 애가 닳는 순정파가 아니다. 그녀들은 세상의 이치에 일찍 눈을 뜬 그래서 계산에 밝은 똑똑쟁이들이다. 전쟁 중 사랑은 언감생심이었을지도 모를 일이다. '그 남자'는 불행과 상처뿐이던 그 시절 그저 '웬 떡'처럼 다가온 행운이었다. 그 진술에는 감상이나 달콤한 감정이 없다. 그저 계속되는 불운의 시절 속에서의 예상치 못한 행운의 감격이 있을 뿐. 그래서 그의 경박함이 느껴질 때조차 그녀는 "아직도 그는 나의 '웬 떡'이었으므로 놓치고 싶지가 않았다"고 이야기하는가 하면, 형이 월북했다는 얘기를 듣고는 "그러면 그렇지 이 세상에 웬 떡이 어디 있을라구. 께적지근한 낙담으로 똥 밟은 얼굴이 되고 말았다"고 고백한다. "웬 떡이냐"에서 "웬 떡이 어디 있을라구"로 이동해가는 마음의 변화는 사랑에 대한 것이 아니라 그녀의 행운과 불운에 대한 것이다.

국가라는 큰 몸뚱이가 그런 자반뒤집기를 하는데 성하게 남아날 수 있는 백성이 몇이나 되겠는가. 하여 우리는 서로 조금도 동정 같은 거 하지 않았다. 우리가 받은 고통은 김치하고 밥처럼 평균치의 밥상이었으니까.(66쪽)

그녀의 집은 전쟁 중에 아버지와 오빠를 잃어 아녀자들만 남게 되었고, 그 남자 네는 아버지는 형네 식구들과 북으로 가고 어머니는 국군으로 징집된 그 남자와 남쪽에 남게 되었다. 그런데 이 비극적 상황을 묘사할 때도 박완서의 문장은 감상에 빠지는 법이 없다. 남과 북이 옆치락뒤치락 하는 사이 그 틈바구니에서 희생된 사람들의 이야기가 '자반뒤집기'라는 구체적인 비유에 힘입어 생생해지는가 하면, 그때 그들의 고통도 "김치하고 밥처럼 평균치의 밥상"으로 평등해진다. 그들이 견딜 수 있었던 것은 그 평등 때문이었다. 모두가 고통받았다는 사실, 그러므로 어느 누구도 피할 수가 없는 일이었다는 인식. 그래서 이어지는 문장에선 만약에 "아무도 죽지도 않고 찢어지지도 않고 온전한 가족이 있다면 우린 그 얌체 꼴을 참을 수 없어 그 집 외동아들이라도 유괴할 것을 모의했을지도 모른다"고 고백한다. 다행스럽게도 그 시절에 고통의 불평등은 없었던 모양이다.

나는 마치 길 가다 강풍을 만나 치마가 활짝 부풀어오른 계집애처럼 붕

떠오르고 싶은 갈망과 얼른 치마를 다독거리며 땅바닥에 주저앉고 싶은 수치심을 동시에 느꼈다.(66쪽)

'그 남자'를 다시 만나고 온 날 밤 그녀는 자기 몸과 마음에 바람이 든 것을 알아챈다. 암담하기만 한 시간들 속에서 오랜만에 겪은 그 감정의 일렁임이 바람에 부풀어 오른 치마에 비유되며 생생한 구체성을 얻는다. 박완서의 비유는 언제나 일상적이고 구체적이며, 그래서 사랑이나 슬픔, 절망 등의 추상적 감정이나 상황들을 감각적으로 생생하게 전달한다. 그녀의 문장은 어느 순간에도 땅바닥을 벗어나 허황되게 공중으로 부상하는 적이 없고, 그녀의 시선은 우리의 구질구질한 현실과 속화된 내면을 놓치는 법이 없다. 그녀는 진정한 리얼리스트다.

나의 눈물에 거짓은 없었다. 그러나 졸업식 날 아무리 서럽게 우는 아이도 학교에 그냥 남아 있고 싶어 우는 건 아니다.(74~75쪽)

휴전이 되고 '나'는 선을 보고 결혼을 하게 된다. '그 남자'에게 청첩장을 건네자 그는 격렬하게 흐느껴 울었고, 그녀도 따라 울었다. 하지만 하자 없이 탄탄하고 안전한 집에서 새끼를 기르며 살고 싶다는 욕구는 달콤한 사랑 보다 우선하는 법. 그의 집도 그녀의 집도 다 비가 새고 금이 가 조만간 무너져 내릴 집이었음이 분명할 때, 그 남자와의 연애는 언젠가는 빠져나와야 하는 위태로운 집과도 같은 것이었을 뿐이다. 이별의 눈물을 졸업식의 눈물에 비유하고 있는 이 대목에서도 박완서의 냉철함은 빛난다. 이별이 슬플지언정 미래의 안정과 바꿀 것인가.

이별의 불가피함은 이 문장 속에서 확실한 명분을 얻는다. 앞서 말했듯이 박완서의 인물들은 로미오와 줄리엣처럼 사랑에 목숨 거는 이들이 아니다. 그들에게는 먹고 살아가야 하는 나날의 삶이 중요하다. 그것이 이른바 "밥줄의 존엄성"[3]이다.

> 우리는 그때 플라토닉의 맹목적 신도였다. 우리가 신봉한 플라토닉은 실은 임신의 공포일 따름인 것을.(75쪽)

연애인지 아닌지 모를, 그저 '웬 떡'인가 하는 마음으로 설레던 마음에는 당연히 몸의 유혹이 뒤따랐을 것. 그때마다 순수한 사랑의 신봉자를 자처하듯 욕망을 눌렀던 것이 실은 임신에 대한 공포였다는 인식은 통렬하다. '그 남자'가 그저 '웬 떡'이었듯이, 이 문장으로 인해 그 시절 '플라토닉 사랑'도 낱낱이 허위가 까발려져서 맨 얼굴을 드러낸다. 이때 허위는 물론 청춘 시절 어리석음의 다른 말이기도 할 것이니, 나이 듦의 지혜와 통찰은 어느 순간에도 빛을 발한다. 박완서는 첫사랑의 기억을 그릴 때조차 이토록 냉철하다.[4]

---

3   "밥줄의 존엄성을 외면할 만큼 우리의 연애질은 외람되지 않았다."(69쪽)
4   이 작품은 내용이 보완되어 같은 제목의 장편으로 발표되기도 했다. 단편이 전쟁의 폐허 속에서도 구슬 같았던 지난 시절에 대한 그리움의 이야기라면, 장편은 '나'의 결혼 이후의 생활과 '그 남자'와의 재회, 그의 질병과 죽음 등으로 이어지면서 지루하고 고단한 일상과 '그 남자'에 대한 환상의 깨어짐, 그 이후 다르게 완성되는 사랑의 이야기를 그린다.

시간의 그물과 우물의 전설

오정희, 「옛우물」

———

그가 죽고 내 안의 무엇인가가 죽었다. 그것이 무엇인지 나는 알지 못한다. 아마 알고자 하는 소망조차 없는 건지도 모른다. 내게는 문득 걸음을 멈추고 상점의 진열장에, 슈퍼마켓의 거울에, 물 위에 비치는 내 얼굴을 물끄러미 바라보는 습관이 생겼다. 저녁쌀을 씻다가 문득 눈을 들어 어두워지는 숲이나 낙조를 바라보는 시선 속에, 물에 떨어진 한 방울 피의 사소한 풀림처럼 습관 속에 은은히 녹아 있는 그의 존재와 부재. 원근법이 모범적으로 구사된 그림의, 점점 멀어져가는 풍경의 끝, 시야 밖으로 사라진 까마득한 소실점으로 그는 존재한다.[*]

———

한동안 「옛우물」의 이 대목을 적어 서재 벽에 붙여 놓았었다. 나는 이 아름답고 처연한 문장들 속에 등장하는 '그'가 나의 연인이나 되는 양, 그야말로 저녁쌀을 씻다가 문득 눈을 들어 어두운 숲이나 낙조를

---

[*] 오정희, 「옛우물」, 『불꽃놀이』, 문학과지성사, 1995, 37쪽.

바라보면서 사라진 '그'를 떠올리며 가슴이 붉어지곤 했다. 도대체 사라진 '그'는, 그리고 그럼에도 불구하고 멀어져가는 풍경의 끝 까마득한 소실점으로 '존재하는' '그'는 누구인가? 나는 누구를, 무엇을 잃어버린 것일까? 내게 오정희의 「옛우물」을 읽는다는 것은 사라지는 것에 대해 혹은 영영 사라질 수 없는 것에 대해 생각한다는 것을 의미한다.

시간의 그물

죽음의 상념으로 가득 찬 오정희의 「옛우물」은 흥미롭게도 마흔다섯 살이 된 주인공의 생일날로 시작된다. 그 첫 장면에서 강조되는 건 시간의 반복성이다. 마흔다섯 살이 된 생일날은 그 전 해의 날과도, 그 이전 해의 날과도, 그리고 태어나던 날과도 별로 다를 바 없는 그저 그렇고 그런, 비슷한 일들로 채워진 시간일 뿐이다. "여느 날과 마찬가지로", "오늘과 별로 다를 바 없는", "친숙하고 익숙한 습관과 사물들 사이에서", "가장 적합하다고 여겨진 자리에 의심도 없이 놓여진" 등은 반복성과 불변함을 속성으로 하는 시간을 환기시키는 우울한 구절들이다.

게다가 이 시간의 반복성은 단지 '나'의 시간에 그치는 것이 아니라 '나'의 어머니의 시간으로까지 확장, 적용된다. 스물세 살부터 반복되었던 출산과 함께 그리고 매번 그것이 마지막이기를 바라며 다른 시간을 꿈꾸었던 바람이 무산됨에 따라 어머니는 나이를 먹어갔고, 그 어머니의 자궁에서 벗어난 '나' 역시 그렇게 "여느 날과 마찬가지"인 날들을 살아왔다. '나'의 오늘은 '나'의 어제와도, 어머니의 어제와도 별로 다르지 않다. '나'의 삶이 여섯 시에 맞춘 시계 소리에 눈을 떠 전기밥

솥, 가스레인지, 프라이팬, 낡은 냉장고 등 익숙한 일상의 목록들 속에서 이어지고 있듯이, 어머니도 그렇게 반복되는 여성의 일상을 살아왔다. 그러니 마흔다섯 살 생일이 무슨 대수일 것인가. 시간은 우리의 변화와 일탈과 욕망을 얽어매는 끈이다. 어머니와 '나'는 모두 그 '시간의 그물'에 걸려들었다.

이 생일날의 상념은 우울하다. 하지만 한편으로 이 상념은 어머니와 '내'가 동일한 시간의 운명 위에 서 있다는 것, '나'의 외로움과 고통과 절망 속에서 어머니의 그것들을 볼 수 있으리라는 것, 혹은 어머니의 욕망에서 '나'의 욕망을 확인할 수 있으리라는 것, 그러니 결국 '나'와 어머니가 동일한 운명을 사는 존재들이라는 인식으로 이어진다. 말하자면 태어난다는 것은 시간의 그물에 포획된다는 것이고, 살아간다는 것은 아무것도 달라지지 않고 아무것도 꿈꿀 수 없는 변화 없음에 조금씩 익숙해진다는 것을 의미한다는 것, '나'의 이 시간이 지난 날 어머니가 건넜던 시간이기도 하다는 것, 그리고 시간의 그물 저편에 '내'가 떠나온 세계인 '자궁'이 자리하고 있다는 것이니, 생일날의 상념은 이렇듯 시간에 대한 그것으로, 그리고 자궁에 대한 그것으로 이어진다.

우물은 이 자궁에 대한 상념과 함께 등장한다. 막내 동생의 탄생을 준비하는 장면에서 할머니는 옛 우물에서 길어온 물을 흰 사발에 담아 장독대와 부뚜막 위에 올려놓는다. "아이야 여자가 낳는 거지"라는 할머니의 말에 아버지가 밖으로 나간 후 그곳은 할머니와 어머니, 삼신할머니, 부뚜막의 조왕각시, 그리고 옛 우물에서 길어온 물 등 여성적인 것들로만 이루어진 세계가 된다. 할머니는 그 세계를 주관하는 사제처럼 보이고, 아이의 탄생을 준비하는 공간은 그 여신에 의해 움직여지는 신화적 공간으로 다가온다. "어둡고 웅숭깊은" 부엌은 그 자체로 이미 하나의 우물이고 자궁이다. 그 우물에서 끌어올려짐으로써 우리는 세상에 던져진다. 우물에 머리카락을 빠뜨려도 안 되고 수다 떨다 침을 떨어뜨려도 안 되는 건 우물에서 물을 길어오는 일이 결국 생명을 길어오는 일과 같은 의미를 지니기 때문이다.

그렇게 태어난 아기는 "우리가 차례로 입었던 배냇저고리를 우리가 막 벗어난, 혹은 지나온 작은 생처럼 물려 입고" 잠이 든다. '시간의 그물'에 걸려 할머니, 어머니, '나', 동생의 삶이 같은 시간 속의 운명으로 이어짐을 의미하는 대목이거니와, 작가는 주인공의 말을 빌려 그렇게 우리는 "영원한 암호, 비밀일 수밖에 없는 한 세계와 결별한다"고 탄생의 의미를 기술한다. 이 "영원한 암호, 비밀일 수밖에 없는 한 세계"가 바로 옛 우물의 세계다. 우리의 삶이 시작되는 곳, 혹은 시간의 저편에 비밀처럼, 암호처럼 자리해 삶의 비의를 전하고 있는 곳.

그 저편의 세계로 가면 "작은 지방 도시에서", "만성적인 편두통과 임신 중의 변비로 인한 치질에 시달리는 중년의 주부"인 '나'와는 다른 '나'가, "알맞은 역할을 연출할 줄 알고", "마늘과 생강이 어우러져 내는 맛을 알고", "행주와 걸레의 질서를 사랑"하는 '나'와는 다른 '나'가, 깔끔한 성격의 남편이 아니라 변기의 물 내리는 것을 잊어버리는 남편이, 늙어가는 지금의 남편이 아니라 사타구니에 손을 넣고 웅크리고 자는 가난한 소년으로서의 남편이 씨앗처럼 자리하고 있을까? 나는 기능을 잃어 멸종된 도도새의 비상을 볼 수 있을 것인가? 주인공의 상념은 이렇게 옛 우물로 거슬러 올라간다.

옛 우물이 소환하는 것

그렇다면 이 옛 우물의 상념이 불러온 것은 무엇이고, 그것은 '나'를 어디로 이끌어가는 것일까? 시장을 다녀오다 그녀는 길 한가운데에서 교통정리를 하고 있는 미친 여자를 본다. 차들이 꼼짝 않고 늘어서 있는 도시와 문명과 남성의 세계 한복판에서 그녀는 과연 무엇을 정리하고 있었을까? 그때 거기에서 본 '낯익은' 차 안의 남편은 '낯설었다고' 하니, 낯익은 것들 속으로 불쑥 뚫고 들어온 이 낯섦의 정체는 무엇일까? 주인공이 그 미친 여자에게 주목한 것은 무엇 때문일까? 미친 여자는 일상에 묻힌 광기, 일탈의 욕망을 환기시키는 그녀 안의 분신과 같은 인물이다. 복잡한 도시 한복판에서 사람들의 비웃음과 자동차들의 경적소리를 뒤로 한 채 교통정리를 하고 있는 여자, 그녀는 세련된 도시인들의 근대적 삶 저편에 묻힌 어두운 욕망의 얼굴이다. 지금-이곳의 일상으로부터 벗어난 먼 옛날-그곳에서 나타난 얼굴. 말하자면 그녀는 우물에서 나온 셈이다.

미친 여자를 본 후 그녀는 집으로 돌아가려던 길에서 벗어나 시장거리를 담은 비닐 주머니를 든 채 어느 찻집에 들어선다. 일상의 궤도 일탈, 옛날로의 귀환이라 할 수 있는데, "옛날로부터 홀연히 나타난" 그 "낯익은 찻집"은 "여러 해 만에" 문이 열려 그녀를 옛날로 이끌어간다. 그 찻집은 "그 언젠가"와 꼭 같았고, "오래전" '그'와 앉았던 자리는 비어 있었으며, 거기에서 "여러 해 전의 내"가 커피를 주문한다. "집으로부터 이곳까지의 먼 길이 여러 해에 걸친 우회"라고 고백하고 있듯, 이 찻집의 방문은 옛날로 돌아가기, '그'에게로 가기, 옛날의 '나'에게로 가기라는 의미를 갖는다.

여기에서 만난 발작하는 남자는 거리에서 본 미친 여자처럼 우물 속에서 나온 인물이라 할 수 있거니와, 그를 통해 그녀는 "어둠의 심부"로 빨려 들어가 일상에 묻어 두었던 욕망, 죽음과 대면하게 된다. 찻집은 다름 아닌 우물이었던 셈이다. 그러니 우리는 이렇게 말할 수 있을 것이다. 그녀는 그녀가 떠나온 우물 안으로 조금씩 내려가고 있는 중이라고, 거기에서 이제는 사라져버린 욕망과 광기와 일탈의 기운을 보게 된다고, 그리고 지금은 사라진 그 모든 것들이 바로 이제는 과거 시제로밖에 말해질 수 없는 '그'라고. 한때 '그'를 따라 지옥까지 가겠노라고 다짐하던 '내'가 있었다. 젖꼭지를 물고 놓지 않는 아이의 뺨을 후려치며 습관처럼 자리한 모성을 떼어내고 '그'에게로 갔었던 '내'가. 하지만 그때에도 결국 '나'는 그 일탈과 반역이 이루어질 수 없는 것임을 간파한 어른이었다. 그녀는 시간의 질서를 거역할 수 없다는 것을, 거기에 순응해야 한다는 것을 잘 알고 있었다.

나는 더러운 간이 화장실에서 오줌을 누고 브래지어 속을 열어 보았다. 피와 젖이 엉겨 달라붙은 거즈를 들치자 날카롭게 박힌 두 개의 잇자국이 선명했다. 나는 돌연 메스꺼움을 느끼며 헛구역질하는 시늉을 했다. (49쪽)

이때 브래지어에 엉겨 달라붙은 피와 젖은 질서와 습관으로서의 모성과 여성으로서의 욕망이 싸운 흔적과도 같다. 생명의 움직임과 욕망이 만들어낸 상처가 공존하는 흔적. 그러나 그 욕망의 현장은 더러운 간이 화장실만큼이나 더럽고 비루하다. 구역질은 더럽고 구차한 자신을 만날 때마다 오정희 인물들에게서 일어나는 반사적 행동이다.[6] 그런데 여기에서 이상한 것은 문장 끝에 붙어있는 '시늉하다'라는 동사다. 질서의 수긍과 반역 사이에서의 혼란과 갈등에도 불구하고 자신이 미친 여자처럼, 발작한 남자처럼, 혹은 연당집의 바보처럼 온전히 옛날로, 우물 안으로 빠져들지 못하리라는 것을 그녀는 안다. 이 허위에 대한 인식이 '시늉하다'라는 어휘에 얹혀 있다. 그렇게 그녀는 '그'를 보낸다. 글 앞에 인용한 대목은 그렇게 '그'를 떠나보낸 후를 기술하고 있다. '그'는 시간에, 일상에, 습관에 묻혀 사라진 '내' 안의 열정, 꿈, 사랑의 이름이다. '그'는 타오르는 열정이고, 사랑이고, 질서를 거스르는 치열한 치정이다. 하지만 '시간의 그물'에 갇힌 우리들에게 '그'는 사라져야만 하는, 그래서 부재로서만 기억되는 존재다. '그'의 죽음/사라짐을 담보로 우리는 평온한 일상을 얻는다.[7]

우물의 전설, 생명의 순환

이제 또 다른 우물, 연당집 얘기를 해보자. 그곳에 갈 때면 길도 나 있지 않은 야산을 넘어 철망 울타리 개구멍을 지나 작은 숲을 지나간다는 것은 연당집이 도시 문명 저편의 세계에 속해 있다는 뜻일 것이다. 연당집에 사는 바보도 심상치 않다. 이백 년도 넘었다는 낡은 기와집인

---

6   오정희의 「유년의 뜰」 마지막 장면에서도 여기에서와 비슷한 '화장실 안에서의 구역질'이 등장한다. 살아간다는 일의 구차함과 더러움을 자기 안에서 확인하는 대목이라는 점에서 두 장면은 닮아 있다.

7   부고란에서 '그'의 이름을 보았을 때 처음 한 일이 거울을 본 것이었다는 것, 그리고 거기에서 "좌우 대칭이 깨진 얼굴"을 확인했다는 것은, 이제 '나/그'로서의 '나'에서 '그'가 영영 사라짐으로써 초래된 균형의 깨짐을 보여준다. '나'는 그때 "하던 일을 계속하는 것 말고 달리 내가 무엇을 할 수 있었을까" 물으면서 "여느 날과 다름없이 예사롭고 평온한 저녁 시간은 느릿느릿 흘러갔다"고 고백하고 있다.

연당집에는 여름이 되면 수련이 장관을 이루는 연못이 있다. 하지만 이제 연당집은 "세월을 털어내며 재처럼 조용히 삭아가고" 있는 중이고, 그 풍경 속에는 언제나 바보가 있다. 그는 미친 여자와 발작하는 남자처럼 여전히 옛 우물에서 사는 인물이다. 옛 우물이 정옥이 빠져 죽은 후 메워졌듯이, 연당집도 이제 곧 헐려 그 자리에 대신 횟집이 세워질 예정이다. 우물에 사는 잉어는 이제 하늘로 날아올라 용이 되는 것이 아니라 횟감 신세가 될 참이다. 그렇다면 우물에 얽힌 전설은 이제 허황된 옛날이야기가 되었을 뿐인가? 우물 안에는 금빛 잉어가 살고 있다고, 그 금빛 잉어가 몇 천 년이 지나면 용이 되어 하늘로 올라간다고, 이야기를 해 준 분은 증조할머니였다. 할머니는 아흔 살이 넘어 검은 머리털이 돋아나고 이가 돋아남으로써 땅과 하늘, 물에 사는 잉어와 불 뿜는 용, 죽음과 탄생, 늙음과 유년이 순환하는 질서 속에서 이어지는 것임을 스스로 보여준 분이기도 하다. 그렇다면 우물이 막히고 잉어가 횟감이 되는 지금, 이 전설은 어떻게 진실이 될 수 있을까?

주인공은 어릴 적 장마로 우물을 쳤을 때 남자들이 우물 안으로 내려갔던 적이 있음을 기억한다. "우리가 알지 못했던 무엇인가 굉장한 것들이 있으리라는 기대"와는 달리 정작 그 우물 안에는 아무것도 없었다. 정옥이는 금빛 잉어가 사람들을 피해 숨어 있을 거라고 했지만, 어쨌든 그렇게 금빛 잉어의 존재는 비밀로 남았다. 금빛 잉어는 과연 어디에 있으며, 또 언제 어떻게 용이 되어 하늘로 올라갈 수 있을까? 나중에서야 그녀는 잉어가 맑고 깨끗한 물에서가 아니라 흐리고 더러운 물과 썩은 수초, 이끼 속에서 산다는 것을 알게 된다. 그것은 '금빛 잉어' 혹은 삶의 진실은 맑은 물속에 홀로 자리하고 있는 것이 아니라 탁한 세상 속에 존재하고 있다는 뜻일 것이다. 어둠은 진실이 되고, 별은 어둠이 되며, 맑음은 탁함 속에서 만들어진다. 남편이 낚아온 물고기 배를 가르면서 그녀는 "창조되고 봉인된 그리고 아무도 볼 수 없었던 내부"가 드러날 때 "밀폐된 어둠이 있고 최초의 빛의 순간이 있었다"고 고백한다. 역설적이게도 이 최초의 빛의 순간은 물고기에겐 죽음의 시간을 의미하니, 작품 곳곳에는 이와 같이 역설과 순환 위에 서 있는 일화들이 자리하고 있다. 그 역설을 이해할 때 돌에 찬란한 무늬를 입히는 것이 물과 시간의 흐름임을 깨달을 수 있는 것이리라.

남편이 여행 중에 사온 러시아 민속인형은 이 같은 순환하는 생명과 삶의 원리를 보여주는 흥미로운 상징물이다. "똑같은 모양의 인형들이 크기의 차례대로 겹겹이 들어 있는" 그 형상은 그대로 한 존재 안에 깃들어 있는 무수한 존재들, 시간들, 기억들을 환기시킨다. "모든 죽은 사람들이, 그들에 대한 기억이 소멸한 뒤에도 그들이 남긴 살아 있는 사람들의 유전자 속에 깃들이듯 그는 나의 사소한 몸짓과 습관 속에 남아 있다"는 고백처럼, '내' 안에는 '그'와 할머니와 어머니가 깃들어 있고, 성인인 남편에게는 여전히 소년 시절의 그가 남아 있으며, 찻집에서 만난 남자 안에도 무수한 '그녀들'이 있다. 소멸과 죽음의 운명은 겹겹의 운명과 중첩된 시간을 사는 순환과 불멸의 운명으로 전환된다. 요컨대 "자궁은 말린 오얏처럼 쭈그러들"고, '그'는 떠나고, 연당집은 헐리고 있음에도 불구하고, '나'와 '그'와 할머니와 어머니는 이 순환과 불멸의 운명 속에서 끝없이 되살아나리라는 것이다.

이야기의 배경이 겨울에서 봄으로 넘어가는 계절이라는 사실도 이 점에서 주목된다. 소멸과 쇠락의 운명을 강조하며 시작된 이야기가 자연의 순환 법칙에 따라 생명과 부활의 이야기로 이동해가고 있기 때문이다. 연당집이 헐리고 그래서 그 자리와 모양을 지워가고 있는 중에도 "봄빛을 이기지 못한 꽃들이 아우성치듯" 피어오르고, 나무들은 잎을 피워 푸르러간다. 나무와의 교섭을 시도하는 듯한 마지막 장면은 이 순환하는 자연과 생명의 섭리, 기운을 자기 몸 안에 받아들이려는 시도로 보이기도 한다. '그'가 죽고 또 언젠가 '내'가 죽어도, "내가 존재하지 않을 어느 시간대에도 이 나무에는 꽃이 피고 잎이 피고 새가 깃들이겠다"는 것, 그 자연의 순환하는 시간, 영원한 생명에 자신을 맡기겠다는 것, 그것은 우물에 빠진 금비녀가 수많은 시간이 지나 금빛 잉어로 변하고 또 수많은 시간이 지나 용이 되어 하늘로 오르는 꿈을 현실화하는 것이기도 하리라. 그러니 금빛 잉어의 전설은 그저 허황된 옛날이야기가 아니라 삶의 비의를 드러내는 황홀한 전언이 된다. 소멸과 죽음과 부재를 환기시키던 우물에서 오정희가 종국에 발견하는 건, 풍경의 끝 까마득한 소실점으로 사라지는 그 끄트머리에서 다시 이어지는 생명의 기운이다.

12부
그래도, 다시 사랑

사랑하다, 우리의 영혼에 새겨진 가장 멋진 문장 | 김연수, 「다시 한달을 가서 설산을 넘으면」

놓쳐버린 손, 혹은 놓을 수 없는 손 | 김영하, 「아이를 찾습니다」

'이제는 땡', 마술의 손 | 윤성희, 「어느 밤」

사랑하다,
우리의 영혼에 새겨진 가장 멋진 문장
김연수, 「다시 한달을 가서 설산을 넘으면」

그 다음에 그는 고개를 들어 빙하지대 너머에 보이는 루팔벽을 바라봤다. '벌거벗은 산'이라는 뜻의 낭가파르바트란 이름은 수직 암벽이라 눈이 쌓일 수 없어 검은 몸뚱어리를 그대로 드러낸 루팔벽에서 비롯했다. 그건 고소 증세에 시달리던 자신이 봤던 검은 물체와 비슷해 보였다. 또 한 편으로 그는 어느 날, 무작정 찾아간 내 집을 떠올렸다. 언덕 위에 자리잡은 내 집은 30미터 가량 되는 축대 위에 서 있었다. 그는 그 축대 위의 불빛들을 바라보며 한참 동안 서 있었다. 내게는 남편과 아이들이 있었다. 내게도 일상이 있었다. 하지만 그는 짐작할 수 있을 뿐, 그게 과연 어떤 것인지 알 수는 없었다. 그는 그 축대 밑에서 한참 서 있었다.[*]

---

[*]　김연수, 「다시 한달을 가서 설산을 넘으면」, 『나는 유령작가입니다』, 창비, 2005, 139~140쪽.

사라진 자의 침묵과 남은 자의 질문

어느 날 갑자기 '당신'이 사라졌다. '당신'은 왜 갑자기 철로에 몸을 던져 죽었을까. 전차에 치일 줄 뻔히 알면서도 '당신'은 왜 그 위험한 철로 위를 걸어갔을까. 평소와 다름없이 집으로 돌아오는 길에 근처 찻집에까지 와서 커피를 마시고 사람들이 나누는 바보 같은 이야기를 웃으면서 듣고 있었다는 '당신'이 왜 갑자기 발길을 돌려 선로의 한복판으로 향해 갔을까. 찻집을 나온 뒤 '당신'에겐 도대체 무슨 일이 있었던 걸까. 아내와 젖먹이 아이를 버려두고 홀로 비 그친 선로 위를 걸어갈 때, '당신'은 무슨 생각을 했을까. 홀로 남게 될 '나'나 아이 생각은 하지 않은 걸까. 도대체 왜, 죽기로 결심했던 걸까. '당신'은 그렇게 해서 도대체 어디로 가고 싶었던 걸까.

미야모토 테루의 『환상의 빛』은 갑자기 사라진 '당신'을 향해 던지는 이 같은 살아남은 자의 질문들로 가득 찬 소설이다. 도대체, 왜, 갑자기, '당신'이 죽음을 선택했는지, 어떤 마음이었는지, '나'는 짐작할 수조차 없다. 사라진 자는 말이 없고, 남은 자는 이해할 수도 납득할 수도 받아들일 수도 없는 그 갑작스런 부재 앞에서 그저 속절없는 질문들을 던지고 있을 뿐이다. '당신'의 죽음은 '당신'이 얼마나 철저하게 완벽한 타인이었는지를, 그리고 이제 '당신'은 '내'가 짐작할 수도 엿볼 수도 상상할 수도 없는 막막한 세계로 완전히 사라졌다는 것을 확인시킨다. 하지만, 그럼에도 불구하고, 납득할 수 없는 '나'는 묻고 또 묻는다. 도대체 왜, 왜, 왜냐고.

사라진 '당신'은 그 자체로 하나의 질문이다. '당신'이라는 사람에 대해서, '당신'이 가졌던 꿈에 대해서, '당신'이 그 앞에서 무릎 꿇었을 절망에 대해서, '당신'을 순간순간 사로잡았을 우울과 슬픔에 대해서 '나'는 무지했고, '당신'과 '나'에 대해서, '우리'의 꿈에 대해서, 그리고 '나'에 대해서조차 '나'는 이제 아무것도 확실하게 대답할 수 있는 것이 없다. '나'는 '당신'을 아는 것인가 모르는 것인가. '나'는 왜 바깥으로 쏠린 '당신'의 왼쪽 눈이 항상 어딘가 '다른' 곳을 향하고 있었다는 걸, '당신' 안에 아내와 자식이 있는 풍경으로도 이겨낼 수 없었던 어둠이 있었다는 걸 왜 알아채지 못했던 것일까. 스모 선수의 잘라버리지 못한 상투를 보면서도 힘이 빠진다는 '당신'의 여린 마음을, 해질녘까지 혼자 벽돌담에 공을 던지던 어린 '당신'의 외로움을, '나'는 왜 무심하게 지나쳤을까.[1] 그 모든 질문들과 뒤늦은 후회는 온전히 '나'의 몫이다. 이제 '나'는 그저 "'당신'의 뒷모습에 말을 거는 것으로" 사라진 '당신' 이후의 삶을 살아간다. 그것 또한 '당신'에게 다가가는 한 방법일 것이다.

---

[1] 소설 속 '나'는 이렇듯 자신의 무심함을 자책하지만, 소설은 미세하게 흔들리는 여린 마음들, 사소한 순간들을 섬세하게 담아낸다. 가령 어릴 적 할머니가 집을 나간 것을 알려주러 어머니가 일하는 곳에 갔을 때, '나'는 어머니가 어떤 남자에게서 엉덩이를 걷어차이는 것을 본다. 그때 소설은 '내'가 "뒤도 안 돌아보고 쏜살같이 도망"쳤다고, "상점가 긴 아케이드의 부서진 구멍으로 햇빛이 얼룩덜룩한 무늬로 떨어지고 있었"다고(미야모토 테루, 송태욱 역, 『환상의 빛』, 바다출판사, 2016, 29쪽) 적고 있을 뿐이다. 햇빛마저 "얼룩덜룩한 무늬로" 떨어질 때 그녀의 마음은 어떻게 부서져 얼룩덜룩해져 있었을까, 싶으면 책을 읽다 말고 마음이 아득해진다. 소설은 이런 순간들로 가득하다.

"더 이상 나아갈 수 없는 곳에서 조금 더 밀고 나아가는 일."

김연수의 소설에도 사라진 '당신'과 남겨진 '나'가 있다. 1986년 학생 시위가 한참이던 어느 날, 여자 친구가 유서를 써놓고 한강에 투신을 했다. "부모님, 그리고 학우 여러분! 용기가 없는 저를 용서해주십시오. 야만의 시대에 더 이상 회색인이나 방관자로 살아갈 수는 없었습니다. 후회는 없어"라는 내용의 유서를 남기고. 그녀의 남자 친구였던 '그'는 그 죽음을 이해할 수도 받아들일 수도 없었다. 더군다나 그녀가 마지막 남긴 유서 어디에도 '그'의 흔적은 남아 있지 않았다. 그녀의 죽음은 충격 이전에 혼란으로 다가온다. 그녀는 죽기 전 마지막으로 『왕오천축국전』을 빌려 읽었고, 풍속이 고약해서 어머니를 아내로 삼는다든지 형제들이 공동으로 한 명의 아내를 취한다든지 하는 대목들에 밑줄을 그어놓았다. 죽기 전에 줄친 문장치고는 기이하기만 하다.

그녀의 갑작스런 죽음은 남겨진 '그'에게 수많은 질문을 남겼다. 그녀는 왜 죽었을까, 시대의 무게가 그토록 감당하기 어려웠던 것일까, 용기가 없었다는 건 무슨 뜻일까, 죽음의 순간에조차 전혀 언급되지 않았던 '그'는 과연 그녀에게 무엇이었을까, '그'를 사랑하기는 했던 것일까, '그'는 그녀에게 아무런 의미도 없는 존재였을까, "방관자로 살아갈 수는 없었습니다"라는 존칭을 사용한 문장과 "후회는 없어"라는 비칭의 문장 사이의 틈은 어떻게 이해해야 할까, 그 마지막 말은 남자 친구였던 '그'를 향한 말이었을까 아니면 그녀 혼자의 독백이었을까, 그녀는 죽기 전 왜 『왕오천축국전』의 이상한 구절에 밑줄을 그어놓았을까, 그녀는 도대체 왜, 스스로 목숨을 끊어야만 했을까.

이런 질문과 혼란 속에서 '그'가 여자 친구의 죽음을 납득하기 위해서 한 일이 소설을 쓰는 것이었다. '그'는 자신과 여자 친구 사이에 일어난 모든 일들을 문장으로 옮김으로써 그녀의 죽음을 이해하고자 한다. 하지만 메모가 소설이 되어 가는 동안 인과 관계에서 어긋나는 일들은 문장으로 남지 않게 되었고, 소설이 완성되어 갈수록 여자 친구의 삶에서 자신은 지워져 간다. 소설 안의 모든 문장들은 서로의 인과 관계에서 단 한 순간도 벗어날 수 없었다. 그 인과 관계에서 비켜 있었던 '그'는 그래서 소설 속 문장으로 들어올 수 없었다. 세상에는 아무리 모든 것을 '총동원해도' 이뤄질 수 없는 꿈이 있고, 아무리 기억을 '총동원해도' 문장으로 남길 수 없는 일들이 존재한다는 것을 '그'는 납득해야 했다. 글을 통해서 죽은 여자 친구에게 다가가고자 한 '그'의 노력은 좌절된다.

'그'가 산에 오르기로 한 것은 이 때문이다. 산악부 선배는 '그'가 등정보다는 등단이 어울릴 거라고 했지만, 그는 이미 '글'의 세계에서 실패했다. 등단이 논리에 따라 어떤 진실의 국면들이 지워지고 버려지는 언어의 세계를 전제로 한다면, 등정은 그 언어 너머의 세계를 몸으로 부딪쳐 가는 행위다. '그'는 이제 아무리 모든 것을 '총동원해도' 알 수 없는 일들, 문장이 끊어진 자리에서 시작되는 꿈의 세계를 몸으로 직접 다가가기로 한다. 히말라야 낭가파르바트는 지식과 논리로는 설명되지도 이해되지도 않는 삶의 진실을 공간화한 대상이다. '그'는 그곳을 오르며 문장이 입을 다문 지점, 그리하여 꿈이 시작되는 지점으로, "더 이상 나아갈 수 없는 곳에서 조금 더 밀고 나아가는 일"을 시도한다.

그리고, 남겨진 또 한 사람이 있다. 죽은 여자 친구를 이해하기 위해 히말라야로 떠난 '그'를 이해하기 위해 글을 쓰고 있는 '나'. '나'는 '그'가 쓴 소설을 읽은 사람이며, '그'가 읽은 『왕오천축국전』의 주석을 단

사람이고, 여자 친구의 죽음을 이해하기 위해 소설을 썼는데도 이해하지 못하겠다고, 교수님은 다 이해하지 않느냐고, 혹시라도 사람들이 이해하지 못할까봐 주석을 달지 않았느냐고 '그'가 항의했던 교수님이고, 그렇게 해서 '그'를 사랑하게 된 사람이다. 히말라야로 떠난 '그'는 돌아오지 못했고, 그래서 '나'는 남겨진 또 한 사람이 되었다. '그'가 왜 낭가파르바트를 오르고자 했는지, 산을 오르면서 '그'가 무슨 생각을 했는지, 어떤 절망에 빠져 있었는지, '나'는 알 수가 없다.

이 소설은 그런 '내'가 '그'를 이해하고 '그'에게 다가가고자 하는 하나의 시도다. 여자 친구를 이해하고자 '그'가 이미 시도했던 소설 쓰기, 그것을 이제 '내'가 시도한다. '나'는 언어가 삶의 진실을 다 담아낼 수 없다는 것을, 삶에는 모든 것을 '총동원해도' 문장으로 남겨질 수 없는 일들이 존재한다는 것을 안다. 그래서 낭가파르바트의 크레바스에 빠져 죽은 '그'를 '나'는 전혀 '다르게' 상상하기로 한다. 이 소설은 사라진 '그'에 대한 '나'의 전혀 '다른' 상상이 낳은 이야기다. "더 이상 나아갈 수 없는 곳에서 조금 더 밀고 나아가는 일", '나'도 이제 그 일을 하고자 하는 것이다.

소설의 시점이 기이한 것은 이 때문이다. '나'는 사라진 '그'의 눈으로 세상을 바라보기로 했다. '나'의 시선으로 '그'를 바라보고 기술하는 것이 아니라, '그'의 시선으로 대상을 보고 기술한다. 심지어 '그'의 시선에서 '나'를 본다.[2] 말하는 주체는 '나'지만, 보는 주체는 '그'다. 사람

---

2   예컨대 이런 문장들이다. "그가 눈을 뜨니 두 사람이 소파에 앉아 있었다. 한사람은 그에게 편지를 보낸 편집장이었고 한사람은 편집장에게 그의 공책을 건네준 나였다"(131쪽), "가만히 땅바닥만 바라보고 있다가 그는 누군가 괜찮아, 라고 묻는 소리를 들었다. 그건 내 목소리였다."(135쪽)

들은 '그'가 낭가파르바트의 크레바스에 빠져 죽었다고 하지만, '나'는 '그'가 크레바스를 건너 설산을 넘어가고 있다고, 상상한다. 김연수는 사랑이란 결국 그 사람에 대해서 남들보다 더 많이 아는 것, 그래서 그 사람을 자기처럼 사랑하는 것, 즉 그 사람의 눈으로 이 세상을 바라보는 일이라고 말한 바 있다.[3] 그것이 바로 소설 속 '내'가 하고 있는 일이다. 소설의 기이한 시점은 '그'를 향한 '나'의 이런 사랑이 만들어냈다.

"원문이 사라졌으므로 우리가 상상하는 모든 문장은 원문이 될 수 있다."
'나'의 이 새로운 상상, 새로운 글쓰기는 "원문이 사라졌으므로 우리가 상상하는 모든 문장은 원문이 될 수 있다"라는 전언에 기대서 시작된다. 사라진 '그'는 사라진 원본과 같다. 여자 친구의 죽음이 타자인 '그'에 의해 해석되고 추정될 뿐이듯, '그'의 실종 역시 또 다른 타자인 '나'에 의해 해석된다. '그'에게 있어 여자 친구의 죽음이나, '나'에게 있어 '그'의 실종은 모두 불가해한 삶의 한 국면이다. '나'의 상상하기는 그 불가해함을 이해하기 위한 하나의 시도다. '나'는 '그'의 시선으로 세상을 보기로 했다. 그리고 그 '다른' 시선과 상상이 기이한 이 소설을 낳았다. 어차피 원문인 '그'가 사라졌으므로 '그'에 대한 '나'의 상상 역시 원문이 될 수 있을 것이다.
'그'와 '여자 친구', '나'를 잇고 있는 책이 『왕오천축국전』이라는 점에 주목해보자. 이 책은 혜초가 인도 전역을 여행하면서 지은 책으

---

3 김연수, 『소설가의 일』, 문학동네, 2019, 71쪽.

로, 거기에는 '그'가 넘어가고자 한 설산 너머의 세계가 언급되어 있다. 그런데 흥미로운 것은 그 책이 원본이 아니라 축약본이라는 점이다. 원본은 사라지고 부분적 기록만 남아 전해지고 있는 사본인 것인데, 이 때문에 주석가인 '내'가 지워진 글자를 논리적으로 추정하고 문장을 해석했던 것이다. 하지만 '내'가 아무리 논리적으로 지워진 글자를 추정하고 문장을 완성한다고 해도, 그것이 정말 원래의 문장인지는 아무도 알 수가 없다. 어차피 원본은 없다.

우리 삶도 이와 같지 않을까. 짐작과는 다른 일들, 알 수 없는 타자의 마음, 이해할 수 없는 불가해한 일들로 이어지는 것이 우리 삶이다. 여자 친구가 죽는 순간까지 '그'를 생각했는지 안 했는지 아무도 알 수 없고, 원문을 생각하면서 주석을 다는 '나'나 '내' 일상을 상상하는 '그'나 서로에 대해 확실하게 알고 있다고 말할 수 있는 것은 없다. 혹한의 추위와 공포 속에서 산을 오르던 사람들도 "서로의 마음을 짐작했을 뿐"이고, 더군다나 "그 짐작은 대부분의 경우 옳지 않았고, 그 때문에 서로를 오해했다." 심지어 등정을 위해 김포공항을 떠날 때 사람들은 히말라야의 만년설과 빙하를 상상했지만, 정작 그들을 기다리고 있는 것은 몬순이었다. 모든 것은 짐작과 다르고, 예상에서 어긋난다.

그러니 낭가파르바트에만 크레바스가 있는 게 아니다. '나'와 '너', '그'와 '그녀', '나'와 '그' 사이에, 그리고 기록된 것과 기록되지 않은 것 사이에, 공적인 기록과 사적인 대화 사이에, 역사적 사건과 개인적 욕망 사이에는 수많은 '틈'이 존재한다. 우리는 매순간 그 '틈'과 '사이'에 빠져 허우적대기 일쑤다. 거기에 가장 객관적이고 합리적인 답을 갖다 놓는다고 해도 그것이 사실이 되는 것은 아니며, 거기에 진실이 있는 것도 아니다. 진실은 우리의 이성 저편에, 논리 저편에 있다. 언제나 원본은 없다. 결국 소설 속 문장이 얘기하듯, 원문이 사라졌으므로 우리가 상상하는 모든 문장은 원문이 될 수 있다. '나'는 이 전언에 기대 '그'를 '다르게' 해석하고, '그'에게 다가간다.

항상 도서관에서 살았던 '그', 책을 통해 세계를 이해하고 사라진 여자 친구의 죽음을 이해하고자 했던 '그', 사라진 원본인 '그'와 '그녀'를 찾아가는 여정 등, 소설 속 이야기는 여러 면에서 보르헤스의 「바벨의 도서관」을 연상시킨다.[4] 뿐만 아니라 '유령작가'로서의 김연수의 작가 인식은,[5] 진정한 의미에서의 독창이란 존재하지 않으며 창작이란 기존 문헌들의 '빌려옴'에 불과하다는 것, 작가란 이미 존재하고 있는 원형의 번역자이며 주석가라는 보르헤스의 '도서관 이론'을 그대로 닮아 있다. 보르헤스의 말대로 어쩌면 모든 것은 이미 씌어졌을지 모른다. 이때 필요한 것은 '새로운' 이야기가 아니라 '새롭게' 바라보는 것이다. 사랑하는 연인과 헤어지고 혹은 그/그녀가 사라지고 그/그녀의 마음을 알 수 없어 몸부림치는 것은 새삼스러운 일도 아니다. 어쩌면 진부한 이런 이야기가 김연수의 새로운 상상, 새로운 서술에 의해 '새롭게' 전해진다. 그 새로운 상상을 가능하게 한 것은 바로 '그'에 대한 '나'의 사랑이다.

---

4 보르헤스는 이 소설을 통해 도서관은 하나의 우주와 같고, 각각의 책들은 세계를 설명하는 각각의 언어이며, 그 안에서 우리는 '한 권의 책'을 찾아 헤매지만 그 책이 어디에 있는지는 알 수 없다고, '한 권의 책'은 유일무이하지만 그것에 대한 수십만 권의 복사본이 있다고 얘기한다. 호르헤 루이스 보르헤스, 황병하 역, 『픽션들』, 민음사, 2009.

5 이 소설은 『나는 유령작가입니다』라는 작품집에 수록되어 있다. '유령작가(ghost writer)'란 대필작가를 일컫는 말로, "나는 유령작가입니다"라는 선언에는 작가로서의 자신을 어떤 이야기의 창조자로서가 아니라 단지 누군가로부터 전해들은 이야기를 조합, 재구성하는 사람으로 소개하고자 하는 김연수의 태도가 담겨 있다.

사랑, 설산을 넘다

사실 '나'와 '그'의 관계는 여러 가지로 부자연스럽다. 둘은 너무 다른 일상에 속해 있고, 서로가 그 일상을 짐작하는 것조차 쉽지 않다. '그'에게는 여자 친구의 죽음과 마찬가지로 '나'의 일상 역시 짐작할 수도 다가갈 수도 없는 미지의 세계였을 것이다. 이 점에서 낭가파르바트의 베이스캠프에서 루팔벽을 바라보다가 '내'가 사는 언덕 위의 집을 떠올리는 대목은 흥미롭다. 수직 암벽으로 솟은 루팔벽을 바라보다가 '그'는 언젠가 찾아갔던 '내' 집을 떠올린다. '내' 집은 언덕 위 30미터가량 되는 축대 위에 있었다. 수직 암벽의 루팔벽의 모습은 왜 축대 위에 있던 '나'의 집을 올려다보던 기억으로 연결되는 것일까? '나'의 집을 올려다보면서 '그'는 무슨 생각을 했을까?

높이 솟은 루팔벽이나 높은 축대 위의 '내' 집은 모두 '그'가 알 수 없는 혹은 도달할 수 없는 세계라는 점에서 동일하다. 그 세계에 닿기 위해서는 거기에 이르는 길 곳곳에 놓인 크레바스에 빠질 위험을 감수해야 한다. 여자 친구가 왜 자살을 했는지, 유서에는 왜 '그'에 대한 한마디 말이 없었는지, 그녀가 정말 '그'를 사랑했는지 알 수 없듯이, 그래서 여자 친구가 미지의 세계가 되었듯이, 남편과 아이가 있는 '나'의 일상이 어떤 것인지, '내'가 어떤 세계를 살고 있는지 '그'는 알 수 없다. '그'에게 '나' 역시 알 수 없는 미지의 세계이고 올라가기 어려운 높은 벽이다. 우리는 서로에게 완벽한 타자다.

하지만 사랑은 멈추는 법을 모른다. 이해할 수 없는 세상, 침묵하는 타자 앞에서도 사랑은 그 타자를 이해하려는 일을 멈출 수가 없다. 멈추지 않는 자, 그가 소설의 주인공이 된다. '그'는 "축대 너머에 뭐가 있는지 궁금"해서 '내' 집 축대를 기어올라간 적이 있었고, 이제는 죽기 전 여자 친구가 밑줄을 그어 놓은 이상한 나라, 대설산 너머에 있다는 그곳으로 가기로 한다. 그리고 '그'는 사라진다. 자살한 '그'의 여자 친구처럼 '그'가 왜 낭가파르바트를 올랐는지, '그'가 어떻게 사라졌는지 아무도 알지 못한다.

이제 '내'가 남았다. 원래 주석가였던, 그래서 이성적이고 합리적인 추론과 해석의 세계에 속해 있던 '나'는 이제 '그'처럼 주관적인 상상의 세계의 일원이 된다.[6] 그래서 '나'는 이제 낭가파르바트를 올라가다가 크레바스에 빠져 죽었을 거라는, 사람들이 할 수 있는 "가장 합리적이고 예의를 갖춘" 상상 대신 '그'가 설산을 넘어가고 있다고, 고통과 슬픔과 절망 속에서 검은 그림자의 친구와 농담을 주고받으며, "더 이상 이해하지 못할 바가 없는" 곳으로 조금씩 다가가고 있다고, 적는다. "여기인가? 아니, 저기. 조금 더. 어디? 저기. 바로 저기. 다시 한달을 가서 설산을 넘으면. 바로 저기. 문장이 끝나는 곳에서 나타나는 모든 꿈들의 케른. 더 이상 이해하지 못할 바가 없는 수정의 니르바나. 이로써 모든 여행이 끝나는 세계의 끝."(154쪽) 소설은 이 아름다운 문장으로 끝난다.

언제나 세상은 이해할 수 없는 일투성이고, 사라진 당신은 침묵하며, 눈앞에 있는 타자는 미지의 세계다. 우리는 그것들에 대해 아무것도 분명하게 말할 수 없다. 하지만 그럼에도 불구하고 그 타자에 대한

---

6   '나'와 '그'의 대조적인 성격은 소설 처음에 "나는 이렇게 썼다"와 "그는 이렇게 생각했다"의 대결로 드러난다. 말하자면 각주의 세계와 상상의 세계의 대결. '나'는 '쓰는' 사람이며, '그'는 '상상하는' 사람이다. 물론 "애당초 그에게는 많은 문장들이 있었다"는 문장이 암시하듯, '그'도 처음엔 '글'의 세계에 속한 사람이었다. 하지만 각주가 배제한 다른 가능성에 이끌리고 논리의 확실성에 의문을 제기하면서 '그'는 '글'의 세계를 버리고 산으로 간다. 이에 대해서는 황도경, 『문체, 소설의 몸』(소명출판, 2014, 294~300쪽)을 참조할 것.

관심을 버릴 수 없는 한 우리는 알 수 없는 그 세계로 다가가려고 한다. 타자에 대한 멈출 수 없는 관심, 우리는 그것을 사랑이라 부른다. 이 소설은 바로 그 사랑에 대한 이야기다. 이해할 수 없는 세상, 침묵하는 당신. 그래서 진실은 항시 공백으로 남는다. 원본은 사라졌다. 섣불리 원본이 무엇이라고 이야기하는 건 대부분 가짜다. 할 수 있는 건 새로운 상상으로 당신/세상/원본에 다가가는 것뿐. 그리하여 다른 이들이 보지 못한 것을 새롭게 보는 것. 그것이 남겨진 우리가 할 수 있는 최선의 사랑의 방식이다.

언어를 통해 언어 저편의 진실을 이해하고자 하는 소설가의 운명, 잡을 수 없는 원문의 세계와 그것을 파악하기 위한 무모한 시도, 그 무모함을 가능케 하는 사랑의 위대함. 김연수의 「다시 한달을 가서 설산을 넘으면」을 읽는다는 것은 그런 것들을 새롭게 경험하는 황홀한 일이다. 김연수가 다른 글에서 얘기한 것처럼 타인을 이해할 수 없다는 걸 알면서도, 거기에 가 닿을 수 없다는 걸 알면서도, 이해하려고, 가 닿으려고 노력할 때, 그때 우리의 노력은 우리의 영혼에 새로운 문장을 쓴다.[7] 사랑한다는 것은 우리의 영혼에 새겨진 가장 멋진 문장이다.

---

7   김연수, 『소설가의 일』, 문학동네, 2019, 262쪽.

놓쳐버린 손, 혹은 놓을 수 없는 손

김영하, 「아이를 찾습니다」

━━━━━

그는 오른손을 내밀어 아이의 작은 손을 쥐었다. 아이는 문득 울음을 그치고는 그를 말똥말똥 올려다보았다. 그는 왼손도 마저 내밀어 아이의 오른손을 살며시 잡았다. 그리고 천천히 위아래로 흔들었다. 아이가 간지러운 듯 발을 꼼지락거리며 좋아했다. 아이의 양손을 놓지 않은 채 그는 오래도록 평상 위에 앉아 그에게 찾아온 작은 생명을 응시했다.[*]

━━━━━

손에 대한 생각

아버지의 손을 잡아본 기억이 없다. 아버지가 치매로 요양병원에 가시기 전까지는. 아버지가 정신이 흐려진 이후에야 나는 아버지 손을 잡고 인사를 한다. 말하는 것도 어려워진 아버지의 손을 잡고 저 가요, 인사를 하며 돌아올 때면 아버지는 내 손을 잘 놓지 않는다. 놓지 않으려는 저 손에 어떤 마음이 담겨 있을까, 싶어 마음이 서늘해지기 전에 나

---

[*]   김영하, 「아이를 찾습니다」, 『오직 두 사람』, 문학동네, 2017, 84쪽.

는 아버지의 손을 놓는다. 뒤늦게 잡은 아버지의 손과 뿌리치는 나의 손 사이에 아버지와 나의 삶이, 엇나갔던 마음들이, 속절없던 시간들이 있다. 아버지의 손은 그동안 잡을 수 없는 손이었다가, 이제는 놓을 수 없는 손이 되었다.

어쩌면 사랑은 손으로 시작되는 거라고 각인시켜 준 것은 조 라이트 감독의 영화 〈안나 카레니나〉였다.[1] 무도회장에서 안나와 브론스키가 춤을 출 때, 그들의 닿을 듯 말 듯 얽힐 듯 풀릴 듯 움직이는 손의 움직임은 너무나 관능적이고 황홀하고 위태로웠다. 그들은 그 놓지 못한 손이 가져온 사랑으로 벅차고, 또 그것이 가져온 고통으로 괴로울 것이다. 생각하니, 보바리 부인의 사랑도 어쩌면 손에서 시작되었던 것 같다. 샤를르는 루오 영감의 다리를 고쳐주러 가서 그의 딸 엠마를 만난다. 그녀는 아버지를 위해 쿠션을 만들고 있었는데, 그는 그녀가 "바느질을 하면서도 몇 번씩이나 손가락을 바늘에 찔렸고 그럴 때면 손가락을 입으로 가져가 빨곤"[2] 하는 것을 본다. 이때 샤를르의 눈길을 끈 것은 그녀의 뽀얀 손톱이었다. 반짝반짝 윤기가 나고 깔끔하게 다듬어져 있던 손톱. 손가락을 향해 있던 그의 시선은 그렇게 손톱으로, 입술로, 목으로, 머릿결로, 뺨으로, 등으로 이동해간다. 그리고 둘은 결혼을 한다. 하지만 '바늘에 찔린 손가락'으로 시작된 엠마의 결혼은 불행을 예고하고 있었다.

---

1   원작인 소설에서는 사랑의 손과 대비되는 노동자의 손에 대한 이야기가 등장한다. 손톱을 길게 길러 손으로는 아무것도 할 수 없는 귀족들의 손과 노동을 해야 하는 사람들의 손을 비교하는 레빈의 대사가 그것이다. 레프 톨스토이, 박형규 역, 『안나 카레니나』 1, 문학동네, 77쪽.
2   귀스타프 플로베르, 김화영 역, 『마담 보바리』, 민음사, 2016, 29쪽.

어느 날, 출발에 대비하여 서랍 속의 물건들을 정리하다가 그녀는 무엇인가에 손가락을 찔렸다. 그것은 그녀의 결혼 꽃다발을 묶은 철사였다. 오렌지의 꽃봉오리는 먼지로 누렇게 바랬고, 은테를 두른 비단 리본은 가장자리가 풀어져 있었다. 엠마는 그것을 불 속에 집어던져 버렸다.(102쪽)

엠마는 이제 결혼 꽃다발을 묶은 철사에 손가락이 찔린다. 그리고 그것은 결혼 꽃다발을 불 속에 집어던진다고 회복될 수 있는 상처도 아니다. 다시 생각하니, 보바리 부인의 사랑이 손에서 시작된 것 같다는 나의 말은 수정되어야겠다. 그녀의 손은 불행이 시작된 곳이었다.

아쉬가리 파르하디 감독의 영화 〈아무도 머물지 않았다〉에는 또 다른 손이 나온다. 사미르는 새롭게 사랑을 시작했지만 그에게는 식물인간이 되어 있는 아내가 있다. 영화는 마지막에 붙잡고 있는 두 사람의 손을 오래 비춘다. 그 장면은 내게 말하고 있었다. 우리 모두에겐 놓을 수도, 끊을 수도, 버릴 수도 없는 손이 있다고. 그 손을 잡을 것인가, 놓을 것인가, 우리 앞에는 항상 그런 선택이 놓여 있다고. 그 영화에 대한 글을 쓰면서 나는 그 절망에 공감했었고 그 운명에 승복했었다.[3] 내겐 그 절망도, 운명도 여전히 절절하다.

놓쳐버린 손, 혹은 놓을 수 없는 손

김영하의 「아이를 찾습니다」는 (아이의) 손을 놓친 후 다시 (아이의)

---

3   영화 〈아무도 머물지 않았다〉에 대해서는 황도경, 「비를 맞거나, 얼룩이 묻거나」(『극장의 시간』, 케포이북스, 2016)를 참조할 것.

손을 잡기까지의 이야기다. 11년 전 마트에서 잠시 놓았던 아이의 손, 그로 인해 아이를 잃어버리고, 아내를 잃어버리고, 삶을 잃어버린 남자의 이야기. 그는 신형 휴대폰 화면을 살펴보느라 카트를 잡고 있던 오른손을 잠깐 놓았을 뿐이고, 아내는 화장품을 주워 담고 있었을 뿐이다. 하지만 그 이삼 분이 이들을 암흑으로 몰고 들어간다. 어느 한 순간 손을 놓고 다른 것에 시선을 주었을 뿐인데, 그 잠깐의 시간에 악마 같은 운명의 손길이 침투한다.[4]

볼트. 정비사 출신의 가수 지망생이 오디션 무대에서 손에 쥐고 있던 볼트. 앳된 청년의 열창이 계속되는 동안 윤석은 그 작고 단단한 금속 부품만 생각했다. 저렇게 손에 아무거라도 쥐고 있다면, 쥘 수 있는 것이 있다면 참 좋겠구나. 하다못해 호두라든가. 아니면 어릴 적 문방구에서 팔던 유리구슬이라든가. 그는 자기 빈손을 내려다보았다. (45쪽)

---

4   그런데 이 악마 같은 손길의 배경에 현대사회의 풍경이 어른거리고 있음을 주목할 필요가 있어 보인다. 남자는 소파에 누워 프로야구나 보고 싶어 했지만 아내의 닦달에 마트로 나선 길이었다(이때 소설은 "그는 시킨 대로 했다"(46쪽)고 적고 있는데, 이 문장은 세월호 참사를 겪은 이후 우리에게 남다른 울림으로 다가오는 문장이 되어 버렸다. 더군다나 작가 스스로 오래 묻어두었던 이 소설의 초고를 세월호 사고 이후 다시 꺼내 완성했다고 고백하고 있기도 하다. 그 상황과는 다른 맥락에서 주인공이 변명하듯 뱉은 문장이지만, 어쨌든 그는 사회가 요구하는 대로 그 흐름에 맞춰 살고 있었을 것이다). 특별히 사야 할 것이 있었던 것 같도 않다. 하지만 세 살밖에 되지 않은 아이도 대형마트의 유혹을 알고 있었다. 이들 가족은 장만한 지 얼마 되지 않은 소형 SUV를 타고 대형마트로 갔고, 남자는 최신 핸드폰에 잠깐 눈이 팔렸고 아내는 화장품을 사러 갔을 뿐이다. 그들로 하여금 아이의 손을 놓게 만들었던 상품들은 한순간에 '따위'들이 되어 버리는 것이었건만("화장솜과 클렌징크림 따위"), 그들은 그것들에 한 눈이 팔려 그것들과 아이를 맞바꾸는 셈이 되어버린다. 마트, 프로야구, 신형 차, 신형 핸드폰 등을 배경으로 발생한 이 불행한 교환은 이들 가족의 개인적인 불행을 넘어 현대를 살아가는 우리들 모두의 불행으로 새롭게 인지될 필요가 있어 보인다. 상품들에 눈을 빼앗겨 정작 중요한 것을 잃어버리고 있는 것은 아닌가 하고 말이다.

소설의 서두다. 소설은 손에 대한 생각으로, 더 구체적으로 말하자면 손 안에 쥐어진 단단한 무언가에 대한 바람으로 시작한다. 하지만 윤석의 손은 비어있다. 「아이를 찾습니다」는 이 빈손에 대한 이야기로 시작한다. "부주의하고 무신경했던 손, 잡아야 할 것을 놓쳤던, 그래서 인생의 모든 것이 손가락 사이로 빠져나가게 만들었던" 손. 왜, 누구의 잘못으로, 무엇 때문에 그는 비어있는 손이 되었을까?

잃어버린 아들을 찾아오는 것이 유일한 삶의 이유였던 11년의 시간이 지나 아들이 돌아온다. 그런데 아들이 돌아오고 난 후에도 어긋난 삶은 정상 궤도를 찾지 못한다. 유괴범을 엄마로 알고 자란 아이는 윤석이 알던 아이와 너무 달랐다. "너무 이상한 아이가 나타났어." 윤석의 절망과 고통은 아직 끝난 것이 아니었다. 조현병을 앓고 있는 아내는 남편도, 돌아온 아들도 알아보지 못하고, 아들은 그들을 부모로 여기지도 않는다. 고통스런 인내로 도달한 결승점에는 기대했던 것과는 전혀 다른 것이 기다리고 있었다. 불행은 불행을 불러오고, 어긋난 길은 더 큰 각도로 구부러진다. 목표와 희망까지 공유할 필요는 없다고, 말을 못해도 웃지 않아도 좋다고, 그저 살아만 있어 달라고, 당신이 아니라면 누가 이 끔찍한 모래지옥을 함께 지나가겠느냐며 의지했던 아내는 실족사로 죽었고, 돌아온 아들은 벽돌을 들고 다니는 미친놈이 되어 경찰서를 들락거리다가 고등학교에 들어간 어느 날 집을 나간다. 그리고 이 년 후 집 나간 아들의 아이가 그의 손에 들어온다.[5]

---

[5] 이 불행으로 점철된 이야기 속에서도 김영하의 위트가 발휘되는 건 놀랍다. 가령 자살을 하고 죽은 유괴범이 남긴 유서에서 아이의 부모에게 용서를 구한다는 구절을 읽은 후 윤석이 "구할 걸 구해라"라고 하는 대목 같은 곳(59쪽). 가늘 수 없는 무거운 마음으로 소설을 읽어가다가 픽 하고 웃음이 나오게 하는.

이 끝도 없이 어긋나버린 삶을 어떻게 할 것인가. 누구를 향해, 어디를 향해, 왜, 어디서부터, 누구의 잘못으로, 모든 것이 어그러졌냐고 물어볼 것인가. 작가의 말마따나 인생에는 완벽한 회복이 불가능한 일이 엄존한다. 그런 일을 겪은 이들에게는 남은 옵션이 없다. 오로지 '그 이후'를 견디는 일만이 가능하다.[6] 그런데, 끝 간 데 없는 이 불행의 끝에서 소설이 보여주는 마지막 풍경은 너무나 따뜻하고 장엄하기까지 하다. 글의 앞에 인용한 대목이지만, 다시 적어보자.

그는 오른손을 내밀어 아이의 작은 손을 쥐었다. 아이는 문득 울음을 그치고는 그를 말똥말똥 올려다보았다. 그는 왼손도 마저 내밀어 아이의 오른손을 살며시 잡았다. 그리고 천천히 위아래로 흔들었다. 아이가 간지러운 듯 발을 꼼지락거리며 좋아했다. 아이의 양손을 놓지 않은 채 그는 오래도록 평상 위에 앉아 그에게 찾아온 작은 생명을 응시했다.

집 나간 아들이 남겨놓은 아이 앞에서 소설은 운명의 잔혹함에 절망하거나 울부짖는 대신 아이의 양손을 잡는 주인공의 모습을 보여준다. 어긋난 것은 어긋난 것이고 떠난 것은 떠난 것이지만, 살아가는 일도, 사랑하는 일도 멈출 수는 없다. 이 아이는, 소설 서두에 등장했던 청년이 떨리는 무대 위의 긴장과 공포를 이겨내기 위해 손에 쥐고 있던 볼트와 같다. 이제 주인공도 그 볼트 하나를 쥐게 되었다.

그는 더 이상 빈손이 아니다. 그는 잠깐 손을 놓는 바람에 아들도,

---

6 이 작품이 실린 소설집 『오직 두 사람』에 실린 작가의 말. 269쪽.

아내도, 삶도 잃었다. 그 실수를 더 이상 반복하지 않기 위해 그는 손을 내밀어 작은 생명을 붙잡는다. 오른손뿐 아니라 왼손까지 내밀어 양손으로 아이를 붙잡자, 아이가 웃는다. 소설의 끝에서 만난 최초의 환한 풍경! 그 앞에서 나는 먹먹하다. 우리 모두에겐 놓을 수도, 끊을 수도, 버릴 수도 없는 손이 있다고, 그 손을 잡을 것인지, 놓을 것인지의 선택이 우리 앞에 놓여 있다고 할 때, 나는 이보다 아름다운 선택을 보지 못했다. 놓을 수도 버릴 수도 없는 손앞에서 절망할 때마다, 나는 '손을 놓쳤다'로 시작해서 '손을 쥐었다'로 끝나는 이 소설을 기억할 것이다.

'이제는 땡', 마술의 손

윤성희, 「어느 밤」

―――

나는 청년에게 지금은 술래를 피해 얼음이 된 거라고 말했다. 너무 걱정하지 말라고. 곧 누군가 땡 하고 외쳐줄 거라고. 얼음땡 놀이란 그런 거라고. 누군가 땡 하고 말해줘야 집에 갈 수 있는 거라고. 그러자 청년이 웃었다. 흐흐흐, 그렇게 웃었다. 조금 있으면 구급대원이 도착할 거예요. 그러면 제가 땡이라고 말해줄게요. 청년은 말했다.*

―――

왜 킥보드를 훔치는가?

"일주일 전, 나는 아파트 놀이터에서 킥보드를 훔쳤다." 소설의 첫 문장이다. 주인공은 불면증에 시달리고 있고 요실금이 있어 커피도 안 마시는 육십구 세의 할머니다. 이런 할머니가 왜 킥보드를 훔치는 것일까? 소설이 그 답을 명료하게 알려주고 있는 건 아니지만, 어쨌든 그 이유를 알기 위해서는 소설을 자세히 들여다볼 수밖에 없다. 그런데 이

___
* 윤성희, 「어느 밤」, 윤성희 외, 『2019 김승옥문학상 수상작품집』, 문학동네, 2019, 27쪽.

상한 것은 킥보드를 훔쳤다는 내용의 서두의 문장이 아무 설명도 없이 "그날 낮에 남편의 작은아버지를 뵈러 상주에 갔었다"는 문장으로 이어진다는 점이다. 킥보드를 훔쳤다는 충격적인 사건(?)을 이야기하고는 그 전후 사정은 밝히지도 않은 채 전혀 다른 이야기로 건너뛰고 있는 형국이니, 도대체 킥보드를 훔친 것과 작은아버지를 만나고 온 일이 무슨 상관이란 말인가? 얼마 후 작은아버지와 비슷하게 길에서 넘어지게 될 것을 예감케 하는 것인가? 시댁의 복잡한 가정사와 집안 남자들의 매몰참을 드러내기 위한 것일까?

어쩌면 작은아버지의 낙상사건에서 우리의 주목을 끄는 건 작은아버지가 떨어진 감을 밟아 넘어져서[1] 정신이 오락가락한다고 "완전히 끊어지기 전에" 한번 다녀가시라고 했다는 작은아버지 딸의 말이다. 그녀의 전화를 받고나서 '나'는 '끊어지다'라는 말이 참 이상한 말이라고, "끊어지다니. 사람이 끈도 아니고"라고 생각하고, 작은아버지 댁을 다녀와서는 "끊어졌어. 끊어졌어"라는 작은아버지의 말을 계속 떠올린다. 그녀는 왜 '끊어지다'라는 말에 이토록 예민한 것인가? 소설을 읽고 나면 우리는 주인공이 이미 많은 것들과 '끊어져' 있다는 것을 알게 된다. 그녀는 술만 먹으면 패악을 부리는 아버지를 죽음에 이르게 함으로써 아버지와의 인연을 '끊었고', 그 일로 엄마, 동생과 인연이 '끊어졌고', 남편과는 때로 죽기를 바랄만큼 인연을 '끊고 싶은' 욕망에 휩싸이는

---

1 작은아버지와 관련한 이 대목에서 감은 작은아버지를 넘어지게 해서 정신을 오락가락하게 만들기도 하고, 보신용 백숙을 만드는 닭 사료로 쓰이기도 하고, 곳곳에 말린 곶감이 걸려있는 풍경을 만들기도 한다. 생명을 위험하게 한 것이 생명을 길러내던 것이기도 하다는 것인가? 결국에는 우리 서 있는 곳이 "온통 주홍 주황 다홍"이라는 것인가? 어쨌든 집안에서 인정받지 못하던 작은아버지가 주인공의 남편에게 보였던 사랑이나 그의 딸이 '나'에게 보여주는 태도는 주인공이 속한 세상에서는 보기 힘든 모습들이다.

사이이고, 도배 일을 하며 유학까지 보낸 딸도 미국에서 살면서 들어오지 않은지 오래로 거의 연락이 '끊어진' 듯 보인다. 그녀가 '끊어지다'는 말에 그토록 예민한 이유일 것이다.

아무튼 주인공이 킥보드를 훔친 것은 '끊어졌어'라는 말이 떠올리는 여러 사정들과 연결되어 있는 게 분명하다. 소설은 주인공이 킥보드를 훔쳤다는 이야기를 한 후 그저 그녀가 작은아버지 댁에 다녀왔다고, '끊어졌다'는 문장을 되뇌었다고 할 뿐이다. 그리고 또 무슨 일이 있었던가? 돌아오는 길에 접촉사고가 났고, 두 기사가 언성을 높이며 싸웠고, 그것을 수습하느라 시간이 오래 걸렸고, 집으로 와서는 남편의 요구로 편의점 도시락으로 저녁을 때우기로 했고, 아파트 단지에서는 주차 시비 끝에 칼부림이 나서 사람이 죽기도 했고, 경비가 술에 취해 경비실에 오줌을 누던 주민에게 욕을 한바탕 한 후 그만 두는 일도 있었다고 한다. 도대체 이런 일들이 킥보드를 훔친 것과 무슨 상관이란 말인가? 어쨌든 이런 일련의 서술 끝에 소설의 첫 문단이 "그래서 킥보드를 훔쳤다"는 문장으로 끝난다.

이 문장 속의 '그래서'라는 접속사를 이해하기는 쉽지 않다. 하지만 소설의 진술을 따르자면 이 일련의 소음과 불화, 욕설, 폭력의 일화들이 모두 '킥보드 훔치기'라는 사건의 원인이 되고 있다고 봐야 할 것이다. 말하자면 남편을 비롯한 가족과의 불화, 세상의 소음과 어둠으로부터 벗어나 멀리 가는 것, 킥보드의 속도감을 빌어 그것들로부터 벗어나 '먼 곳까지' 가보고 싶은 것,[2] 이 소망이 '그래서'라는 접속사 뒤에 숨

---

2   그녀가 킥보드를 타다가 버스 정류장에 앉아 있곤 하는 것은 이 탈주의 꿈을 보여주고 있을 것이다.

어 있었을 것이다. 변기 물을 내리지 않은 남편과 다툼이 나서 "나는 정 갈하게 늙고 싶었다"고 고백할 때, 그것은 단지 변기만의 문제는 아니었을 것이다. 남편의 욕설, 사람들의 분노와 다툼 등 거칠고 사납고 소란스러운 일상은 락스를 반 통씩 들이붓는다고 정갈해지는 것은 아닐 것이다. 그러니 킥보드를 탈 수밖에. 그 모든 더럽고 사나운 것들로부터 벗어나기 위해 페달을 밟아 나아갈 수밖에. 하지만 그때에도 속도 조절이 필요했으니, 얼마 지나지 않아 '나'는 킥보드 손잡이에 왜 거북이 모양의 스티커가 붙어 있는지를 알아차리게 된다. 서두르다 보면 멀리 가기도 전에 넘어지게 된다. 얼음 위에서라면 더더욱 그렇다.

'얼음의 날들'과 마술의 손

소설에 따르면 우리의 삶은 얼음 위를 걸어가는 것이고, 그렇게 얼음의 날들을 이어가는 것이며, 그 위에서 때로 얼음이 되는 것이다. 특히 이 얼음의 운명은 어머니에서 딸로 이어지는 여성의 서사를 통해 더욱 부각되고 있는데, 댐 공사 중 왼쪽 다리가 깔려 불구가 된 후 폭력적이 된 아버지를 "얼마나 좋은 사람이었는데"라는 말로 견디려고 했던 어머니처럼 '나' 역시 폭력적으로 변모한 남편을 예전의 좋았던 모습을 떠올리는 것으로 감내해보려 애쓴다. 대물림되듯 반복되는 이 운명을 어떻게 '끊어낼' 것인가? '나'는 이미 속수무책으로 폭력에 시달리는 엄마를 위해 아버지와의 인연을 '끊은' 적이 있다. 이제는 남편이 문제다. 아니, 세상의 온갖 소음과 더러움이 문제다. 여기에서 어떻게 벗어날 것인가?

놀랍게도 소설은 '끊는' 것이 아니라 다시 '이어지는' 방법을, 온통 '끊어지는' 것투성인 속에서도 '이어지는' 것들을 보여준다. 그것을 가능케 한 것은 바로 상처 많은 '나'-'청년' 사이를 잇는 '손'이다. 윤성희 소설에서 '손'은 불행과 슬픔을 상기시키는 상처의 몸이자 동시에 상처를 어루만지고 위로하는 몸이다. 윤성희의 인물들은 모두가 상처 난 손을 가지고 있고, 그것은 가난과 결핍과 고장 난 삶의 상징과 같다. 그들은 '손'에 이끌린다. 라디오 조립 공장에 다니던 시절 기차에서 만난 대학생에게 '내'가 허황된 거짓을 늘어놓았던 것도 그가 손이 예쁜 남자였기 때문이었다. 하지만 그녀의 진짜 마음을 움직인 건 공장 기계에 다쳐서 왼쪽 엄지손가락이 기역자로 구부러져 있던 남편의 상처 난 손이었다. 그 손이 말해주던 상처와 가난과 외로움에 이끌려 남편을 사랑했을 것이다. 하지만 그 상처는 남편이 어렸을 적 어른들 몰래 경운기를 몰다가 다친 것이었으니, 상처의 자리로 연민의 대상으로 여겼던 그래서 마음을 주게 했던 그 손이 사실은 그의 못됨과 말썽 많음의 흔적이었던 것이, "가여운 손가락"이 아니라 "그놈의 손가락"이었던 것이 불행한 결혼을 예고하고 있었을까.

하지만 다시 '손'의 위력이 발휘되기 시작하니, 킥보드를 타다 넘어져서 꼼짝 못하게 되었지만 손은 다치지 않았다는 것이 희망을 암시하고 있었을 것이다. "다행히 손은 움직일 수 있었다"는 진술은 그래서 주목할 필요가 있다. 얼음의 날들로 이어지는 삶일지라도 누군가 손을 대주기만 하면 얼음에서 풀려날 수 있다고 할 때, 손은 그 마술의 힘을 작동시키는 시작점이다. '나'를 발견한 청년은 '나'에게 점퍼를 벗어 덮어주고 비를 맞지 않도록 손을 모아 우산을 만들어 주었고, '나'는 손을 뻗어 피아노 학원에 다니던 여동생이 교통사고로 죽었고 그 후로 아무 것도 하지 않는다는 청년의 차가운 손을 잡아주었다. 글의 앞에 인용한 대목은 바로 그렇게 서로의 손으로 얼음투성이인 삶을 녹이는 마술이 일어나는 대목이라 할 만하다. 누군가의 땡 소리에 얼음에서 풀려 집에 갈 수 있다는 놀이의 법칙은 우리의 삶이란 언제나 누군가의 손을 필요로 하는 것이라는 사실을 일깨운다. 지독한 얼음의 날들 속에서도 따뜻한 마술이 일어날 수 있는 것도 그 때문이고, 그게 우리에게 손이 있는 이유일 것이다.

'끊어지는' 이야기들로 채워지던 소설의 전반부와 달리 소설의 후반부는 이렇게 '이어지는' 이야기로 진행된다. 킥보드를 타다 넘어지자 정신이 '끊어지지 않도록' 구구단을 외우는 노력 속에는 삶을 이어가려는 안간힘이 담겨 있었을 것이다. 소설은 분노와 좌절의 순간 슬픔에 잠기기보다 '얼음 땡 놀이'의 명랑한 웃음을 가져온다. 마술에서 기술보다 중요한 건 유머라던 마술 선생의 말처럼, 유머와 웃음이 눈물과 슬픔을 몰아내고 얼음의 날들을 녹이는 마술을 만들어낼 것이다. 이제 킥보드는 더 이상 필요하지 않다. 킥보드를 제자리에 갖다 놓듯이, 이제 모든 게 원래의 자리로 돌아갈 시간이다. '나'도 청년도 '이제는 땡'이라고 말해주는, 얼음에서 풀려나게 해줄 손을 만나지 않았는가.

일상의 기록, 혹은 몸이 말하는 것

아버지를 죽음에 이르게 하고 가족들 모두와 단절된 외로움 속에서 살아가는 인물, 게다가 한밤중 아무도 없는 길에서 넘어져 꼼짝달싹도 못하게 된 상황을 그리고 있음에도 불구하고, 소설의 문장은 기이할 정도로 고요하고 단정하고 담담하다. 사건은 일상의 흐름에 묻혀 함께 조용히 흘러가고, 슬픔은 말해지는 법이 없으며, 칠순을 바라보는 할머니와 킥보드 타기라는 기이하고 유머러스한 조합은 오히려 소설을 '동화적 명랑성'으로[3] 가득 채운다. 아무 일도 일어나지 않은 듯한 무심함은 윤성희 특유의 태도이거니와, 「어느 밤」에서 특히 흥미로운 것은 반복되는 일상 속에서 어느 순간 삐끗, 일상의 궤도와 어긋나는 지점을 기술하는 방식이다. 그것은 아주 사소하고 희미해서 어긋남이라고 인지되기 어려울 정도이나, 윤성희는 그 사소하고 찰나적인 '삐끗'을 아무렇지 않은 일상의 시간 속에서 무심한 듯 그려낸다. 가령 다음을 보자.

> 강의가 끝나고 나이가 비슷한 수강생들하고 동사무소 옆에 있는 오천원짜리 한식 뷔페에서 점심을 먹었다. 밥을 먹으면서 다들 삼시 세끼를 챙겨 먹는 게 지겹다는 이야기를 했다. 저녁에 남편이 삼겹살을 먹자고 해서 고기를 구웠다. 남편은 평소에는 아홉시면 잠을 자는데, 그날은 늦게까지 프로야구를 보았다.(12쪽)

세 달 전부터 배운 마술 수업이 끝나고 수강생들과 점심을 하고 집에 와서 저녁을 먹는 일상이 아무 접속사도 없이 건조하게 이어진다. 일상의 지루함에 대한 토로나 남편에 대한 어떤 감정 표출도 없다. 그저 그렇게 하루가 지나갔다는 식이다. 하지만 삼시 세끼를 챙겨 먹는

---

3   신수정, 「'찰나'의 마술, 그 순간의 기억」, 윤성희 외, 앞의 책, 35쪽.

게 지겹다는 이야기 뒤에 이어지는 남편의 삼겹살 요구는 그 '지겨움'의 내용을 추가한다. 도시락을 먹자고 하거나 고기를 구워먹자고 하는 등 메뉴를 결정하는 것도 항시 남편인 모양이고, 남편은 삼시 세끼 챙겨 먹는 게 지겹지 않은 모양이다. 하지만 소설은 분노도 슬픔도 없이 특별할 것도 없는 어느 날이었다는 듯 하루를 기록하고 있을 뿐이다. 그런데 더 흥미로운 건 이어지는 다음 대목이다.

> 남편에게 어느 팀을 응원하느냐고 물었다. 남편은 아무 팀도 응원하지 않는다고 했다. 10회 초 만루 기회를 놓치고 말았다. 바보들. 남편이 말했다. 갑자기 속이 답답했다. 삼겹살을 먹은 게 체한 듯했다. 11회 말에 끝내기 안타가 나와 경기가 끝났다. 역시 오십분이었다. 남편은 잠을 자러 안방으로 들어갔고, 나는 혼자 소파에 앉아서 이런저런 프로그램을 보았다. 그러다 재미가 없으면 텔레비전을 끄고 화면에 비친 내 모습을 보았다. 열두시가 지나자 밖으로 나왔다.(12~13쪽)

특별할 것 없는 무미건조한 어느 밤의 풍경이라는 듯 그저 시간의 흐름에 따른 상황 변화가 기술된다. 그렇게 열시가 지나고 열두시가 지난다. 그런데 이 여일한 시간의 흐름 속에서 삐끗하는 지점이 있으니, 야구를 보며 "바보들"이라고 하는 남편의 말 다음에 이어지는 "갑자기 속이 답답했다"는 문장이 그것이다. 소설은 그것이 별일이 아니라는 듯, 그저 몸의 문제라는 듯 이어서 "삼겹살 먹은 게 체한 듯했다"고 부언하고 있지만, 그리고는 다시 텔레비전을 시청하는 남편 이야기로 돌아가지만, 갑자기 속이 답답한 게 정말 체해서였을까? 정말 그 이유 때문인가?

여느 날과 다름없이 흘러가는 일상의 시간 속에서 함께 흘러갈 수 없는 무언가가 있다. 그것이 여일한 일상 사이에 들어온 몸의 신호다. 아무렇지 않은 듯 반복적으로 흘러가는 시간처럼 보이지만 아무렇지 않은 것이 아니었다는 것을 그 몸의 삐걱거림은 보여준다. 그리고 그것은 물론 몸의 문제만은 아닐 것이다. 밖으로 나와 킥보드를 타자 "트림이 시원하게 났고 체기가 사라졌다"고 할 때, 그렇게 체기가 해소된 것은 운동을 해서가 아니라 지루하고 소란스러운 일상의 세계로부터 멀리 떨어져 나와 있었기 때문일 것이다. 슬픔이 말해지는 법도, 쓸쓸함이 직접 표출되는 법도 없지만, 일상을 따라 함께 흘러갈 수 없는 마음을 대신해서 몸이 꿈틀거린다. 소설이 포착하는 건 바로 그 지점이다.

　　나중에 어른이 되거든 더 크고 더 넓은 곳에 가서 살렴. 내 말대로 딸은 미국으로 유학을 갔다가 그곳에 정착을 했다. 등이 시려왔다. 집에 돌아가 뜨거운 물에 몸을 담가야지. 몸살에 걸리기 전에.(15~16쪽)

여기에서도 꼼짝없이 길바닥에 넘어져 있는 상태로 미국에서 정착한 딸을 떠올리던 중 "등이 시려왔다"는 문장이 이어진다. 그리고는 그것을 단지 몸의 통증인양 집에 돌아가면 뜨거운 물에 몸을 담가야겠다는 말을 덧붙인다. 시려오는 것이 등뿐일 것인가. 한때는 기쁨의 원천이었을 딸의 무심함과 냉정함에 대해 말하는 대신, 그로 인한 쓸쓸함과 슬픔에 대해 이야기하는 대신, 소설은 그저 등이 시려왔다고 말할 뿐이다. 감기에 걸리지 않는 남편과 달리 '나'는 일 년에 한두 번씩 몸살을 앓는다고 했거니와, 그녀가 그렇게 자주 몸살을 앓아야 하는 이유도 짐작이 갈 만하다. 맨발로 달리는 그녀의 입에 얼음을 넣어주며 삶이 얼음 위의 그것임을 깨우치게 했던 어머니도, 무심하고 냉정한 남편과 딸도, 그녀의 몸살의 원인이었을 것이다. 하지만 소설은 그저 차가운 길바닥이 원인이라는 듯 등이 시려온다고 할 뿐이다.

"딸은 청소를 하기가 귀찮아서 작은 평수로 이사를 했다는 내 말을 믿었다. 재채기가 났다. 재채기를 하니 목에서부터 종아리까지 통증이 느껴졌다"와 같은 대목의 서술 방식도 이와 비슷하다. 차가운 길 위에 누워 있는 몸의 상태와 딸을 떠올리면서 요동치는 마음 속 복잡함이 뒤섞이지만, 적어도 문장에서 둘이 섞이는 법은 없다. 마음은, 쓸쓸함 같은 것은, 슬픔 같은 것은, 절대로 직접 토로되는 법이 없다. 그저 등이 시린 것이고, 종아리가 아픈 것이다. 윤성희 소설이 비극적인 이야기에도 불구하고 특별한 일이 없는 단정하고 조용한 세계로 다가오는 것은 이 때문이기도 하거니와, 아무 일도 일어나지 않는 것 같은 그녀의 소설 속에서 그렇게 은밀하게 꿈틀거리는 것들이 무언가 이야기를 만들어낸다.

일상은 슬픔도 분노도 없이 무미건조하게 흘러간다. 아니 그렇게 보인다. 「어느 밤」은 그런 나날의 사소한 기록들로 이어지는 소설이다. "목요일에는 감기 기운이 있어서 마술 수업을 걸렀다. 김치죽을 끓여먹고 종일 낮잠을 잤다", "금요일에는 비가 왔다. 저녁밥을 먹으면서 텔레비전을 보는데 남편이 미친놈들이라고 했다", "토요일에는 킥보드를 한 시간이나 탔다", "오늘 저녁에 남편과 말다툼을 했다"와 같은 서술에서 두드러지는 건 그 무심한 시간의 흐름이다. 하지만 목요일에서 금요일, 토요일, 오늘로 이어지는 시간 속에는 말해지지 않은, 무언가 삐걱거리고 흔들거리는 것들이 함께 쌓여간다. 그런 날들이 쌓여 '어느 밤'에 이르렀을 것이다. 눈 깜빡할 시간이 빛이 지구를 몇 바퀴나 도는 시간이기도 하듯, 무수한 이야기들을 품고 있는 그 시간 속에서 '어느 밤' 우리는 전혀 다른 세상을 만나기도 한다. 말하자면, '이제는 땡'이라고 말해주는 손 같은 것을.